哥本哈根三部曲

童年，青春，毒藥

托芙・迪特萊弗森——著

吳岫穎——譯

TOVE
DITLEVSEN

KØBENHAVNERTRILOGIEN

BARNDOM, UNGDOM, GIFT

國際盛讚

哥本哈根三部曲是一幅令人心碎的藝術家肖像。迪特萊弗森以精確而殘酷、極度自我意識的方式，反思了她的生活。從希特勒上台期間、她動蕩的青年時期，到她發現心中對詩歌的熱情，再到後來多次破裂的婚姻。雖然這些故事是幾十年前的作品，但她筆下所捕捉到那些複雜的女性生命旅程，是永恆的。

——《時代雜誌》非虛構類年度選書

偉大的文學，經典級的作品！令人激動的閱讀經驗，種種感動都告訴我們：這是大師級的經典傑作。哥本哈根三部曲，充滿讓人戰慄且讚嘆的天賦。三部曲堪稱是迪特萊弗森華麗的回憶錄。以一種讓人驚嘆的清晰、幽默和坦率呈現，不僅照亮了世界的嚴酷現實，同時也點燃了我們私密生活裡那些難以言喻的衝動。

——《紐約時報》非虛構類年度選書

托芙的才華如此耀眼。就像艾莉絲・孟若，托芙是一位濃縮大師，短短幾頁便能捕捉婚姻生活整個故事。身為天生的作家，她憑著一股殺手本能，喜歡用引人入勝的章節開頭撲向我們。她持續訴說自身的被動與無能為力，但正是如此的特質讓本書充滿希望。即使寫作無法讓她擺脫自身命運，最終卻讓她超越了世界的期望，並以她自己的方式找到了真相。托芙創造了一個親密的世界。既悲慘又有趣，包含了吸引人的文字——即使翻譯成不同的語言，你也會想要大聲朗讀出來。

——美國公共廣播電台（NPR）年度選書

為邊緣人的心靈所寫下的美麗敘事。

——帕蒂・史密斯（Patti Smith）

充滿渲染力與生猛勁道的懺情告白。大師級的傑作。

——《衛報》

令人不安的耀眼光芒，大師之作。

——*VOX*

浪漫，卻又令人毛骨悚然，最終是毀滅。托芙被她自己敏銳的智慧所標記、傷害。她勇敢向讀者展示了自己，促使我們反思自己的傲慢。

——《紐約客》（*The New Yorker*）

語言優雅，自然、敏感、真實——充滿令人愉悅的精確震撼及觀察，而非我們通俗閱讀經驗裡所習慣的期待。這種體驗讓人暈眩，就像托芙進入了你的腦海重新布置所有的家具，而不一定是為了讓你感到舒適。本書的閱讀經驗正如情節緊湊的驚悚片，即便你想放下，卻已無法放手。

——《紐約書評雜誌》（*The New York Review of Books*）

哥本哈根三部曲的閱讀體驗帶著特殊的傑作體悟，有助於填補一種特殊的空白。三部曲的到來就像是在老舊辦公室抽屜深處發現的東西，被隱藏在襪子、香包和已故戀人照片的祕密裡。令人驚喜的，不僅是因為彷彿墨水未乾涸、方才寫就的那種即時與生動，更是因為這些故事——都是真實存在。

——《紐約時報書評》（*The New York Times Book Review*）

逐漸沉溺於成癮和瘋狂的過程非常出色。閱讀時的即時感與臨場感是哥本哈根三部曲與當代自傳小說的區別所在。她的寫作技術如此嫻熟，讓讀者在不知不覺中就能透過另一個人的思想體驗世界。

——《華爾街日報》（*The Wall Street Journal*）

哥本哈根三部曲是絕對的傑作，尤其是最後的終曲。這套作品如我們預期一樣出色，也出人意料地強烈和優雅，清晰而生動。

——《巴黎評論》（*The Paris Review*）

令人震驚之作……托芙的思緒隨著日記般的節奏自由流動，但在敘述中卻帶著獨特敏銳的觀察，告解似的書寫中散發鋒利的光芒……在她激烈冒險和特立獨行的人生中，這部大師之作堪稱是她的傳奇成就。

——《出版人週刊》，星級評論（*Publishers Weekly, starred review*）

讀者將從三部曲中發現，托芙無情的自我審視是多麼令人欽佩而又令人震驚。

——《書單》（*Booklist*）

有些作家的文筆恍若水龍頭中源源不斷的冰冷水流刺傷我們的手，有些作家的散文散發著溫暖的氣氛而令人愉快。丹麥作家托芙兩者兼具。她的文筆直截了當，簡單明快，卻催眠式的召喚出我們的閱讀渴望，在其藝術家生活和正常人間的故事裡拉扯。

——《波士頓環球報》（*The Boston Globe*）

沒有人像丹麥詩人托芙這樣，對童年有著如此令人難忘的描寫，或者同時運用如此多的希望和不祥的預感來描述寫作的衝動。

——*4 Columns*

就像擁有百年歷史的玻璃藝術精品，托芙的文字優雅、透明，帶有輕微扭曲的華麗紋路卻仍散發未受影響的美麗，但這種無縫的表面，只不過掩蓋了現實中令人不安而生畏的聲響。

——《洛杉磯書評》（*Los Angeles Review of Books*）

哥本哈根三部曲以真實的親身體驗和耀眼的第一人稱描繪出動人的故事。托芙將泥濘般不適且難以忍受的生活盡收眼底，且將其打磨成了尖銳的玻璃。

——《泰晤士報文學增刊》（*The Times Literary Supplement*）

強烈而優雅。

——《每日電訊報》（*The Daily Telegraph*）

托芙緊繃又直接的文風就像一道耀眼的光芒，揭示了二十世紀哥本哈根藍領階層女性的生活和愛情樣貌。

——《*STYLIST*》雜誌

◎ 位於哥本哈根的黑爾布街 30 號 A，作者童年的家。

◎ 作者和家人後來搬入的公寓，位於威斯頓街。

◎ 托芙・迪特萊弗森紀念廣場，位於哥本哈根。石凳上印著作者的詩句，引用自其知名詩作〈永恆的三〉。

◎ 作者在一九七六年自殺身亡，上千民眾出席她的葬禮哀悼。如今安葬在韋斯特墓園，兒子亦葬在同一處。

〖 CONTENTS 〗

〖 第一部 〗

童年

Københavnertrilogi · I

BARNDOM

1

早晨，希望無所不在。它存在於我不敢碰觸的母親光滑的黑髮上，稍縱即逝的那一抹光裡；它存在於我舌尖上，糖與溫熱的燕麥粥裡，我緩慢地吃著，同時凝視著母親那雙纖細的手，交叉著，安靜地擱在報紙裡有關西班牙流感（Spanish Flu）和凡爾賽條約（Treaty of Versailles）[1]的報導之上。父親已出門上班去，哥哥在學校。母親獨自在屋裡，雖然我也在，但是只要我完全沉默，不發一語，在母親那令人猜不透的心裡，那一刻遙遠的寧靜便得以延續，直到上午逐漸老去，而她必須如尋常婦人般，到伊斯特街（Istedgade）去採買日用品。

陽光灑在綠色的吉普賽拖車上，彷彿光是從裡面透出來的，疥瘡漢斯（Hans）赤裸著上身走出來，手上拿著水盆。他往身上沖水，然後伸手把美麗莉莉（Lili）遞給他的毛巾拿過去。他們之間只有沉默，就好像一本書裡的插圖，快速地翻頁就翻過去了。就和母親一樣，他們數小時內就會轉變。疥瘡漢斯是救世軍，美麗莉莉是他的情人。夏日裡，家長支付他們一天一克朗（kroner），請他們用綠色拖車載滿一車小孩，開到鄉下去。在我三歲、我哥七歲的時候，我跟他們去過一次。現在我五歲，我對那次旅程唯一的記憶是，美麗莉莉把我從車裡帶出去，放在我猜是沙漠的熱沙子上。我看著那綠色的車子開走，越變越小，哥哥還在車裡，而我永遠都不會再見到他和母親了。小孩們回家以後，全都得了疥瘡，這就是疥瘡漢斯這個名字的由來。但是美麗莉莉並不美麗，美麗的是我母親，在這些奇怪、快樂的早晨裡，我徹底地讓她擁有安靜的母親。美麗而遙不可及，寂寞而充滿祕密思緒的母親，我永遠無法認識她。在她身後，被父親用褐色膠帶補貼起來的花卉壁紙上，掛著一張照片。照片裡的婦人凝望著窗外，她背後的地上立著一個搖籃，裡面有個小嬰兒。照片底下寫著：等待丈夫從海上歸來的婦人。偶爾，我會和母親的眼神忽然撞個正著，母親順著我的視線看到了這張照片；我覺得這張照片是如此的溫柔而悲傷。但是母親會忽然大笑起來，那笑聲就像許許多多充滿氣的紙袋忽然同時爆裂那般。我因為害怕而心跳加速，同時感到悲傷，因為世上所有的沉寂突然被破壞了。但是我跟著大笑，因為我和母親一樣，被困在這殘酷的歡快氛圍中。她把椅子推開，穿著她那皺巴巴的睡裙站在照片前，雙手扠在腰上。然後她忽然開口唱起歌來，聲音充滿挑釁，像個年輕女孩一樣，和她大聲跟店家殺價時的聲音，完全不同。她唱著：

難道我就不能
盡情地為我的托芙兒[2]歌唱嗎？
睡覺吧，睡覺吧，睡覺吧。
請從窗前走開，朋友，

改天再來吧。冷霜與寒意
又把那窮光蛋帶回家來了。

我不喜歡這首歌，但是我必須大聲地笑著，因為這是母親為了逗我開心而唱的歌。這是我的錯，如果我不看著那張照片，母親的視線不會在我身上逗留。她便可以繼續交叉著雙手安靜地坐著，她那雙嚴厲卻美麗的雙眼可以凝固在我們之間的無人區域裡。而我可以持續地在心裡微微喊著：「媽媽」，我知道她會以某種神祕的方式接收到我的呼喚。我應該讓她獨自擁有更長的時間，如此她便可在無言中喊著我的名字，並知道我們之間有著血脈關係。如此一來，一種類似「愛」的東西會蔓延全世界，疥瘡漢斯和美麗莉莉也會感覺得到，然後繼續成為一本書裡的彩色插圖。然而現在，在這首歌結束的那個當下，他們之間的爭執與嘶吼立即展開，互相拉扯著頭髮。當樓梯間的怒吼延展到客廳來，我承諾自己，明天，我要假裝牆上那張悲傷的照片並不存在。

當希望被摧毀以後，母親以一種粗暴與厭惡的姿態穿上衣服，彷彿每一件衣物對她來說都是一種羞辱。我也得換衣服，而世界是如此的寒冷、危險，以及可怕，因為母親黑暗的怒氣總是延伸至我臉上的一巴掌，或者一把將我推向壁爐。她陌生而捉摸不定，我想，我或許在嬰兒期被掉包了，而她不是我的母親。穿好衣服後，她走進臥室，朝一張粉紅色的紙巾吐了口唾沫，用力地往臉頰上摩擦。我拿著杯子走進廚房，內心深處，一些冗長、莫名其妙的字句開始在我腦海裡蠕動，恍如一層保護膜。那是一首歌、一首詩，擁有一些抒情、韻律，以及無限憂愁的句子，但絕對不是痛苦而悲哀的，正如我知道，我接下來的一天只剩痛苦和悲哀。當這些如光的文字海浪在我體內流動著，我知道，母親已經無能為力，因為她對我來說，已失去了意義。這一點，母親也知道，她眼裡充滿冷漠的距離。每當我的靈魂如此受到感動時，母親從不打我，但是也不對我說話。從此刻開始到隔天，只有我們的身軀彼此靠近，而它們即便在最窄小的所在，也努力地避免彼此之間最輕微的碰觸。牆上，水手的妻子依舊渴望著丈夫歸來，但是母親和我的世界裡都不需要男人或男孩。屬於我們的莫名、無止境且脆弱的快樂，只有在我們單獨在一起的時候存在；當我不再是一個孩子的時候，這快樂從來不曾回來過——除了在一些稀有的、偶然的浮光掠影裡，這對我來說越發珍貴啊，如今母親已經過世了，再也沒有人可以真實地講述她的故事了！

2

童年的最底層，父親在那裡大笑。他和壁爐一樣，黝黑而古舊，但是對他，我沒有絲毫的害怕。所有我想知道的關於他的一切，我都可以知道；如果我想知道更多，我只需開口詢問。他從不主動跟我說話，因為他不知道該對小女孩說些什麼。偶爾他會拍著我的頭說：「嘿嘿」，母親便會抿著嘴，父親急忙把手抽回。父親擁有一些特定的權力，因為他是男人，而且他維持著全家的生計。母親必須接受，但她還是會抗議。「你可以和我們一樣好好坐著。」當父親躺在沙發上的時候，她會這樣說。當父親閱讀的時候，她會說：「讀書會讓人變得怪異。書裡寫的一切都是謊言。」星期天，父親喝著啤酒時，母親說：「這啤酒值二十六厄爾（øre）[3]，你這樣喝下去，最後我們都會住到桑德赫爾摩（Sundholm）[4]去。」雖然我知道桑德赫爾摩是一個人們睡在麥稈上，每日三餐都只能吃醃鯡魚的地方，然而在害怕或孤獨時，這名字會出現在我寫下的句子裡，因為它和父親一本書裡的插圖一樣漂亮。我非常喜歡那本書，《工人家庭野餐記》（*Arbejderfamilie på skovtur*），內容描述一對父母和他們的兩個孩子。他們坐在綠草地上吃著放在他們之間野餐籃裡的食物，同時大笑著。他們四人同時望著插在父親腦袋旁草地裡的那一面旗，旗子是紅色的。我總是看著反方向的圖片，因為我只有在父親朗讀這本書的時候，才有機會看到它。然後母親會開燈，把所有窗口上的黃色窗簾都拉好，即便黑夜尚未降臨。「我爸爸是個騙子和酒鬼，」母親說，「但是他至少不是一個社會主義者。」父親安靜地繼續閱讀，因為他有點耳背，這也不是一個祕密。我哥哥艾特文坐在一旁，用錘子把釘子敲進一片木板裡，再用鉗子把它們一一拔出來。有一天，艾特文將會成為一名工匠。那是不錯的行業，工匠們桌上會有真正的桌巾，而不是鋪著報紙，他們也會以刀叉用餐。他們永遠不會失業，他們也不是社會主義者。艾特文長得俊美，我卻很醜；艾特文很聰明，我很蠢。這是永恆的真相，就如同印在街角麵包店山牆屋頂上的那些字：「《政治報》（*Politiken*）[5]是一份真正的報紙。」有一次我問父親，為什麼他要閱讀《社會民主報》（*Socialdemokraten*）[6]，可是他只是皺著眉頭，清了清嗓子，接著響起母親和艾特文紙屑一般的笑聲，因為我是如此不可思議的愚蠢。

在千萬個夜晚，客廳是光與溫暖之島，在這裡我們四人就像掛在柱子後那牆上的紙娃娃劇院裡的紙娃娃一般。那是父親根據《家庭雜誌》（*Familie Journalen*）[7]的範本製作的。冬天是無盡的，全世界都像在臥室和廚房裡一樣寒冷。客廳在時空裡遊走，火焰在壁爐裡劈啪響著。即便艾特文的錘子發出很大的聲響，父親在翻閱那本禁書時的聲音彷彿還更大。當他翻過無數頁面之後，艾特文放下錘子，以他那棕色的大眼睛看著母親。「要不，媽媽唱一首歌？」他說。「好啊。」母親說，並且對他微笑。父親馬上把書擱在肚皮上，看著我，彷彿想對我說些什麼。但是父親和我之間，那些我們想對彼此說的話，一直都沒有說出口。艾特文跳起來，遞給母親一本她最喜歡的書，那是她擁有的唯一一本書。那是一本戰歌集。他彎著腰，看著母親翻閱那本書，雖然他們沒有互相碰觸，但在某種程度上，他們一起把父親和我排除在外了。母親一開始唱歌，父親雙手交叉在那本禁書上，就這樣睡著了。母親的歌聲高昂而刺耳，彷彿刻意要與她所唱的內容拉開距離：

媽媽，是妳嗎？
我想，妳哭過了。
妳走了很遠，妳該累了。
別哭了，媽媽，我現在很幸福。
感謝妳，即使一切那麼可怕，妳還是來到了這裡。

母親的歌有很多段落，這一首還沒唱完，艾特文又重新拿起了錘子，父親的鼻鼾也很大聲。艾特文請母親唱歌，是為了減輕她對父親的閱讀而產生的怒意。他是男生，男生不喜歡聽了會讓人掉淚的歌。母親也不喜歡我哭，於是我哽咽地坐著，斜眼望向書裡戰場的照片，裡頭一個垂死的士兵把手伸向他母親光亮的靈體，而我知道那不是真的。書裡的每一首歌內容都差不多，當母親在歌唱的時候，我要做什麼都可以，因為此刻她憩息在自己的世界裡，誰也無法打擾她。即使樓下又傳來開始爭吵和打架的聲音，她也完全聽不見。樓下住著擁有一頭金黃色長辮子的長髮姑娘和她的父母，他們還未將她賣給巫婆以換取一束風鈴花。哥哥是王子，他尚不知道，他即將在墜落高塔以後瞎了雙眼。他把釘子錘入木板裡，他是家裡的驕傲。那個時候的男孩們都是，而女孩們只需結婚生子。男孩得維持家計，除此之外沒有任何其他的期望。長髮姑娘的父母在嘉士伯（Carlsberg）[8]工作，每天各自喝五十瓶啤酒。晚上下班後再繼續喝，睡覺前他們怒吼長髮姑娘並且用粗大的棍子狠狠揍她。她帶著一臉和滿腿的瘀青去上學。當他們厭倦了毆打她，他們會以酒瓶和斷掉的椅腳互毆，直到警察出現把他們其中一個帶走，屋裡才終於又安靜了下來。父親和母親都不喜歡警察，他們覺得就該允許長髮姑娘的父母如願地互相廝殺至死。他們是幫大人物做事的，父親這樣為警察們定義，而母親經常說起從前，警察把她父親帶走，困在牢獄裡。她永遠不會忘記這件事。但是父親並沒有酗酒，他也沒坐過牢。我的父母不打架，我的童年比他們的要好很多。然而，當樓下安靜下來，該上床睡覺的時候，我的思緒邊緣總是被黑暗的恐懼侵襲。「晚安。」母親說，然後關上門再次回到溫暖的客廳。我脫下連身裙、羊毛襯裙、緊身胸衣，以及作為我每年聖誕禮物的黑色長筒襪，把睡裙從頭上套下穿好，坐在窗台前片刻。我望著漆黑的院子深處，以及前排屋子裡那一面牆，那一面總是哭泣的牆，彷彿剛剛下過雨。那些窗口幾乎都沒有燈，因為窗內都是臥室，而正派人家不需要開著燈睡覺。在牆與牆之間我可以看到一小方的天空，那裡有時會有一顆星閃爍著，我把它叫做「晚星」。當母親進來關燈，我躺在床上，看著門後堆滿的衣物如何變成掛著鐵鉤的長手臂，企圖掐著我脖子，這時候我會用盡全力想著那顆晚星。我嘗試尖叫，但只能發出微弱的耳語，而當我終於叫出聲來，我全身與一整張床都因汗水而濕透了。父親站在門邊，燈亮了。「妳只是做了個惡夢，」他說，「我小時候也經常做惡夢，但那是另一個時代了。」他充滿深意地看著我，彷彿覺得像我這樣一個生活條件算不錯的小孩不該有惡夢。我不好意思地對他微笑，說了聲對不起，彷彿我的尖叫是非常愚蠢的舉動。我把被子拉到下巴，因為男人不應該看到穿睡衣的女孩。「嗯。」他把燈熄了，離開，彷彿以某種方式把恐懼也帶走了，因為此刻我可以輕鬆地入睡，門後那一堆衣物也不過是一些舊布料而已。我沉睡的時候，夜晚拖著恐怖、邪惡以及危險從窗前經過。當我安全地躲在被子裡的此刻，白天總是光亮和充滿喜慶氛圍的伊斯特街一帶，警車與救護車呼嘯而過。頭破血流的醉漢躺在陰溝裡，「如果妳敢走入查爾斯酒吧（Café Charles）[9]，妳會被打到沒命。」我哥哥是這樣說的，而他說的一切，都是真的。

3

我快滿六歲了，很快地就要登記入學，因為我已經識字也會寫字了。母親非常驕傲地告訴每一個願意聽她誇耀的人。她說：窮人家也有聰明的小孩。所以她或許還是關心我的？我和母親之間的關係是親密且痛苦和扭曲的，而我總是在尋找任何一點愛的蛛絲馬跡。我所做的一切，都是為了取悅她，為了讓她笑，為了緩解她的憤怒。這是一件非常讓人疲憊的事，因為我必須同時對她隱瞞很多事；有些是我探聽到的，有些是我從父親的書裡讀來的，其他則是哥哥告訴我的。最近，母親住院了，我們由奧妮特（Agnete）阿姨和彼得（Peter）姨丈照顧。他們是母親的姐姐和她有錢的丈夫。他們告訴我，母親的胃不好，但是艾特文隨後卻笑著跟我說：母親「被截肢」[10]了。她肚子裡有個小孩，而這小孩死了。所以他們把她肚子從肚臍那裡往下剖開，把這小孩取出來。這是如此的神祕與可怕。當她從醫院回家以後，水槽底下的水桶每天都裝滿了血。我每一次想到這件事，眼前就會出現一個畫面，在撒迦利亞・尼爾森（Zacarías Nielsen）[11]的故事裡，有個穿著紅色長裙的美麗女人，她把一隻白色的小手舉到胸前，對一個衣冠華麗的紳士說：在我心裡懷著一個孩子。在書裡，這是美麗且絕不血淋淋的描述，它為我帶來了祥和與安慰。艾特文說，我在學校裡會被揍，因為我太怪了。我確實古怪，因為我跟父親一樣愛閱讀，而且我不懂得玩耍。即使如此，當我牽著母親的手走入英和瓦街學校（Enghavevejens skole）的紅色大門也並不害怕，只因母親近來給了我一種全新的感覺，我覺得自己是獨特的。她穿上了新的大衣，皮草領子高至耳朵，臀上扣著腰帶。她的臉頰被紅色的紙巾染紅，嘴唇也是紅紅的，眉毛都畫好了，看起來像一雙小魚兒，朝她的鬢角上方輕甩尾巴游去。我非常確定，沒有任何一位同學有這麼漂亮的媽媽。雖然我身上的衣服是艾特文的舊衣服改的，但是沒人看得出來，因為那是蘿莎莉亞（Rosalia）阿姨的作品。她是裁縫師，而她深愛著哥哥和我，彷彿我們是她親生的一樣。她自己沒有小孩。

當我們走進學校空無一人的大樓時，我的鼻腔馬上被一陣刺鼻的氣味襲擊。我認得這氣味，心裡一緊，因為這熟悉的氣味讓我心生恐懼。母親也感受到了，於是在我們上樓梯的時候，她鬆開了我的手。在校長辦公室，一個看起來好像巫婆的女人負責接待我們。她那一頭綠色的頭髮，看起來就像頭上頂著個鳥巢似的。她只有一隻眼睛戴著眼鏡，我猜另一隻眼的鏡片可能破了吧。在我看來，她似乎沒有嘴唇，因為它們緊緊地抿在一起，嘴上一個毛孔粗大的大鼻子凸出來，鼻尖泛著紅光。「嗯，」她說，開門見山地，「妳就是托芙？」「是的，」母親說，對方看也不看她一眼，彷彿母親不值得她的眼光，連一張椅子也不給母親。「她會讀書，還能寫出正確的字。」那女人看了我一眼，彷彿我是她在一塊石頭底下發現的一個什麼東西。「非常不幸地，」她說，「我們有自己一套教小孩讀書寫字的方式。」如常地，我成為母親被羞辱的原因，我的臉頰刷一下就因羞愧而漲紅。我的驕傲消失了，我因覺得自己獨特而感到的短暫快樂被摧毀了。母親默默地跟我拉開了距離，撇清似地說：「她自己學的，這不是我們的錯。」我抬頭望著她，明白了幾件事：她比其他成年女人矮小，比一般的母親更年輕，街頭以外的世界讓她感到恐懼。而當她和我對一樣的事物感到害怕時，她便會背棄我。就像現在，我們站在巫婆面前，我可以感覺，母親的手有洗碗劑的味道。這味道讓我覺得噁心，當我們在沉默中離開學校，我的內心充滿了混亂與憤怒、悲傷和憐憫，從此刻開始，終其一生，母親總是能喚起我心中的這些感受。

大致上，實情真相有這些。它們如街上的燈柱一般僵硬，無法移動，但是在夜裡，點燈人用魔法棒碰了燈柱一下，燈柱至少也有了變化。燈柱會開始發光，如在日夜邊界裡那些巨大且溫柔的向日葵；在日與夜的邊界，所有的人們安靜且緩慢地移動著，恍如走在青綠色的海底。真相卻永遠不會發光，真相也不會像《人子狄蒂》（*Ditte Menneskebarn*）[12]那樣讓人心變得柔軟。這是我人生中最早讀的書之一。「這是一本社會小說。」父親說教似地說，父親所言或許為真相，但是對我來說無關緊要。「胡說。」母親說，她也不喜歡真相，但是母親比我更擅長逃避現實。當父親在極其少有的情況下對母親發怒，他常說她整個人都是一個謊言，但是我知道，這不是真的。我知道，每一個人都有自己的真相，就如同每個小孩都有自己的童年。母親的真相完全有別於父親的真相，但這種差異非常顯而易見，就好像他的雙眼是棕色的，而她的則是藍色。幸好，大家都認同的是，我們可以對自己心裡的真相保持沉默；而那些嚴格、灰黯的實情真相，則寫在學校的校規、世界歷史裡，或是法律及教會經典裡。無人可以改變，沒有人敢這樣做，就連上帝也不行——我總是分不清上帝和斯陶寧（Stauning）[13]；雖然父親說，我不該相信上帝，因為資本主義總是利用祂來對抗窮人。

總而言之：

我誕生於一九一八年十二月十四日，在哥本哈根市韋斯特布羅（Vesterbro）一間小小的兩房公寓裡。我們住在黑爾布街（Hedebygade）30號A；A代表的是，我們住在後棟樓[14]。在前棟樓，那些可以從窗戶看見街道的公寓裡，住的是較為上等的人們，儘管他們的房子跟我們的一模一樣，但是月租卻比我們多了兩克朗。那年，世界大戰結束了，通過了每日八小時的標準工作時間[15]。我哥哥艾特文誕生於世界大戰剛開始的那一年，當年父親一天工作十二個小時。他是司爐工，雙眼總是因為爐火的火花而布滿血絲。我出生那年他三十七歲，而母親則比他小十歲。父親出生於莫斯島上的尼克賓莫斯（Nykøbing Mors）。他是私生子，從來不知道他的父親是誰。六歲那年，他被送去當牧童，大約在同一個時期，他母親嫁給了一個名叫福羅特朗（Floutrup）的陶工。他們生了九個孩子，但是我對父親的這些繼弟繼妹一點也不了解，也從來沒見過他們，而父親也從未提起過他們。他十六歲那年來到哥本哈根以後，就和家裡完全切斷了關係。他夢想當個作家，基本上也從未放棄過這個夢想。他曾經成功地在某家雜誌社當實習記者，但是不知道什麼原因放棄了。我不知道他在哥本哈根的第一個十年是如何度過的，二十六歲那年，他在托登斯克爾特街（Tordenskjoldsgade）的一間麵包店裡邂逅了母親。她十六歲，在店裡當店員，父親則是麵包師助手。那是一段異常冗長的訂婚過程，父親曾多次取消，因為他好幾次以為母親另有情人。然而，我相信，那些所謂的情人都是沒有意義的。這兩個人簡直是來自兩個世界，差異太大。父親是多愁善感、嚴肅，以及非常道德正確的人；而母親在年輕時是個開朗、淘氣、輕浮及虛榮的女孩。她曾經在不同的地方當女傭，只要一不高興，就馬上離開，於是父親便不得不用載貨腳踏車，把就業紀錄本（Skudsmålbog）[16]、五斗櫃和她載到新的雇主家，而那裡也總是有讓她不高興的事。她自己曾經對我承認，她從未在同一個地方待過長到可以煮熟一顆蛋的時間。

我七歲那年，災難找上了我們。母親織了一件綠色的毛衣給我。我穿上了，覺得很好看。臨近下班時間，我們散步去接父親下班。他在位於京歌街（Kingosgade）的利義達與林德果（Riedel & Lindegaard）工廠上班。他已經在那裡工作很久了，久得應該跟我一樣歲數。我們來早了，我踢踏著溝渠邊緣的積雪，母親則倚靠著綠色的欄杆等候。父親隨即從大門出來，我的心跳開始加速。他灰頭土臉的，臉上的表情異常，彷彿有什麼不對勁。母親急步迎向他。「迪特萊弗（Ditlev），」她說，「發生什麼事了？」他跌坐在地上。「我被開除了。」他說。我沒聽過這詞，但理解到這是無可挽救的傷害。父親失業了。這樣一個可能發生在任何人身上的事，發生在我們身上。利義達與林德果，直至今天為止曾經是所有好事的根源，連我每個星期天無法花掉的五厄爾零用錢都是來自他們。如今他們變成了一條邪惡而可怕的龍，一張口，便把父親隨著火焰吐了出來，連帶影響了他的命運，與我們，與我，以及我綠色的新毛衣——父親連看也沒看見。回家的路上，沒有人說一句話。

我悄悄嘗試把手放進母親手裡，她卻用力地揮動，一把甩開我的手。當我們進入客廳，父親眼神愧疚地望著母親，「嗯，」他撫摸著他的黑鬍鬚說，「還要再等一些日子，才能領到失業金。」他已經四十三歲，這把年紀幾乎無法再找到一份穩定的工作。儘管如此，我記憶中僅有一次這樣的情況：父親的工會失業金領完了，得領貧窮救濟金。那是在我和哥哥上床睡覺以後，在他們竊竊私語中聽到的，這是一件非常羞恥的事，相當於蝨子和兒童福利機構。一旦領取救濟金，就會失去投票權。事實上，我們也沒有真的挨餓，大多是半飽的狀態，但是從那些生活較富裕的家庭門後飄來的晚餐香味，以及連續好幾天只能喝咖啡、吃著以二十五厄爾買回來的滿滿一書包的過期麵包，讓我知道了什麼叫做吃不飽。

是我去買了那一書包的過期麵包的。每個星期天，早晨六點，母親會在雙人床被子底下還在睡眠中的父親身旁，對我下指令。我提著書包匆匆下樓，還沒走到院子裡，我的手指已經凍僵了，那個時間，周遭還是一片黑暗。我打開通往院子裡的大門，環顧綿延至前棟樓窗戶的每個角落，不想讓人看見自己去做這麼丟人的事。買過期麵包是不恰當的，就如同參與嘉士伯街（Carlsbergvejens）學校提供的免費餐點那樣不恰當——那是三十年代在韋斯特布羅唯一的救濟措施。艾特文和我是不會被允許到學校去吃免費餐點的。而擁有一個失業的父親也是不恰當的，儘管半數的人都是這樣。於是我們用最瘋狂的謊言來掩蓋這件羞恥的事，其中最正常的謊言是：父親從鷹架上摔下來，因此請了病假。通德街（Tøndergade）上的麵包店外，孩子們排成一條蜿蜒的長龍，一路排到街上。大家都帶著書包，嚷著這家麵包店的麵包有多好吃，尤其是剛新鮮出爐的。輪到我時，我把書包放在櫃檯上，小小聲地說出我的要求，接著大聲地說：「最好給我鮮奶油蛋糕。」母親迫切地要我跟他們要法式麵包。回家的路上，我把四、五個發酸的鮮奶油蛋糕塞下肚，吃完後用大衣袖子將嘴巴擦乾淨，當母親搜索書包深處時，從來沒有發現我做了什麼。事實上，我極少，或者從未因做了什麼壞事而被懲罰。母親經常用力打我，但通常是沒來由或不公平的毆打，而在被打的過程中，我會感到一種隱密的羞恥，以及沉重的憂傷，這些感受讓我流下了淚水，同時也更拉開了我和母親之間痛苦的距離。父親從未動手打過我，反之，他對我很好。我童年時的所有讀物都來自於父親，並且，在我五歲生日時，他送給我一本精美版本的格林童話故事，沒有這本書，我的童年便只剩下灰色、悲傷和悲慘了。儘管如此，我對他始終沒有太強烈的情感，當他坐在沙發上，以沉默和充滿探究的眼神望著我，彷彿想對我說些什麼，然而卻從來沒有表達出來，為此，我經常感到自責。我是母親的女兒，而艾特文是父親的兒子，這是無法改變的自然法則。有一次我對他說：「『淒風苦雨』是什麼意思啊？父親。」我從高爾基（Gorky）[17]那裡學會了這個形容詞，非常喜歡。他思考了很久，同時捻著他往上翹起來的鬍鬚尖端。「那是俄羅斯的形容詞，」他說，「意思是痛苦、悲慘和悲傷。高爾基是個偉大的詩人。」我高興地說：「我也要成為一名詩人！」他馬上皺著眉頭恐嚇我說：「別痴心妄想了，女人是不可能成為詩人的。」我被冒犯了，覺得很受傷，再次躲起來暗自傷心，此時母親和艾特文卻因為我這瘋狂的想法而大笑。我決定從今以後再也不向任何人大聲說出我的夢想，一整個童年，我守住了給自己的這個承諾。

5

夜晚，我如常坐在臥室裡冰冷的窗台前，望著院子。這是我一天以來最快樂的時刻。第一波的恐慌之浪已經平息。父親說了晚安，回到了溫暖的客廳，而門後的衣物堆已經停止了對我的驚嚇。我望著晚星，恍若那是上帝的眼睛，謹慎地追隨著我，並且比在白日裡更靠近。有朝一日，我會把從身體流動而過的所有字句寫下來。有朝一日，人們將在一本書裡閱讀這些字句，並且感到意外，原來女孩也可以成為詩人。父親和母親會為我而感到驕傲，更甚於艾特文，而學校裡一名目光銳利的女老師（我目前尚未找到）會說：「我在她兒時便看出來了，她是非常獨特的！」我很想把這些字句寫下來，但是我可以把這些紙張藏在哪裡呢？連我的父母都沒有一個可以上鎖的抽屜。我今年二年級，而我想寫讚美詩，因為它們是我所知的最美麗的詩。在我上學的第一天，我們唱著：「感恩與讚美上帝，我們睡得如此平靜……」當我們唱到：「如鳥兒一般輕快，如魚兒一般活潑，早晨的陽光滲透窗子灑進來」，我是如此的快樂和感動，因此掉淚，而其他的孩子則大笑，就像母親和艾特文一樣，總是嘲笑我那因為「古怪」而引發的眼淚。同學們依舊覺得我異常滑稽，而我已經習慣了這樣一種小丑的角色，甚至因此感到一種悲哀的愉快，因為這個角色及我那毋庸置疑的愚蠢，保護著我，讓我免於他們對異於己身族群者的惡毒對待。

一個影子悄悄地從拱門混進來，如老鼠從洞裡竄出來。黑暗中，我還是看得見，那是一個變態。當他意識到前路通行無阻時，他把帽子拉下，遮住額頭，跑向便池，讓門在他身後微微掩著。我看不到門後的情況，但是我知道他在做些什麼。那段對他感到害怕的時期已經過去了，但母親還是感到恐懼。不久前，她帶我到斯文德街（Svendsgade）上的警察局，忿忿不平地告訴一名警察：他那些骯髒下流的舉止，讓公寓大樓裡的女人和小孩身處在不安全的環境裡。警察於是問我：「那個變態是否暴露自己？」我非常有說服力地說：「沒有。」我只知道這個句子：「當旗子升到頂端，我們因此將頭暴露」——確實從來都沒有脫下帽子。當我們回到家裡，母親告訴父親：「警察什麼也不願意做。這個國家，既沒有法律也沒有正義。」

樓下大門被打開，門上的鉸鏈吱吱作響，笑聲、歌聲、詛咒聲打破了屋裡和我心裡莊嚴的寂靜。我伸頭看看是誰來了。是長髮姑娘，她的父親和她父母其中一個喝酒的朋友——「水管工」。長髮姑娘在兩個男人中間，他們一人一手擱在她的脖子上。她的金髮閃閃發光，彷彿是隱形的手電筒照射在她髮上的餘光。他們搖搖晃晃地經過院子，一會兒，我就聽到樓梯間傳來他們的聲音。長髮姑娘名叫潔妲（Gerda），快成年了，至少有十三歲吧。去年夏天，她跟著疥瘡漢斯和美麗莉莉的吉普賽拖車，照顧小小孩，母親說：「潔妲在路途中大概不止感染到了疥瘡。」在院子裡的住宅垃圾間，我經常在那外圍混，也聽到那些較為年長的女孩們說過類似的話。她們壓低嗓門偷笑著，我只知道是一些關於潔妲和疥瘡漢斯之間羞恥、骯髒和曖昧的事。於是我跑去問母親，潔妲究竟發生了什麼事。母親生氣且不耐煩地說：「啊，妳這傢伙！潔妲不再純潔了。」就這樣。可我還是不懂。

我抬頭望著絲綢般無雲的天空，打開窗以便能和天空再靠近一些些。那感覺就像上帝將祂溫柔的臉孔緩慢地降落人間，而祂巨大的心臟溫柔而平靜地跳動著，和我如此靠近。我覺得幸福，而長長的、憂傷的詩句劃過我的腦海。它們把我和我應該親近的人，分成兩邊。我的父母親不喜歡我信仰上帝，他們也不喜歡我說話的方式。另一方面，我對他們說話的方式感到反感，因為他們總是使用如此粗鄙且拙劣的詞句，這些詞句的涵義無法表達他們真正想說的話。母親幾乎用「上帝憐憫妳，如果妳不……」這樣的開頭來命令我做任何事。父親用日德蘭半島方言（Jysk）詛咒上帝，雖然並不是太惡毒的話，但也好聽不到哪裡去。平安夜，我們圍繞著聖誕樹，唱著社會民主黨的讚歌，我的心因恐懼和羞愧而破碎，因為我們可以聽到其他家庭裡傳來的哼唱聲，即便是酒醉或墮落的家庭，都唱著讚美詩。人們應該敬仰他們的父母，我一直假裝自己也是，但是比起小時候，這件事越來越艱難。

一陣美好、冰冷的細雨，灑在我的臉上，我再次關上窗子。然而，我還是聽見了隱約的開門聲，在樓下深處，門被打開了，又被關上。隨後一個美麗的身影悄然來到院子裡，彷彿被一把精巧的透明雨傘提著進來一般。那是凱蒂（Ketty），就住在我們隔壁公寓的一個精靈似的美麗女人。她穿著銀色的高跟鞋，長長的黃色絲綢連身裙，披著白色皮草，讓人聯想到白雪公主。凱蒂的頭髮黑如烏木。不過一眨眼的時間，拱門就把我心夜夜期待的這一個美麗畫面藏了起來。那個時期，凱蒂每晚都有應酬，父親說：「如果她懷上孩子可就丟臉了！」我不懂他的意思。母親什麼也沒說，因為白天她和我經常坐在凱蒂的客廳喝咖啡或熱可可。那是一個完美的客廳，所有的家具都是紅色的裘皮，連燈罩也是紅色的，凱蒂自己也和母親一樣把臉蛋塗得又紅又白，雖然她比母親年輕。她們經常大笑，我也跟著笑，雖然我不知道有什麼那麼好笑。然而當凱蒂開始逗我開心時，母親就會把我支開，因為她不喜歡這樣。就如同不喜歡蘿莎莉亞阿姨找我說話那樣。「自己沒有小孩的女人，」母親說，「總是對著別人的小孩瞎忙。」稍後，她卻鄙視凱蒂，因為她讓自己的母親住在靠近院子那間沒有暖氣的房間，並且完全不允許她進入客廳。她的母親叫安德生（Andersen）太太，根據母親所言，這是「最黑暗的謊言」，因為安德生太太從來就沒有結過婚，因此她生下小孩是罪惡的——這我懂，而當我詢問母親為什麼凱蒂不善待自己的媽媽，母親說：「那是因為她不願意告訴凱蒂，她的父親是誰。」每當聽見如此可怕的故事，我總是因為自己有正常的家庭關係感到慶幸。

在凱蒂消失以後，便池的門悄悄地被推開，那個變態如螃蟹似地沿著前棟樓的牆橫著走出大門。我完全把他忘了。

6

童年就如一副長而窄小的棺木，只靠自己是無法逃脫的。它一直在那裡，你可以清楚地看見，就好像你一眼就看見了俊美路維（Ludvig）的兔唇。至於俊美路維，他和美麗莉莉一樣，因為太醜，你無法想像她其實也是有母親的。所有醜陋或不幸，人們都以美麗稱之，而沒有人知道為什麼。你無法從童年逃脫，它如氣味般縈繞在空氣裡。你可以在其他孩子身上感受到，每一個童年獨特的氣味。往往，人們不認識自己的氣味，有時會害怕，自己的總比別人的悲慘。你站在那裡和一個女孩說話，她的童年有灰燼和煤炭的氣味，忽然之間，她往後倒退了一步，因為她聞到了你童年的可怕氣味。你暗中檢視大人們，他們的童年被藏起來，破爛不堪且百孔千瘡，宛如一張被磨損的舊地毯，沒有人記得，也沒有人需要它。你看不出來他們曾經擁有童年，你也不敢問，他們如何讓自己熬了過去，而臉上卻不曾留下深深的傷痕與痕跡。你懷疑他們是否有條捷徑，在時間尚未到來時，他們已經換上了成人的外衣。他們趁有一天，自己獨自在家的時候，就這樣做了，而他們的童年就如同格林童話裡的鐵約翰（Jern-Hans）那樣，心被三條鐵絲環繞著，只有在他的主人獲得了自由以後，這些鐵絲才斷開。然而如果你不知道這樣的一條捷徑，你只能在每分每秒中把童年熬過去，經年累月。只有死亡能讓你從童年裡解脫，因此你經常想著死亡，並且想像一個身穿白衣的友善天使，在夜晚親吻你的眼皮，讓它們從此不會再睜開。而我總是相信，在我長大以後，母親會關愛我，就好像她此時關愛著艾特文一樣。因為我的童年讓她感到厭煩，也讓我感到厭煩，只有在她忽然間遺忘它存在的那一刻，我們才能快樂地相處。於是她會好像對她的朋友或蘿莎莉亞阿姨那樣對我說話，而我必須謹慎，我的回答必須是簡短的，好讓母親不會忽然記起，我只是一個孩子。我掙脫她的手，維持我們之間的距離，這樣她才不會嗅到我的童年。當我陪她到伊斯特街採買時，這樣的情況幾乎就會出現。她告訴我，她的少女時期是多麼有趣。她每個晚上都去跳舞，而且從未離開過舞池。「我每個晚上都有一個新的情人，」她大聲地笑著說，「然而在我遇見迪特萊弗以後，就不能這樣了。」那是父親，或者她總是叫他「爸爸」，如同他稱她為「媽媽」或「媽咪」一般。我有一種感覺，她曾經是幸福的，和現在完全不一樣，然而，就在她遇見了迪特萊弗以後，這一切戛然而止。她提起他的時候，彷彿說的是父親以外的另一個人，一個黑暗的幽靈，摧毀和破壞了美麗、明亮和快樂的一切。我希望這個迪特萊弗從來不曾出現在她的生命裡。當她說起他的名字，她通常就會瞥見了我的童年，她會對它充滿怒意和威脅，而她那藍色瞳孔周圍的黑圈看起來更黑暗了。於是這個童年因恐懼而顫抖，拚命地踮起腳尖希望可以逃離，然而它始終太小，只有在上百年以後，才能將它丟棄。

有一種人，他們的童年由裡到外都如此顯眼，讓人一目瞭然；這種人就是——孩子們。

而人們可以隨心所欲地對待他們，因為沒有人會害怕一個孩子。他們既沒有武器也沒有面具，除非他們非常狡猾。而我就是這樣一個狡猾的孩子，我的面具就是愚蠢，我總是小心翼翼地不讓人將它撕開。我微微張開嘴巴，讓眼神放空，好像它們只會盯著空氣看。當我在心裡開始唱起歌來的時候，我異常小心，不讓我的面具有任何破綻。沒有一個大人會喜歡我在心底唱的歌，以及我在腦海裡用字句編成的花環。但是他們知道，因為一小部分的思緒會通過一個我不知道的祕密通道，從我心裡洩漏出去，因此我也無法阻止它們。「妳在妄想什麼？」他們懷疑地說，而我向他們確保，我沒有妄想的能力。在學校，他們問：「妳在想什麼？我說的最後一句，妳覺得如何？」但是他們從來無法真正看透我。只有在院子裡或街上的孩子們能看穿我。「妳在裝傻，」其中一個年紀較大的女孩威脅我，並貼近我，「但是妳根本不蠢。」她盤問我，許多女孩安靜地圍繞著我，把我圍在中心，使我無法逃脫，除非我能證明我真的很蠢。最後，我所有愚蠢的答覆終於讓她們相信，我確實是個蠢蛋，她們才讓圈圈開啟一個小小的出口，剛剛好夠我擠身出去。「一個人不應該偽裝成另一個人，妳就是妳。」其中一個女孩以非常正義的口吻對我大聲警告。

童年是黑暗的，它如同一隻關在地窖並且被遺忘的小動物般，不斷地呻吟。它就像從喉嚨裡呵出來的氣，在冷空氣裡冒成白煙，有時太小，有時太大。童年它也永遠都不合身。只有在某一天，它如蛻去的死皮完全脫落，你才能鬆一口氣，平靜地聊起它，一如聊著一個已經痊癒的疾病。大部分的大人說，他們有個快樂的童年，或許他們的確如此相信，但我卻不信。我覺得，他們只是成功地把童年遺忘了。我的母親並沒有一個快樂的童年，而她也沒有像其他人一樣把童年徹底遺忘。她告訴我，當她神經錯亂的父親堅信那道牆將倒在他身上，於是全家人都必須站在牆邊擋著不讓它倒下，這一切是如此的可怕。當我說：「他太可憐了。」母親大吼說：「可憐？那是他自己的錯，那該死的豬。他每天灌一瓶蒸餾酒，當他終於下定決心上吊，我們的日子才稍微好過一些。」她也說：「他謀殺了我的五個弟弟。他把他們從搖籃裡抱出來，摔到牆上，摔爆他們的腦袋。」有一次，我問蘿莎莉亞阿姨（母親的姐姐），這是不是真的，她說：「這當然不是真的，他們是自然死亡。我們的父親是個不幸的人，當他去世的時候，妳母親只有四歲。她繼承了外婆對他的恨。」外婆是她們的母親，雖然她現在已經老了，我可以想像，她的心裡只容得下恨。外婆住在阿瑪島（Amager），滿頭白髮，總是穿著黑色的衣服。和她說話就像和我父母說話一樣，我只能以第三人稱稱呼她[18]，這使得整個對話非常艱難並且一再重複。她在切麵包時會在麵包底部畫十字架，她剪完指甲後會把剪下的指甲丟進壁爐裡焚燒。我問她為什麼要這樣做，她僅僅說，她不知道。她母親也是那樣做的。她和所有的大人們一樣，不喜歡小孩問太多問題，於是只給予簡短的回答。無論你如何轉身，你總會和童年撞個正著，因此而受傷，因為童年有著堅硬的稜角，只有在把你徹底撕個破爛以後，童年才結束。原來，每個人都有屬於自己的童年，而且它們都大相徑庭。譬如，哥哥的童年相當吵鬧，我的卻十分安靜、躡手躡腳，充滿警覺性。沒有人喜歡童年，也沒有人用得著它。忽然之間，它被拉長了，當我和母親都站起來的時候，我可以看到她的眼睛。「人都是在睡覺的時候長大的。」她說。於是我嘗試著在夜裡維持清醒，但是睡意掩蓋了我；早晨，我望著我的雙腳時，感到一陣暈眩，因為從頭到腳的距離被拉長了。「妳這個高個兒！」街上的男孩們這樣喊我，如果這情況持續下去，我有朝一日不得不到大蒙古去，那裡是巨人們持續生長的地方。現在童年也讓人疼痛了啊。「這叫成長痛，要在妳二十歲的時候才會停止。」艾特文說，他知道有關世界和社會的一切，就和父親一樣。父親帶他出席各種政治聚會，母親總是認為，有一天他們兩個都會被警察逮捕。但是，她說這些話的時候，他們根本不理會，因為她和我一樣，對政治完全沒有任何概念。她也說，父親之所以找不到工作，是因為他是社會主義者，並加入了工會；而照片被父親掛在水手妻子旁的斯陶寧，總有一天會帶著我們走向災難。我喜歡在大眾公園（Fælledparken）[19]多次看見和聽見的斯陶寧。我喜歡他，因為他的鬍子在風中揚起，有一種節慶的氛圍，也因為他稱工人們為「同志」，儘管他是首相，絕對可以允許自己成為與眾不同的人。不管政治是什麼，我認為，母親是錯的；然而，沒有人對女孩們對政治的看法有任何興趣。

有一天，我的童年有血的味道。我無法視而不見，也無法不去感受。「現在，妳可以生小孩了，」母親說，「這實在是太早了，妳甚至還沒滿十三歲呢。」我知道人們如何懷上小孩，因為我和父母同睡一間房，而且，從其他管道，你總是無可避免地就會知道這種事。不過，即便某種程度上我還是不懂，我仍然隨時都可以想像，在睡醒的時候，在我身邊找到一個嬰孩。我要叫她瑪麗亞寶貝，她將會是個女孩，我不喜歡男孩，我也不被允許和他們玩在一起。我只愛、仰慕艾特文，我只想嫁給他。但是你不能嫁給自己的哥哥，就算可以，他也不會要我。他經常這樣告訴我。人人都喜歡我的哥哥，我常想，他的童年非常適合他，我的卻不然。他擁有一個為他量身訂做的童年，和諧地隨著他成長；而我的童年，則是為另一個女孩設計的童年，對她來說，這樣的童年應該也還可以。每次，我一有這樣的想法，我的面具就會看起來更蠢，因為我絕對不能和任何人提起這種念頭；而我總是夢想著，有一天我會遇見一個特別的人，他會願意聆聽我，也了解我。我在書裡讀過，我知道這一類人是存在的，但是在童年的街道上，我一個也找不著。

7

伊斯特街是童年的街，它的節奏永遠都會在我的血液裡跳動，它的聲音——在我們宣誓要忠於彼此的遙遠時代裡同樣的那一種聲音，永遠都會傳送到我耳裡。它永遠都是溫暖而明亮，充滿喜慶和令人興奮的，它完完全全籠罩著我，它的被創造，彷彿就是為了滿足我的需求，讓我獲得一個自由的人生。在這裡，小時候的我牽著母親的手，經歷了無數非常重要的事情，比如一顆蛋在伊爾瑪（Irma）超市是六厄爾，一磅人造奶油是四十三厄爾，而一磅馬肉是五十八厄爾。除了食物以外，其他的東西母親都會殺價，店家們絕望地摩擦著雙手，保證如果再這樣下去，他們就得倒店回家。此外，她還很奸詐地，膽敢把父親穿過的襯衫拿去換一件全新的。她也會走進一家店，排在隊伍最尾端，然後用尖銳的聲音大喊：「聽著，現在實際上是輪到我了。我確實已經等得夠久了。」我很享受和她在一起的時光，而我也仰慕她那屬於哥本哈根的勇氣和生存技能。在那些小咖啡館前，總是有失業人士徘徊。他們對母親伸手，但是她並沒有多餘的可以施捨。「他們至少可以留在家裡，」她說，「就像妳父親。」但是，當他不出門去找工作的時候，他失業坐在沙發上的景象，看了真叫人感到悲傷。我曾在一本雜誌上讀過這樣的詩句：「呆坐且凝視著，我父上帝創造的如此手藝精巧的兩個拳頭。」——這是一首關於失業的詩，它讓我想起父親。

在我認識露絲（Ruth）以後，伊斯特街才真正成為我在放學後至晚餐前那段時間裡，玩樂和逗留的街道。那時我九歲，露絲七歲。在一個星期天的上午，公寓大樓所有的小孩都被趕到街上去玩，好讓家長們在經過了一週磨損與沉悶的工作後，可以好好睡一覺，我和露絲互相留意到了彼此。那些較年長的女孩如往常般地在垃圾間的角落談論是非，而年紀較小的孩子們則在玩跳房子，那是一個我總是無法掌握的遊戲，我不是老踩到線，就是控制不住地讓應該懸空的那隻腳碰到地面。我永遠不懂這個遊戲的意義，並覺得這非常無聊。不曉得誰說，我被淘汰了，我無奈地靠牆站著。接著，前棟樓從廚房通往院子的樓梯間傳來急促的下樓梯聲，聲音一路傳到院子裡，一個小女孩跑了出來，她有一頭紅髮，綠色的眼睛，鼻梁上有棕褐色的雀斑。「妳好，」她對我說，咧開嘴笑得好燦爛，「我叫露絲。」我害羞且笨拙地自我介紹，因為沒有人習慣新來的孩子以如此歡快的姿態入場。大家都盯著露絲看，她卻彷彿沒有察覺。「我們要不要去買糖果啊？」她對我說。我有點遲疑地朝家裡的窗戶望了一眼，接著就跟著露絲走，好多年過去，我一直跟著露絲，直到我們離開學校，彼此之間的差距逐漸顯眼為止。

我找到了一個朋友，這大量減低了我對母親的依賴，母親自然不喜歡露絲。她是領養兒。「領養兒都不會帶來什麼好事。」母親陰鬱地說，但是她並不禁止我和露絲玩在一起。露絲的父母是一對肥胖且醜陋的人，他們自己絕對生不出像露絲一樣可愛的人兒。她的父親是一名侍者，經常酗酒；她的母親非常胖，氣喘吁吁，總是為了一丁點的小事毆打露絲。露絲完全不在乎，她甩開一身的爪子，咚咚咚地從廚房後樓梯跑下來，咧開嘴笑，展示那一口閃亮的潔白牙齒，歡快地說：「那惡毒的婊子，我希望魔鬼把她帶走。」當露絲詛咒的時候，並不讓人覺得難聽或冒犯，因為她的聲音聽起來是如此的清脆與美好，就如同最小的山羊嘎啦嘎啦[20]，她的紅唇呈心形，上唇微微往上翹，她的眼神如漢子般勇敢，無所畏懼。她是我無法成為的一切，她要我做的所有事，我都會去做。她和我一樣，對玩耍沒多大興趣。她碰也不碰她的娃娃，至於娃娃車，當我們把一片木板往上擱的時候，她用來當跳板。但是我們不太常這樣玩，因為公寓管理員會跑過來阻止，要不然我們的母親也會出聲警告，她們透過窗戶清楚地監視著我們。只有在伊斯特街，我們才逃過了一切的監視，也是從這裡，我開始了我的犯罪行跡。露絲可愛且友善地認同，我沒有偷竊的本事。於是我只能轉移店員的注意力，而她那嬌小卻敏捷的身體，在我詢問店員何時會有泡泡糖的當下，就能毫不猶豫地把東西拿到手。接著我們會跑去最靠近的樓梯間分贓。偶爾我們也會到店裡去，無止境地試穿鞋子或裙子。我們挑了最昂貴的那些，然後禮貌地說，我們的母親將會來付款，懇請她們把衣物留起來，能保留多久就保留多久。還未走到門口，我們已經忍不住爆笑了。

在我們漫長的友情歲月裡，我總是害怕露絲會看穿我。我害怕她會發現，我究竟是怎麼樣的一個人。我把自己化成她的回音，因為我愛她，也因為她是最勇敢的，然而在我內心深處，我始終還是我。在這條街以外，有我對未來的夢想，而露絲親密地屬於這裡，並且永遠無法與之分離。我覺得我欺騙了她，我假裝我們體內流著同樣的血液。我莫名地虧欠她，我的恐懼和我對她的罪惡感，一一加重了我的心理負擔，導致我們的關係變了調，也連帶著影響了我往後人生裡所有的親密與長期關係。

我們的偷竊行為戛然而止。某日，露絲完成了一件傑作：她將一整罐柳橙果醬順手牽羊，藏在大衣裡帶走。之後，我們吃到肚子都痛了。在過飽的狀態下，我們把剩下的果醬丟進其中一個垃圾桶。因為垃圾桶已爆滿，連蓋子都蓋不上，於是我們跳上去，坐在垃圾桶蓋上。忽然間，露絲開口說：「為什麼我一直是那個動手的人？這太說不過去了。」「跟班和小偷一樣有罪啦。」我驚恐地回應。「雖然這樣說，但是……」露絲抱怨地說，「妳偶爾也應該做點事。」我承認她的要求十分合理，帶著不安地答應她，下一次就輪到我。但是我堅持那必須在一個離家更遠一點的地方，於是我選擇了南大街（Sønder Boulevard）上一家看起來被遺忘的乳製品商店。露絲小心翼翼地打開門，拖著她長長的身影走進去，又或許，她拖著的是自己的良心。店裡空無一人，通往後面屋裡的門並沒有玻璃窗。櫃檯上有個玻璃大碗，裝滿了用紅綠相間鋁箔紙包裝的巧克力棒，二十五厄爾一個。我盯著它們看，臉色因緊張和驚慌而蒼白。我伸出手，然而它卻被無形的力量拉回去。我雙腳顫抖。「動作快一點！」露絲小聲地說，她望著裡面替我把風。於是那一隻無法偷竊的手，緩緩伸向玻璃大碗，一把抓了那些紅綠相間、在我眼前飛舞的巧克力棒，同時，一整個大碗從櫃檯上摔了下來。「白痴！」露絲驚呼，隨即就衝了出去；就在這個時候，屋裡的門砰一聲被推開來。一個白人女性快速地走出來，當她看到我如鹽柱般呆立，伸直的一隻手上抓著一條巧克力棒，她隨即驚訝地止步。「這是什麼意思？」她說，「妳在這裡幹什麼？妳看看，碗破了！」她彎下身把玻璃碎片撿起來，而世界並沒預想中那樣，在我周遭崩壞瓦解，我不知道該抓住些什麼。我希望，此時此地，世界毀了。我所感受到的一切，是一種滾燙的、無止境的羞愧。刺激和冒險都過去了，我只是一個普普通通的小偷，當場被抓個正著。「妳至少也應該道個歉，」女人把玻璃碎片拿去丟時，這樣說，「真是一個冒失鬼。」

一路到英和瓦街（Enghavevej），露絲站在那裡狂笑，直到她笑出眼淚來。「妳真是一個超級白痴，」她脫口而出，「她說了些什麼嗎？妳為什麼不跑？什麼？妳居然還拿著巧克力？我們去公園裡吃吧。」「妳真的要吃？」我疑惑地問，「我覺得，我們應該把它丟到樹下。」「妳瘋了嗎？」露絲問，「這麼棒的巧克力！」「但是露絲，」我說，「我們以後再也不要這樣了，好嗎？」於是我這小小的朋友問我是不是變得聖潔了，並且，在公園裡，她在我眼前大口吃著巧克力。此後，小偷們不幹了。露絲不願意獨自行動，而每當母親叫我去城裡買東西時，我會故意大聲地走進店裡。如果等了一陣子店員都還沒出現，我就會站得離櫃檯遠遠的，雙眼盯著天花板；當女店員出現時，我滿臉通紅，壓抑著自己想要把口袋翻出來給她看的慾望，以證明自己並沒有偷竊。這件事情增加了我對露絲的愧疚，也讓我害怕因此失去珍貴的友情。所以後來當我們進行其他被禁止的遊戲時，我表現得更大膽，比如在英和瓦街高架橋底下，成為最後在火車前穿越鐵軌的那一個。有時我會被火車蒸汽的衝力推倒在草堤上，大口喘氣。當露絲說：「老天！妳剛剛差點就翹辮子了！」對我來說，僅僅如此，就是獎勵了。

8

秋天，暴風把屠夫店外的招牌吹得吱吱作響。英和瓦街上的樹木葉子都快要掉光了，落葉幾乎遮蓋了大地，黃色和紅褐色相間的地氈，很像母親的頭髮，當陽光照耀在她髮絲上時，你才會發現它並不是全黑的。失業人士受凍，但是依舊挺著背脊站好，雙手深埋在口袋裡，齒間咬著熄滅的菸斗。街燈剛被點起，月亮偶爾會在互相追逐、隨風飄動的雲層間露個臉。我總覺得，月亮和街道就像一對有著神祕默契的姐妹，她們一起終老，再也不需要以任何言語來互相溝通。我們走在那轉瞬即逝的暮色中，露絲和我，很快地，我們就得離開街頭，這讓我們迫切地期待，一天結束之前，將會發生些什麼事。我們走到了加斯維加斯街（Gasværksvej），通常會在這裡轉彎，露絲說：「我們再往下走，去看看妓女們吧。她們當中肯定有一些已經開始出沒了。」妓女是為錢而做的女人，這對我來說比免費做更合理。露絲是這樣告訴我的。我覺得妓女這個詞太粗俗，我在一本書上找到「歡場女子」，這聽起來就比較甜蜜和浪漫。露絲告訴我有關這類事的一切，在她眼裡，大人們完全沒有祕密。她也告訴我疥瘡漢斯和長髮姑娘之間的事，而我真的不懂，對我來說，疥瘡漢斯是個老頭。再說，他已經有了美麗莉莉，一個男人可以同時愛著兩個女人嗎？對我來說，大人們的世界還是相當神祕的。伊斯特街對我來說是一個平躺著的美女，而她的一頭長髮一路延伸至英和瓦廣場（Enghaveplads）邊緣。一雙腿在加斯維加斯街這裡分開，形成了界線，一邊是正經人家，另一邊則是墮落的人們，而如雀斑般散落在腿上的，有熱情好客的旅館，以及明亮吵雜的酒吧，那裡，稍晚的時候警車總會過來接那些醉得不像話、愛鬧事的犧牲者。這是聽艾特文說的，他比我大四歲，因此可以在外遊蕩到晚上十點鐘。我非常仰慕艾特文。他穿著青年體育協會（ＤＵＩ）[21]的藍色上衣回家，和父親聊著政治話題。近來他們兩個對薩科（Sacco）和范澤狄（Vanzetti）事件[22]感到非常憤怒，他們兩人的照片在海報柱子上和報紙上直瞪著你看。他們黝黑的異國臉孔看起來很俊美，我也對他們即將為不曾犯過的罪行而被處決感到不忍。但是我不至於像父親那樣沮喪，當他和彼得姨丈討論這事時，他大喊大叫，猛搥著桌子。他和父親與艾特文一樣，都是社會民主主義者，但是他並不認為薩科和范澤狄會有更好的命運，因為他們畢竟是無政府主義者。「我才不在乎，」父親拍桌大吼。「司法誤判就是司法誤判，即使它牽涉了保守黨！」這在我的理解裡，是一個人能幹的最壞的事。最近，我問父親我能不能加入小兵俱樂部（Ping Klubben）[23]，因為我班上的女同學都是會員，父親帶著怒意望向母親，彷彿我是母親政治意識方面長期薰陶下的犧牲者，他說：「妳看，媽咪，現在她成了反動者。我們家裡早晚會出現《貝林時報》（*Berlingske Tidende*）[24]！」

火車站附近的人生是熱鬧非凡的。醉漢互相搭肩，腳步踉蹌地四處唱著歌，查爾斯酒吧滾出一個胖子，他的光頭跌撞在石板地上好幾次，最後一聲不響地躺在我們腳下。兩名警察走到他身邊，狠狠地踹了他一腳，這讓他發出了可悲的叫聲。當他企圖再次回到那邪惡的洞穴時，他們粗暴地拽他站起來，一把推開。他們沿著街道走下去，露絲把手指塞入口中，朝他們吹了一聲長長的口哨，這是讓我羨慕的一個技能。在黑爾戈蘭特街（Helgolandsgade）外，聚集了一大群大笑吵鬧的小孩。當我們走到那裡的時候，我看到捲髮查爾斯（Charles），他站在車道正中央，正在把熱氣騰騰的馬糞往嘴裡塞。他同時還唱著一首難以形容的下流歌曲，逗得孩子們大笑，並鼓勵地對著他大喊，希望他能帶給他們更多娛樂。他發瘋似地翻著白眼。我覺得他既悲慘又詭異，但是為了露絲，我假裝他也給我帶來了歡樂，因為她大笑著，彷彿在跟其他孩子比賽誰的笑聲最大聲。至於妓女，我們只看到一、兩個又老又胖的女人，她們用力地擺動著屁股，試圖吸引緩慢開車經過的群眾的注意力，卻徒勞無功。這讓我非常失望，因為我以為她們都會像凱蒂一樣——露絲也告訴了我凱蒂夜間在城裡的活動。回家的路上，我們穿過雷瓦爾斯街（Revalsgade），那裡曾經有一個老雪茄商被謀殺。我們也停留在馬修斯街（Matthæusgade）一間詭異的屋子前，瞪著三樓一個窗戶看；去年，窗戶內有個小女孩被「紅色卡爾」殺死了，他是我父親在奧雷斯塔德發電廠（Ørstedsværket）一起工作的一個司爐工。我們都不敢在晚間獨自經過那棟房子。回到家，公寓樓下大門，潔妲和水管工緊緊地擁抱著，在黑暗中完全無法區分他們的身影。我屏住呼吸，直到離開院子，因為那裡總是充斥著啤酒和尿液的臭味。當我走上階梯時，我的胸口彷彿被什麼沉重地壓著。性別錯誤的一面[25]公開地對我張口呵氣，次數越來越頻繁，以往，我心裡那些不成文的、顫抖的話語總能掩蓋它，然而最近卻是越來越困難了。在我經過的時候，潔妲隔壁的門輕輕地打開，保羅生（Poulsen）太太示意叫我進去。根據我母親的說法，她是個「窮淑女」，然而我知道，一個人不可能貧窮但又是淑女。她有一個房客，母親鄙視地說他是一個「英俊的公爵」，雖然他只是一名郵差，但對待保羅生太太的方式如同合法妻子，不過他們並沒有小孩。露絲告訴我，他們以夫妻的身分一起生活。我有點不情願地接受了她的邀請，走進一個看起來跟我們家一模一樣的客廳，除了一架缺少很多琴鍵的鋼琴。我坐在一張椅子的邊緣，保羅生太太坐在沙發上，她灰藍色的眼睛裡充滿了好奇。「告訴我，托芙，」她甜甜地說，「妳知道，有很多男士來拜訪安德生小姐嗎？」我立刻讓眼神放空，故做愚蠢，同時讓下顎微微下垂。「不知道啊，」我偽裝驚訝，「我想沒有吧。」「但是妳和妳母親經常到那裡去啊。妳想想看，妳真的沒看過她屋裡有任何男士嗎？晚上也沒有嗎？」「沒有啊。」我說了謊，我被這個女人嚇壞了，我害怕她會傷害凱蒂。我母親已經禁止我拜訪凱蒂了，母親只有在父親不在家的時候才會過去。保羅生太太無法從我這裡得到任何消息，於是冷漠地讓我離開。幾天以後，公寓大樓裡傳遞著一份請願書，為此，父親和母親在上床睡覺時大吵了一架，他們以為我睡著了。「我會簽名的，」父親說，「為了孩子們。我們至少可以保護他們，不讓他們目睹這種糟糕的東西。」「這些賤女人，」母親憤怒地說，「她們只是嫉妒她年輕、漂亮且快樂。她們也不喜歡我啊。」「別拿妳自己和那婊子比較，」父親咆哮地說，「雖然我沒有穩定的工作，但是也從來不需要妳自己賺錢糊口，妳可別忘了！」這聽起來好可怕，感覺這爭吵完全是為了別的事——他們無言以對的事。很快地，那一天來臨了，凱蒂和她母親在街邊，坐在她們那些豪華家具上，彷彿警察那般來回踱步看守著家具。凱蒂鄙視地看了所有人一眼，撐起她那把精緻的雨傘擋雨。她對著我微笑說：「再見了，托芙，妳要好好照顧自己。」稍後，她們隨著搬家卡車離開了，從此，我再也沒有見過她們。

9

家裡發生了可怕的事情。農民銀行（Landmandsbanken）破產了，外婆失去了她所有的積蓄——她這一生存起來的五百克朗。這是一件齷齪的事件，只有小存款戶被影響。「那些富有的豬，」父親說，「他們鐵定有辦法把錢要回來。」外婆可憐地哭泣著，她用雪白的紙巾擦乾哭紅的眼睛。有關外婆的一切都是乾淨、整潔、恰如其分的，她身上長期有洗衣店的味道。那些錢是她的葬禮費用，她經常都在想著這件事。她加入了葬禮儲備金計畫，我曾經以為她說的是「棺木計畫」[26]，這件事她始終沒忘。每次一想到這事，她就會大笑不已。我非常喜歡外婆，她不像母親那樣讓人感到害怕。我也可以獨自去探訪她，因為她的允許，母親並不敢違抗她的意願。母親曾經告訴我，她懷我的時候，外婆對她非常生氣，因為外婆覺得他們已經有一個兒子了，實在沒有理由再要其他小孩。現在外婆不知道，她如何能夠體面地入殮，因為我們沒有錢，跟著那個醉鬼過生活的蘿莎莉亞阿姨也沒有錢，彼得姨丈算是富裕，但他是出名的吝嗇鬼，沒有人會妄想他願意為岳母的葬禮付錢。外婆今年七十三歲，她覺得她時日應該也不多了。她比母親還瘦小，體型像個孩子似的，總是從頭到腳都穿著黑色的衣物。她把全白、如絲般柔軟的頭髮全都盤在頭上，行動如少女般壯健。她住在一間一房公寓裡，只靠養老金糊口。我探訪她的時候，她會為我準備塗滿真正奶油的黑麥麵包，我總是用牙齒把麵包上的奶油都推到一邊，直到奶油都擠在最後一口麵包上，再一口吃下去，那味道美妙極了，我在家裡從來沒吃過那麼好吃的味道。艾特文開始當學徒以後，每個星期天都會去探望她。她會給他一克朗，因為他是家裡唯一的男丁。三個表姐和我什麼也得不到。每次我在外婆家，她都會請我唱歌，她想要聽聽我的音準是不是能比上一次更好。「這個幾乎標準了。」她雀躍地說，雖然我自己可以聽到從嘴裡發出來的聲音，完全不像腦海裡想要唱出的音調。外婆沒有叫我說話的時候，我不能主動開口，但是她喜歡告訴我很多事，而我也很愛聽她說。她告訴我那段非常可怕的童年，她有一個後母，幾乎分分秒秒都為了一些芝麻小事而把她打得半死。然後她去當女傭，再後來跟外公訂婚。外公叫文杜斯（Mundus），在還沒有開始酗酒以前，他是客車製造工人。「咆哮的酒鬼」，鄰居們都這樣叫他，他上吊自殺以後，外婆只好出去洗衣服，勉強維持生計。「但是我的三個女兒都還算過得不錯啊。」她自豪地說。有一次我叫著說，我希望能認識外公，她說：「他到死都是好看的，但卻是一個沒心肝的流氓！如果我願意，我可以告訴妳很多事情。」之後，她卻緊緊抿著兩排無牙的牙齦，什麼也不肯再說了。我想著「沒心肝」這個詞，害怕我像外公。我經常有一種惱人的感覺，我想我沒辦法對任何人有任何實際的情感，當然，露絲除外。某日，我在外婆家，想要唱首歌給她，我說：「我在學校學了一首新歌。」我坐在她的床上，以一種走調、顫抖的聲音唱了一首我寫的詩給她聽。那是一首非常長的詩，寫的是關於「亞爾瑪（Hjamar）和胡爾達（Hulda）」、「耶爾恩（Jørgen）和漢斯娜（Hansigne）」以及母親所有的民謠裡關於兩個無法廝守的情人，只是在我的版本裡沒那麼悲慘，有以下詩句：

年輕且豐盛的愛情，
以千條絲帶把他們緊緊捆綁。
新娘床就在綠草如茵的溝邊，
又有什麼關係呢？

當我唱到這裡，外婆皺著眉頭，她站起來用手撫平了連身裙，彷彿為了預防讓人不自在的皺痕。「這不是一首好聽的歌，托芙，」她嚴厲地說，「妳真的是在學校學的？」我心情沉重地和她保證，因為我原以為她會說：「這真是一首美麗的歌啊，誰寫的啊？」外婆溫和地說：「他們必須先在教堂結婚，然後才能在一起。不過，妳當然不知道這些事。」啊，外婆！我知道的比妳想像中的多，可是，之後我便安靜，不再提起這些事了。我心裡想的是，我幾年前已驚訝地發現，父母在艾特文出生那一年的二月舉行婚禮，而艾特文的生日在四月。我問母親，這究竟是怎麼一回事啊，她馬上說：「妳知道嗎？第一胎是不會懷超過兩個月的。」接著，她和艾特文大笑，而父親則擺出一副陰沉的臉。大人最糟糕的行為是，我覺得，他們永遠不會承認，他們一生中總會犯過錯，或者做了不負責任的行為。他們總是很快地去批判他人，然而卻從未審判自己。

我們家其他的親戚，只有在我和父母一起的時候，或者至少和母親一起時才會見到。蘿莎莉亞阿姨跟外婆一樣住在阿瑪島。我只去過她家一、兩次，因為卡爾（Carl）姨丈——我們稱呼他為「酒瓶子」——老是坐在客廳喝著啤酒自艾自怨，被小孩看到了很不恰當。他們的客廳和大多數人的差不多，餐具櫃靠著一面牆，另一面牆前擱著沙發，而在它們之間有一張桌子和四張高背椅子。和我們家一樣，在餐具櫃裡有個黃銅托盤，托盤上有咖啡壺、糖碗和鮮奶油壺，它們從未被使用，只是在所有節慶時被擦得光亮。蘿莎莉亞阿姨替瑪格星百貨公司（Magasin）[27]做縫紉工作，經常在下班回家的路上來探望我們。她把必須縫紉的衣服用一大張羊駝毛巾包起來，扛在手臂上，待在我們家的那段時間裡，從未放下。她只會坐「片刻」，帽子也沒脫下，彷彿要作為她最終還是待了好幾個小時才離開的反證。她和母親總是聊著她們年輕時的事，而我因此知道了許多我不應該知道的事。比如有一次，因為父親毫無預警地回家，母親把一個理髮師藏在她房間的衣櫃裡。如果母親沒有成功遊說父親再次出門，理髮師恐怕就窒息而死了。還有許多類似的故事，總是讓她們由衷地大笑。蘿莎莉亞阿姨只比母親年長兩歲，而奧妮特阿姨則比她大八歲，所以不曾和她們一起度過青春期。她和彼得姨丈經常過來和父母玩牌。奧妮特阿姨十分聖潔，每次有人在她附近說髒話，都會讓她覺得難受，她的丈夫經常為了要惹怒她而這樣做。她又高又胖，彼得姨丈戲稱為「陽台」的大胸脯上掛著一個達格瑪十字架（Dagmarkors）。如果我相信父母的話，他應該是一個惡毒且狡猾的人，然而他對我總是非常友善，所以我並不相信他們。他是個木匠，因此他永遠不會失業。他們住在奧斯特布羅（Østerbro）一間三房公寓裡，客廳是冰冷的，有一台鋼琴，而他們只有在平安夜才會使用客廳。據說，彼得姨丈繼承了一筆鉅款，他把錢存在幾家不同的銀行以便逃稅。他任職公司裡的職員有時受邀到別家公司參訪，當天所有開銷都由對方招待。有一次，他們去拜訪圖博格（Tuborg）酒廠，他喝了太多酒，以致於隔天必須到醫院去洗胃。又有一次，他們去拜訪英尼賀（Enigheden）乳製品廠，他喝了巨量的牛奶，導致他接下來病了整整八天。要不然，他平日一般只喝水。

我的三個表姐都長得非常醜。每天晚上她們圍繞著餐桌坐著，無止境地編織。「但是她們也不太聰明，」父親說，「他們偌大的公寓裡一本書也沒有。」父親和母親還毫不掩飾地認為，比起這三個女孩，我們長得更好。彼得姨丈之前也結過一次婚，有一個女兒，只比我母親年輕七、八歲，她的名字叫埃絲德（Ester），是個身形高大的女人，走路時腳步快速擺動，身體前傾。她的眼睛看起來就像隨時能奪眶而出。當她來探望我們的時候，總是把我當成嬰兒那樣說話，同時親我的嘴巴，這讓我覺得超級噁心。「親愛的。」她這樣叫我母親，她晚上跟母親一起出門，這讓父親不太高興。有一次她們要去參加人民會堂主辦的嘉年華慶典，在她們化妝時，我幫她們端著鏡子，我覺得母親有如「夜間皇后」般，非常美麗；埃絲德則像是「十八世紀的車夫」，從泡泡袖裡伸出來的手臂都是濃密的捲毛。她們動作必須快一點，因為父親就快要到家了。母親撐著黑色的蓬蓬裙，上面有數百個閃亮的金屬片，就如她脆弱的歡樂一樣，那麼容易就剝落。就在她們要出門的那一刻，父親下班回家了。他瞪著母親的臉說：「嘿，妳這個老稻草人。」她沒有搭話，但是一聲不響地經過他身旁，隨著埃絲德離開。父親知道我聽見了他說的話，他坐在我面前，在他那友善且帶著哀傷的眼睛裡有著不確定。「妳長大以後想做什麼？」他尷尬地問。「夜間皇后。」我邪惡地回應。因為，如同往常地，這一個「迪特萊弗」再次破壞了母親的歡樂。

10

我升上了初中，世界因此而開始擴大了。父母讓我繼續上學，因為他們發現，當我有天得離開學校的時候，也不過十四歲。而且，他們讓艾特文受教育，覺得不應該讓我如影子般被忽略。另外，我也終於被允許去圖書館。我去了位於瓦爾德馬街（Valdemarsgade）的社區圖書館，那裡有童書區。母親認為，如果我繼續閱讀寫給大人讀的書，將會變得更怪異；父親並不認同，但是他什麼也沒說，因為我是母親的責任，無論如何，他可不敢違抗這個世界的秩序。當我第一次走進圖書館時，看到全世界的書都聚集在這樣一個地方，驚訝得說不出話來。童書區的管理員名叫赫嘉．摩勒普（Helga Mollerup），附近許多孩子都認識她，也很愛她，因為如果家裡沒有暖氣和燈光，她會允許他們待在閱讀室裡到傍晚五點，直到圖書館關門為止。他們在那裡寫作業或翻讀裡頭的書，摩勒普小姐只有在他們開始吵鬧的時候，才會把他們轟出去，因為在圖書館必須和在教堂一樣保持安靜。她問我今年幾歲，接著找出一些她認為適合十歲左右小孩閱讀的書。她的個子高瘦，長得漂亮，有著一雙靈動的黑眼睛。她的雙手大而美麗，我以敬仰的態度觀賞它們，因為據說她甩起巴掌來比一些男人更狠。她的穿著很像我的班主任克勞森（Klausen）小姐——非常長且平滑的裙子，白色低領上衣。但是和克勞森小姐相反的是，她並沒有對孩子們充滿無可抵抗的厭惡感；正好相反。她把我帶到一張桌子旁，把一本童書放在我面前，我已經忘了書名和作者了。我讀著：「『爸爸，黛安娜得到了一隻小狗』，話未說完，一個苗條的十五歲少女衝進房間裡，前面提到的官員就在裡面……」之類的文字。我把書翻了又翻，我沒有能力閱讀它。我感到悲傷和一種難以承受的無聊。我不懂，文字，這樣一種優美且細膩的媒介，可以如此可怕地被濫用，又或者，這樣粗糙的句子，怎麼可以存在圖書館內的一本書裡；而像摩勒普小姐這樣一個睿智又迷人的女士，居然還推薦無辜的孩子閱讀它。這些想法我當下當然不可能說出來，於是我僅僅說，這些書都很沉悶，我比較想讀撒迦利亞・尼爾森或威廉・伯格森（Vilhelm Bergsøe）[28]的作品。但是摩勒普小姐說：「童書都是這樣，妳得有耐心地讀下去，等到情節慢慢展開以後，這些故事都會變得很精彩。」只有在我堅持要走進大人讀的文學作品的那一排書架，她才讓步，她好奇地問我想讀什麼書，她會幫我拿來，因為我不能進去成人的書籍區。「一本維克多・胡果的書。」我說。「是『雨果』。」她笑著說，並拍了拍我的頭。雖然她糾正我的發音，我並不覺得難堪，但是當我帶著《悲慘世界》回到家裡，父親認可地說：「維克多・胡果，他很不錯！」我鄭重且說教似地說：「爸爸，您的發音錯了，是『雨果』。」「我管他叫什麼，」他平靜地說，「這些名字怎麼拼就怎麼發音，其他的都是在找碴。」無論任何看法，只要不是來自與我們住同一條街的鄰居，不管我如何跟父母說，都沒有用。有一次，學校的牙醫請我回家跟媽媽要求買一支牙刷給我，而我蠢得真的跟母親說了，母親大聲地說：「妳去跟她說，她可以自己去買牙刷給妳！」當母親牙痛的時候，她先是自己忍受了一星期左右，屋裡四處都可以聽到她絕望的哀號，接著她聽了同一棟樓某個鄰居女人的建議，把蒸餾酒倒在一小塊棉花，放在那顆蛀牙上，就這樣又過了幾天，還是沒改善。然後她穿上最美麗的衣服，慢步走到韋斯特布羅街（Vesterbrogade）上我們健保醫生的診所。他用鉗子把牙拔出來，她才終於獲得平靜。牙醫根本沒有登場過。

在初中時期，女生們都穿得比較好看，鼻尖也不會像小學生一樣一直掛著鼻涕。也沒有人有頭蝨或兔唇。父親曾經說過，我現在的同班同學都是「上流人家的孩子」，但是我絕對不能因此而看不起家裡。事實也是如此。同學們的父親多數是工匠，而我說父親是「機械管工」，因為這聽起來比司爐工高級一點。班上最美的女孩，她的父親是加斯維加斯街上一家理髮店的老闆。她叫埃蒂絲·斯諾爾（Edith Schnoor），談吐之間總是顯露純粹的優越感。我們的班主任是瑪迪亞生（Mathiassen）小姐，一個嬌小、活躍的女士，她看起來非常享受教書的工作。和克勞森小姐、摩勒普小姐，以及我舊學校的校長（那個長得像巫婆的女人）一樣，她給我一個印象，只有平胸的女人才能讓自己在工作上受重視。除了母親以外，街上許多太太們都有巨大的胸部，她們走路時都會刻意挺胸的原因是什麼呢？瑪迪亞生小姐是我們唯一的女教師，她發現了我喜歡詩，在她面前我完全無法裝笨。我只能在自己不感興趣的課裝笨，但是那些課實在是太多了。我只喜歡丹麥文課和英文課。我們的英文老師姓達姆斯果（Damsgaard），很容易生氣。他拍打桌子說：「我對天發誓，我一定要把你們教會！」這個誓言他說了很多次，再這樣下去，他可以改名為「對天發誓」了。有一次，他朗讀一個有點難度的句子，接著叫我重複。句子大約是這樣的：「有關您的詢問，我這裡可以特別向您推薦位於沃本廣場十一號的民宿。去年冬天，我的一些朋友曾在那裡寄宿，並給予高度評價。」他稱讚我正確的英語發音，為此，我永遠忘不了這個愚蠢句子。

班上所有女同學都有詩本，當我跟母親吵了很久以後，我終於也得到了一本。褐色封面上，用金色字體寫著「詩歌」。我讓幾個女同學在裡頭寫她們常寫的詩句，偶爾我也把自己的詩寫在本子裡，底下還標明日期和我的名字，以確保後人將非常肯定地知道，我是一個特別的小孩。我把本子藏在臥室裡五斗櫃的一個抽屜裡，上面疊著一堆毛巾和抹布，一眼望去應該是安全的。然而，某個晚上，艾特文和我獨自在家，因為父親和母親出門去和阿姨、姨丈打牌。艾特文通常晚上會出門，但是自從他開始當學徒以後，晚上總是很累。「那地方很糟糕。」艾特文說，他一直哀求父親批准他找個新地方當學徒。然而他的請求卻是徒勞的，於是他大吼，威脅地說他要離開家去航海等等。父親也開始大吼大叫，母親支持艾特文，也參與了這場爭執，於是客廳裡的劇烈吵架聲幾乎足以掩沒樓下長髮姑娘家的吵鬧聲。這都是艾特文的錯，如今幾乎每個晚上客廳裡的平靜都被破壞，有時我真的希望他遵守自己的話，離家航海去。如今，他坐著，暴躁且自我封閉地翻閱著《社會民主報》，牆上的鐘滴滴答答地打破了寧靜。我寫著作業，我們之間的沉默讓我感到焦慮不安。他用那雙充滿深意的深色眼睛瞪著我看，眼神忽然間和父親一樣憂傷。他忽然說：「妳不是該死地該去睡覺了嗎？在這個他媽的家裡，我永遠沒有屬於自己的空間！」「你可以到臥室裡去。」我有點委屈地回答。「去就去。」他嘀咕，一把抓了報紙走進臥室，狠狠地把門甩上。稍後，我有點驚訝且不安地聽到房內一陣大笑聲。有什麼那麼好笑？我走進去，卻整個被嚇得愣住了。艾特文坐在母親的床上，手中捧著我那可憐的詩本。他笑得整個身體都縮成一團。我因羞愧而火紅著臉，向前走近，把手伸向他。「給我！」我跺著腳說，「你沒有權力把它拿走！」「我的天啊！」他喘著氣縮蜷著身子大笑。「這真的太好笑了，妳真是個騙子。聽好！」他大聲朗讀，偶爾還被自己的笑聲打斷：

你還記得嗎？從前我們飄流，
在那安靜、清澈的激流。
海面上倒映著月光，
一切如夢般美妙。

忽然間，你擱下了槳，
船兒悄悄地靜止。
你沉默不語，然而親愛的，
我看見了你眼裡的愛。

你以強壯臂彎擁抱我，
充滿愛意地親吻我。
我永遠、永遠都無法忘懷，
完美的這一剎那。

「啊！啊！哈哈！」他躺著繼續大笑，淚水從我眼裡奪眶而出。「我恨你，」我大喊，用力往地上跺著腳，「我恨你！我恨你！我希望你掉入水泥坑裡！」說完這最後的話，我正要衝出房，艾特文瘋狂的笑聲忽然毫無預警地轉變為另一種聲響。我在門邊轉過身來，看到艾特文趴在母親的條紋被子上，臉孔埋進了他的臂彎裡。我那珍貴的本子掉落地上。他傷心且失控地大哭，我被嚇壞了。我遲疑地、慢慢走近床邊，但是不敢碰他。我們從未這樣觸碰對方。我用袖子擦乾自己的眼淚，說：「我說說而已，艾特文，關於水泥坑，我根本不知道那是什麼。」他繼續大哭，不發一語，忽然間，他轉過身來，用一種絕望的眼神看了我一眼。「我恨師父和其他的工匠，」他說，「他們一整天都在揍我，我永遠學不會替車子噴漆。我只能替他們所有人遞啤酒。我恨父親，因為他不讓我換個地方當學徒。等我終於回到家，卻不能獨自靜一靜。這裡沒有一個屬於我自己的角落。」我低頭看著我的詩本，說：「我也沒有屬於自己的角落。父親和母親也沒有，他們也沒有可以單獨相處的時候。當他們——當他們——」他訝異地看著我，終於停止了哭泣。「是的，」他傷心地說，「我倒沒有這樣想過啊。」他站起來，有些懊惱讓妹妹看到了他軟弱的一刻。「嗯，」他粗著嗓子說，「等我們長大獨立離開家以後，一切都會變好的。」我贊同他。我走到飯廳去數雞蛋，我拿了兩顆，把剩下的雞蛋稍微移動，讓它們看起來還剩不少。「現在，我要替我倆製作蛋酒。」我對著客廳大喊，並且開始準備。這一刻，我比從前更喜歡艾特文，多年來，他總是疏離的，儘管他是如此的完美、俊俏和開朗。那個看起來完全不會為任何事而傷心難過的艾特文，其實非常缺乏人性。

11

潔妲要生小孩了，水管工卻行蹤不明。露絲說：「他有妻有子，我絕對不會和已婚男人有任何瓜葛。」我也無法想像，我會和單身男人有任何關聯，但是我自己知道就好了。母親說，如果我有一天帶著一個小孩回家，她會把我逐出家門。潔妲沒有被趕出家門。她離開了每週可以賺取二十五克朗的工廠，挺著大肚子，每天在家吟歌歡唱，遠遠地就可以聽到她的歌聲，確保大家知道她的心情並沒有受到影響。她那金黃色的辮子早就被剪短了，於是我在心裡不再叫她長髮姑娘了，儘管在童話裡，當瞎眼的王子在沙漠裡找到她的時候，長髮姑娘生下了一對雙胞胎。這件事非常恰如其分卻又輕描淡寫地存在著，幾乎會讓人忽略，而我小時候，根本沒有想過這究竟是如何發生的[29]。去年，公寓管理員的女兒奧爾嘉（Olga）跟一個軍人生了一個小孩，但是軍人也消失無蹤了。不過她已經滿十八歲了，後來嫁給了一名警察，而警察不在乎孩子的父親是誰。當我看到挺著大肚子的女人，我會非常努力地只盯著她們的臉，但是在她們臉上，我總是找不到那種超然的幸福感，如約翰尼斯・威廉・延森（Johannes V. Jensens）[30]詩裡描述的：「在我膨脹的乳房裡，懷一個甜蜜而焦慮的春天。」她們眼裡沒有任何顯著的情感，有一天，當我懷著一個孩子的時候，我的眼裡肯定會有那種情感。我必須在散文集裡尋找這些，因為父親不喜歡我從圖書館裡把一本本詩集帶回家。「矯情，」他輕蔑地說，「這些文章跟現實人生一點關係也沒有。」我從來就不喜歡現實人生，而我也從不把它寫進詩裡。當我閱讀赫曼．邦（Herman Bang）[31]的《在路上》（*Ved vejen*），父親用手指夾起書，非常厭惡地說：「妳不能讀他的書，他不正常！」我知道不正常是非常恐怖的事，我自己非常艱難地假裝我是一個正常人。關於赫曼．邦也不正常的這件事，讓我感到欣慰。我在閱讀室裡把這本書讀完。當我讀到結尾時，我哭了：「在墓碑的草坪上睡著，可憐的瑪莉安娜（Marianne）。來吧，女孩們，為可憐的瑪莉安娜，哭泣。」我要寫這樣的詩句，每一個人都讀得懂的詩句。父親也不讓我閱讀安妮絲．漢寧森（Agnes Henningsen）[32]，因為她是「公眾女人」，但是他卻不願意費時解釋那是什麼意思。如果他看到我的詩集，肯定會把書燒掉。自從艾特文找到詩本並加以嘲笑，我一直隨身帶著詩本，白天放在書包裡，不然就是藏在褲子裡，鬆緊帶可以防止詩本掉出來。晚上我會把詩本放在床褥底下。順帶一提，艾特文後來說，他其實覺得那些詩很不錯，只要作者另有其人。「當你知道詩裡寫的都是謊言，你也只能笑死而已。」我因為他的誇張而感到快樂，至於謊言什麼的，並不困擾我。我知道，有時候你必須藉由撒謊來揭露真相。

自從凱蒂和她母親被趕走以後，搬來了新的鄰居。那是一對年紀較長的夫妻，他們有一個女兒，名叫玉德（Jytte）。她在一家巧克力店上班。當父親上夜班的那些晚上，她常常來我們家。而她和母親在一起時非常歡樂，因為母親總是和比自己年輕的女性相處得很好。

玉德會帶巧克力來給艾特文和我，我們非常享受地吃著，儘管父親說那肯定是偷來的。玉德的慷慨隨即帶給了我驚嚇。有一天，放學回到家後，母親說：「怎麼樣？妳今天的午餐是不是很棒？」我滿臉通紅，吞吞吐吐，根本不知道如何回答。我總是把午餐原封不動地丟掉，因為母親是用報紙打包，而其他同學的午餐都是用烘焙紙包起來的——但母親在這件事上絕對不會屈服，所以說了也沒有用。「是啊，」我有點猶豫地說，「午餐真不錯。」「我真想知道，那真的是偷來的嗎？」母親滔滔不絕地說，「老闆應該會留意吧。」於是我明白了，那天的午餐裡放了巧克力，我很快樂，因為那是愛的象徵。非常奇怪啊，母親從未發現我說謊；另一方面，她也幾乎不相信真相。我覺得，我的童年很多時候都在鑽研母親的個性，然而她一直是如此的神祕和難以預測。最糟糕的是，她可以多日被激怒似的對你生氣，持續不和你說話，也不在乎你是否有話要說，而你永遠不會知道自己哪裡得罪了她。她也是如此對待父親的。有一次，她一直嘲弄艾特文，因為他和女生玩在一起，父親說：「啊！女生也是人啊。」「喔，這樣啊。」接著她緊緊把嘴一抿，整整八日沒有再張開嘴說話。實際上我認同她，女生當然不該和男生玩在一起；在學校，除非是兄弟姐妹，不然男生和女生也不能混在一起。然而，一個男孩也不該被看見和他的姐妹站在一起。當艾特文和我不得不一起走在路上時，我必須站在他身後，維持三步的距離，而且無論如何都不能大聲嚷嚷地說我認識他。我沒什麼值得炫耀的，母親也這樣認為。當我跟著他們出席人民會堂的創辦紀念日，她非常認真地盡她所能，讓我看起來「還可以」。她用捲髮棒燙捲我一頭僵硬的黃髮，並要求我用力把腳趾頭都縮起來，好讓我可以穿上我們向玉德借來的一雙鞋子。「她已經夠漂亮了。」父親安慰地說，自己卻也忙亂地整理他白色襯衫的領子，這襯衫是為了這次活動而特地買的。艾特文已經長大了，他對於自己還是得跟家人一起出門這件事感到生氣，於是他省略了平日對我「友好」的評論，居然沒有說我醜或我這輩子都嫁不出去。這是一個特別的夜晚，因為在斯陶寧對所有的勞工發表演說之後，他將會頒獎給在韋斯特布羅的所有社運分子，其中一個就是我父親。每一個星期天，他會在鄰里間公寓的樓梯間上上下下，為政黨招收會員，可母親卻在每月要徵收五十厄爾的時候，擅自替他退會，這讓父親非常絕望。他會嘀咕罵著髒話，同時戴上他的舊帽子跑到政黨裡要求重新入會。她對斯陶寧和政黨懷有一種難以言喻的恨意，偶爾會暗示父親曾經加入共產黨、如同罪犯。她並沒有大聲說出「共產黨」，她不敢，但是我有時會想起父親在我童年早期閱讀的那本禁書，就是有關工人家庭凝視著紅旗的那本書，所以，我想母親的暗示或許是真的。

當斯陶寧走上講台時，我心跳加速，而我非常確定父親也是。斯陶寧以他一如往常的方式說話，他的演講我只聽得懂一半。但是我享受著他那平靜、低沉的聲音，安撫了我的心靈，並跟我保證，只要斯陶寧在，就不會有不好的事發生在我們身上。他說起八小時工作制的實行，雖然這已經有一段時間了。關於工會，他表示沒有一個工作場所應該聘請等同於罪人的工賊（skruebrækkere）[33]們。我馬上答應我自己、斯陶寧和我父上帝，我永遠不會成為一個工賊。只有在他提到共產黨如何傷害且分裂社會民主黨員時，他的聲音憤怒地提高了，但是很快地，他又以一種溫和、低沉的嗓音解釋失業問題。母親和許許多多的人一樣，把失業問題怪罪於斯陶寧。然而這當然不是他的錯，他說那是因為世界蕭條[34]的原因，我覺得這個詞很好聽而且具有吸引力。我想像著一個非常哀傷的世界，人人都把窗簾拉下，關上燈，灰色且傷心欲絕的天空同時飄起雨來，天上一顆星也沒有。而現在，斯陶寧最後說：「我非常榮幸地要頒給每一位傑出社運人士一個獎項，以獎勵他們做出的偉大貢獻。」而父親正是其中的一個，我因為驕傲而滿臉通紅，同時斜視著父親。他緊張地撫摸鬍子，並且對我微笑，他彷彿知道，我分享著他的快樂。艾特文因工作狀況和父親之間還是持續著冷戰，看起來幾乎快睡著了。斯陶寧接著清楚且大聲地念著每一個名字，一一用力地和他們握手，同時遞給他們一本書。輪到父親的時候，我雙眼發亮。他拿到的那本書，書名叫《詩與工具》，在封面內頁，斯陶寧寫了一些認可的話語並簽上名字。回家路上，對這份榮耀還是感到興奮的父親說：「妳長大以後可以讀這本書，妳那麼喜歡詩。」母親和艾特文沒有和我們一起回家，他們要去跳舞，嚴肅的父親對這當然完全不感興趣，而我只是個小孩。之後，母親把書塞在書櫃最裡面，關上玻璃門以後根本看不到這本書。「這是你每個神聖的星期天上下樓梯的美好回報，」她這樣嘲諷著父親，「而他還敢提起工賊和低待遇。我主保佑啊！」就連父親也不能平靜地享受著他的喜悅。

12

時間流逝，童年變得如紙一般，單薄而扁平。它疲憊且破爛不堪，在低潮的時候看起來，童年無法持續到我長大。人人都看得出來。每一次奧妮特阿姨來訪，她都會說：「我的天啊！妳長大了！」「是啊，」母親說，然後帶著抱歉的神情望著我，「如果她能長些肉就更好了。」她說得對。我扁得像一個換衣紙娃娃似的，衣服掛在我肩膀上就像掛在衣架上。童年本來應該持續到我十四歲那年，可是卻提早結束，我又能做些什麼呢？所有重要的問題，我都沒有獲得答覆。我羨慕地看著露絲的童年，它是如此堅定而滑順，沒有一絲裂縫。它看起來會比她活得更久，好讓別人繼承它，再把它磨損。露絲自己並不知道。當街上的男孩們對我大喊：「上面的空氣如何啊？姐姐！」她對他們發出了一連串的誓言和詛咒，於是他們驚慌地鳥獸散。她知道我脆弱且不善言辭，總是維護著我。但是露絲對我來說已經不夠了，摩勒普小姐亦然，她有那麼多小孩要照顧，而我不過是其中一個。我總是幻想著能找到一個人，唯一的那個，讓我可以呈上我的詩，同時接受他的讚美。外婆應該會覺得那些詩很不恰當，而艾特文只會笑它們。我開始想著死亡，把它想像成一個朋友。我說服自己我想死，有一天，母親到城裡去，我拿起麵包刀，在手腕上摩擦，希望能找到動脈。想像著母親會如何絕望地撲倒在我的屍體上嚎啕大哭的同時，我也大哭了起來。但是除了一些刮痕以外，什麼也沒發生，現在我的手腕上還有淺淺的痕跡。在這個充滿不確定及扭曲的世界，我唯一的慰藉就是書寫著這樣的詩句：

曾經我年輕美麗而快樂，
充滿了歡笑和樂趣。
曾經我宛如綻放的紅玫瑰，
如今我老了，被遺忘了。

那時我十二歲，而我所有的詩都是「充滿了謊言」，正如艾特文說的。大多數的詩寫的是關於愛情，如果你相信那些詩，你會以為我過著輕浮有趣的生活，四處征服男人。我非常確定，如果我的父母讀了我的詩，他們鐵定會把我送去少年感化院。比如這些：

我心在歡呼，我的朋友，
當我們的唇相遇，
為了這個剎那，

我們誕生了。

我模糊的青春夢消失了，
人生的大門已經打開，
生命是如此之美啊，謝謝你，我的朋友，
你給了我愛的洗禮。

我寫情詩給月亮上的男人；給露絲；或者根本沒寫給誰。我覺得，我的詩遮蓋了童年裡那些破裂的部分，就好像傷口底下那些還沒剝落的、完好的新皮膚。它們是否塑造了我長大後的身影？這段時期我幾乎一直都很傷心。街上的風吹過我瘦長的身子，冷冷的，恍若世人投向我不以為然的眼光。在學校，我經常呆坐盯著老師們看，就像我盯著所有大人和成年的人類，某日，一個歌唱課的代課老師安靜地走到我的位子，平靜卻清晰地說：「我不喜歡妳的臉。」我回家，盯著五斗櫃上鏡子裡的自己。那是一張蒼白的臉，有著圓圓的臉頰，以及驚慌的眼睛。在我的門牙上有好幾個凹痕，因為我小時候曾患有軟骨病。這是學校牙醫告訴我的，他說那是營養不良導致。我當然什麼也沒說，因為即使跟家裡說了也沒用。當我自己無法解釋那些日益增長的憂鬱，我想，「世界蕭條」終於也找上了我。我也想著我童年的早期，對我來說，顯而易見地，那段歲月裡的一切都比現在好，然而我卻再也回不去了。晚上，我倚靠在窗台，在我的詩本裡書寫：

斷裂的，那些細弦，
縱然重新接駁，卻
聲音已消失，
音調已死亡。

當時，並不像多年以後，有個凱・弗里斯・莫勒爾（Kai Friis Møller）[35]在我耳邊耳語說：「小心喔，迪特萊弗森小姐，不要隨便使用倒裝句哦，也要小心『卻』這個字的用法哦。」那個時期，我的文學模範是讚美詩、民歌和一八九〇年代的作詞人。

某個早晨，我醒來，感覺糟透了。我的喉嚨疼痛，起床站在地上時，感到非常的冷。我問母親是否能留在家裡，然而她皺了眉頭，要我別拿這種蠢事來煩她。她不喜歡任何毫無預警的突發事件或不速之客。我因發燒，帶著暖呼呼的身子去上學，上第一節課就被請回家了。母親這才終於認同我確實病了。我一躺上床就睡著了，當我醒來時，母親正在替公寓大掃除。當我叫她的時候，她正打算把乾淨的窗簾掛起來。她轉過身來。「妳醒了，很好，醫生等一下就過來了，我希望我能趕得及。」我很害怕健保醫生，母親也是。她換上新床單，用一個髮夾替我把耳朵掏乾淨以後，門鈴響起了。她緊張地衝出去開門。

「您好，」她恭敬地說，「非常抱歉，麻煩您了……」她話還沒說完，就被一陣劇烈的咳嗽聲打斷了。醫生咳著，並往手帕裡吐痰，同時用他的拐杖一把將她推到旁邊，說：「是，是，」緩口氣以後，他低吼：「這些階梯，幾乎要了我的命，叫我上不來也下不去，這種工作方式實在令人難以忍受。我記得您，您是那個牙齒有問題的。究竟是誰生病啊？喔，是您的女兒——她到底在哪裡啊？」「這裡面。」母親領著醫生走進臥室，醫生艱難地拖著肚子擠進來，因為他必須繞過雙人床來到我床邊。「喔，」他叫了一聲，把臉垂到我跟前，「哪裡不舒服啊？妳是蹺課吧？」他臉上帶著輕蔑的神情，我把被子拉到下巴下。他用他那雙突出的黑眼睛盯著我看，我很想告訴他，雖然我們窮，但我們絕對不是聾子。他的雙手布滿毛髮，雙耳中竄出一撮粗黑的毛。他吼著要一支湯匙，母親急忙地走到廚房去拿，幾乎被自己的腳絆倒。他用一支小手電筒照看我的喉嚨，摸摸脖子兩旁，接著恐嚇我問：「學校是不是有人染了白喉？妳的同學？」我點頭。他嘴角一撇，彷彿吃了什麼發臭的東西，大喊：「她有白喉！她得馬上到醫院去！該死的！」母親責備地盯著我看，她從未想過我會用這種無禮的方式去麻煩一個忙碌的醫生。醫生憤怒地抓了他的拐杖，到客廳裡去寫入院通知書，而我嚇壞了。醫院！我的詩！我能將它們藏到什麼地方？睡意籠罩了我，等我再次醒來時，母親坐在床沿。她溫柔地問我想要什麼嗎，為了讓她高興，我要求一塊巧克力，雖然我知道，我應該無法把它吞下去。感謝玉德，我們家裡現在隨時都有巧克力。在等候救護車的時候，我跟母親說，想帶我的詩本到醫院，或許在醫院裡有人會想在裡面記下點什麼。她並不反對。在救護車內，她坐在我旁邊，不斷撫摸著我的額頭或手。在我記憶中，她從未如此做過，這讓我感到尷尬，但也感到快樂。每當我走在街上或到店裡去，我總是盯著那些互相挽著手或親切撫摸彼此的母親和孩子看，這讓我產生一種快樂和羨慕的感覺。母親或許曾經這樣對我，但是我卻什麼也記不得。在醫院裡，我被安置在一個大廳，裡面都是各種年紀的孩子，我們都患了白喉，而他們大多數都和我一樣病重。我把詩本放進一個抽屜，而對於我擁有一本詩本這件事，沒有人覺得奇怪。儘管我在醫院躺了三個月，我幾乎不記得住院的經歷。在探病時間，母親站在窗外對我大喊。我出院之前，她和主治醫師對話，他說，我有貧血和體重過輕的問題。這讓母親感到被冒犯了，我一回到家，她馬上為我做了黑麥粥和其他能讓我長胖的食物，儘管父親再次失業了。我長期缺席的這段時間裡，露絲和公寓管理員的小女兒走得非常近，她叫敏娜（Minna），非常胖，一頭白髮，快滿十三歲了，她們經常一起在垃圾間裡廝混著，雖然她根本還沒到和那些女孩混在一起的年齡。我覺得自己被遺棄了，非常孤獨。只有夜晚、雨水、安靜的晚星和我的詩本，在這段時間內可以帶給我一丁點的安慰。我寫下這樣的詩句：

憂傷、烏黑的夜啊，
你親切地包覆著我，以黑暗，

在我心裡一切平靜而溫柔，
我無力，昏昏欲睡。

雨啊，安靜而美好
輕柔地敲擊著窗戶。
我把頭靠在枕上，
感覺亞麻布的冰涼。

安靜地，我睡著了，
充滿祝福的夜晚，我最親愛的朋友。
明日我將活著醒來，
揣著悲傷，在心裡。

有一天，哥哥對我說，我應該嘗試把寫的一首詩賣給雜誌，但是我不相信有人會願意付錢買我的詩。其實我也不在乎，只要有人願意發表我的詩就夠了，然而我永遠不會和這個「某人」碰面。有朝一日，我長大了，我所有的詩都會印在一本真正的書裡，但是我不知道該如何進行。父親肯定知道的，但是他曾經說過，女人無法成為詩人，所以我不能讓他知道。對我來說，能寫詩便已足夠，我並不急於一定要讓世界看到，尤其這個世界，此刻能給予我的詩的，僅剩下嘲笑和責罵。

13

彼得姨丈把外婆給殺了。至少父母和蘿莎莉亞阿姨都這樣說。平安夜那天，下著大雪，他和奧妮特阿姨把外婆接了過去。他們三人站在街上等電車，等了至少十五分鐘，儘管彼得姨丈極其富有，他卻沒有想過要搭計程車回家。晚上，外婆就得了肺炎，他們把她安置在客廳裡一個鋪好的長沙發上；每逢聖誕節，他們會把客廳的暖氣打開，但是母親說：「誰都知道，在一個整年內只有三天有暖氣的屋裡，會有多潮濕啊。」外婆在這裡躺了三天，接待我們每一個來拜訪的人，她肯定知道自己時日無多。我們都不相信。她穿著一件高領的白色睡裙，她那雙和母親一樣纖細的手，不斷地在被子上不安摸索，彷彿在尋找著什麼重要的東西，卻又找不著。此刻的她沒有戴上眼鏡，可以清楚地看到，她的鼻子又長又尖，深藍色的眼睛非常清澈，她不笑的時候，凹陷的嘴巴顯現出一種嚴肅且僵硬的神情。外婆不停地說起她的葬禮，以及隨著農民銀行破產醜聞而失去的五百克朗。母親和阿姨們誠懇地笑著對她說：「時間到的時候，妳一定會有一個美好葬禮的，媽媽。」我猜只有我以非常嚴肅的態度相信她。她已經七十六歲，我覺得時間應該也差不多了。我們同意會在葬禮上吟唱〈教堂的鐘聲不為大城市而敲〉及〈你把手放在主的犁上〉。後者並非喪禮讚美詩，但是外婆和我都很喜歡這首聖詩，每次我去探望她的時候，我們總是一起唱聖詩。就我而言，這個選擇也有一點點反叛的意味。父親最討厭這首詩歌，因為這一節：「哭泣會扼殺了聲音嗎？那麼想想那金黃色的收成吧」，對父親來說，這是教會對勞工階層們敵意的最好證明。

我很想寫一首讚美詩給外婆，但是我做不到。我已經嘗試很多次了，但是它們總是太像那些舊的讚美詩，因此只得哀傷放棄。聖誕節過後兩天，發生了一件可怕的事。她們三姐妹坐在外婆的床邊，彼得姨丈也在客廳裡，門鈴忽然間響了，我其中一個表姐打開門，「酒瓶子」以一種可怕的姿態擠到外婆的病床邊。蘿莎莉亞阿姨伸手拍打自己的臉，大哭起來。「酒瓶子」一把抓住她大吼說，他媽的最好現在馬上滾回家，不然他會打斷她身體裡每一根骨頭。彼得姨丈向前一把抓住了這個醉漢，而我們這些小孩被趕出了客廳。這一切聽起來就像一場可怕的戰爭，充斥著女人的尖叫聲，而在這一切混亂當中，外婆以平靜且充滿權威的聲音，企圖喚醒他個性裡剩下的那一點善良。忽然之間，一切安靜了下來，我們被告知，彼得姨丈用力把他摔了出去。他從來不被允許進入這個家，也不被允許進入我們街上的家。男人們，除非他們自己喝酒——大部分都喝——否則他們對酗酒的男人也充滿了殘酷的恨意。外婆的病情越來越嚴重，醫生也說她應該過不了這個關卡，我不再被准許去探望她了。母親日日夜夜都去看她，然後帶著泛紅的眼眶和讓人沮喪的消息回家。當外婆過世的時候，他們也不讓我探視，但是艾特文卻可以。他說她看起來就像還活著一樣。然而我仍出席了葬禮。在桑德比（Sundby）教堂，我坐在母親和蘿莎莉亞阿姨旁邊，在布道的時候，我忽然被一陣無法抑制的笑意攻擊。這實在太可怕了，我用手帕遮蓋了鼻子和嘴巴，希望他們會以為我和大家一樣在大哭。幸好眼淚確實也沿著我的臉頰流下。我為自己對於死亡這件事全然無感而感到恐怖。我真的很愛外婆，葬禮上也吟唱了我們選的那些讚美詩。為什麼我無法全心哀悼呢？葬禮結束後的很久以後，我的被子被外婆的取代了，那是她留給母親的唯一遺物。當我在夜裡蓋上被子的時候，屬於外婆乾淨被單的味道飄過，那是外婆的特殊氣息，我哭了，這才終於明白發生了什麼事。啊，外婆，妳永遠都無法再聽我歌唱了；妳永遠都不會在我的麵包上塗上真正的奶油了。妳忘了告訴我的，妳生命裡的那些事，再也無法對我揭露了。很長的一段時間裡，我每晚哭著入睡，因為她的氣息，持續地殘留在被子上。

14

「如果妳不趕快把衣服絞扭機還回去，最好請上帝保佑妳。」母親說，並把那一台沉重的機器丟給我，我必須跳起來以免它砸在我腳上。她在地下洗衣室，俯身在熱氣騰騰的煮水缸上，我知道，每個月的這一天，她都瘋狂地忙碌著。但是我正處在一個可怕的狀況中。她給了我十厄爾支付機器的租金，而租金卻是每小時十五厄爾。上一次租用的時候就漲了五厄爾，他們讓我賒了五厄爾。因此，今天我必須付給他們二十厄爾，可我只有十厄爾。「媽媽，」我膽怯地說，「他們要漲價我也沒辦法啊。」她抬起頭來，撥開了臉上潮濕的頭髮。「還不快去。」她語帶威脅地說，於是我離開了蒸汽瀰漫的洗衣室，走到院子裡；我抬頭望了望灰色的天空，彷彿在等著上天的幫助。那是傍晚時分，在垃圾間如常地聚集了那一群人，埋頭說話。我多麼希望自己是她們當中的一分子。我多麼希望我是露絲。她是如此嬌小，以致於消失在群體當中。「嗨，托芙。」她高興地大喊，因為她根本沒有意識到她遺棄了我。「嗨。」我回應，並向她說明了我的處境，她接著說：「我跟妳一起去，我有辦法把機器還回去。給我十厄爾，總比完全沒有好。」對露絲來說，一切都是那麼簡單，對於大人們的任何行為舉止，她也從來沒有任何疑惑。我自己也是，尤其是母親所做的一切，因為我已經接受了她變幻莫測的性格。到了桑德維斯街（Sundevedsgade），我站在角落，隨時準備逃走，而露絲擠進店裡，把機器連同那十厄爾丟在櫃檯上，再衝到我身旁。我們一路跑到美國路（Amerikavej），就如同我們以往每次逃過危險時那樣，站在路旁喘著氣大笑。「那婊子對我大吼，」露絲喘著氣說，「『一共是十五厄爾。』」她大喊，但是她的大肚子讓她無法馬上繞過機器追過來。我的天啊，太好笑了。」清澈的淚水在她漂亮的臉蛋上劃出紋路，而我是如此的快樂且充滿感激。回家路上，露絲問我為什麼不到垃圾間和她們一起玩。「她們真有趣啊，那些年長的女孩們。」她說。她們玩得很開心，如果露絲的年紀已經大得可以和她們玩在一起，我應該也可以。當我們回到院子裡時，只有敏娜和葛蕾塔（Grete）在垃圾間。我不明白露絲看上了敏娜什麼。葛蕾塔住在前棟樓，她母親是個離婚的女人，和我的阿姨一樣是個裁縫。她上七年級，我幾乎不認識她。她穿了一件針織上衣，可以看到她胸前兩個小小的凸起物，我很遺憾自己不是那樣。她笑的時候，你可以看見她嘴有點歪。在那個幾乎是黑暗的角落，垃圾桶裡飄出難聞的氣味。這兩個大女孩坐在垃圾桶上，敏娜大方地挪了一個位子讓露絲坐在她旁邊，而我直挺挺地站著，恍如地上矗立著的路標，不知道該說些什麼。這是我多年來期待的一次「晉升」，能加入她們，如今我卻不知道這到底有什麼大不了的。「潔妲很快就要生小孩了。」葛蕾塔說，同時用腳跟敲打著垃圾桶。「一定會像俊美路維那樣弱智，」敏娜充滿期待地說，「喝醉時懷上的孩子都是這樣的。」「才不是呢，」露絲說，

「如果是真的，那麼我們大部分人都是弱智的了。」她們只用這種方式說話，她們對每一個人都能說些惡毒且猥褻的話。我想，當我轉身而去的時候，她們是不是也這樣背地裡說著閒話呢。她們傻笑著，聊有關酒醉、私情，以及不可言喻的私密關係。葛蕾塔和敏娜決定在堅信禮[36]後一小時內就要破處，她們說，她們會小心地不在十八歲前懷孕。這一切，露絲以前就已經告訴過我了，而對我來說，在垃圾間的這些話題都非常悲哀與無聊。這讓我感到心情沉重，讓我想遠離這院子、這條街和這些公寓。我不知道是否有其他的街道、房子及人們。目前我最遠只去過韋斯特布羅街，當我到蔬果店購買三磅大小一樣的馬鈴薯時，老闆總是給我一顆糖果，直到他被揭發原來是個像「電鑽X」（Det Borende X）[37]的賊。白天，他安靜地打理自己的小店；晚上，他到郵局行竊，以此嘲笑警察。他們花了很多年才抓到他。我的思緒飄得很遠，直到露絲忽然說：「托芙有個男朋友！」那兩個大孩子笑出聲來，「這是他媽的謊話，」敏娜說，「她太聖潔了。」「這是真的，」露絲堅持，並善意地對著我大笑。「我也知道是誰，是捲髮查爾斯！」「啊！哈哈，哈哈！」她們彎著腰大笑，而我笑得最大聲。我這樣做，是因為露絲只是想逗我們開心，但我並不覺得這一切有什麼好笑的。潔妲搖搖晃晃，艱難地走到院子裡，笑聲靜止了。她手裡提著一個裝著酒瓶的網袋，酒瓶叮噹作響。她的短髮顏色比以前更暗沉了，臉上有褐色的雀斑。我趕快許願，希望她生下一個正常的漂亮寶寶，一個女孩兒，我祝福她，有著金黃色的頭髮，編織成長長的辮子拖在脖子後。或許潔妲真的愛上了水管工，因為沒有人能徹底了解一個女人的心。或許她每個夜晚哭著入睡，儘管她在白天總是笑著唱歌。有一次，她站在垃圾間大聲地向上喊，說她十四歲時會發生什麼事。在這方面，我不想要追隨這種慣例。在我遇見一個深愛的男人之前，我不會做這種事，然而，在我目前的生活中，沒有一個男人或男孩值得我愛。我不要一個「穩定的技工，每週把薪水帶回家，也不喝酒」，我情願當個老處女，我的父母大概漸漸地也接受了我的想法。父親經常說我離開學校的時候，要找一個「有退休金的穩定工作」，但是這對我來說跟找個技工一樣恐怖。想到我的未來只能四處碰壁，我只希望能夠把童年再拉長一點點。我看不到任何出路。當母親從窗戶裡喊我的時候，我欣慰地離開了這個珍貴的角落，走上樓。「怎麼樣？」她友善地問，「妳把衣服絞扭機還回去了嗎？」「是的。」我簡短地回答，而她笑了，彷彿我成功完成了她分派給我的一個艱難任務。

15

瑪迪亞生小姐請我問問家裡，能否讓我繼續上高中，儘管我在考試時無法回答三十年戰爭（Trediveårskrigen）[38]究竟延續了多久。我永遠學不會去理解這類的笑話。瑪迪亞生小姐說，我很有天賦，應該繼續升學；我也很願意，但是我知道，我們無法負擔。雖然如此，我還是不抱任何希望地問了父親，他莫名其妙地生起氣來，輕蔑地說起藍襪子（blåstrømper）[39]和女學生，說她們又醜又自負。有一次，他必須協助我寫一篇有關佛蘿倫絲・南丁格爾（Florence Nightingale）的文章，但是他對南丁格爾唯一的看法僅僅是：她有一雙大腳和口臭，於是我只好請教摩勒普小姐。要不然父親實際上幫我寫了不少篇作文，並且還獲得了瑪迪亞生小姐的高評分。第一次出妻子是因為他寫了一篇有關美國的作文，結尾這樣寫：「人們稱美國為自由的國度。一開始這表示有做自己的自由、工作的自由，以及擁有土地的自由；但現在如果你沒錢購買食物的話，幾乎只剩下餓死人的自由。」「妳這論述，」我的班主任說，「究竟想表達什麼啊？」我無法解釋，於是這份作業我們只拿了「乙等」。不行，我不能繼續升學，我可以當小孩的時間所剩無幾。我必須離開學校，在堅信禮之後，開始學習當家，家裡有太多的事情需要我幫忙。未來是個怪獸，是個強大的巨人，很快地會掉落在我身上，將我壓得粉身碎骨。我那破爛不堪的童年在我身邊飄動，我剛補好一個洞，另一邊就馬上開始破裂，這讓我感到脆弱和易怒。我頂撞母親，她幸災樂禍地說：「好！好！我就看妳將來得和陌生人打交道的時候，怎麼辦！」他們最大的哀傷是艾特文。自從艾特文開始和父母對抗以後，他就變得和我很親近。我對他沒有任何深切且痛苦的感覺，因此他可以放心地信任我。父親一直以為，艾特文會有所成就的，因為他小時候有那麼多天賦。他會唱歌，也會彈吉他，經常在學校的話劇表演裡扮演王子。學校和院子裡的女孩們都喜歡圍繞著他。當我和他上同一所學校時，老師們偶爾會驚訝地對我說：「那樣一個俊俏又聰明的男孩，是妳的哥哥？」當他加入青年體育協會，並且興致勃勃地對政黨開始感興趣時，父親是如此的快樂。父親總是說，他不會信任一個手上沒有鐵鍬的部長，所以誰知道他曾經對艾特文的前途抱著什麼樣的期望？然而，此刻這些夢想都破碎了。艾特文只是等著他的金黃日子到來，也就是他終於可以出師並且輪到他欺壓那些可憐學徒的那一天；他也等著將滿十八歲的那一天，他就可以離家，自己租一間房間，讓自己擁有的一切都可以獲得平靜。他想要住在一個可以把女孩帶回家的地方——因為這一點母親堅持禁止。在她眼裡，所有年輕女性都和她敵對，她覺得這些女孩都是為了找一個可以養她們的技工結婚，而這個技工的學費，都是雙親省吃儉用才付得起的。「而現在艾特文就快要可以賺錢了，」她苦澀地對父親說，「可以還給我們一些錢的時候，他自然就想逃離家庭。肯定有哪個女人在他腦子裡灌輸了這樣的想法。」母親是在和父親一起就寢，以為我已經睡著了的時候，說了這些話。我理解艾特文，這裡不是一個你會想待下去的家，當我滿十八歲的時候，我也會離開這裡的。然而，我也理解父親的失望。最近，他和艾特文吵架時，艾特文說：「斯陶寧酗酒，也有很多情婦。」父親氣得面紅耳赤，重重甩了他一巴掌，以致於他倒在地上。我從未見過父親動手打艾特文，他也從未打過我。某個晚上，父親和母親躺在床上討論有關艾特文的問題，父親說，他們應該允許艾特文把女朋友帶回家。「他沒有女朋友，至少沒有固定的。」母親簡短地說。「當然有，」父親說，「要不然他不會每個晚上都出門。妳這樣，等於是親手把他趕出門啊。」當父親偶一為之地堅持什麼的時候，母親總是會妥協，這次也不例外，於是，隔天艾特文被要求把索爾維（Solvejg）請回家喝茶。我知道關於索爾維的許多事，但是卻從未見過她。我知道，她和哥哥互相愛著對方，而且他們計畫在他學成出師以後就結婚。我也知道，他已經去過她家了，而她的父母非常喜歡艾特文。他在人民會堂的一個舞會上認識她，她住在英和瓦街，和艾特文一樣，今年十七歲。她的父親是腳踏車修理工，在韋斯特布羅街上有一家修理店。她自己是已出師的女性理髮師，賺很多錢。

傍晚時分，我們大家都焦慮地注視著母親的所有動作。我幫她把我們唯一的白色桌巾鋪好，艾特文嘗試捕捉她的眼神，想給她一個微笑，卻沒有成功。他穿著堅信禮時穿的衣服，如今在手腕和腳踝處都顯得太短了。父親則穿著他星期天的服裝[40]，坐在沙發的邊緣，緊張地撥弄著領帶結，彷彿是他自己要去做客似的。我端出一盤鮮奶油蛋糕，擱在桌巾中間。門鈴隨即響了，當我哥哥跳起來趕去開門時，差點就被自己的腳絆倒了。走廊傳來一陣輕笑聲，母親緊閉著雙唇，一把抓過她正在編製的針織衣，怒氣沖沖地開始編織。「妳好，」她簡短地對索爾維說，頭也不抬地對她伸出手，「請坐吧。」她還倒不如說「去死吧」。但是索爾維顯然未察覺那緊繃的氛圍。她微笑著坐下，我覺得她非常漂亮，她的金髮辮子纏繞在頭頂的玫瑰花環，紅紅的臉頰上有酒窩，而她深藍色的眼睛裡總是透露著笑意。她並沒有察覺我們是多麼地安靜，仍自得其樂且自信地說著話，彷彿她非常習慣發號施令。她談起她的工作、她的父母，也談起艾特文，說她很高興終於可以來到他家。母親看起來越來越緊繃，雙手不停地編織，恍若琴弦上的弓。最後，索爾維還是發現了這異常的氛圍，她說：「多麼奇怪啊！當艾特文和我結婚以後，您就是我的婆婆了。」她自己由衷地笑了起來，忽然之間，母親哭出聲來。這真的是太尷尬了，我們都不知該如何是好。她邊哭邊繼續編織，哭聲裡沒有任何感觸或感動的情緒。「阿爾芙莉達（Alfrida）！」父親輕責似地叫喚她，他從未直呼她的名字。我焦慮地拿起咖啡壺，「您還要再來一杯咖啡嗎？」我問索爾維，並未等她回答就往她杯子裡倒滿了咖啡。我想，她會不會以為這其實就是我們家的日常呢？「謝謝。」她微笑著對我說。一時之間，大家都沉默了。艾特文低頭望著桌巾，臉上的表情非常不自在。索爾維非常刻意地往咖啡裡加入鮮奶油和糖。淚水如雨般從母親猙獰、下垂的雙眼中流出；忽然間，艾特文推開了他的椅子，撞上了餐具櫃。「走吧，索爾維，」他說，「我們走吧。我就知道，她會把一切都毀了。別哭了，母親。我會和索爾維結婚的，無論你們願不願意。再見。」他拖著索爾維，衝出走廊，完全不給她任何說再見的機會。門在他們身後重重地被摔上。母親這才摘下了眼鏡，擦乾雙眼。「你看，」母親責備父親，「這就是他當學徒的結果。這個女人是絕對不會放過這樣一個金礦的！」父親疲憊地再次靠著沙發躺下，鬆開領帶，解開襯衫的第一顆鈕釦。「不是這樣的，」他說，並不生氣，「不過，妳這樣，等於是親手把孩子趕出家門啊。」

從此以後，艾特文不曾再把女朋友帶回家，而當他結婚時，我們在婚禮後才見到他的妻子。並不是索爾維。

16

我童年裡最後的春天，非常寒冷而多風。嚐起來像灰塵，聞起來是一種充滿痛苦、分裂和改變的氣味。在學校，人人都在忙著考試或準備堅信禮，然而，這些對我來說都毫無意義。替陌生人打掃或洗碗時，你不需要初中考試證明，至於堅信禮，那是童年的墓碑——對我來說，明亮、安全和幸福的童年，將在此結束。這段時間發生的一切，都給我留下了深刻且難以抹滅的印記，彷彿即使是微不足道的小事也能影響一生。當我和母親出門去買堅信禮的鞋子時，她在店員面前說：「是啊，這將是我們送給妳的最後一雙鞋子了。」這打開了我對未來的恐懼視野，我不知道，我將如何養活自己。鞋子是緞面的，要價九克朗。高跟，穿著它走路，我總是扭傷腳踝，再加上母親覺得我穿了以後，好像高塔那麼高，於是父親用斧頭把一小段鞋跟砍下。這使得鞋尖往上翹，但是我只需穿它一天而已，母親這樣安慰我。艾特文在他十八歲那天搬了出去，他在貝克街（Bagerstræde）租了一個房間；而今，我躺在客廳鋪好的沙發上，覺得這又是一個童年已經結束的不幸象徵。在這裡，我不能坐在窗台旁，因為客廳的窗台堆滿了天竺葵，而從這窗戶望出去，我只看到那輛綠色的吉普賽拖車，以及加油站那又大又圓的燈——我曾經為此驚呼：「媽媽，月亮掉下來了！」這件事我自己並不記得了。我很早就知道，大人們所擁有的回憶和我們自己的回憶，往往是截然不同的。艾特文的回憶也和我的不一樣，每次我問他是否記得我們共同經歷過的一些事，他總是說不記得了。我的哥哥和我互相關愛著彼此，但是我們無法談什麼心事。當我到他租的房間探望他時，他的女房東開門讓我進去。她唇上有著黑色的小鬍子，我覺得她和母親一樣多疑。「他的妹妹，」她說，「好吧。我從來沒有一個租客和他一樣有那麼多姐妹和表姐妹的。」艾特文過得並不好，儘管現在他擁有屬於自己的房間了。他抽菸、喝酒，每個晚上和一個叫托瓦爾特（Thorvald）的朋友去跳舞。他們一起當學徒，曾經計畫將來要合作開修理店。我從來沒見過托瓦爾特，因為我們都不允許帶朋友回家，無論男女都不行。艾特文非常不快樂，因為索爾維離開他了。某天，她來到他房裡，那時他們終於可以單獨相處了，她卻告訴他，她還是不會跟他結婚。艾特文怪罪於母親，但是我想，索爾維應該是找到別的男朋友了。我曾經在哪裡讀過，真愛遇到阻力，只會更強大，但是我當然靜靜地什麼也沒有說，讓艾特文以為母親把她嚇走了，或許會好一點。他的房間相當小，那些家具看起來都應該隨時能被丟到垃圾場。我從未在艾特文那裡逗留太久，因為我們的談話總是有很多冷場。當我要走的時候，他看起來鬆了一口氣的模樣，正如我剛來時他那般快樂。我告訴他家裡的瑣碎小事，譬如我現在穿的油皮靴子——一如以往，是艾特文的舊靴子。父親在靴底上了一層油以延長其壽命；他也打磨鞋尖，以致鞋尖向上翹，而且變成了黑色，但其他部分卻是棕色的。有一次，母親丟給我一些碎布，叫我擦靴子。「使用過後再把它們丟進壁爐裡。」她說。「靴子？」我高興地問，她發自內心地笑了我很久。「不是，妳這傻子，是那些布！」她說。這種事會讓艾特文笑起來，所以我會告訴他，尤其他現在已不再參與我們的日常生活了。沒有什麼事和從前一樣了，只有伊斯特街還是一樣，而現在我晚上也可以到那裡去了。我跟露絲和敏娜一起去，而露絲看起來並未察覺，我和敏娜之間有一種類似恨意的情感存在。偶爾我們會去薩索街（Saxogade）探望奧爾嘉——敏娜的姐姐，她嫁給了一名警察，而且日子過得不錯。奧爾嘉在照顧著小孩，她讓我把小寶寶抱在懷裡，那是一種無限甜蜜的感覺。敏娜說自己也想要嫁給穿制服的男人，然後他們要住在黑爾布街，因為人人結婚後都住在那裡。露絲點頭如搗蒜，這對她們來說，都是值得期待的，露絲也準備迎來這樣的命運。我理解地微笑，彷彿自己也期待著這樣一個未來，如同往常地，我很怕自己被她們看穿。我覺得，我是這個世界的局外人，我找不到一個人，可以和我聊聊有關那些將我壓得喘不過氣來的問題，以及填滿我心裡那些有關未來的想法。

潔妲生了個可愛的小男孩。當她的父母出門工作時，潔妲帶著他驕傲地在街上走來走去。她只有十七歲，你只能在十八歲以後才能生小孩。因為她的天性和態度不允許她承認自己走錯了路，因此她友善地拒絕了街道上人們給予她的憐憫，所以她並不太受人歡迎。人人都因為她拒收奧爾嘉的母親為她收集的一籃子嬰兒衣物，而感到氣憤。她毫不猶豫地讓她的父母養她，儘管她已經超齡了。「如果是妳，」母親說，「我早就會把妳一腳踢走。」啊！我多麼希望可以把自己的小孩抱在懷裡啊，我肯定會親自養育他，也會想方設法地把一切都處理好，只要我能做到。晚上，當我躺上床時，我想像著自己遇見了一位可愛、友善的年輕男士，我會禮貌地措辭，問他是否可以幫我一個大忙。我向他說明，我真的非常想要一個孩子，問他可否確保我能懷上一個孩子。他說好，於是我咬緊牙關，閉上眼睛，想像我是另外一個人，而眼前發生的事與我無關。之後，我不會再見他。然而，在院子裡或街上都沒有這樣一個年輕男士的存在，我在那如今被藏在餐具櫃抽屜底部的詩本上，寫了這樣一首詩：

一隻小小的蝴蝶，飛揚
在藍色的高空。
嘲笑著全世界的一切責任、
價值觀、道德與理性。

陶醉在春日的魅力，
揮動著顫抖的翅膀，
承載著太陽的金色光芒，
它飛向美麗的大地。

那淡紅色的蘋果花，

初綻放，
小小的蝴蝶停頓，
在此找到了美麗的新娘。

蘋果花謝了，
狂野的飛行結束了。
啊，謝謝，小傢伙們。你們教會了我
該如何美麗地去愛。

17

外婆屍骨未寒，父親已經急著把我們都退出了教會。這是母親說的。外婆沒有墓碑，她的骨灰被裝在骨灰罈裡，置放在比斯佩伯（Bispebjerg）火葬場，而當我站在那裡看著這愚蠢的罈子時，我一點感覺也沒有。然而我還是經常過去探望，因為母親希望如此。每次我們在那裡時，母親總是平靜地流著淚，當她問我：「妳怎麼不哭呢？妳在葬禮上倒是有哭的。」這讓我感到良心不安，如今艾特文不在了，只要我不在學校或街上時，我經常和母親在一起。我也曾陪她出席人民會堂的舞會，可是和她一起跳舞並不有趣，因為我已高出她一個頭，和她比起來，我覺得自己非常巨大且笨手笨腳。當她和一名男士跳舞時，一位年輕人走來邀請我跳舞，這不曾發生過，除了母親在家心情好時，在客廳裡教我的那些舞步以外，我不會其他的舞步。我正要拒絕，但是那年輕人已經用手臂環繞著我的腰間，他跳得極好，於是我也跟著跳得不錯。他沉默不語，為了說點什麼，我開口問他以何維生。「我在快遞中心（kurérkorpset）上班。」他簡短地說。我把它聽成治療[41]，以為他是一個醫生。原來除了「穩定的技工」以外，真的還有其他人。也許他會想和我跳整晚的舞，也許他已經有那麼一點點愛上我了。我心跳加速，我向前傾，稍微地靠著他。「夜間、夜間，小偷出動啦……」他隨著音樂在我耳邊唱著。忽然間，音樂停止了，他把我帶回母親身邊，僵硬地鞠了個躬，然後就此消失了。「他很可愛，」母親說，「他如果再回來就好了。」「他是醫生喔。」我炫耀地告訴母親。「啊，上帝保佑我們大家，」母親大笑，「那只不過是一個快遞中心！」

我們已經退出了教會，因此我不能在教堂舉行堅信禮，這讓我在班上的女同學中顯得更加鶴立雞群，因為她們的堅信禮都將由牧師主持，但這沒什麼關係，反正我已經放棄要和她們一樣了。星期六，當維克多．科爾內利烏斯（Victor Cornelius）[42]在電台舞會上表演時，她們輪流互相拜訪，一些男生也被邀請，而我很多同學已經有個可以帶出門的伴。我們家裡沒有收音機，我曾經覺得戴上耳機去聆聽哥哥在學校用簡單零件做出來的收音機傳出的雜音很好玩，但現在也不覺得有趣了。就算我們有一台收音機，我的父母也不會為了我而舉辦週六舞會的。最近我開始參加考試，我根本不在乎成績的好壞。或許，對於不能繼續上高中這件事，我還是覺得失望了。在班上，只有一個女同學被批准上高中，她名叫英娥．諾爾果（Inger Nørgård），和我一樣又高又瘦。她除了讀書，什麼也不做，每一個科目都獲得甲等。其他人都說，她將來一定會是老處女，因此她只能繼續升學。我從未真正和她說過話，我和班上其他人也都不常聊天，我把一切都藏在心裡，有的時候我覺得自己快要窒息了。傍晚時分，我不再和露絲及敏娜到伊斯特街上蹓躂，因為她們之間的對話漸漸地只剩下一些對事物尖酸刻薄的暗示和嘲諷，我無法在我越來越敏感的腦袋裡，將這些話語化為精緻而有韻律的句子。和母親之間，我只說些瑣碎的事，我們吃什麼，或者關於我們樓下的鄰居。自從艾特文搬走以後，父親變得非常沉默，對他來說，我只需在他想像中一切可怕的事件裡有個「好的開始」就夠了。一天，當我去探望艾特文的時候，他非常驚訝地對我說，他的朋友托瓦爾特想要和我見個面。他告訴托瓦爾特我寫詩，問我能不能讓托瓦爾特讀我的詩。我驚恐地說：「不行。」但是哥哥說，托瓦爾特認識《社會民主報》的一個編輯，如果我的詩寫得不錯，或許他願意刊登。他說這些的時候，一直猛咳嗽，因為他對工作上使用的油漆過敏。最終，我屈服了，答應他會在隔天晚上帶著我的詩本過來，好讓托瓦爾特閱讀。托瓦爾特也是一名油漆工，十八歲，尚未訂婚。最後一點我已經求證過了，因為我已經開始把他想像成那一個人，那一個毋須話語便可明白一切的友善年輕人。

隔天晚上，我把詩本放進書包裡，漫步到貝克街去。我用非常堅決的眼光看著我遇見的人，因為我很快就會成名了，到時他們就會因為在我通往星星的路上遇見我而感到自豪。我非常害怕這個托瓦爾特會嘲笑我的詩，就如很久以前的艾特文那般。我想像他長得像哥哥，只是唇上有一抹窄窄的鬍鬚。當我踏入艾特文的房間時，托瓦爾特在床上，坐在艾特文旁邊。他站起來，對我伸出手。他矮小而強壯，金色的髮向上梳，他臉上長滿青春痘，幾乎顆顆都快成熟了。他顯然非常害羞，一直不停地用手梳理頭髮，以致他的頭髮在空氣中直立。我驚恐地看著他，心想我絕不可能讓他讀我寫的詩。「這是我妹妹。」艾特文有點多餘地介紹。「她真是他媽的漂亮啊。」托瓦爾特說，同時再次用手刷了刷頭髮。我覺得他這樣說很友善，我坐在房間裡唯一的椅子上，對他微笑。我們不該過於注重外表，我這樣想，或許他真的覺得我長得好看，如果是，他是第一個這樣說的人。我把本子從書包裡找出來，拿在手上。我很害怕這個有影響力的人會覺得這些詩很糟糕，我自己也不知道它們是否是好詩。「給他啊。」哥哥不耐煩地說，於是我伸手，有點猶豫地把詩本交給他。他翻閱著詩本，額頭上呈現著嚴肅的皺紋，我則彷彿存在於另一個空間。我很激動、感動卻又害怕，這本子代表的是顫抖的、活生生的我，只需一個粗暴或充滿傷害的字，便可以徹底將之毀滅。托瓦爾特安靜地閱讀，臉上不帶一絲微笑。最後，他闔上本子，用他那水藍色的眼睛向我傳遞了一個仰慕的眼神，加重語氣地說：「它們真是該死的棒！」托瓦爾特的說話方式讓我想起露絲，她總是非得使用各種變化多端、充滿力量的表達方式來完成一個句子。然而我們不該以這點來評估一個人，再說，在這個瞬間，我覺得托瓦爾特看起來既聰明又好看。「您真的這樣覺得嗎？」我快樂地問。「我該死地這樣覺得。」他堅決地說。「妳絕對能夠把它們賣出去。他父親是一名印刷師傅，」艾特文說明，「他認識所有的編輯。」「是啊，」托瓦爾特確定地說，「我會處理一切。妳把詩本給我，我會給父親看。」「不，」我說，然後快速地將本子一把抓回來。「我，我會自己去跟這個編輯談，您們只需告訴我，他住在哪裡。」「沒問題，」托瓦爾特順從地說，「我會告訴艾特文，他再跟妳說明。」我把本子放回書包裡，急著想回家。我想要獨自一人夢想我的成功，此刻，堅信禮完全不重要了，長大成人、離家和陌生人相處也都無所謂了，所有的一切都不重要了，除了這樣一個或許能在報上發表至少一首詩的美好機會。

托瓦爾特和艾特文遵守了他們的承諾，幾天以後，我手上握著一張紙條，上面寫著：「編輯布羅赫曼（Brochmann），星期天週刊，社會民主報，諾爾法利馬斯街（Nr. Farimagsgade）四十九號，星期二下午兩點。」我穿上星期天上教堂的服裝，用母親的粉紅色紙巾摩擦臉頰，騙母親說我要幫奧爾嘉照顧小孩，隨即蹓躂到諾爾法利馬斯街。我在一棟很高的建築物裡找到了門，門上有個牌子寫著編輯的名字，我小心翼翼地敲門。「進來吧。」門內傳出一個聲音。我踏入一間辦公室，裡面一個有著白色鬍子的老男人，坐在一張凌亂不堪的大桌子旁。「請坐。」他非常友善地說，同時用手指著一張椅子。我坐下，被一陣劇烈的害羞感壓倒。「嗯，」他摘下眼鏡問我：「妳想要什麼？」我一句話也說不出來，只能把那本逐漸殘破的本子交給他。「這是什麼？」他翻閱著，微微地朗讀裡面的幾首詩。他接著透過眼鏡上方看著我：「這些詩都很情色啊，不是嗎？」他驚訝地說。我滿臉通紅，很快地說：「不完全是。」他繼續閱讀，並說：「嗯，但是，那些情色詩是裡面寫得最好的。妳今年幾歲？」「十四歲。」我說。「好，」他猶豫地摸了摸鬍子。「我編輯的是兒童版，這些詩都不合適，妳過幾年再來。」他把我那可憐的本子闔上，笑著還給了我。「再見，小朋友。」他說。帶著我所有破碎的希望，我毫無所覺地把自己拖出了那扇門。我緩慢而寸步難行地穿越城裡的春日——他人的春日，他人歡樂的改變，以及他人的成功——回到家裡。我永遠都不會成名，我的詩一文不值，我終將嫁給一個不喝酒的穩定技工，或者自己有一份提供退休金的穩定工作。經過這次致命的失望以後，我過了很長一段時間才又重新在詩本裡寫詩。雖然別人不喜歡我的詩，我還是必須繼續寫詩，因為它們能紓解我心裡的憂傷與渴望。

18

在籌備我的堅信禮時，出現了一個重大的問題，就是究竟要不要邀請「酒瓶子」出席。他從來不曾來過我們家，但是最近，他忽然滴酒不沾了。現在他一整天都坐在那裡喝汽水，數量和他之前喝的啤酒差不多。母親和父親都說，這對蘿莎莉亞阿姨來說是件大喜事。但是她看起來並不快樂，因為那男人臉色泛黃，肝臟已經出現大問題，大概也時日無多了。即便是這樣，家裡的人都認為這對她來說也是好事。現在我被允許去拜訪他們了，因為他們不必再保護我，怕我會聽到或看到一些對我無益的事。然而卡爾姨丈卻一點也沒有改變，還是一樣坐在桌旁，口齒不清地嘀咕著有關社會腐爛以及沒用的部長們的事，偶爾對蘿莎莉亞阿姨發出電報式的簡短命令，只要他眼角一揚，她總是馬上奉命行事。汽水瓶在他面前一字排開，難以理解有人能喝下那麼大量的液體。在父母家時，我就經常疑惑。當你到地下室去取木柴，經常會被那些裹著破爛大衣因借酒澆愁而睡死的醉漢絆倒，而在街上，醉漢是日常的景色之一，沒有人會為了他們回頭多看一眼。在公寓樓下的鐵門內，幾乎每晚都聚集一群喝著啤酒和蒸餾酒的男人，只有年幼的小孩會害怕他們。然而，在我們的整個童年裡，我們都不被允許和卡爾姨丈碰面，儘管這其實違抗了蘿莎莉亞阿姨的意願。經過了母親分別和父親及奧妮特阿姨的長久討論之後，他們終於決定讓他出席我的堅信禮。於是我們整個家族都可以參與，除了我的四個表姐，因為我們家客廳實在沒辦法容納那麼多人。母親的心情很好，準備迎接這件大事，並說我不懂得感恩及怪異，因為我無法掩飾事不關己的表情，對我來說，這些彷彿都是為了別人而準備的。

考試結束了，我們在學校也辦了畢業典禮。大家都在歡呼我們終於可以逃離這個「紅色的監獄」[43]，而我歡呼得最大聲。我感到非常困擾，因為我似乎對世界失去了真實的情感，只能永遠模仿他人的反應，假裝自己也是那麼想。所有的一切只能以一種間接的方式才能觸動我。我可以因為報紙上一張街上不幸家庭的照片而哭泣，然而當我在現實生活中看到這樣的場景，我卻一點感覺都沒有。詩和詩意的散文依舊會如往日般讓我感動，但是對於它們所描寫的事，我卻對其非常冷漠。我對現實一點興趣也沒有。當我和瑪迪亞生小姐說再見時，她問我是否找到了當學徒的地方，我說：「有啊。」並且用一種虛假的開朗語氣說，一年後，我將到家政學校去上課，而在那之前，我會到一位女士家當助理，照顧她的小孩。其他的同學都是去辦公室或店裡工作，我因為自己要成為家政助理而感到羞恥。瑪迪亞生小姐以她那聰明且友善的眼神，仔細地看著我。「好，好，」她嘆氣，「妳不上高中，真的是太可惜了。」只要堅信禮一結束，我就要開始工作了，是母親陪我到那裡去求職的。對方是個離婚的女人，以一種冷漠的傲慢態度對待我們，至於我寫詩，以及在我可以再次拜訪《社會民主報》的編輯布羅赫曼前只想混日子過活的這些事，她看起來應該完全不感興趣。公寓裡並不十分雅緻，儘管她有一台三角鋼琴，地上也鋪著地毯。她白天上班，我需要做的是打掃公寓、準備餐點及照顧孩子；這些我都不曾做過，我不知道該如何讓自己值得那每個月二十五克朗的薪水。在我身後，是童年和學校；在我眼前，是我不得不和陌生人相處、未知且可怕的人生。我被夾住、困在兩極之間，正如我的腳被那一雙尖頭緞面鞋夾緊時的那種感覺。在共濟會會所（Odd Fellowpalæet）[44]，我坐在父母中間聽一場演講，內容提到青年是全丹麥未來的基石，我們不能讓父母失望，因為他們為我們付出許多。和所有的女孩們一樣，我的雙腿上也擱著一束丁香，而她們看起來也和我一樣覺得無聊。父親拉扯著他僵硬的領子，艾特文無法停止咳嗽。醫生說他該換工作，但那是不可能的，他花了四年的時間當學徒，才出師成為油漆工人。母親穿著一條新的黑色絲綢連身裙，領口繡有三朵布玫瑰，她頭上頂著新燙的捲髮。燙髮這件事是她和父親力爭而來的，因為父親覺得我們無法負擔，再來，父親也覺得這過於「新潮」與輕浮。我也比較喜歡她的平直長髮。她時不時用手帕擦擦眼睛，然而我卻不確定，她是否真的在哭。我找不到任何會導致她哭泣的原因。我想，曾經，對我來說，世界上最重要的事，是母親愛我，然而那一個對母親的愛異常渴望並且努力尋求它存在跡象的孩子，已經不復存在了。如今的我確實相信，母親是愛我的，只是這無法讓我快樂。

我們的晚餐是烤豬肉和檸檬慕斯，而每一次都會因為做家務而生氣和不耐煩的母親，一直到甜點上桌才放鬆下來。卡爾姨丈被安排坐在壁爐旁，滿身大汗，時不時得用手帕擦擦他那圓圓的光頭。桌子的另一端坐著木匠彼得姨丈，他和代表著整個家庭教養部分的奧妮特阿姨坐在一起。奧妮特阿姨她寫了一首歌給我[45]，因為她擁有在所有重要場合從善如流的「藝術天分」。內容唱的是我成長過程中所有無趣的事件，而每一個段落都這樣結束：「希望上帝就在你的身邊，法德拉，那樣運氣和快樂就會跟著你，法德拉。」當我們唱著副歌時，艾特文看著我，眼裡帶著笑意，於是我趕快看著歌詞好讓自己不笑出來。接著，彼得姨丈邊敲著玻璃杯邊站起來，他要致詞。內容和之前我在共濟會會所裡聽到的差不多，我只用一隻耳朵聽。他說什麼加入成人的隊伍後，得像我父母那樣努力和把事情做好。太冗長了。卡爾姨丈時不時說：「是！」就像喝了酒那樣，而艾特文不斷咳嗽。母親眼神空洞，我緊縮著腳趾，只覺得不自在和沉悶。他終於結束了，大家都喊了「呼啦」[46]，蘿莎莉亞阿姨給我送上一個溫暖的眼神，並默默地說：「我的天！成人的隊伍！她既非鳥也非魚啦。」我可以感覺嘴角的顫動，趕快低頭看著盤子，這是在我的堅信禮上被說出的最充滿愛，或許也是最真實的一句話。晚餐以後，我們終於可以把腿伸直，人人都覺得他們比來之前更開心，或許也是因為葡萄酒的緣故。他們羨慕父母送給我的腕錶，我也很喜歡，讓我纖瘦的手腕看起來較耀眼。其他人則給我錢，超過五十克朗，但是我必須全部存進銀行以備晚年之需，因此沒有什麼特別的期待。

客人們都離開以後，我幫母親打掃，之後，我們坐在桌旁聊天。儘管已經過了午夜，我依然十分清醒，並且慶幸我的慶祝會已經結束了。「上帝啊！他還真能吃，」母親說，她指的是彼得姨丈。「你看見了嗎？」「是啊，」父親憤怒地說，「喝得也不少！因為是免費的，他就不客氣了。」「他還把卡爾當空氣，」母親繼續說，「這對蘿莎莉亞來說真的是太委屈了。」忽然間，她對著我微笑說：「是不是美好的一天啊，托芙？」我只想著這帶給他們多少麻煩，以及花了多少錢。「是啊，」我說了謊，「這是一場美好的堅信禮。」母親讚許地點點頭，同時打了個呵欠。忽然間，她想到一個好主意。「迪特萊弗，」她以一種快樂的語氣說，「現在托芙很快就要出去賺錢了，我們是不是能買得起一台收音機啊？」恐懼和憤怒讓血液衝上我的頭，「不許用我的錢來買收音機，」我生氣地說，「這些錢我自己要用。」「喔，這樣啊。」母親冷冷地回應，她站起身，跺著腳走出門，然後把門重重摔上，以致牆上的石灰粉嘎嘎作響地剝落。父親尷尬地看著我。「妳不必太認真，」他解釋，「我們銀行裡有一點存款，可以用來買一台收音機，妳只需要付一點房租就可以了。」「是。」我說，並且為自己的憤怒感到後悔。我知道，母親接下來很多天都不會和我說話。父親和藹地說晚安，我走進臥室，那裡的窗台，我再也無法倚靠，也無法夢想著成人世界裡一切可以達成的幸福。

我獨自一人坐在童年的客廳裡，母親在唱歌的時候，哥哥曾經在這裡往一片木板敲打著釘子，而父親翻閱著那本我多年未看見的禁書。這些都是幾個世紀以前的事了，而我覺得，當時的我是快樂的，儘管我當時也因為覺得童年永無止境，感到痛苦。牆上掛著的水手之妻凝望大海；斯陶寧嚴肅的臉則低頭看著我，很久很久以前，我的上帝則在他的照片裡誕生。雖然我還是會在這裡入睡，今晚我卻覺得，我在和這個客廳告別。我不想上床就寢，也毫無睡意，我被無止境的悲傷籠罩著。我移開窗台上的天竺葵，抬頭看著天空，新月像搖籃，在被風吹動的雲層中，溫柔地來回擺動，而那底下，閃爍著一顆新星。我為自己讀了幾句約翰尼斯・威廉・延森的《冰川》（*Bræen*），因為經常閱讀，已經把長長的句子銘記在心：「就像夜間剛亮起的星星，恍若晨星一現，在母親胸前被殺害的小女孩啊，閃閃發光，如嬰兒的靈魂，潔白並若有所思地，在那無止境的路上，獨自徘徊，愉快地玩耍。」淚水沿著我的臉頰滑下，因為這個段落總是讓我想起露絲，而我已經永遠地失去她了。有著美好、心形的嘴，以及有力而清澈雙眼的露絲。我失去的好朋友，她那伶俐的口齒、善良的心，我們的友情，已如童年般，結束了。如今，最後僅存的我，如被曬傷的皮屑般，一片片剝落，而在那之下，一個錯誤而古怪的成人誕生了。我讀著我的詩本，而夜晚徘徊在窗戶之外——在我不知不覺間，童年無聲無息地跌落到記憶的最深處，這是我心靈的圖書館，而我餘生，將從這裡汲取知識和經驗。

〖第二部〗

青春

Københavnertrilogi · II

UNGDOM

1

我的第一份工作，我只在那裡待了一天。為了早點抵達，早上七點半我就出門了，「妳在一開始的時候就必須特別努力。」母親說，雖然她自己年輕時，從來沒有辦法在同一個地方完成一份工作。我穿著堅信禮天穿的連身裙，那是蘿莎莉亞阿姨裁的。材質是粉藍色的羊毛，前端有摺子，因此我的胸部不像平常一樣看起來那麼平坦。我踩著單薄、耀眼的陽光走向韋斯特布羅街，覺得每一個人看起來都如此地自由和快樂。當他們經過皮爾巷（Pile Allé）附近，那很快就會把我給吞沒的街門時，他們的腳步變得如舞者般輕快，而幸福住在瓦爾比山丘（Valby Bakke）的另一端。那暗黑色的入口有一股焦慮的氣味，使我不禁有點害怕，奧爾費特生（Olfertsen）太太會不會察覺，並以為那是我自己身上帶著的氣息。我的身體和動作變得僵硬古怪，我站在那裡聽著她飄移不定的聲音，替我說明許多許多事情，而在這些說明之間，她的聲音好像一個空的線軸，失控地在無法打斷的電流裡絮叨著無謂的瑣事；關於天氣、關於男孩，以及關於我超齡的身高。她問我有沒有帶圍裙來，我從空空的書包裡拿出了媽媽的圍裙。在圍裙的接縫處有個洞，只要是母親負責的東西，總是會有一些小問題，而我被這所觸動。母親在很遠的地方，我只能在八小時以後才能再見到她。我正在和陌生人打混，對他們來說，我只是一個被若干金錢買了若干時間付出體力的人。至於我的其他部分，她完全都不在乎。我們走進廚房的時候，一個穿著睡衣的小男孩跑出來。「早安媽咪。」他甜甜地說，同時貼著他母親的腿，投給我充滿敵意的眼神。太太輕輕地把他拉開，說：「這是托芙，跟這位好心的女士打個招呼。」他猶豫地伸出手，當我握著他的手時，他威脅地說：「我說什麼，妳就做什麼，不然我開槍打妳。」他母親大聲地笑著，同時指著一個放著杯子和茶壺的托盤，要我泡好茶再一起端進客廳裡。然後她牽著男孩的手，踩著她的高跟鞋踏入客廳。我把水煮沸，倒入已經裝好茶葉的茶壺裡。我並不確定我做得對不對，畢竟我既不曾喝過茶，也不曾泡過茶。我暗想，富人喝茶，窮人喝咖啡。我用手肘壓下門把，走入客廳，隨即驚恐地站著不動。奧爾費特生太太坐在威廉（William）叔叔的腿上——我幾乎忘了他的存在了，東尼（Toni）躺在地上玩著火車。太太立刻跳起來，在地板來回走動，寬大的袖子不時把陽光剪成憤怒的光影。「請您，」她嘶吼，「進來以前，記得敲門。我不知道您的習慣是什麼，但是在這裡，我們都是這樣做的，所以您最好開始習慣。請出去！」她指著門，我困惑地放下托盤，走出門去。不知為何，她對我使用像個大人般的敬語說「您」，如針般刺痛了我。我不曾經歷過這種情況。當我走出玄關，她大吼：「現在敲門吧！」我敲門。「進來！」她這樣說，這一次，她和威廉叔叔分別坐在各自的椅子上。我滿臉通紅，感到羞辱，馬上就認定了，我不喜歡他們任何一個人。這多少有點幫助。喝完茶後，他們兩人走入臥室換好衣服。接著威廉叔叔握了握那母親和男孩的手以後，便出了門。

顯然的，我是一個連再見都不值得說一聲的人。太太接著給了我一張用打字機打出來的長長清單，上面寫著我一整天在不同的時間點裡該做的事。然後她再次消失在臥室裡。當她再次出現時，臉上帶著冷峻而銳利的表情。我發現她化了濃妝，並散發出一種不自然的、毫無生命力的朝氣。我覺得她之前還更好看一些。她跪在地上親吻著還在玩耍的男孩，然後站起來，對著我的方向輕輕點頭，便消失了。過了一會兒，男孩站起來，拉著我的裙子，奉承地望著我。「東尼想要鯷魚。」鯷魚？我無語，對於兒童的飲食習慣，我一無所知。「不行。這裡寫著……」我仔細讀著時間表，「十點鐘，給東尼吃黑麥粥；十一點鐘，水煮蛋和一顆維他命；一點鐘……」他不想再聽下去。「哈娜（Hanne）每次都給我吃鯷魚，」他不耐煩地說，「其他的東西，她自己會吃掉，妳也可以這樣做。」哈娜顯然是在我之前的家務助理，再說，我也沒辦法逼一個只想吃鯷魚的孩子吞下其他食物。「好吧，」我說，大人們都走了以後，我的心情也好了一些。「鯷魚放在哪啊？」他爬上一張廚房椅子，拿下兩個罐頭，接著在一個抽屜裡找到開罐器。「打開。」他急切地說，把開罐器遞給我。我打開罐頭，應他的要求把他抱上餐桌。接著，我讓一尾接一尾的鯷魚消失在他嘴裡，當魚都被吃完以後，他要求到樓下的院子裡去玩。我幫他穿好衣服，把他從廚房的後樓梯間送下去。我可以從窗戶監督他玩。接著，我必須打掃房屋。清單中有一項寫著：「用掃地機清理地毯。」我找到了那一台沉重的怪物，把它拖到客廳裡的紅色地毯上。為了試用，我把它開到一些短短的線頭上，然而那些線頭卻未消失。於是我搖了搖又弄了弄那機器，結果蓋子打開了，一堆髒東西掉到地毯上。我沒辦法將它裝回去，也不知道該如何處理那堆髒東西，於是就把那些東西都踢到地毯下，再把地毯踩平。折騰了這半天，想必已經十點了，我肚子也餓了。我吃下了東尼的第一份食物，再吞下兩顆維他命丸補充體力。接著換到下一項工作：「把每一個家具用水刷一遍。」我驚訝地看了看單子，再環顧著家具。這太奇怪了，但是這裡顯然是這樣做的。我找到了一把堅硬的刷子，在一個臉盆裡裝了冷水，再次從客廳開始。我堅定且認真地擦洗，直到洗刷了大半架三角鋼琴。我忽然覺醒，發現有些大大的不對勁。在三角鋼琴美麗、光亮的表面，被刷子刮出了上百道細細的刮痕，我不知道該如何在太太回家以前，把這些刮痕處理掉。驚恐如冰冷的蛇爬過我的皮膚。我拿起清單再讀一遍：「用水把**所有**的家具刷一遍。」無論我如何理解清單上的工作，指令都很明確，並沒有排除鋼琴。難道它不算家具？時間已經一點了，而太太五點鐘會回來。我感受到對母親的一種火燒眉毛的渴望，認為自己不應該再浪費任何時間。我迅速脫下圍裙，朝窗外喊著東尼，跟他說，我們要出門到玩具店去看看。他上樓來，我幫他穿好衣服，牽著他的手衝下韋斯特布羅街，他幾乎跟不上我。「我們到我媽媽家去，」我氣喘吁吁地說，「去吃鰻魚。」母親看到我在這個時間出現，感到非常訝異，但是當我們進到屋裡，我告訴她有關被刮花的鋼琴以後，她大笑起來。「我的天啊，」她喘著氣，「妳真的用水刷鋼琴？啊！怎麼會有人那麼笨啊！」忽然之間，她嚴肅起來。「妳聽好，」她說，「妳就算回去，也沒什麼用了。我們絕對可以再幫妳找個地方工作。」我非常感恩，但是並不驚訝。她就是這樣，如果當初由她決定，艾特文也可以換個地方當學徒。「是的，」我說，「但是父親那裡怎麼交代？」「啊，」她說，「我們告訴他有關威廉叔叔的事就行了，他受不了這樣的事情。」我們被一種歡樂的氣氛給占據了，就像舊時那般。當東尼哭著要鯷魚時，我們帶著他到伊斯特街去買了兩罐。四點鐘以前，母親帶著男孩回到奧爾費特生太太家，取回了圍裙和書包。而母親一直沒有告訴我，太太對那台被損壞的鋼琴究竟說了些什麼。

2

我被自由紀念碑（Frihedsstøtten）[1]附近一間位於韋斯特布羅街的招待所僱用了。對母親來說，把我送到城的另一端，和把我送去美國一樣難以想像。我早上八點上班，在一個烏煙瘴氣且油膩的廚房裡工作十二個小時，那裡永遠都沒有平靜和安寧。當我下班回到家，總是過於疲累，除了上床睡覺以外什麼也沒辦法做。「這一次，」父親說，「妳得好好做下去。」連母親也說，有事做對我來說是好的，再說，「威廉叔叔」這個藉口也不能再次使用了。我只想著如何才能逃離這個毫無慰藉的人生。我不再寫詩了，因為日常生活裡找不出任何靈感。我也不去圖書館了。雖然每個星期三下午兩點以後我就下班了，但是我也只是馬上回家睡覺。招待所的擁有人是彼特森（Petersen）太太和小姐。她們是母女，但是我覺得她們看起來一樣蒼老。除了我之外，還有一個十六歲的女孩，名叫伊爾莎（Yrsa）。她的地位比我高得多，當房客們用餐時，她穿著一件黑色的連身裙，套上白色的圍裙和白色的帽子，捧著沉重的盤子來回奔波。她是侍女，工作是伺候客人們。兩年，彼特森太太和小姐答應我，兩年以後她們會讓我伺候客人，到時我就可以和伊爾莎一樣每個月領四十克朗的酬勞。目前我每個月領三十克朗。我的工作是確保爐子一直持續有火，以及打掃住在那裡的三個客人的房間，同時也要打掃廁所和廚房。儘管我已經急匆匆地在做事了，我還是經常來不及把工作做完。彼特森小姐罵我：「您母親從來沒教您怎樣把抹布扭乾嗎？您從來沒有洗過廁所嗎？您臉上是什麼表情？為了您好，我希望您永遠不會經歷比這個更糟糕的事！」伊爾莎嬌小而瘦弱，她有一張蒼白的尖臉，鼻尖微微向上。當彼特森太太和小姐睡午覺的時候，我們在餐桌旁喝咖啡，她說：「要不是妳的指甲經常那樣黑黑髒髒的，妳早就可以服務客人了。我曾經聽彼特森太太這樣說。」或者：「如果妳偶爾也洗洗頭髮，就可以讓客人見到妳。這一點，我很確定。」對伊爾莎來說，招待所外面的世界並不存在，她人生最高的目標就是在每一個用餐時間裡，在餐桌與餐桌間奔來跑去。對於她，或者彼特森太太和小姐那些恍如彈弓裡彈出的小石卻從未擊中要點的話語，我都不予回應。當我和伊爾莎洗著碗盤，而彼特森太太和小姐在我們身後爐子上的大鍋子裡煮食時，她們總是聊著她們的各種疾病，她們換了好幾個醫生，然而兩個人一直都還是感到身體不適。她們患有膽結石、動脈粥樣硬化、高血壓，全身上下都有的疼痛，體內神祕的疾病，以及每次吃東西時，胃部對她們發出的黑暗警告。每逢星期天，她們會特意經過格羅寧恩街（Grønningen）的殘障之家，只為了看看殘障人士，以讓她們心情變好，而且出於惡劣的私慾瞧不起所有的人。她們對招待所那些房客有著特殊的反感，當他們往伊爾莎的大盤子裡舀食物時，所有討論的私密細節都被她們聽在耳裡，同時她們總是嘮叨地抱怨這些人是多麼能吃。有時候，我覺得她們那些低下、惡毒的想法沁入了我的皮膚，讓我幾乎無法呼吸。然而更多時候，我覺得這樣的人生是如此讓人難以忍受的沉悶無趣，我總是帶著哀傷回憶我那多變且充滿故事的童年。狹窄而細長的片刻裡，當我清醒到足以和母親聊個幾句的時候，我問她這棟樓裡和家裡發生了哪些事，並且貪婪地吞下這些美味的消息。潔妲現在在嘉士伯啤酒廠工作，而她的母親則在家照顧小孩。露絲開始和男孩子們約會，「這是可預見的，」母親說，「你永遠都不該領養別人的小孩。」艾特文失業了，也開始常回家看看。「但是妳不必難過，」母親說，「因為現在他的咳嗽也減輕了。」然而這還是讓我覺得有點驚慌，因為父親總是說，技工是不可能失業的。「哦天啊，」母親有點激動地說，「我差點忘了告訴妳，卡爾姨丈住院了。他病得非常嚴重，不過以他那種生活方式而言，這倒也不讓人意外了。蘿莎莉亞阿姨每天都去探訪他，但是他死了，對她來說才是最好的事。伊爾瑪超市的人造奶油漲了兩厄爾，是不是太過分了？」「那現在是四十九厄爾了。」我說，我一直對物品的價錢都非常了解，因為我經常跟母親一起或獨自一人到城裡去。「只希望妳父親可以持續留在奧雷斯塔德發電廠，」她說，「他現在已經在那裡工作三個月了，雖然要輪夜班不是那麼有趣的事。」她喋喋不休的聲音在逐漸擴大的黑暗中，溫柔地在我身邊旋轉，直到我雙手撐在桌上睡著。

一個晚上，我以同樣的姿勢醒來，聽見咖啡杯鏘鏘作響，空氣裡有咖啡香。半清醒中，我抬起頭，眼光被報紙上的一個名字給吸引：編輯布羅赫曼。我立即清醒過來，盯著這名字看，漸漸地，我理解了，這是一則訃告。我覺得自己被狠狠抽了一鞭。我從未想過，兩年期限未滿，他居然會這樣死去。我覺得他背棄了我，再次把我遺棄在一個對未來沒有一丁點卑微希望的世界裡。母親倒了一杯咖啡，接著把咖啡壺放在他的名字上。「喝吧。」她說，然後在桌子的另一端坐下。她說：「俊美路維到收養院去了。他母親去世了啊，所以他們就來把他接走了。」「是啊。」我說，並且再次感到我們之間相隔是如此地遙遠。她說：「等妳拿到那輛腳踏車就好了。只剩下兩個月而已。」「是。」我說。我每個月給家裡十克朗，再存十克朗到銀行裡當退休金，剩下的十克朗留給自己。而此時此刻，我對那輛腳踏車毫不在乎，對於所有的一切都不在乎。我喝著咖啡，而母親說：「妳怎麼那麼安靜？沒什麼事吧？」她語氣尖銳，因為唯有當我的心完全安放在她那裡，沒有偷偷保留屬於自己的私密時，她才會喜歡我。「如果妳不停止這些古怪的舉止，妳永遠都嫁不出去。」她說。「我也不想結婚。」我說，雖然此刻我坐在這裡，正是考慮著這樣一個絕望的出路。我想起童年的陰魂：穩定的技工。我對技工沒意見，是「穩定」這兩個字，杜絕了所有明亮的未來夢想。就像下著雨的灰色天空，沒有一絲絲的陽光可以滲透進來。母親站起來。「嗯，我們該去睡覺了。明天我們都得早起呢。晚安。」她站在門邊說，看起來有點疑心，也有點不太高興。她離開後，我把咖啡壺移開，再次閱讀那訃告。在那名字上有一個黑色十字架。我彷彿看見他友善的臉，也聽見他的聲音：「過兩年再來吧，我的朋友。」我的眼淚流在報紙的字母上，我覺得，這是我人生中最沉重的一天。

3

我陷入了一種長期昏昏欲睡的狀態，這奪走了我的每一股動力。「您連走路都在睡覺啊。」彼特森太太和小姐說，對於她們對我的譴責，我越來越不為所動。我失去了每晚和母親聊天的動力，一個傍晚，當艾特文帶著托瓦爾特的邀請而來時，我拒絕了。我沒有興趣和這個喜歡我的詩的年輕人出門跳舞。或許他父親認識另外一位編輯，或許那位編輯也會在我足齡，寫出真正的、屬於大人的詩之前死去。我因為不敢再讓自己失望而打了退堂鼓。夏天來了。傍晚，我回家的路上，涼風像一條絲巾，冷卻了我爐子般熱烘烘的臉，而年輕的姑娘們穿著淺色連身裙，和她們的情人牽手漫步。我覺得非常寂寞。那些在垃圾間的女孩們，我只認識露絲，當我穿過院子的時候，她總是對我大聲問候。我抬頭望著前棟樓的牆，被人生和回憶淹沒，我童年時那堵哭泣的牆，在它背後，人們吃飯睡覺爭執和打架。然後我穿著唯一的夏日連身裙——有著藍色斑點和泡泡袖裝，走上樓梯。偶爾玉德會坐在客廳抽菸，她邀請母親一起抽。母親笨拙、生澀地抽著菸，老是讓煙燻著了眼睛。現在玉德在香菸工廠工作了。父親說，這些香菸都是偷來的，而母親根本不在乎。她總是要有一個比她更年輕許多的朋友，因為她自己還是那麼地年輕而有活力。然而她的黑髮還是長出了銀灰色的線條，她的臀部也胖了。為此她經常到利爾斯科夫街（Lyrskovgade）上的公共澡堂去做蒸汽浴，每每從那回家後，她會興奮地說其他的太太們都太肥胖。

一個晚上，招待所廚房後門的門鈴響了起來，我打開門，看見露絲站在門外。「妳好，」她微笑著說，「妳現在要回家了嗎？有些事，我想告訴妳。」「好，」我說，「妳在外面等一等。」我把最後的洗碗水倒掉，脫掉圍裙，接著溜出去找她。彷彿她是我的一個祕密聯絡人，沒有人會發現她。她想要什麼呢？已經很長的一段時間，沒有人和我有任何關係。她穿著白色短袖帆布連身裙，腰間繫著黑色漆皮寬腰帶。她塗了唇膏，眉毛和母親一樣都拔光了。雖然她的身形還是長得嬌小，但在我眼中看來相當成熟。我們一路沉默，一直到走到了街上，露絲才開始滔滔不絕地說起話來，彷彿我們之間從來沒有任何隔閡。她告訴我，敏娜離開學校了，現在住在奧斯特布羅她工作的地方。「奧斯特布羅？」我驚訝地重複。「是啊，」露絲說，「但是她一直都有點少根筋。」我以為我會高興露絲這樣形容敏娜，但是並沒有。我只是想，露絲永遠都不會想念任何人。她聳聳肩就把敏娜從她的人生裡排除，就如約一年前，她想必也把我排除在她的人生之外那般。她心裡沒有空間可以容納深刻及變化多端的情感。我們走到了桑德維斯街，停在我平常會拐彎的路口。「但是妳還沒聽聽我想告訴妳的事。」露絲說。我有點勉強地跟著她繼續走下去，母親這會兒等不到我回家了，如果時間再久一點，她就會到招待所去找我。如果她們告訴她，我已經離開，她肯定會以為我遭遇了什麼意外。但是露絲如往日那樣，散發著一種淡淡的魔力，她總是能讓我做些自己不會去做的事。露絲告訴我，她有男朋友了，十六歲，名叫埃維德（Ejvind），住在美國路。他是技師學徒，他們未來會結婚。他奪去了她的童貞，那感覺真的是「該死的美好」。然後她認識了一個非常富有的男人，他是古書商，住在老國王路（Gl. Kongevej）。她想要我跟她到那裡去一趟。她曾經獨自去拜訪他，但是他卻試著勾引她，她大義凜然地說自己不會背叛埃維德。那名富商叫克羅赫（Krogh）先生，他有個好朋友霍爾格・比耶爾（Holger Bjerre），克羅赫先生可以請他幫忙露絲成為表演女郎。「妳也可以哦，」露絲說，「他答應過我。」「我？」一絲絲的希望滲入我的心裡。表演女郎每晚都在舞台上跳舞，白天的時間則是完全屬於自己，想做什麼都可以。我知道，家裡永遠不會允許的，然而，當我和露絲在一起的時候，世界從來都是這樣的不真切。「妳知道嗎？」露絲接著說，「他很老了，也病了。我去拜訪他的時候，他猛咳嗽、打噴嚏和氣喘，我差點以為他要死於心臟病。他獨身一人，如果我們對他好，他或許會讓我們繼承他的一切，這樣埃維德就可以有自己的修理店了。」她用那雙清澈、堅韌的眼睛興奮地望著我，她的瘋狂計畫讓我心情大好。我很清楚露絲要我做什麼，於是我說：「我可不願意，但是我願意見見他。」露絲用手掩著嘴巴大笑，同時用大拇指擦了擦鼻子。露絲說，他看起來有點可怕，但是我必須想想金錢，以及我們那即將成為表演女郎的未來。克羅赫先生住在一棟樓的頂樓，那裡看起來根本不像住著一個百萬富翁。我們按了門鈴，門的另一端傳來劇烈的咳嗽聲。「妳聽，」露絲小聲地說，「他根本就時日無多了。」接著是一連串防盜門鏈和鑰匙發出的聲響，過了好一會兒，門被打開了一個縫隙，克羅赫先生的臉出現了。他懷疑地看了我們一會兒，然後解開防盜門鏈讓我們進去。「啊，」我脫口而出，「好多書啊！」書本和我只在博物館看過的大型畫作幾乎成了客廳的壁紙。克羅赫先生在我們坐下以前，不發一言。他專注地看著我並友善地問：「妳喜歡書？」「是的。」我說；更進一步地觀察他。他沒有露絲說的那麼老，但也不年輕。他禿頭，臉頰胖而通紅，彷彿經常在戶外散步。棕色的眼睛跟父親一樣帶著一點憂鬱。我喜歡他，也感覺到他對我也有好感。他為我們泡咖啡，露絲問起他有沒有跟霍爾格．比耶爾談過。「沒有……可惜他剛好去度假了。」當他看著露絲的時候，他的眼神在她身上游移，幸好，他看起來對我沒什麼興趣。他招待我們吃蛋糕，跟我們聊天氣，聊城裡的女孩如何像鮮花由石板路間綻放。「那，」他說，「是讓人心曠神怡的風景。」露絲覺得無聊，在桌子下用腳踢我。我問：「我也可以成為表演女郎嗎，克羅赫先生？」「妳！」他驚訝地說，「不，妳完全不適合。」「她可以，」露絲抗議，「讓她去燙髮、化妝之類的就可以了。她不穿衣服的時候很好看。」我滿臉通紅，生平第一次對露絲感到懊惱。克羅赫先生從露絲轉向我，說：「妳們兩個究竟是怎麼湊到一起的啊？」我問他能否看看那些書，當他得知我喜歡詩時，他告訴我詩集都放在哪裡。我隨手取出一冊書，翻開。我滿心歡喜地讀著：

——壺裡盛滿了酒

大地暮色蒼茫。

波特萊爾（Charles Pierre Baudelaire）[2]的《惡之華》（*Les fleurs du mal*）[3]，我翻看了書名頁，然後走向克羅赫先生，請問他這名字該如何發音。他告訴我，並且說，我可以把書借走，只要我答應他一定會把書歸還。我答應了，然後重新坐到桌旁。這時我才發現，克魯赫先生穿著晨袍。他再次劇烈地咳嗽起來，咳得他滿面通紅，喘著氣要求露絲幫他拍拍背。露絲一邊拍著他，一邊無聲地對我笑，但是我笑不出來。克羅赫先生和我之間有一種不可言喻的共識，我並不記得和任何人之間有過如此的連繫。我熱烈地希望他是我父親或我的叔叔。露絲感覺到了，不高興地把嘴角往下拉。「我要回家了，」她惱怒地說，「我和埃維德有約。」我們離開的時候，克羅赫先生試圖親吻露絲，但是她把那張甜美的臉轉開，我替他感到難過。我並不抗拒親吻他，但是他只是對我伸出了手，說：「妳可以跟我借任何想讀的書，只要妳記得歸還。我每天晚上這個時間都在家。」當我回到家時，母親坐在桌旁，臉龐浮腫，眼睛發紅，明顯哭過。她問我究竟死到哪去了？還有我手上的書是哪來的？我說，我到艾特文那裡去了，他確實是沒咳得那麼嚴重了。書是跟招待所的一個房客借的。我躺上床後，忽然驚恐地想到，克羅赫先生可能會和我的編輯一樣死去。我覺得，我全心全意想要接觸的那個世界，都是老弱之人，他們隨時都會死去——在我還來不及長大到被他們認真對待以前。

4

卡爾姨丈死了。「他在睡夢中安詳地走了。」蘿莎莉亞阿姨說，他死時仍握著她的手。她坐在椅子的邊緣，戴著帽子，手上一如往常，提著要縫紉的衣服，儘管現在家裡沒人等她回去了。她的雙眼因哭泣而紅腫，而母親無法安慰她。母親總是認為，卡爾姨丈死了對蘿莎莉亞阿姨來說是最好的，然而現在看來，蘿莎莉亞阿姨自己並不這樣覺得。我們大家都出席了喪禮，在卡爾姨丈生前完全不想跟他扯上關係的彼得姨丈和奧妮特阿姨也來了。我的三個表姐也來了。她們又矮又胖，臉色蒼白，母親每次都幸災樂禍地說，她們永遠也嫁不出去，她們的父母又何必那麼自負。她和父親老是貶低奧妮特阿姨和彼得姨丈，但是每個星期還是會跟他們一起打幾次牌。這讓我覺得有點討厭，因為我下班回到家以後，要等他們離開才能上床睡覺。牧師悼詞提及卡爾姨丈時，我沒有像在外婆喪禮上那樣忍不住笑出來，我只是想，除了蘿莎莉亞阿姨以外，沒有人真正知道他實際上是怎麼樣的一個人。他先是一名輕騎兵，然後當了鐵匠，再然後開始酗酒，接著又猛喝汽水。這就是我們其他人所知道的一切。我們在教堂墓園附近的一家餐廳裡喝咖啡，氣氛非常低迷，因為蘿莎莉亞阿姨拒絕為任何事情振作起來。她的眼淚掉落在咖啡杯裡，每次要擦眼淚的時候，都不得不掀開喪禮帽子的薄紗。「他年輕的時候真英俊，」她對母親說，「是不是啊，阿爾芙莉達？」「是啊，」母親說，「當年他真的很俊美。」蘿莎莉亞阿姨接著說：「我知道，你們都不喜歡他，因為他酗酒。他也非常痛苦。他自己的家人也不喜歡他。」這有點尷尬，沒有人回答她，因為她說得沒錯。「嗯，」艾特文站起來說，「我得走了，我要去見一個朋友。」他離開以後，我環顧我的家人，這些整個童年都圍繞著我的臉孔，我發現他們如此地疲憊而蒼老，彷彿我用來成長的那些年歲，同時也讓他們筋疲力盡。就連並沒有比我年長多少的表姐們，看起來也疲憊不堪。父親穿著星期天的服裝，一如往常，非常沉默而嚴肅。彷彿當他穿上這一套服裝，同時也穿上了縫在服裝內襯裡的陰暗和抑鬱的思緒。他低聲和彼得姨丈嘀嘀咕咕說著話，即便在喪禮上，他們還是聊著政治，只是不會像從前那般激動起來。父親依舊在奧雷斯塔德發電廠服務，而母親終於得到了那台她想要我付款的收音機。她一整天都開著收音機，只有在客廳裡出現了她想說話的對象時才會把它關掉。父親在家的時候，總會躺在沙發上睡覺。當母親關掉收音機時，他會忽然醒來，說：「在這種難受得要命的噪音裡根本睡不著啊。」這給我們帶來許多樂趣。然而，我不再像從前那般在乎家裡的事了。只有在克羅赫先生家裡的時候，我才覺得自己活了過來。只要我敢欺瞞母親的時候就會到他家去。我對母親說去拜訪伊爾莎，母親不明白我們為什麼忽然成了朋友，因為我之前經常說不喜歡她。我向克羅赫先生借書，讀完以後再還給他。他一直都是穿著絲質晨袍，腳上套著紅色拖鞋接待我；他用一個銀咖啡壺為我們倒咖啡。如果他家裡沒麵包，他會給我五十厄爾讓我出去買些回來。我們在一個鑲嵌著黃銅桌面的矮桌旁喝咖啡。克羅赫先生瘦長而白淨的手總是微微顫抖，他的聲音低沉而舒服，我很喜歡聽他說話。我在他家的時候，通常都是他在說話，因為他不喜歡我太好奇。某個晚上，我問他為什麼不結婚，他說：「我們不需要知道一個人的所有事情，記得喔。不然一切就不刺激了。」我也不知道露絲是不是還到這裡來，或者她是否會當上表演女郎，又或者克羅赫先生是否真的認識霍爾格・比耶爾。露絲並不相信。當我在院子裡或街上遇見她時，她說：「克羅赫先生滿嘴謊話，而且是個色老頭。他還沒對妳動手嗎？」「沒有。」我說，我覺得她口中的克羅赫先生，和我認識的克羅赫先生完全不是同一個人。「嗯，我不敢一個人去他那裡。」她說。某天，她說他非常吝嗇，因為他從沒送過東西給我。「為什麼他要這樣做？」我問。她用極度不耐煩的眼神白我一眼。「因為，」她說，「他老，妳年輕。他很愛年輕女孩，那他就必須付出代價啊，不然呢？」一個晚上，克羅赫先生在我們之間桌上那高高的銀燭台點燃了蠟燭，我鼓起勇氣說：「克羅赫先生，我小時候寫過詩呢。」他微笑。「嗯，」他說，「妳想要我讀讀那些詩？」我面紅耳赤，因為他猜到了我的意圖，於是我問他怎麼會知道。「啊，」他說，「如果不是這件事，就會是其他事情。人們總是互相索取，我一直都知道，妳在某件事上需要用到我。」當我做出抗議的手勢時，他說：「這並不是什麼壞事，這很自然啊。我也想從妳這裡得到一些東西。」「什麼東西？」我問。「沒什麼特別的，」他說，隨即把長長的菸斗從嘴裡取出來。「我蒐集稀奇古怪的東西、與眾不同的人、特別的案例。我想要讀妳的詩。拍拍我的背吧。」最後一句話說得氣喘吁吁，臉都綠了。我每在他背後拍一下，他隨著就一聲咳嗽，他彎腰向前，雙手支撐在地上。他到底患了什麼病呢？我不敢問他究竟是不是得了要命的病，但是才不過隔天晚上，我便帶著詩本趕著去找他了，我甚至懷疑，他是否已經在死亡的路上了。但是他還在，我們才剛坐到咖啡桌旁，我就把本子交給他，非常害怕會讓他失望，他可是讀慣了最上等的詩啊。他把菸斗放在一旁，翻閱著我的本子，而我緊張地盯著他的臉看。「嗯，」他點頭說：「童詩！」他高聲朗誦：

沉睡的女孩啊，我要為妳吟唱一首讚美詩
沒有一幅風景如妳，可以為我帶來歡欣若此
妳躺著，紋風不動，且美好
睡夢中，妳微笑，那白色的帆布
幾乎遮蓋不了妳年輕的乳房
啊，那風景是光
而妳卻不自覺

那是一首四、五段的詩，他低聲朗讀。接著，他友善卻嚴肅地看著我說：「這非常有意思。妳寫這首詩的時候，想的是誰？」「沒有什麼特別的人，」我說，「嗯，或許是露絲吧。」他由衷地笑了。「人生真是有趣啊，」他接著說，「人們只有在將要死去的時候，才能真正體會。」「但是克羅赫先生，」我驚恐地說，「您年紀並不大啊，您還沒我父親老。」「或許不，」他說，「但是我也已經活得很久了。」他把本子闔上擱在桌上。「這些詩，派不上什麼用場，但是，看起來，妳有一天會成為一個詩人。」這些話，如快樂的潮水流過我。我告訴他，編輯布羅赫曼說我應該過幾年再去找他。而他說，他認識他。他也說，如果我有天寫出別人喜歡閱讀的詩時，應該讓他看看，他會評估是否能被發表。燭光在燭台上閃爍，墨藍色的天空布滿了星星。我非常非常喜歡克羅赫先生，但是我不敢告訴他。我們沉默了很長的一段時間。書架上散發著一種由皮革、紙張和灰塵混合而成的好聞味道，而克羅赫先生用一種充滿憂傷的眼神望著我，彷彿他想對我說的話，永遠都不能說出口，這和父親時常望著我的眼神一模一樣。然後他站起來。「好吧，」他說，「妳該走了。我上床睡覺前，還有一些工作要做。」在玄關，他握著我的下巴說：「妳願意在老頭子的臉頰上親一下嗎？」我小心翼翼地親了他一下，彷彿我的親吻將給他帶來可怕的死亡。那柔軟的老人皮膚觸感，讓我想起了外婆。

5

希特勒在德國上台掌權了。父親說，反動派贏了，而德國人活該，因為是他們自己把票投給他的。克羅赫先生把這稱為全世界的災難，他的心情陰暗沮喪，彷彿這是他個人的不幸。招待所的彼特森太太和小姐歡呼喝采，她們說，如果斯陶寧像希特勒那樣，就不會有失業的問題了，但是他過於軟弱、腐敗又酗酒，而他在政府中所做的一切都是錯誤的。她們在午覺時間收聽電台新聞，然後轉身，眼神發亮地說，國會大廈的火是共產黨放的[4]，法庭的審判將會證實這一點。父親和克羅赫先生說，那是納粹分子自己縱的火，而我如果真的有任何意見的話，我也這樣認為。但是最重要的是，我很害怕，彷彿來自世界大海洋的浪潮隨時都可以傾覆我脆弱的小船。我再也不喜歡閱報了，但是卻無法避免。父親給我看了安東・漢森（Anton Hansen）[5]刊在《社會民主報》上黑暗又諷刺的漫畫，這讓我更加焦慮。那是一個年老的猶太人，背後掛著一個牌子，被一群親衛隊包圍。牌子上用德文寫著：「我是猶太人，但是我不想抱怨納粹。」我得向父親翻譯解釋那是什麼意思。克羅赫先生訂的是《政治報》，他給我看的是范德盧貝（Van der Lubbe）[6]的畫像和以下的文字：

說你所知道的
關於托格勒（Torgler）[7]和那一場大火。
——
你知道，我們該死地想知道。
告訴我們迪米特羅夫（Dimitroff）
和波波夫（Popov）[8]在樓梯旁等著，
你就可以保命。

「好吧，」他說，「現在，德國的知識分子嚐到後果了。」我問他，德國知識分子是什麼，他向我解釋了。其中包括藝術家們。詩人也是藝術家。克羅赫先生曾經說過，我有一天會成為詩人。彼特森太太和小姐閱讀《貝林時報》，她們說這份報紙寫出了關於希特勒的真相，說希特勒或許能拯救整個歐洲，並且能為大家建造一個天堂。我從未像此刻這般希望遠離招待所這個悶熱、骯髒的廚房，以及在這裡這些與我每日相處的人們。每次我回到家的時候，父親都在睡覺，而幾個小時後他便起床上班去。某個晚上，當他醒來以後，我問他，是否可以另找一份工作。我說，我討厭洗碗和打掃，最主要的是，我厭惡待在那間屋子裡。我情願到辦公室工作以及學打字。「還不行，」他說。「妳首先必須學會把一個家照顧好，學會在妳的丈夫下班回到家時，煮好晚餐給他。」「當她有一天需要這樣做的時候，她自然就會了。」母親這樣幫我說話。她也說：「你說得她好像明天就要結婚了似的。她才剛剛滿十五歲。」父親抿著嘴，嘴角向下彎，說：「是妳決定還是我決定？」於是母親便住口了，但是她也覺得被羞辱了，屋裡的氛圍非常緊張。父親出門以後，她放下打到一半的毛線微笑著說：「我們讓爸爸相信其中一個房客對妳毛手毛腳。這樣妳就可以離開那裡了。」「好。」我鬆了一口氣，驚訝自己之前居然都沒想到這一點。幾天以後，我回到家時，父親坐在沙發上。「嗯，」他說，「媽媽已經告訴我發生什麼事了。現在妳也到了要好好保護自己的年紀。不要回去那裡工作了。媽媽會幫妳過去把薪水領回來，妳去找一份新的工作吧。」於是我在家待了一段時間。我們買了《貝林時報》，我投函應徵了很多辦公室的工作，但是都沒有得到答覆。我也到韋斯特布羅去試試許多必須親自上門面試的職位。我在許多非常大而明亮的辦公室和得體的男士們會談，他們都問我父親從事什麼工作。當他們知道了以後，便預計我需要靠我的薪水維生，但實際上卻付不出那麼高的待遇。最後我還是找到了一份工作，當時經理只是問我有沒有加入工會。當他聽說我並不是工會會員，馬上就以每個月四十克朗的薪金聘請了我。那是在瓦爾德馬街上的護理用品公司，而我將成為倉庫工人。「工賊公司。」當父親聽到主管那有關工會的問題時，他這樣說，但是他還是屈服了，因為對女生來說，找工作真的不是件容易的事。

這陣子的事讓我找不到任何可以拜訪克羅赫先生的機會。他從來沒問我住在哪裡，實際上他對我完全不好奇，就如他不喜歡別人對他的事好奇一樣。某天晚上我步行去拜訪他。

那是一個冬天的夜晚，我穿上改過的艾特文的舊外套，它不好看，但是可以保暖。我非常期待再次見到我的朋友，並告訴他這份我目前挺滿意的新工作。我穿越韋斯特布羅那些尋常的巷道，而當我抵達老國王路時，我癱瘓似的呆立，完全不明白發生了什麼事。那棟黃色的房子不見了。它曾經站立的地方，如今只是一個布滿瓦礫、灰泥和生鏽扭曲的水管的空地。我走過去，用手扶著半面被摧毀的牆，因為我感覺雙腿再也無法支撐我了。路過我的人都面無表情，全神貫注於自己晚間的差事。我很想抓著其中一個人的手臂問：「昨天這裡還立著一間屋子，您能不能告訴我屋子怎麼消失了？克羅赫先生去了哪裡？」他現在肯定住在另一個地方，然而你如何尋找一個在你面前消失無蹤的人？我不明白他怎麼可以對我做出這種事。然而，他也許認識許多年輕女孩，我不過是其中一個。他曾經說過，他蒐集稀奇古怪的事物，也許我還不夠古怪？我緩慢地往回家路上走去，依舊因這個意外感到無力，我心想如果能寫出好詩，這件事就不會發生。如果他垂涎我的身體如他對露絲那樣，這件事也不會發生，然而至今還沒有人對我有如此的慾望，而父親的警告完全沒有必要。到了我家那條街，露絲和她的技工學徒站在前棟樓的樓梯口。我停下，把外套頸部的釦子扣上，因為我現在才感受到，風是如此的冰冷。「克羅赫先生的房子被拆了，」我說，「妳知道他住在哪裡嗎？」「不知道，」她隔著那年輕人的肩膀說，「我也他媽的不在乎。」他們再次消失在彼此的擁抱之間，我穿越院子回家。走上後棟樓的樓梯時，我被一陣驚慌襲擊，害怕我將永遠無法離開這個自己誕生的地方。忽然之間我受不了這裡，覺得每段回憶都是如此黑暗而哀傷。只要我還住在這裡，我就注定了孤獨與默默無名。這個世界對我沒有任何期待，每一次我抓住了它的一小部分，它又會從我手中溜走。人死了，房子被拆了。世界不斷地在變化，只有我童年的世界屹立不搖。客廳看起來一直都是那樣。父親睡了，母親坐在桌旁打毛線。她的白髮消失了，那是她最大的祕密，因為她去染黑了頭髮，天知道她哪來的錢。偶爾父親會說：「真奇怪啊，妳的頭髮一直持續那麼黑，我的都白了呢。」父親總是很天真地相信我們所說的一切，因為他自己從不撒謊。「妳到哪去了？」母親問，並疑心重重地望著我。「伊爾莎家。」我說，根本不在乎她是否相信我。她說：「這裡很冷，妳往壁爐裡加點柴吧。」她接著去煮水泡咖啡，而我下定決心，我滿十八歲的時候，就要和艾特文一樣搬離這裡。在那以前，他們是不會允許的。等我能搬去住在別的地方的時候——最好是遠離韋斯特布羅——我會更容易接觸到那些和克羅赫先生同一類的人。喝著咖啡的時候，我稍稍翻閱報紙。上面寫著，范德盧貝被處決了，而在法庭上迪米特羅夫讓戈林（Göring）[9]成了笑話。我翻到訃告版，但是在死者中找不到克羅赫先生的名字。我忽然想起，自從希特勒掌權以後，他好像就對我失去了興趣，而我的小船，再一次因莫名地害怕被傾覆，而顫抖著。

6

我每天早上七點抵達公司，和彥森（Jensen）先生一起在辦公室職員和董事長上班以前，把地方打掃及整理乾淨。彥森先生今年十六歲，又高又瘦，很愛惡搞。我在洗地的時候，他會把保險套吹脹，讓它在我頭上亂飛。他也試圖吻我，而我只能笑著保護自己，手裡還握著抹布。他只是一個小男生，我並沒因為他的魯莽舉動而覺得被冒犯。在董事長的辦公室，他坐在辦公椅上，雙腳擱在辦公桌上頭，嘴裡叼著一根香菸。「我像不像他？」他問，同時用手纏繞著他長長的瀏海。他說我過於拘謹，因為我是處女，也因為我不願意親吻他。「如果你愛上我，」我說，「那我願意吻你。」他說他確實愛上了我，但是我不相信他。某個早上，當我正要開始清洗董事長辦公室的地板時，董事長忽然開門走進來，我緊張地把刷子和桶子都收起來，他卻從後方抱住我，接著雙手在我胸前亂摸。他如母親在肉店撫摸那些肉一般撫摸我，我覺得被侵犯了感到羞恥憤怒而滿臉通紅，一句話也沒說，拿著刷子和水桶跑了出去。我把這件事告訴彥森先生，他說，我應該拍掉他的手，因為他經常和女性員工上床，而我不應該容忍這種事。他已經結了婚，有很多小孩，還是天主教徒。然而，我事後並不覺得十分委屈。他是第一個對我的身體感興趣的男人，在我的想像裡，只要男人對我沒興趣，我就無法走向世界。兩位辦公室助理和倉庫經理抵達後，就要開始處理訂單。我的工作是在倉庫的長櫃檯上打包貨物。這些貨品包括溫度計、藥棉、陰道注射器、熱水瓶、保險套和陰囊托帶。彥森先生仔細地跟我解釋這些物品的使用功能，讓我覺得性這件事是如此的複雜且毫無吸引力。有些在事前使用，有些則在事後使用，在彥森先生的解釋下，我覺得一切都不是那麼容易，也讓我覺得自己非常不足。倉庫經理叫奧德森（Ottosen）先生，那些漂亮的辦公室助理顯然愛上了他。當她們站在櫃檯旁手拿著文件向他說明什麼的時候，他把手放在她們腰間，而她們則雙眼迷濛地倚靠著他。她們是兩個漂亮、時髦的年輕女孩，滿頭小捲髮，穿著高跟鞋，腰間繫著寬大的漆皮腰帶。如果我有天也能進辦公室工作，我也要嘗試這樣打扮。我試著注重所穿的連身裙，我的髮型如何。然而最終還是放棄了這些努力，因為我覺得非常無聊。我穿著公司分配的褐色工作服。當我求職的時候，我用母親的紅色紙巾在臉上擦出腮紅來，這是我唯一的打扮。我有一頭金色、平滑的長髮，我覺得需要的時候，才用肥皂液清洗。克羅赫先生曾經說過我有一頭美麗的頭髮，但或許是因為他實在找不到其他可以讚美我的事了。我經常站在奧德森先生旁邊，也曾經嘗試稍微靠著他，但是他從不將手放在我的腰間，看起來也完全沒有察覺我軟弱的企圖。我想了很久，得到了一個結論，大部分的女人都能對男人散發一種難以抗拒的吸引力，只有我不行。這既悲傷又奇怪，但確實能防止我如家裡那條街上大部分女孩那樣，過早就懷了小孩。有一天，彥森先生問我晚上願不願意跟他去看電影。

我答應了，因為我從小就希望能夠看一場電影，但是父母親從來不允許。我難得地跟家裡說了實話，母親看起來相當振奮。她要知道有關彥森先生的一切，在她心裡立刻就把我嫁給了他。然而我並不知道他的父親是做什麼的，他對未來又有什麼計畫，因此我並無法滿足她的好奇心。父親對於他是丹麥社會民主黨青年團（D. S. U.）[10]的會員一事感到十分興奮，艾特文拒絕加入這個組織，對他而言彷彿是種遺憾。「毫無疑問的，這是一個非常理性的年輕人。」他說，同時搓著鬍鬚的尖端。於是，生平第一次，我坐在電影院裡，身邊坐著把自己打理得非常乾淨的彥森先生，他穿著堅信禮的服裝，袖子太短，露出了他不太乾淨的手腕。我們把大衣掛在椅背。一開始，有人在彈著鋼琴。接著燈都熄了，廣告影片閃爍在帆布幕上。影片結束後，燈又亮了，我想站起來，我以為，這就結束了，但是彥森先生把我重新拉下來坐好。他耐心地說：「現在才要開始呢。」電影是《船艙男孩》（*Skibsdrengen*），飾演男孩的是英俊而動人的傑基．庫根（Jackie Coogan）[11]。我完全投入到電影裡，忘了我在哪裡、我和誰在一起。我哭得彷彿像是被人狠狠毆打，機械式地接過彥森先生放在我手裡的手帕。當他把手放在我的膝蓋上，我把他的手推開，彷彿那是一件沒有生命的物體。在為一個抽泣的美麗女人和她的小女兒犧牲以後，男孩和船長一起隨著船沉到海裡去了。當燈光亮起來的時候，我不能自已地嚎啕大哭。「噓……」彥森先生尷尬地說，我們走出去的時候，他把我的手挽在他手臂上。「為什麼您不哭呢，」我問他，「您不覺得這很悲傷嗎？」「是，但是不至於要這樣在電影院裡大哭啊！」我們走到南大街上，彥森先生和我十指緊扣。我側身看他，發現他有長長的睫毛。或許他真的愛上我了。雪在我們腳下吱吱作響，而夜空因星星明亮。他的手臂微微顫抖，但那應該是因為寒冷。到了家，他在黑暗的大門旁擁抱我，並親吻著我。我沒有抗拒，可是也沒有太多感受。他的嘴唇冰冷，堅硬如皮革。「不如我們以『你』和名字互相稱呼？」他以嘶啞的聲音請求。「好吧，」我說，「你叫什麼名字？」他名叫爾林（Erling）。我們達成協議，在公司還是以「您」和姓氏互相稱呼對方。

午後時間，當倉庫裡沒有什麼需要處理的時候，我被派到閣樓去把錫盒子整理排列成長長的一排。我喜歡這份工作，因為可以獨自一人待在這樣一個塵埃滿布的黑暗房間裡。我趴在地上，根據盒子上的標籤把它們整齊排列好：鋅軟膏、羊毛脂。我沉入一陣甜蜜的悲傷裡，帶著韻律的文字海浪再次在我心裡流動。我把它們寫在棕色的包裝紙上，悲傷地留意到，這詩並不完美。「童詩。」克羅赫先生說。他也說：「要寫好一首詩，妳首先必須要有足夠的人生體驗。」我覺得我已經有了，但是又或許我還必須再經歷更多。然而，有一天我寫出了和以前完全不同的詩句，只是我並不知道差別在哪裡。我寫了以下的詩句：

點燃了一根燭光，在夜裡
它僅僅為我而點燃

我對它吹一口氣
火焰燃起
它僅僅為我而燃燒
而你安靜地呼吸
你溫柔地呼吸
燭光忽然不僅僅是燭光
在我胸口深處，它燃燒著
僅僅——為你

我覺得，這是一首真正的詩，因克羅赫先生的消失而導致的傷痛再次出現，心淌著血，我真的很想讓他讀這一首詩。我極想告訴他，我如今終於明白他的意思了。然而，對我來說，他和那個老編輯一樣已經死去，我再也找不到一個新的楔子，可以把我引領到一個被詩和——我希望——寫詩的人打動的世界裡。「妳去了很久。」當我下樓去時，爾林這樣說。他完完全全表現得像我們已經訂婚了似的。他正在打包一個陰道灌洗器（這個是事後使用的，他曾經這樣跟我解釋），他把紅色的管子折在那怪物底下，並說：「星期六，我們一起到旅館去過夜好嗎？我存了錢。」「不。」我說，因為現在我可以寫真正的詩了，所以即使我是處女也沒關係。反之，在我遇見真命天子時，貞操或許還派得上用場。「上帝保佑，」爾林煩躁地說，「妳想要保留給驗屍官嗎？」「是的。」我大笑著說，幾乎無法停止笑意。我自己也不知道，童貞和寫詩究竟有什麼關係，又如何對爾林說明兩者之間奇怪的聯繫呢？

7

每個星期六晚上，爾林和我會一起去看電影。他站在前棟樓，靠著牆等我，雙手埋入他父親舊外套的口袋裡，就像我總是穿著艾特文的舊外套。如果我讓他等太久，他便會開始咬著火柴，並用手纏繞頭髮。當我們走出樓下大門時，母親會打開窗戶大喊：「再見，托芙。」這表示，她認同了這段關係。爾林也是這樣認為的。他問，他是不是很快該見我的父母了。「不，」我說，「還不行。」母親問，爾林是不是有內翻足或兔唇，不然為什麼我還不讓他們見他。我也不想拜訪爾林的父母，否則他們會以為我們已經訂婚了。如果我能有一個女性朋友，一切就會簡單和有趣許多，但是現在已經沒有了，所以有爾林勝過什麼都沒有。我喜歡他，因為他也有點怪，和我有許多相似之處。他父親是工人，經常失業。他有個年紀較大的姐姐，已經結婚了。他自己想當學校老師，但是他要滿十八歲才能就讀師範學院。他現在努力存錢就是為了將來要繼續念書。他說，公司聘請非工會組織的員工實在離譜，但是如果他加入工會，他就會被開除。他每星期的酬勞有二十五克朗。我們去看電影的時候，我自己付費買票，一方面是因為他實在無法負擔我們兩個人的電影票，另一方面是，這樣讓我感覺比較自由。這些夜晚的模式都是一樣的。電影結束以後，他送我回家，黑暗中，他在大門旁擁抱和親吻我。我總是在這個當下以一種冷酷的好奇心觀察他，我想知道自己能激發出他多少熱情。如果我愛上他，我應該也會充滿熱情的，但是我並沒有，而這一點他是知道的。有一次，我鬆開他放在我脖子上冰冷的雙手，說：「不，不可以。」「啊，可以的，」他喘著氣說，「並不會痛。」「是不痛，」我說，「但是我不想要。」我對他感到抱歉，離開前吻了他皮革般的嘴唇。他問我，我什麼時候才會想要，為了給他一個答覆，我說等我滿十八歲的時候，因為感覺那還有很久很久。我也對自己感到遺憾，因為他的擁抱並沒有讓我有一絲絲的顫抖。難道我在這一方面也不正常嗎？「該死的美好。」露絲曾經這樣說，而她只有十三歲。在垃圾間的所有女孩們也都這樣說，但是她們也有可能在說謊。或許她們都只是說說而已。「什麼時候，」母親在客廳裡說，「我們才能見到妳的男朋友？當我認識妳父親的時候，我馬上就邀他回家了。」她也說，他明顯地只想要一件事，如果我讓他得逞了，他馬上就會離我而去。「這裡可不能讓妳帶著個小孩回來。」她說。某個傍晚，我對她說，她怎麼就沒那麼急著要艾特文把女朋友帶回家見見呢，她尖銳地說：「那不一樣，艾特文是男生。男生不必那麼急，因為他們總是可以結婚的，但是女生卻得讓人養，這一點，身為女人必須時刻記得。」父親叫母親少來煩我。他說，爾林是個聰明人，當老師不錯，他們收入很好，也不會失業。「不過是個穿上襯衫的工人（flipproletar）[12]而已，」哥哥說，他幸運地又找到了工作，「他們是最糟糕的。」我有男朋友這件事讓哥哥有點生氣，因為他從前總是捉弄我，說我永遠嫁不出去。他聽著電台新聞報導有關菲德烈克王儲

（Frederik）[13]的婚禮，母親非常非常感興趣。「關掉這些皇室的垃圾新聞，」父親從沙發的深處說，「現在我們又多了一個要養的人了，就這樣而已。」在公司，辦公室助理們都非常喜歡可愛的英格麗特王妃（Ingrid）[14]，甚至著迷。她們發起了經常舉辦的募款活動，穿梭整個倉庫，手上拿著長長的單子，上面記錄了每一個人所捐出的款項，以便買一束花送到皇室去。我給了一克朗，而幾天前，我也貢獻了一克朗買禮物給董事長女兒的堅信禮。他有那麼多孩子，我們總是得無止境地籌錢為他小孩的洗禮典禮或生日買禮物。「只要一個不小心，」爾林說，「所有的薪水都要花在這些荒謬的事上了。」爾林跟我的父親和哥哥一樣，是社會民主黨的黨員，他夢想著一次可以提升群眾的改革。我喜歡聽他如何發展他的計畫，因為如果窮人真的能掌權，也有助於我的個人計畫。爾林想要改變社會民主黨，他想要往更左派的方向發展。「事實上，」爾林說，「我是一個工團主義者。」我沒問他那是什麼意思，否則他會對我發表關於政治且費解的長篇大論。有一次，他帶我到布羅果斯廣場（Blågårds Plads）去參加一個聚會，最後聚會發展成劇烈的騷亂，警察拿著警棍驅散交戰的各黨派。「警察滾開。」穿著社會民主黨青年團團服的爾林大喊，隨即頭上被敲了一棍，他痛得哀號。我驚慌地抓著他的手臂，牽著手在街上跑，周遭都是人們逃跑的聲音。我不喜歡這樣的情況，我再也不參加這種聚會了。在公司，除了我們以外還有兩個工人和一位司機。我們全部都在倉庫後一間小房間裡吃午餐。那裡沒有暖氣，關於這一點，爾林也覺得太過分了。大家通常都得穿著外套用餐。

我們坐在倒轉過來的啤酒箱上，而我漸漸地和這一小群人相處得很好。我不再對他們感到害羞，當他們問我是否知道陰囊托帶或陰道注射器的用途時，我也不再覺得羞恥。但是我告訴他們，他們都應該加入工會，某天，我心血來潮，站在啤酒箱上，學著斯陶寧演說時的神態：「同志們！」我摸著無形的鬍子，把聲音壓得低低的，而我的聽眾們相當賞識我的演說。他們大笑鼓掌，我也沒有多想什麼。不久之後，奧德森先生過來對我說，董事長要見我。自從上一次他亂摸我的胸部以後，我沒有再和他單獨共處一室，害怕他會不會再次動手。「坐下。」他簡短地說，並指著一張椅子。我坐在椅子的邊緣，看到他的臉色因憤怒而顯得陰暗，讓我非常驚恐。「我們這裡不能再僱用您了，」他充滿怒氣地說，「我不要布爾什維克（Bolshevik）[15]出現在我的公司裡。」「不。」我說。我不知道布爾什維克是什麼。他拍桌子，我跳了起來。他站起來走到我的椅子旁，把他通紅的臉貼近我的臉。我把頭轉開，因為他有股讓人不舒服的氣息。「您鼓動我的員工加入工會，」他怒吼，「但是您知道後果是什麼嗎？」「我不知道。」我輕聲地說，雖然我其實是知道的。「他們會被開除，」他咆哮著，再次捶打辦公桌，「就像現在我把您開除一樣——而且我不會給您寫任何推薦信的。您可以到前台辦公室去領您的薪水。」他站直了，重新回到他的位子上。我覺得我應該嚎啕大哭，但是實際上我心裡充滿了一種黑暗的喜悅，我無法形容。這個男人將我視為某個根本不屬於我的領域中，一個過於危險又充滿意義的人。「這沒有什麼好笑的。」他怒吼，我才發現自己方才大概不自覺地笑了。「滾出去！」他指著門，我趕快走出去。「我不希望再見到您。」他在我背後尖叫並把門摔上。在倉庫裡，奧德森先生和爾林看起來很驚愕。他們問我發生了什麼事，我驕傲地告訴了他們。奧德森先生聳了聳肩。「您還很年輕，這裡的薪水太低，您絕對可以再找一份工作的。您單身一人。我有妻子和四個小孩，所以我還是閉嘴比較好。」爾林說我應該把自己的想法藏在心裡，於是我對他生起氣來。「在丹麥不可能有任何改革，」我氣憤地說，「只要有你這種只敢說不敢做的人。」我氣呼呼地走進辦公室跟助理們要求我的薪水，她們已經都準備好了。街上積了厚厚的一層雪，回家路上，冰冷的風穿透了我的外套。我為了我的信念而受苦，我期待著要把這件事告訴父親。我覺得，自己就如聖女貞德、如夏洛特·科黛（Charlotte Corday）[16]那樣，是個在世界歷史上留名的年輕女性。成為詩人的路畢竟還是過於漫長。我抬著頭，挺起胸膛上樓，帶著受傷的尊嚴，走入客廳，在那裡，父親背對著世界睡覺。母親問我為什麼這麼早就回家了，當我告知她之後，她說我不應當介入與我無關的事情裡。她憤怒地說，那是一個不錯的地方，而且沒有男人會願意娶一個不斷換工作的女人。這一次，她不站在我這一邊了，而我大聲地清了清嗓子，並在桌上製造一些噪音以把父親吵醒。他醒來了，當他坐起來揉著眼睛的時候，母親說：「托芙被趕走了。都是你那些什麼有關工會的胡言亂語竄到她腦子裡去了。」當父親進一步了解情況，他掛上一張憤怒的臉。「妳他媽的以為妳是誰啊，」他大吼，握緊拳頭敲打桌子，以致吊燈在勾鏈上舞動著。「妳好不容易找到一個還不錯的工作，卻因為這樣愚蠢的理由被趕走了。妳對政治根本一點也不了解。現在時機非常不好，社會上的工賊多到可以抓去餵豬了。

如果找到下一份工作，妳好好地給我待著，不要跟妳媽一樣。」他們生氣地互相瞪著看，每當艾特文和我惹了什麼麻煩，他們經常就是這樣。我閉嘴，真搞不懂我原來還想期待什麼。不過是幾分鐘的時間，我那忽然之間冒出來的對政治、左派和革命的興趣就消失了。爾林和我繼續在星期六上電影院，然而過了一段時間，他再也不站在牆邊等我了。我有點想念他，因為他讓我沒那麼孤單，我也想念那個堆滿錫盒子的閣樓，在那裡，我寫下了第一首真正的詩。「妳那年輕的男朋友呢？」母親問，她一直夢想著要成為一名老師的岳母。「他另結新歡了。」我說。對於每一件事情，母親都需要一個充分的解釋。她說：「妳得為自己多費點心思打扮。或許妳不該買那台腳踏車，該買一套春裝。如果不是天生漂亮，」她說，「後天就該努力補救啊。」母親說這些不是為了傷害我。只是，對於別人身上發生的一切，她是一點概念都沒有的。

8

「妳看得出來，我長得像誰嗎？」倫格恩（Løngren）小姐用她那一雙突出的雙眼瞪著我看，我實在看不出她長得像誰。她笑著，上下移動著眉毛。或許她長得有點像卓別林，但我不敢說出口，因為她非常容易被激怒。此刻她已經開始不耐煩地皺著眉頭。「您從來都不上電影院嗎，您這個人啊。」她說。「有啊。」我悶悶不樂地說，絞盡腦汁還是想不到。「側臉看呢，」她說，然後把頭轉過去。「現在您應該看出來了吧？人人都這樣說哦。」從她的側臉我也看不出端倪來，除了她有彎曲的鼻子以及略短的下巴。我正在用力想的時候，電話響了。她接通了說：「I．P．彥森（I.P. Jensen）。」她的語氣總是高昂而帶有威脅性，我不明白，在電話另一端的人怎麼敢說出他的目的。那是一筆訂單，她用左手拿著聽筒貼在右耳上，同時記下了訂單。掛斷電話以後，她說：「葛麗泰．嘉寶（Greta Garbo）[17]，您現在看出來了，對吧？」「是啊。」我說，我多麼希望能有一個陪著我笑的人。但是我沒有。我以一種奇怪的方式，獨自一人在這裡。我受聘於一家平版印刷公司，在辦公室裡工作。業主住在最裡面的房間，大家都叫他師父。他在的時候，門總是關起來的。前台辦公室裡有兩張辦公桌。其中一張桌子屬於業主的一個兒子，卡爾．彥森（Carl

Jensen），他和倫格恩小姐背對背坐著。她在我對面，坐在電話和總機旁，而在我們辦公桌的盡頭擺著一張小桌子，桌上有一台打字機，我原本應該學會用它打字。但其實我一整天都沒事做，也沒有人知道，我到底為什麼會被聘請。辦公室樓上是住宅，那裡住著業主的另一個兒子，斯文・奧厄（Svend Åge），他是平版印刷師，在院子對面的印刷店工作。卡爾・彥森很瘦，動作敏捷如松鼠。他一雙棕色的眼睛靠得非常近，有一點斜視，這讓他看起來給人一種不太可靠的感覺。他從來不跟我說話，當他和倫格恩小姐都在辦公室的時候，他們經常無視於我的存在。他們總是互相開玩笑，有時卡爾・彥森坐在他那張可以四處轉動的辦公椅上，還會轉到背後，試圖親吻倫格恩小姐。她會拍打他，大聲笑鬧，表現十分受寵若驚，我覺得這看起來很荒唐，因為他們的年紀都太大了。每當師父經過辦公室時，他們會埋頭苦幹，而我急忙在紙上寫下一些數字和文字，然後再慢慢小心地把它們擦掉。卡爾・彥森不常在辦公室，我覺得倫格恩小姐的目光一直跟隨著我，非常專注地盯著我看。對於我的舉手投足，她都有話可說。「為什麼您一直盯著時鐘看，」她說，「這並不會讓時間過得更快一點。」她說：「您沒有帶手帕嗎，您一直這樣吸鼻水讓我很不舒服。」又或者：「為什麼每次都是我要站起來去把門關上？您也很年輕。」「也」這個字讓我感到訝異。有天她問我，我以為她幾歲呢。「四十歲。」我小心翼翼地說，因為我非常肯定她最少也有五十歲了。「我今年三十五歲，」她生氣地說，「人人都說，我看起來更年輕啊。」每當我努力地保持安靜，讓我的眼神集中在一個中立點上時，她就會說：

「您睡著了嗎？您每個月賺五十克朗，也該**做些**事啊。」我不小心打了個呵欠，她用男性化的聲音問我晚上是否都不睡覺。我一整天都必須聽著她這些評論，當我晚上回到家時，感覺跟之前在招待所工作時一樣累。然而是我自己選擇了辦公室的工作，我必須在這裡待到滿十八歲，雖然這想法很可怕。我把工作表記錄在本子裡，只需一個小時就做完了。倫格恩小姐不喜歡我用打字機練習打字，因為它會發出刺耳的噪音。一天，師父小心翼翼地問她，可否讓我負責總機，她生氣地說，她不想坐在背對顧客的位置。在我的背後是一個櫃檯，所有未預約的生意都在那裡進行。師父看起來也和我一樣怕她。他又矮又胖，酒糟鼻帶著瘀青——倫格恩小姐說，他這鼻子當然不是平白無故得來的。當她需要找他的時候，她都會打電話到蒂沃利（Tivoli）花園[18]裡的格洛夫藤（Grøften）餐廳去找他，只要他不在辦公室的時候，他就會固定在那裡。偶爾他會把我叫進辦公室，給我一疊紙條，讓我幫他謄打。那些都是信，開頭全都這樣寫：「親愛的兄弟」，下款寫著「兄弟情深」。有時候信裡寫的是有關一位逝去的兄弟，而當我謄寫他信裡所有華麗的特質時——尤其是有關兄弟之間的情感，我都會陷入一種憂傷的氛圍裡，我覺得，這個家庭裡有罕見而美麗的親密關係。然而有一天，當我鼓起勇氣問倫格恩小姐，師父有幾個兄弟時，她大笑起來，說：「那些都是他會所的兄弟。他是聖米迦勒及聖喬治勛章會（The Most Distinguished Order of Saint Michael and Saint George）[19]的會員。」事後，她把這件事告訴了師父的兒子，他把辦公椅整個轉過來，就是為了要看一眼我這樣一個蠢人。每個星期五傍晚，我到印刷店去分發薪水袋。這對我來說是一種考驗，因為工人們會對我說些風趣或挑釁的話，而我總是無法做出快速的反應。說到底，我並不像在護理用品公司那裡那樣，是他們的一分子。這份工作，父親說，是我做過的工作裡最好的一個，我完全沒有任何不留下來的藉口。每個人都加入工會，包括我，師父替我們繳會費，而我會去學速記，學費也將由師父繳付。我不明白我為什麼要學速記，因為目前他只讓我幫兄弟們寫信。發票和商業信由倫格恩小姐負責。我有一種感覺，她並不贊成這裡聘請我，於是她阻擋我所有的學習機會。從早上八點到傍晚五點，我坐著盯著她看，這是一個困難且非常勞累的工作。我從來沒遇見過這樣的人。有的時候，她非常友善，例如問我想不想吃蘋果。她給我蘋果，但是當我在吃著的時候，她會皺著眉頭說：「您連吃個蘋果都要製造噪音嗎？」如果我廁所上得過於頻繁，她會問我是不是肚子不舒服。某天，她告訴我說，她的姪女要施堅信禮了，問我認不認識可以寫堅信禮祝賀歌的人。為了讓她感到驚訝，我說，我可以，她充滿懷疑地望著我。「那必須是一首好歌，」她說，「就如妳可以在店面展示窗裡讀到的那些。」我保證會把歌寫好，她不太情願地答應讓我嘗試。我以她指定的民歌〈快樂的銅匠〉（Den glade Kobbersmed）的旋律填了一首詞，而倫格恩小姐非常佩服。「這個，」她說，「真的很不錯，可以媲美那些付錢請人寫的歌。」她把歌詞給師父的兒子看，他對她說：「這真是該死的好，誰會想到迪特萊弗森小姐居然有這種才能。」他轉動椅子，用他那雙陰險的眼睛好奇地盯著我看。但是對我，他慣常地不發一語。「是啊，」倫格恩小姐說，「這是一種天分。」我覺得他們兩個都很蠢。倫格恩小姐連丹麥語都說得不好。例如她把「無論如何」說成「無論如此」，而且常常這樣說。當她要強調些什麼的時候，她說：「我說，而我會一直說……」等等，可是她當然沒有一直說。我還必須以這種徒勞的方式度過兩年的時間，這想法讓我幾乎無法承受。晚上，當我回到家的時候，玉德幾乎都在，聽著她和母親的對話讓我感到非常疲憊。玉德很高大，金髮，漂亮，她說自己永遠都不會結婚，因為她對男人總是很快就感到厭倦。她曾經有很多男朋友，並且經常以最新一任男友的故事來娛樂母親。她們為此大笑，讓我覺得自己是個局外人。父親的鼾聲很大，我只能在他去上班以後、玉德回家後，才睡得著。我總是無法明瞭自己為什麼幾乎無法忍受人類，又或者人們該如何說話，才能讓我願意快樂地聆聽。他們應該如克羅赫先生那樣說話。每每我走在街上的時候，我都以為看到他從街角轉進來，或者走在斜對面。我追著他跑，可是從來都不是他。他房子曾經聳立的地方，正在進行建築工作，每次我經過小巷回家的時候，都不往那個方向望去。我知道，我可以從電話簿裡找到他，但是我的自尊阻止了我這樣做。對他來說，我一點意義也沒有。我娛樂了他一段時間，他隨即便聳聳肩轉身離去。可我在這個人生裡逐漸枯萎，我必須想辦法做些什麼。我想起在《政治報》上的分類廣告版有一個專欄叫做「徵才：劇場與音樂」。這應該是我晚上可以進行的活動，尤其現在我可以在外逗留到晚上十點了。音樂對我來說是個無法抵達的國度，但是我有考慮當個演員。我看到一則啟事，一間業餘劇團招聘演員，我偷偷地投函申請。我收到了「成功劇團」

（Teaterselskabet Succes）的信，他們固定在阿瑪島一家餐廳裡聚會，請我在一個晚上到那裡見面。我穿上了母親勸我放棄腳踏車而買下的褐色套裝，搭乘電車到那家餐廳去。在那裡，我認識了三位非常嚴肅的年輕男士和一名年輕女孩，那女孩和我一樣，是第一次到這裡來。我們坐在桌旁，團長說，他計畫要導演一部叫《奧納絲阿姨》（*Tante Agnes*）的業餘喜劇。他帶來了劇本，簡短且評估地注視我以後，他決定應該由我來演出奧納絲阿姨這個角色。他解釋說，這是一個詼諧的角色，他認為非常適合我。這個角色約莫七十歲左右，只要稍微化點妝應該就可以了。在劇裡有一對年輕夫婦，他自己將扮演丈夫，而太太則由卡斯特森（Karstensen）小姐扮演。我看著這位年輕的小姐，覺得她長得非常漂亮。她有一頭淡金色的頭髮，深藍色的眼睛以及一口潔白而毫無缺憾的牙齒。我完全明白自己無法扮演她的角色。然而，我沒有想過，我初次的表演會是扮演一名七十歲的詼諧女士。角色都分配好了，我們奉命在背好台詞後再次開會，之後我們喝了一杯咖啡，接著便解散了。卡斯特森小姐和我作伴走去搭電車。她問我要不要以名字互相稱呼。她名叫妮娜（Nina），住在諾雷布羅（Nørrebro）。我問她為什麼會來參加劇團的招聘。「因為我快悶死了。」她說。她走路的時候輕輕搖擺著臀部，她的陪伴已經讓我感到快樂。妮娜今年十八歲，而我非常確定，我們將會成為朋友。

我們都叫劇團的團長「舊市場」（Gammeltorv）。他今年二十二歲，有妻有子。我們在他家排練，他的妻子不高興，因為喧鬧聲吵醒了嬰兒。「舊市場」抱歉地說：「她沒有藝術涵養。」但是**他**有。當他指導我們的時候，他搖頭擺腦手腳並用，恍如一名指揮家。他對我們發怒、破口大罵甚至聲淚俱下地求我們在台詞裡多加點靈魂，要我們完全活在角色裡。奧納絲阿姨是一個非常傻氣且容易信任別人的人物，不斷地受到劇中的年輕夫妻作弄，這是此劇詼諧的部分，台詞本身並不好笑。台詞其實不多，而且都相當簡短。劇情高潮是這位阿姨端著托盤走進客廳，當她看到這一對戀人坐在情人雅座上緊緊擁抱時，托盤掉在地上，她雙手合十說：「上帝解放我們！上帝拯救我們！」她說這一句台詞的時候，台下觀眾就會哄堂大笑，「舊市場」說，我說台詞的感覺像是照本朗讀似的。「重來！」他怒吼，「再來一次！」最後我終於成功地將足夠的驚訝情緒放入台詞裡，而他覺得，當托盤上擺著真正的杯子時，應該就沒問題了。他的妻子拒絕在排練時提供真正的杯子。我在家裡客廳表演奧納絲阿姨給母親看，她非常興奮。「或許，」她說，「妳可以成為真正的演員。可惜妳不會唱歌。」妮娜會唱歌，在劇裡她和「舊市場」會對唱一首我覺得非常優美的情歌。這部舞台劇將在阿瑪島的星辰客棧（Stjernekroen）演出，「舊市場」覺得肯定會客滿，因為緊接著演出後還有一個舞會。妮娜和我都非常期待那個舞會。妮娜來自科瑟鎮（Korsør），她的未婚夫住在那裡，他是個護林員。他會出席首演。妮娜在《貝林時報》分類廣告部門上班，住在諾雷布羅一間租來的小房間裡。那是一間陰鬱且沒有暖氣的房間，我們穿著外套坐在床沿，互相傾訴對未來的計畫，我們同時可以聽見單薄牆壁的另一端，那個家庭的壁爐裡劈劈啪啪的爐火聲。有一天妮娜會嫁給她的護林員，因為她想在鄉下生活，但是在那之前，她想要在哥本哈根享受她的青春。她應徵了劇團的廣告，是因為她想認識一些有趣的人。她尤其想認識其他男人，那些可以和她調情以及邀請她去約會的男人。她說，等我們不必再為舞台劇那麼忙碌的時候，我們該到小酒館去找人陪我們跳舞。一個女人不該單獨上小酒館，但是如果有伴，那就沒有問題了。我想起克羅赫先生說過的，人們總是互相利用，我很高興妮娜覺得能從我身上獲得什麼。自從認識她以後，我很少想起露絲了。說到露絲，她和她的父母搬走了，因此我傍晚下班回家時，再也看不到她了。妮娜在她外婆家長大，外婆在科瑟鎮開了一家旅館。她的母親在哥本哈根和一個男人同居，沒有再婚。她非常窮困，幫人打掃，妮娜說我該找一天晚上跟她回家見見她母親。我的母親則完全沒有想見妮娜的意思。「為什麼她住在哥本哈根，」母親說，「而她的未婚夫住在科瑟鎮？妳總是交些壞朋友。」在辦公室，倫格恩小姐帶著威脅的語氣說：「您近來看起來很快樂？家裡發生了什麼喜事嗎？」我害怕地否認了，並努力讓自己看起來不怎麼快樂。我開始到韋斯特沃爾德街（Vester Voldgade）

上速寫課，感到十分有趣。有時我只用速記符號來思考。一個晚上，我下班時，艾特文站在公司門口，看起來非常快樂。我們一起走回家的時候，他告訴我，他即將和一位年輕女孩結婚了，她名叫葛蕾特（Grete），來自沃爾丁堡（Vordingborg）。他們將會祕密結婚，而且已經在哥本哈根南港（Sydhavnen）找到一間公寓了。我心裡充滿了莫名的嫉妒，難以分享他的喜悅和激動。父親和母親在婚禮結束之前都不會知道這件事。「他們會很生氣啊。」我說，我覺得他們這樣有點可憐。「妳了解媽媽，」他僅僅說，「她把我身邊的女孩都冷冷地趕走了。」我告訴他，關於這一點，我其實比較輕鬆，因為儘管母親沒有見過爾林，她卻對他非常滿意。他說，很多事情都是這樣，其實也沒有太奇怪。他問我，詩寫得如何了，也問我要不要找其他的編輯試試看。「他們總不會都死光了。」我說我漸漸開始寫一些比較好的詩了，在還沒有真正把一首詩寫好以前，我不會再嘗試發表。但是艾特文說，我的童詩和那些印在課本或報章上的詩一樣好，而我無法向他解釋好與不好之間那種難以定義的差別，即便是我自己，也是最近才弄明白的。我們在大門前逗留了一陣，繼續聊著，同時用力往地上跺著腳取暖。艾特文不願意和我一起上樓，因為他不希望讓母親猜到我們一起作伴回家，母親不喜歡我們之間有任何她無法參與的共同活動。對於父親堅持他必須完成的四年艱辛的學徒生涯，艾特文也依舊心存芥蒂。「我的咳嗽，得感謝父親。」他說，帶著怨氣，也有點不講理。艾特文已經二十歲了，下巴周圍的皮膚因刮過鬍子而顯得暗沉。他的黑色捲髮貼在額頭上，和父親以及克羅赫先生一樣，有著棕色的眼睛。有一天，我也要嫁給擁有棕色眼睛的男人，這樣一來我的小孩或許也會有棕色的眼睛，我相信在我十八歲的時候，會有第一個小孩。對於我還保有貞操，妮娜感到非常震驚，她認為那是一種缺憾，而且必須盡快糾正。她也曾經感到害怕，她說，因為聽得太多了，但是，事實上，那是相當美好的感覺。為了星辰客棧的舞會，妮娜買了一件長長的緊身絲綢連身裙。裙子背後開了一個很深的洞，是分期付款買下的。那條裙子要兩百克朗，而我不明白她究竟如何可以把這筆款項付清。她笑著說，她當然沒有瘋狂到給店家她的真實姓名。對於別人敢做些我不敢做的事，我總是感到非常佩服。在星辰客棧，我們忙著裝扮與化妝。我穿著「舊市場」祖母的黑色連身裙。裙子拖地，我在肚子上綁了一個枕頭，藏在裙子裡。我的頭上戴著用灰色毛線做成的假髮，「舊市場」在我臉上畫了黑色線條作為皺紋。因為被身體各處的風濕痛折磨，所以我必須像一把摺疊刀一樣向前彎身走路。我們從舞台布幕上的一個破洞往外看，看著我們的家人，數數看是不是都到齊了。他們只占據了前三至四排，觀眾席幾乎是空的，零零星星地坐著一些年輕人，他們坐著打呵欠，完全沒有顯示任何興趣，他們其實只是為了舞會而來的。妮娜告訴我哪個是她的護林員，他就坐在蘿莎莉亞阿姨後面。他看起來彷彿在和這一切保持著一種距離，但我也從妮娜那裡得知，他非常反對她住在哥本哈根。「他在生什麼氣啊？」「舊市場」問，他也和我們一起偷窺。接著樂團奏起樂來，布幕拉開。因為緊張，我的心跳非常劇烈，而我並不確定，我飾演的奧納絲能讓任何人開懷大笑。但這是一群不可思議且接受度異常高的觀眾。他們鼓掌並享受著演出，每一幕結束後「舊市場」都說，這些觀眾的反應或許無法給劇團多少幫助，但也算是演出成功，他問我們有沒有看到一個在筆記本上寫字的男人。他是《阿瑪島地方報》（*Amagerbladet*）的記者，報館只會指派他報導重要的活動。那一刻終於來臨了，我被沙發上的年輕人嚇了一跳，托盤掉在地上，雙手合十，大叫：「上帝解放我們！上帝拯救我們！」此時後台的一道門忽然打開，一陣風吹走了我頭上的假髮。我驚慌地想把它撿起來，但是坐在沙發上的「舊市場」搖了搖頭，因為一陣由衷的大笑聲從觀眾席裡響起。觀眾們笑著拍手跺腳。只有妮娜給了我一個被激怒的眼神，難道**她**不才是女主角嗎？布幕拉下以後，「舊市場」握著我的雙手。「妳拯救了整部劇，」他說，「下一部劇，將由妳擔任主角。」我的家人也都讚揚我，艾特文說，我有天分。他認為他自己也有天分，但是他從未有任何機會。在舞會上，他陪我跳舞跳了很久，我為此而對他充滿感恩。他跳得真好，當妮娜和她的護林員跳著舞經過時，她斜眼看了一眼艾特文。護林員比她矮，感覺看起來也不怎麼樣。艾特文也陪母親以及兩個阿姨跳舞，午夜十二點，母親說我們該回家了，於是我只能和我的同伴們道別。下一回，當我們在斯特蘭德羅德路（Strandlodsvej）的餐廳碰面時，「舊市場」給我看一份《阿瑪島地方報》的剪報，上面寫著：「一個非常年輕的女孩，托芙·迪特萊夫森（Tove Ditlefsen），成功地扮演了奧納絲阿姨。」雖然他們拼錯了我的姓氏，第一次看見自己的名字被印在報紙上，還是一種非常奇怪的感覺。「這裡，」積極的「舊市場」說，「這是新劇《特麗爾比》（*Trilby*）的劇本。特麗爾比是個可憐的年輕女孩，她被一個老巫師的魔力所控制。他逼她唱歌，而她的歌聲十分好聽。」「那誰來扮演特麗爾比呢？」妮娜冷冷地說。「托芙，」他說，「由於她不會唱歌，她只需張口閉口。而妳則站在幕後唱歌。」妮娜惱羞成怒，面紅耳赤。她拿起皮包站起來。「我不想參與，」她說，「她張口閉口的時候，你可以自己唱。我受夠了。」我驚嚇地看著她。「我也不想參與，」我說，「妮娜長得比我漂亮。為什麼要我扮演特麗爾比？」忽然間，我們都站起來了。「舊市場」拍著桌子。「劇團是妳們的還是我的？」他怒吼。「哼，」妮娜說，「成功劇團！任何一個笨蛋都可以在報上發個廣告然後把自己假想為成功人士。我走了！」「我也是。」我大喊，急忙追在她身後跟了出去。我必須用跑的才能追到她身邊。忽然間，我們彷彿約好了似的站著不動。我們站在兩個路燈中間，街上空無一人。空氣中有春天的氣息。妮娜發亮頭髮下的小臉依舊帶著陰暗的怒氣，但是忽然之間，她大笑起來，我也跟著大笑。「嗯，妳要當女主角，」她笑著說，「啊，真的太好笑了。」我們想像著，我該怎樣站著張口閉口且不發出聲，而妮娜則躲在觀眾看不到的地方放聲唱歌。我們笑得幾乎無法停止，認同彼此都沒有演戲的天分。我們應該娛樂自己而不是娛樂他人。我們應該在這個充滿刺激的大城市裡放鬆生活，找些可以讓我們墜入愛河的男人，找些長得好看、口袋裡又有錢的男人。如今我們不必再浪費晚上的時間排練愚蠢的《奧納絲阿姨》，我們有得是時間。除了我還是得在晚上十點前回家這件事有點無奈，但是目前我也無法改變些什麼。

10

蘿莎莉亞阿姨住院了。某天，母親去探訪她的時候，蘿莎莉亞阿姨笑著對她說：「我恢復青春了，阿爾芙莉達。」母親說，她應該去看醫生，但是阿姨不肯。跟母親一樣，她也是非到緊急關頭，絕不會去看醫生。晚上，我從辦公室回家以後，母親告訴我這件事。我並不明白阿姨那句神祕的敘述是什麼意思，但是母親跟我解釋說，阿姨停經多年以後，又開始落紅了。儘管母親從來都不跟我說任何有關生理上的事，她總是認為，對於這些事我當然都知道。可見在垃圾間的性教育還是少了一些資訊。母親花了很長的時間，才說服阿姨去看醫生，而當她終於去看診了，醫生便馬上安排她住院。她必須動手術，她告訴我的時候，彷彿說的是像野餐那樣稀鬆平常的事。「是癌症，」母親沉重地說，「先是她男人，現在輪到她。她才剛剛要開始過好日子，她才終於擺脫了那頭野獸。」母親是真心地擔憂和難過，因為她對蘿莎莉亞阿姨的愛，遠超過奧妮特阿姨。在她動手術前一天，我和母親一起去探望她。她躺在床上，邊吃著柳橙邊愉快地和同病房的其他病人聊天。我幾乎不相信母親的話，因為她看起來完全不像個病人，也沒有感受到任何疼痛。然而，當我們跟她道別，走到走廊上時，一位護士走過來問母親，誰是蘿莎莉亞阿姨的家人。當她得知我們便是她最親近的家人，她請母親進去和醫生見面。我坐在外面一張長凳上等候。母親雙眼通紅地走出來。她用力地擤了擤鼻子，扶著我的手臂走出去。「我就知道，」她吸了吸鼻子，「我猜對了。他們不知道她是否會熬過手術。」到辦公室的路上，我打了通電話告訴妮娜，說我今晚不能到她那兒去。我不認為我應該丟下母親，當母親難過的時候，玉德完全幫不上忙。在辦公室，倫格恩小姐猜疑地說：「您的阿姨怎麼了啊？」「她患了癌症，」我嚴肅地說，「她可能會死。」「是啊，」她冷冷地說，「我們都是會死的。您趕快開始工作吧。這裡有幾封信。」我用打字機開始幫兄弟們寫信，師父在口述的時候，我親自做了速記。卡爾・彥森從印刷店裡回來，坐在旋轉辦公椅上。他穿著灰色工作服，耳後夾著一根黃色的鉛筆。就我所見，他從來都不做事，但是在倫格恩小姐面前，他也不需要假裝有事可忙。我看得出來，他明顯有些事想對她說，而我的存在令他尷尬，但是我鎮定地繼續在機器上敲打，漸漸地，我打字已經越來越快了。「倫格恩，」他說，接著往後靠，把臉貼近她。「斯文・奧厄兩星期後要慶祝銀婚紀念。妳覺得，是不是可以找個人寫一首祝賀歌給他？」他鬼祟的目光在我身上逗留了片刻，但是我沒有抬頭。「天，當然，」倫格恩小姐說，「迪特萊弗森小姐可以啊，不是嗎？」最後幾個字的聲調忽然提高且刺耳，我不敢假裝沒有聽到。「可以啊，」我對著倫格恩小姐說，「我可以。」「她可以，」她對卡爾・彥森解釋，「她只需要一些有關他的資料。」「她會得到的，」卡爾・彥森鬆了一口氣地說，「我明天帶過來。」我斜視著他，忽然之間明白了，那是一種奇特的羞澀感，使他無法直接跟我對話。這讓我對他不再感到那麼害怕，也不再那麼討厭他了。隔天，我開始寫歌，當外面那些人們在陽光下經過的時候——那些獨立的人們能自由地移動，世界在朝九晚五這段時間內為他們而開放，他們每一個人都在為自己可以作主的目標而忙碌。我的阿姨在動手術的這個當下，我在寫著一首愚蠢的歌，而沒有人知道，她是否可以度過這個死亡關卡。電話聲響起，倫格恩小姐把話筒遞給我，臉上的表情彷彿被話筒燒傷了手指似的。「是您的電話，」她尖銳地說，「是個年輕的小姐。」我紅著臉繞過辦公桌，接過話筒，我和卡爾·彥森和倫格恩小姐靠得很近，他們都不說話。是妮娜，我甚至跟她說過不要打電話到這裡找我。「嗨，」她說，「妳聽好。昨天我在海德堡酒吧（Heidelberg）遇到了一個非常可愛的男生。他有一個朋友，非常不錯。高大，深膚色，妳知道。妳會喜歡他的。我答應他，我們今晚會去那裡。他們兩個都會在。」「不行，」我小聲地說，「我今晚不行，我得留在家裡。」「為什麼？」她問，我為難地輕聲說，有機會再跟她解釋。「我現在很忙。」妮娜被得罪了，她說我很奇怪。她好不容易為我找到了一個男生，我卻不願意和他見面。「我得走了，」我說，「我很忙。再見。」我笨拙地放下話筒。「謝謝。」我喃喃地說，然後回到我的位子上。「是您的朋友嗎？」倫格恩小姐在長久且沉重的沉默以後，問我。我說是，她說：「她聽起來有些輕浮。您這個年紀得小心，不要交到壞朋友。」「確實如此，」卡爾·彥森同意，並充滿哲學意味地說：「基本上，還不如有一個男朋友，至少妳知道你們往哪個方向發展。」我繼續寫歌詞，有點煩躁，找不到可以和斯文·奧厄名字押韻的韻腳。海鷗，大門，烏鴉，霧[20]——我想像這一對夫妻年輕時第一次邂逅的時候，是個起霧的夜晚。斯文・奧厄的安靜，和他弟弟的聒噪是同一個程度的。他和他父親一樣胖，頭總是歪向一邊，感覺好像脖子的一側有點過短。這讓他看起來很親切。他們兄弟倆幾乎不說話，因為斯文・奧厄免費住在樓上，而卡爾・彥森得自己在外面花錢租房。此外，斯文・奧厄是長子，當師父去世以後，印刷店將由他來繼承。「這太悲哀了，」倫格恩小姐憐憫地說，「不是該血濃於水的嗎。」我把歌詞寫好以後，用打字機重新謄打一遍，師父忽然間走了進來，我把紙從機器裡抽出來，藏在抽屜裡，因為我並不是受聘來寫宴會祝賀詩的。作品完成以後，我把它交給倫格恩小姐，她看起來比上一次更興奮。她盯著我看，彷彿我是莎士比亞再世似的，說：「這太棒了，你看看，卡爾・彥森。」他把歌詞拿過去，仔細地讀了一遍，贊同她的話，又沉默地瞪著我看了很久。然後他對著倫格恩小姐說：「天知道她這天分是哪來的？」「是遺傳，」她斷言，「這是與生俱來的。我有一個叔叔，也很擅長寫歌。可是這會讓他筋疲力竭。每當他寫完一首歌以後，他的能量就被消耗了。就好像靈媒一樣，他們也經常這樣耗盡力氣。您不累嗎，迪特萊弗森小姐？」不，我不累，我的能量完全沒有被消耗。然而我很渴望有一個地方，可以讓我練習寫真正的詩。我非常渴望有一個自己的房間，四面牆以及一扇可以關上的門。一間裡面有一張床、一張桌子、一張椅子，一台打字機，或者只是一支鉛筆和一本簿子的房間，這樣就夠了。還有，門必須能上鎖。這些，我現在都無法得到，我只能等到年滿十八歲，終於可以搬離家裡的時候。堆滿錫盒子的閣樓，是我上一個可以找到平靜的地方。還有我童年時的窗台。回家路上，溫柔的五月空氣輕撫著我。現在日光可以持續到晚上了，我的棕色套裝讓我感到溫暖。外套只遮到腰間，裙子是百褶裙。穿上這套裝，讓我有一種盛裝的愉快感覺。妮娜說，我少了一些可以替換的衣服，可是我並沒有錢。我每個月付給家裡二十克朗，因為家裡提供我膳宿，十克朗存進銀行，剩下的二十克朗，部分繳交健保費，便所剩無幾了。那些錢大都被我花在糖果上，因為我都需要在內心掙扎許久，才能平安無事地經過巧克力店。每當我和妮娜去跳舞時，我也得花錢買汽水。那些願意付錢的男士，不幸地通常在晚上十點以後才會出現，而那個時候正是我必須對夜間的歡樂說再見的時候。我有點好奇，妮娜究竟會介紹怎樣的一個男生給我呢，無法和他見面，我也有點沮喪。但是，如果阿姨死了，我不能讓母親一個人面對。回家路上，我喜歡看嬰兒車，因為我喜歡看沉睡的嬰兒手掌攤開擱在荷葉枕旁。我也喜歡看那些以各種方式表達自己感受的人。我喜歡看母親們撫摸她們的小孩，而我，為了看一對手牽著手明顯深愛對方的年輕情侶，會情願跟著他們多走一段路。這些景象，給了我一種帶點憂鬱的幸福感，也讓我對未來充滿無限希望。母親坐在客廳裡等我。她臉色蒼白，明顯地剛哭過。我也愛母親，尤其當她屈服於簡單而真切的感受時。「她沒死，」母親嚴肅地說，「但是，醫生說這只是時間的問題。目前只希望她不會發現自己究竟患了什麼病。妳永遠不能告訴她。」「我不會。」我說。母親去泡咖啡，我看著睡著了的父親的背影。我忽然之間發現，他老了，看起來疲憊不堪。並不是因為有任何太明顯的跡象，只是我自己的一種感覺。父親今年五十五歲，而我永遠不會見到他年輕時的樣子。母親先是年輕，然後是繼續保有年輕，而她仍然屹立不倒。她願意為了年輕幾歲而撒謊，即便是對著知道她實際年齡的我們。她繼續染髮，一週去做一次蒸汽浴，這些努力讓我憐憫她，因為這代表著她內心裡一種我無法明白的焦慮。我僅僅冷眼旁觀。當她把杯子放在桌上時，父親醒來了，他揉了揉眼睛坐起來。「妳告訴她了嗎？」他嚴肅地說。「還沒，」母親平靜地說，「你可以自己跟她說。」「我們找到了新的公寓，」他苦澀地說，「在威斯頓街（Westend）。一個月房租六十克朗。我不知道，如果我又失業了，我們將怎樣負擔這筆費用。」「胡說，」母親嚴厲地說，「托芙支付二十克朗啊。」我嚇了一跳，他們不能這樣計畫一個必須由我來支付的未來啊。他們不能背著我計畫一切，卻又要依靠我。我問，他們為什麼事先不告訴我，母親說，他們要給我一個驚喜。那裡有三房[21]，而我可以占據其中的一間。而且公寓就靠著街，所以我們可以看到街上發生什麼事。我還是有點高興，因為我總是夢想能擁有屬於自己的房間。父親厲聲說：「該死的！她要自己的房間做什麼啊？坐著咬指甲還是挖鼻孔，啊？」我生氣了，因為他一點也不了解自己的孩子。而每當我生氣的時候，我總是會說出讓自己後悔的話。「我要閱讀，」我說，「我也要寫作。」他問我要寫些什麼鬼東西。「詩，」我大吼。「我已經寫了很多首詩，有位編輯曾經告訴我，這些都是好詩。」「妳看看，」父親說，同時用他的大手擦了擦臉，「她的腦子也不太靈光吧。妳知道她在幹這種蠢事嗎？」「不知道，」母親簡短地回答說，「但是那也是她個人的事。如果她想要寫作，那，她當然可以擁有自己的房間。」父親有點被激怒了，他沉默地穿上外套、拿起餐盒，準備出門去工作。他戴上帽子以後，呆立了一陣，看起來有點不自在。「托芙，」他溫柔地說，「有機會的話，我可不可以，嗯，讀一讀妳寫的那些詩？我對這方面多少有一點研究。」我的憤怒忽然消失無蹤了。「嗯，可以。」我說，他有點尷尬地對我點點頭，隨即就出門了。父親懂得在後悔以後糾正他的行為，這是母親並不具備的能力。他離開以後，母親告訴我有關那間新公寓的一切，我們將在下個月一號搬進去。「三間大房間，」她說，「幾乎就是三間大廳了。能夠搬離這個無產階級區，那是多麼美好啊。」她進去臥房以後，我看了看我們小小的客廳。我看著那殘舊、布滿灰塵的紙娃娃劇院，當初父親做好以後，我們是多麼地高興。它大概承受不了搬運而會破爛不堪吧。我看著布滿各種痕跡的壁紙，我記得大部分痕跡的來源。我望著掛在牆上的水手之妻，看著餐具櫃上的黃銅咖啡器具托盤，看著那個曾經被母親甩門而甩壞、到現在都還沒修好的門把。我望著窗外，院子另一端的加油站以及吉普賽拖車。我看著這些多年以來都不曾改變的事物，忽然想起，事實上，我厭惡改變。當周遭的事物都在改變，我又如何能完整地保有自己呢。

11

夏去秋來。色彩繽紛的落葉，狂野地隨著風穿越街道，棕色的套裝對我來說已經不夠暖了。我再也穿不下艾特文的舊衣服，於是只好分期付款買了一件大衣。這違反了父親的忠告。他說，每個人都該盡自己的本分，不應該拖欠他人任何東西，否則，桑德赫爾摩是唯一的下場。我們現在住在威斯頓街了，一樓，三十二號公寓。當我不需要個人空間的時候，我的房間便是起居室，只需一塊印花掛簾便與飯廳隔開了。那裡放著一張有著彎曲桌角的桌子，兩張皮革扶手椅和一張皮革沙發，這些都是二手家具，而且已經相當破舊。夜裡，我睡在沙發上，弓形的沙發椅背使我無法完全拉長身子躺下。「這樣一來，或許妳就不會再長高了。」母親充滿希望地說。我自己也懷疑，一個人究竟要長到什麼程度才會停止，但是就我來說，彷彿根本沒有盡頭。我很快就要滿十七歲了，每個月賺六十克朗。薪水是按工會標準制定的。我的房間並沒有給我帶來多大的快樂，因為晚上當我獨自在房裡時，母親會在掛簾外喊：「妳現在在做什麼啊？妳好安靜啊。」通常，我除了閱讀父親那些已經非常熟悉的書籍以外，並沒有其他的事可做。「妳也可以在這裡讀書啊。」母親以一種高昂的聲音大喊，彷彿我們之間隔著的是一道厚重的鋼門似的。當她心情好的時候，她會把頭伸進門簾裡，說：「妳在寫詩嗎，托芙？」然而，我通常晚上也都不會在家。我和妮娜作伴去洛德伯（Lodberg）或奧林比亞（Olympia）或海德堡這些酒吧，我們坐著，邊喝汽水邊看著在舞池裡跳舞的情侶們，彷彿我們來這兒不是為了跳舞。妮娜通常會先被邀請。我對著那位想和她跳舞的年輕人微笑，彷彿我是她的母親，確保她被照顧好。每一次他們跳著舞經過，我都保持那種認可的微笑，同時也充滿興趣地觀察在這裡的每一個人。我想，人們大概以為我是為了有一天要把這些人都寫進書裡，才如此細微地觀察周遭的環境吧。無論別人怎麼想，只要別將我視為一個被忽略的女孩，來這裡只是為了找一個未婚夫就好。有一次，我和一個可憐我的年輕人跳舞時，我聽見隔壁桌有個男士稍稍提高嗓子說：「瞎眼的母雞也能找到穀物吃。」我的整個晚上都被這句話給毀了。妮娜說，通常十點鐘以後才真正開始好玩，問我可不可以留到午夜。但是對於這一點，母親完全沒有商量的餘地。妮娜也想幫我妝點打扮一下。我們一起用分期付款的方式，買了一件加了厚墊的胸罩，以及一件黑紅相間的連身A字裙。我不敢告訴家裡，只說是妮娜給我的。這些物品出乎我意料之外的產生了效果，雖然無論我的內衣裡有沒有塞著厚墊，我還是一樣的我。「世界想要被愚弄。」妮娜滿意地說，她真的非常希望我和她一樣成功。有天晚上，一位英俊、嚴肅的年輕人邀請我跳舞。他穿著邋遢，我們跳舞的時候，他告訴我，他隔天就要出發到西班牙去參與內戰。我們跳著舞，他把他的臉頰貼緊我的，雖然他的鬍碴刮得我有點刺痛，我卻喜歡他的愛撫。我緊靠著他，我可以感覺到他手掌的溫度完全滲透了我的背。我膝蓋發軟，有一種我從未在與其他人肢體接觸時感受過的感覺。或許他也有相同的感覺，因為他安靜地站著，手臂環繞著我的腰，直到音樂再次響起。他的名字是柯特（Kurt），他問我，可不可以送我回家。「妳將會是我離開前最後一個和我在一起的女孩。」他說。柯特已經失業三年了，他寧願為了某種更大的使命而犧牲自己，甚於留在丹麥腐爛發臭。他靠救濟金維生。他原本是搬運公司的司機，除了開車，他什麼都不會。他坐在我們的桌旁，妮娜開心地微笑，因為我終於找到了一個我或許可以緊緊抓住的男人。儘管我們都同意要遠離失業的男人，但是要找一個非失業人士，其實也不容易啊。晚上十點，柯特陪我走回家。月光皎潔，我的心有些觸動。我跟著一個即將要壯烈犧牲的男人，穿越大街小巷。這讓他在我眼裡和其他人完全不一樣。他有深藍色、杏仁形狀的眼珠子，黑色的頭髮，小孩般的紅唇。在樓梯口，他捧著我的頭，溫柔地親吻我。他問我是否獨居，我說不是。他自己租了一間房，房東是個非常嚴厲的女人，她不允許他帶任何女生回家。當我們站著擁抱彼此時，母親打開窗戶大喊：「托芙，妳該上來了！」我們驚恐地推開了對方，柯特問我：「那是妳的媽媽嗎？」我無法否認，現在我們不得不分開了。柯特也得到特羅姆薩陵（Trommesalen）去領取由一間三明治店捐出的食物，他們會在午夜時分派發三明治，但是人們在午夜前就得提早排好幾個小時的隊。我站在原地，看著他走向幾乎無人的街頭。他沒有穿大衣，雙手插在薄外套的口袋裡。他很快就會死了，而我再也不會見到他。我上樓，對母親的打擾發出怨言，然而，她說我大可以邀請這些年輕人回家，好讓她看看他們沒有任何的鬼祟行為。她不喜歡我和那些見不了光的人混在一起。此外，她的心思完全在另一件事上，蘿莎莉亞阿姨就快出院了，她已經進進出出醫院好幾次了。她會到我們家來度過她人生最後的時日。這是醫生告訴母親的。他們已經束手無策了，而醫院沒有多餘的床位收留那些時日無多的病人。蘿莎莉亞阿姨將睡在母親旁邊原本屬於父親的位置。而父親則將睡在飯廳裡的沙發上。「這些，」母親說，「在我們舊公寓裡是無法安排的。」這彷彿是冥冥中有一個聲音在驅使她，讓她求父親批准我們搬家。一個晚上，我並沒有攜伴回家，在樓梯口遇見父親。他正要出門去上班，而我要上樓回家。他看起來非常憤怒且沮喪。「艾特文在樓上，」他說。「他居然什麼都沒告訴我們，就這樣結了婚。他有了妻子，搬進了一間公寓，搞不好就快有小孩了。哼，我們為他犧牲了一切。再見。」在還沒打開家門之前（現在我已有了自己的鑰匙），我換上了一副驚訝的表情。「咦，」我說，「你在這兒呀？」他們坐在我的房間裡，因為艾特文現在是客人了，所以我們在起居室裡接待他。母親嚎啕大哭，艾特文看起來非常不自在。或許他為自己的固執感到後悔，整件事在我看來也有點過頭了。「我是為了給你們一個驚喜，」他弱弱地說，「我不希望你們為了婚禮而花錢。」但是這只讓情況更糟糕。母親生氣地問，他是不是以為我們連一點結婚禮物都負擔不起，還是我們對他來說可能不夠體面。艾特文讓我們看看他妻子的一張照片。她名叫葛蕾特，圓圓的臉上掛著酒渦。母親皺皺眉頭，仔細看著照片。「她會下廚嗎？」她停止了哭泣，問道。艾特文並不知道。「她看起來不像會下廚的人。」母親說。我母親在廚房也不行，她所做出來一切能吃的，口感都像水泥，因為她總是放太多麵粉。當我們邊喝著咖啡邊吃著酥皮麵包，她問艾特文的房租有多貴，以及他的妻子是否需要工作，反正他們現在還沒小孩。知道她不需要工作後，母親又好奇她是如何打發時間。非常明顯地，母親已經為葛蕾特塑造了一個既定的負面形象，即使她們見了面，也無法改變母親對她的看法。飯廳的鐘聲響了十一下，艾特文站起來準備離去。「那我們星期天過來。」他有點沮喪地說。他離開以後，母親非常想和我聊天，可我卻非常需要獨處。我想要獨自一個人想著柯特，我想記下當我看著他頭也不回地沿街離去時，在我腦海裡浮現的那些句子。在威斯頓街和馬修斯街（Matthæusgade）交叉口的轉角有家酒館，一個叫「砰和澎」（Bing og Bang）的樂團表演直至午夜兩點，簡直吵翻天。於是我們幾乎要互相大喊才能聽到對方說什麼，比較起來，舊公寓安靜多了。母親問我，和我接吻的年輕人是誰。「一個和我一起跳舞的人，」我說，「其他的我就不知道了。」她說，在把那些年輕人放走之前，我得確保有下一次的約會。她有一種莫名的焦慮，她非常害怕我永遠都訂不了婚，只要有任何年輕人對我表示一丁點的興趣，她便準備好要全然接納他。「妳太挑了，」她直率地說，「妳沒有本錢這樣。」她終於走了，我縮起雙腳坐在桌旁，拿出紙筆。我想著那一個即將死在西班牙的年輕小夥子，接著寫了一首好詩。詩題〈獻給我死去的孩子〉（Til mit døde barn），這首詩和柯特沒有任何直接的關係。然而如果我沒有遇見他，我也無法寫下這樣的一首詩。詩寫好以後，我不再為了永遠不會再見到他而難過。我感到快樂，彷彿獲得了救贖，但同時也感到悲傷。我非常難過，因為我無法讓任何活著的靈魂閱讀這首詩，我還必須繼續等待，等到我再次遇見克羅赫先生那一類人。我讓妮娜讀過我的詩，她覺得每一首都不錯。我讓父親讀了我在堆滿錫盒子的閣樓上寫的那一首詩，他說，那是一首業餘水平的詩，我能以此打發時間是挺不錯的，就如他閒時玩玩填字遊戲那樣。「這一類活動能讓妳鍛鍊腦子。」他說。我自己也想不透，我為何如此渴望能有機會發表詩作，好讓那些對詩有感知的人，能從我的詩裡獲得喜悅。但是我非常想要發表我的詩。那是我在黑暗和崎嶇的路上努力要抵達的方向。是這樣一個想望，支撐我每一天早上起床，到印刷店的辦公室裡，在倫格恩小姐警戒的雙眼前呆坐八個小時。也因此，我計畫在滿十八歲那一天，立即搬離家裡。「砰和澎」樂團吵鬧了一整個晚上，喝醉的人們從酒館的後門湧入我們的院子。在那裡，他們叫囂、詛咒和互相毆打，一直到晨光熹微，院子和街道才安靜下來。

12

有關我寫詩能力的傳聞已經傳到印刷店裡去了，而今每天都湧入不少要我寫歌詞的訂單。卡爾・彥森接收訂單，交給倫格恩小姐，再由她交給我——她始終是我在公司裡唯一有直接接觸的人。我為各種節慶盛典撰寫慶賀歌詞，當我到印刷店裡去分發薪水袋時，工人們尷尬地謝謝我，而我也同樣尷尬地回覆這沒什麼好謝的。我寫歌詞，我用速記記錄給兄弟們的重要訊息，或撰寫死去兄弟們的訃告。這些都被刊登在聖米迦勒及聖喬治勛章會的會刊裡。這些和辦公室行政工作沒多大的關係，但是倫格恩小姐並不願意培訓我，於是當她休假時，辦公室的一切都瀕臨崩潰邊緣，因為我什麼都不知道。當我滿十八歲以後，我要找一份真正的辦公室工作，而不僅僅是個學徒。到時我的薪水也會更高。當我滿十八歲以後，世界在各方面都會不一樣了，而我和妮娜將會有一整個晚上的時間可以消磨。妮娜非常熱中地表示，到時我得想辦法失去童貞。她自己是在十五歲那年，把童貞給了她的護林員。晚上，我們出去玩的時候，她把訂婚戒指取下。她只和那些沒有失業的男人們上床，而我並沒有告訴她有關柯特的事。這個體驗，我只想留給自己。如果我自己獨自租房，我肯定會邀請他到我房裡來。但是我並不確定，我是否願意邀請其他送我回家後在樓梯口吻我的男人入房。有一天，妮娜再次提起我那可恥的處女之身，我說，我只願意在訂婚以後獻出我的貞操。我以前並沒有這樣想過，但是這個決定讓我鬆了一口氣。事實上，也只有唯一一個情人能獲得我的貞操，而妮娜說得好像全世界的男人都在覬覦，實在有點尷尬。目前，蘿莎莉亞阿姨在家裡養病，於是對於我所做的事，母親沒有那麼專注了。她一整天都坐在阿姨的床旁邊，談笑風生，夜裡很早就上床睡覺，躺著繼續聊，直到她們其中一個睡著為止。在她的世界裡，父親成了多餘的人，我想，如果阿姨不會死，母親將會非常快樂。阿姨臉色發黃，皮膚緊貼著骨骼，不斷地提醒你頭骨的存在。她的皮膚如此緊繃，以致她再也無法完全地把嘴巴閉上。我晚上回到家時，如果她還醒著，會把我叫過去，我便會在她床邊坐一會兒。我從頭到尾都努力憋氣，因為床邊飄著一股難聞的氣味，我希望阿姨自己聞不到。如果她的身體有任何疼痛，母親便會到街角的一間咖啡館打電話給護士，她會前來幫阿姨打一針嗎啡。這會讓她有點神智不清，把我和母親搞混。「我就要死了，阿爾芙莉達，」有天晚上，她這樣對我說。「我自己知道，妳不必瞞著我。」「不是的，」我傷心地說，「妳只是生病了。醫生說妳會康復的。」「卡爾當初也是這樣，」她說，「醫生說我不該告訴他。」我沒有回答她，僅僅把她那雙脫皮的手塞到棉被底下，關了燈，走入我自己的房裡。隔著門簾，我可以聽見父親在打呼。我很想對阿姨坦承一切，因為我非常確定，這會讓她快樂一點，但是因為母親，我不敢，母親仍自顧自演著她悲哀的喜劇，而阿姨則演了另外一場「假裝什麼也不知道」的劇。我想，如果有一天我快死了，我會想要知道真相。我也在想，如果我有一天遇見一個喜歡的男孩，我也無法如母親希望的那樣把他請回家，因為阿姨身上的氣味充滿了整間公寓。我們一家都到南港去了一趟，拜訪哥哥和他的妻子。他們住在一間兩房公寓，家具不多，而且都是分期付款買的，這足以讓父親掛上一張嫌棄的臉。葛蕾特嬌小而豐滿，面帶笑容，她一直坐在艾特文的大腿上，母親看著她，彷彿她是一個吸血鬼，沒多久就會吸光他身上的所有精力。母親幾乎不和她說話，而且整個談話也相當困難，因為母親小心翼翼地避免直接和她對談。我對我的家人感到無比厭倦，每一次當我希望可以自由行動時，卻總是無法避免地撞上他們。或許，在我結婚並組織自己的家庭以前，我將永遠無法擺脫他們。有天晚上，當我們在洛德伯酒吧喝著汽水時，一個年輕人邀請妮娜跳舞，而我慣常地坐著，以我那母性的笑容觀察這些年輕人如何享受人生。這時一名年輕人對我鞠了個躬，我們於是在那成為舞池的四方地上，擠著人群跳舞。他在我耳邊哼著歌：「來自羅馬的那位年輕人啊，沒有人可以避開他。」「那是墨索里尼[22]。」我說。我恰好知道，因為當麗娃・維爾（Liva Weel）[23]頻繁地唱這首歌的時候，哥哥感到非常不滿。「他是誰？」那位年輕人問我，我說，我不知道。我只知道，這個來自義大利的男人，和希特勒一樣壞，沒有人應該寫一首丹麥文歌來讚揚他。「和您的朋友一起跳舞的是我的朋友，」他說，「他名叫伊貢（Egon）。我叫阿克塞爾（Aksel）。您叫什麼名字？」「托芙。」我說。阿克塞爾很會跳舞，而且他不會像大部分的男人那樣，在跳舞的時候對我上下其手。「您的舞跳得不錯，」他說，「比大部分的女生跳得好。」我告訴他，我從未學過跳舞，而他說，這一點關係也沒有。我體內有韻律。一般在和年輕男人跳舞的時候，他們都很少說話，而我喜歡阿克塞爾，雖然我還沒看清楚他的臉。我們跳著舞經過妮娜和伊貢，我對妮娜微笑，伊貢和阿克塞爾互相打了招呼。音樂停止以後，阿克塞爾問，他們可不可以坐到我們的桌旁，我說好。我們回到座位時，妮娜美麗的眼睛裡閃爍著喜悅。她問我覺不覺得伊貢很英俊，我說是。「他是一名木匠，」她告訴我，「他和他的父母住在阿瑪島上的一間獨立式房子裡，阿克塞爾和他的父母則住在對面。那也是一間獨立式房子。」接著他們就走過來了，我近距離地端詳阿克塞爾。他的圓臉看起來非常友善，他的一切都在提醒你，他曾經是個孩子。他額頭的金色捲髮有點潮濕，藍眼睛裡透著一種真誠的神情，下巴有一道深痕，只有在他笑的時候才會消失。他身上有一種淡淡的奶香味。伊貢比他矮小，膚色較黑，好像年紀也比他大。妮娜問他，在獨立式房子裡有多少房間，我可以看見，她已經遠遠地迷失在一個美夢裡——關於兩個富二代如何將兩個窮女孩帶進一個無憂無慮的世界。或許她甚至計畫要拋棄她的護林員了。我有一種感覺，他應該是非常沉重和嚴肅的一個人，而妮娜所幻想的鄉下生活——那一個他可以提供給她的未來——畢竟還是過於浪漫了。她一時興起的時候，會叫他「灌木叢」，但是她不允許其他人這樣叫他。每個週末她都和他在一起，但是卻不讓我見他。她也不讓他見我，她認為他會覺得我帶壞了她，正如母親覺得妮娜是我的豬朋狗友那樣。「您從事什麼工作呢？」當我們喝著啤酒的時候，妮娜問阿克塞爾。「我是債務處理人。」他說，同時對妮娜露出迷人的微笑。我不知道那是什麼，但是看得出來妮娜有點失望。「哦，」她說，「所以您捧著帳單到處走動？」「我開車。」他非常自滿地更正她。她臉上的神情稍微亮了起來，忽然之間，她建議我們之間應該以「你」互相稱呼。我們為此而乾杯，而我寧願喝汽水。我不喜歡啤酒。時間已經過了晚上十點，我焦慮地坦承必須要離開了。阿克塞爾風度翩翩地跳起來，扣上他那件肩膀有點過寬的大衣鈕釦。他很高，有嚴重的內八字。當我們穿越舞池的時候，他輕輕地挽著我的手臂，在衣帽間，他幫我穿上大衣。我們穿越冷冷的街，城市裡的燈火比星星還要璀璨，他告訴我，他是養子，他的父母年紀都非常大了，但是相當和藹可親。讓我意外的是，他問我願不願意找一天去他家，和他們打個招呼。「好的。」我說。「我很希望有個固定的女友，」他孩子氣且直率地說，「家裡的老人很希望我訂婚。」在樓梯口，他照課操表似的親吻我，但是我可以感受到他對這個吻並沒有任何特別的感覺，儘管我帶著愛意地把身體傾靠著他，也是如此。他說：「我們四個人將會玩得很開心。」「嗯。」我說，並答應他下個星期天會去他家拜訪。他好奇地問我是不是處女，我承認了。他抓住我的手，真誠地和我握手。「我很敬重妳。」他帶著溫情說。我帶著失望和困惑的心情上床睡覺。我在想，我真的能和一個債務處理人訂婚嗎？我有點懷疑，所謂的債務處理人，會不會其實是腳踏車快遞美化了的說法，差別只在於他是開車而已。

13

阿克塞爾和我如手足般互相禮待對方，接著，在認識十四天以後，我們就訂婚了。妮娜告訴伊貢，我在訂婚戴上婚戒以前，是不會和阿克塞爾上床的，而伊貢把這件事告訴了阿克塞爾，有次我們在他家時，他心血來潮便提議訂婚。現在，我是一個訂了婚的女人了，而母親喜出望外。她覺得阿克塞爾看起來非常可靠，就如她一眼就看出艾特文的妻子不會下廚，她也看得出來阿克塞爾不會酗酒。在母親面前，他表現得非常有風度。「每個人都看得出來，」她這樣對不敢反駁她的父親說，「他是一個受過教育的人。」和阿克塞爾相處了幾個晚上以後，父親說：「除了開車，他什麼都沒學過。」「噢，」母親生氣地說，「這樣還不夠嗎？難道你能開車嗎？」阿克塞爾答應母親有天會開車載她去兜風，對於這件事，我並不特別在意。但是，有一天，我坐在辦公室裡，毫無預警地，外面傳來一陣刺耳的喇叭聲，倫格恩小姐瞪著窗外望。「這到底是誰啊，」她驚訝地說，「他們向這裡揮手。您認識他們？」我滿臉通紅地否認，因為阿克塞爾和母親瘋狂地揮著手，同時把頭伸出車窗外，而阿克塞爾還不斷有節奏地按著汽車喇叭。「他們應該是向樓上的人揮手吧。」我難受地說。「沒禮貌。」倫格恩小姐說，然後把窗簾拉上。當我回到家時，我生氣地要求他們別再愚蠢地到辦公室來揮手，母親說，她和阿克塞爾一整天都玩得非常開心。他們去了蛋糕店，由阿克塞爾請客。她眼睛發亮，彷彿和阿克塞爾訂婚的是她。阿克塞爾的父母個子矮小，年紀大，並且極其和善。他們住在卡斯特魯普（Kastrup）一間獨立式的房子裡。他的父親是一家工廠的工頭，而整棟房子散發出一種富裕的氣息。阿克塞爾的房間在地下室。他擁有一台收音機和一台留聲機，架子上有三百多張唱片，如書籍般一字排開。他房間隔壁是一間撞球室，當妮娜和伊貢來訪的時候，我們四人便在那裡玩撞球。阿克塞爾的父母稱他為小寶貝，他們把他當成小男孩來對待。他對他們非常友愛，正如他對我那樣。他以一種溫暖的方式存在著，讓人感到安全和舒適。有一天，妮娜說我們應該在阿克塞爾那裡開個小舞會。我們可以享用他父親自己釀製的葡萄酒，阿克塞爾的父母已經批准了。我們可以跳跳舞及打撞球，然後我應該和阿克塞爾上床，讓他感到快樂。「喝了酒以後，」妮娜積極地說，「就不會感到任何痛楚了。」伊貢也覺得該是時候了，妮娜這樣告訴我，而基本上，他們彷彿無需問過我和阿克塞爾。我們從來不提這件事，而他一直都尊重我這個尷尬的決定。妮娜和我一起到了那裡，阿克塞爾是個周到的主人。他開了酒，放了唱片，葡萄酒的味道沒有啤酒那麼可怕，我們都因為喝多了而興致高昂。跳舞的時候，伊貢時不時親吻妮娜。她笑著說，「灌木叢」應該看著他們如何享受，她已經向伊貢揭露了她的祕密，而伊貢則取笑著「灌木叢」，說可以想像他坐在門檻上，一邊抽著傍晚的菸斗，一邊欣賞日落。我們大家都為這個畫面而大笑。「妮娜走出來，」伊貢繼續想像，「裙襬上拖著三個流著鼻涕的小孩，妮娜在圍裙上擦了擦雙手說：『孩子的爸啊，咖啡已經煮好了。』」阿克塞爾一直沒有吻我，時間過去，他看起來越來越嚴肅。我幾乎要憐憫他了，因為他在各個方面都像個孩子似的。我自己也因為葡萄酒而興奮不已，而我也真的準備好了，這件事今天就會發生。無論如何，我的體驗總不會比其他人來得糟糕吧。午夜以後，妮娜和伊貢悄悄潛入了撞球室，把門關上。「你們在裡面幹嘛啊？」阿克塞爾多此一舉地對著他們大喊。接著他猶豫且有點膽怯地望著我。「嗯，」他說，「我應該把床鋪好。」他以一種緩慢及小心翼翼的動作來進行。「妳把衣服脫了吧，」他難堪地說，「至少脫一部分。」這種感覺簡直像在看醫生。「我們何不先聊聊天？」我問。「好吧。」他說，於是我們各坐在一張椅子上。他為我們的杯子斟滿了酒，我們貪婪地把酒乾了。「妳也應該，」他溫柔地說，「把門牙補一補吧。」「是啊。」我驚訝地說。有別於其他的手術，看牙醫是需要付費的。「我沒辦法負擔費用。」我補充說。於是他提議由他來付這筆錢，當我不覺得我應該接受時，他說，有朝一日，他還是得養我的。於是我謝了他，表示願意讓他為我支付補牙的費用。「不然太可惜了，」他解釋說，「因為妳其實長得那麼好看。」忽然間，撞球室內傳來一陣怪異的哀嚎聲，我倆倒抽一口氣。「那是伊貢，」阿克塞爾解釋，「他總是如此熱情奔放。」「你也是這樣嗎？」我小心地問，因為如果他真的會如此咆哮，我想要做好準備。「不，」他老實地說，「我沒那麼熱情。」「我也覺得我不會。」我坦承。他的眼中閃爍著一絲希望。「我們其實也可以，」他樂觀地說，「等到下一次？」「那他們會覺得我們有點蠢。」我說，並朝著撞球室的方向點了點頭。

「嗯，那，我們可以把燈熄了。」阿克塞爾關了燈。我咬著牙躺著，聽著他溫暖、友善及安撫的言語。整件事其實並不太糟糕，而他也沒有發出任何野獸般的聲音。事後，他再次開了燈，而我們兩個大笑，彼此都有一種巨大的鬆懈感，終於過去了，其實也沒什麼特別的。「我必須跟妳說，」他很坦白，「我從來沒有和處女上過床。」妮娜和伊貢帶著紅紅的臉頰和發亮的雙眼出現。他們看著床，再看看我們，然後互相對看，彷彿這一切都是他們的傑作，但是我們都沒有說什麼。我們繼續跳舞，因為當我和阿克塞爾在一起的時候，晚些回家是被允許的。只要有他在，我要做什麼都可以，母親知道了也不會感到震驚。後來，妮娜問我，是不是十分美好呢，我理所當然地說是。她說，每一次都會比上一次更美好哦，可是我並不打算讓這件事重複發生。事實上，我覺得，在我的人生裡，這是一件完全無關緊要的事，它完全比不上我和柯特的短暫邂逅，以及和他之間那些或許該發生卻未發生的事。然而，我還是把一切寫進了日記裡，自從有了自己的房間以後，我就開始寫日記了：「當妮娜在撞球室裡把她溫暖且充滿熱情的身體獻給了伊貢，那個當下，我以一個簡潔而純真的『是』，回答了阿克塞爾關於我是否潔白無瑕的問題——諸如此類。」在日記裡，一切都是純粹的浪漫。我把日記藏在臥房裡五斗櫃最上層的抽屜裡。我加了一把鎖。抽屜裡也放了兩首我寫的「真正的」詩、三個溫度計以及五、六個保險套。這些東西都是我在護理用品公司上班時偷來的，因為我有段時間考慮要開一家護理用品公司。只是在還未把貨物存夠以前，就被趕了出來。阿克塞爾對我還是跟之前一樣，這讓我大大鬆了一口氣，他也沒有提起那件讓人尷尬的插曲。我猜，他會做任何伊貢叫他做的事，正如我也總是傾向於做任何妮娜要我做的事。當我單獨和妮娜在一起的時候，我讓她相信，阿克塞爾和我經常做那件事，或許當阿克塞爾和伊貢在一起的時候，他也是這樣告訴伊貢吧。白天，阿克塞爾開心地載著母親到處轉，當他和顧客見面時，她就在貨車裡等他。他受聘於一間家具公司，他告訴我，很多顧客都是妓女。我那疑心病重的母親發現，他到這些女人家的時候，都逗留得特別久，但他只說要向她們討債是非常困難的事情。母親說，我不該信任他，然而我其實根本不在乎他是否和那些妓女們上床。我認為這件事與母親以及我都無關。更糟糕的是，當我去他家時，我感受到他父母的冷漠。我不知道自己哪裡冒犯了他們。偶爾，我發現他母親在以為我沒有察覺的時候，尖銳地瞪著我看。她個子嬌小，和我的外婆一樣，總是穿著黑色的衣服。她棕色的眼睛充滿智慧，有一頭白髮。我從未看過她不穿圍裙。「阿克塞爾是不是答應幫妳支付牙醫費用？」有一個晚上，她這樣問我。「是的。」我說，感覺非常不自在。「他賺得並不多，」他母親說，「恐怕妳還是得自己付錢。」有些事情，我完全不明白。有天傍晚，我被邀請到他們家去用晚餐，我比阿克塞爾先抵達。他的父母看起來非常嚴肅。他母親說，阿克塞爾並不適合我。他永遠都無法養活一個妻子，而且他也高攀不上我。「讓我來說。」他父親說，同時對她揮了揮手。「事情是這樣的，」他說，「已經很多次了，當公司的帳目出現虧空的情況時，我們都付錢解決。我的意思是，阿克塞爾拿了那些不屬於他的錢。在財務方面，他一直像個小孩。我們以為，只要他和一個好女孩訂了婚，便會停止這樣的行為，但是，並沒有。他是我們唯一的兒子，也是我們最大的悲傷。他已經有過十一個學徒工作，但是都半途而廢了。他腦子裡唯一關心的，是車子和留聲機唱片。」「他是一個好孩子。」他母親維護著他，她擦了擦眼睛，說：「但是他為人魯莽，也沒有責任感。」「我喜歡他，」我說，「他不必養我。我可以靠寫詩維生。」最後那句話是不經意間脫口而出的，我驚慌地看著阿克塞爾的父母。他們看起來不太驚訝。「我知道，」他母親說，「妳並不是一個普通的年輕女孩。從妳身上便可以感覺得到。」然後阿克塞爾開著車子回來了，他把車子停在屋外的碎石地上，發出一陣刺耳的煞車聲。他常常把公司的車開回家。他按門鈴的時候，他母親說：「妳別說我沒警告妳。」我思考了好幾天，我非常高興他們可以感受到，我不是一個普通人。也還沒多少年以前，我反而為此而感到難過。對於我的未婚夫，我左思右想了很久，最後的結論是，作為一個希望有朝一日可以進入上層社會的女孩來說，他並不是一個理想的人生伴侶。但是我無法做到取消婚約。我覺得有點對不起阿克塞爾，他對我一直是非常有風度、友善和充滿尊重的。然而我自己的母親也開始懷疑，阿克塞爾的口袋裡為何總是有錢，以及為何每次都在妓女們家裡逗留那麼久。她不再跟著他的車子到處去，也勸我找另一個像爾林那樣想當教師的男朋友，當初我把他一腳踢開，彷彿我門口有一整排的年輕人在等著我似的。妮娜陷入了嚴重的危機，她認真地考慮和「灌木叢」分手，和伊貢結婚。當我告訴她我所知道的有關阿克塞爾的一切，她勸我一補好牙以後，馬上跟他分手。牙齒的填充物並不明顯，妮娜認為，療程結束後，我只要看上誰，我就可以得到他。我終於有了一點「美貌」，她說，而這一點，男人都看得見。但是我和阿克塞爾在一起的時候，我很快樂，因為我真的喜歡他。在他的陪伴下，我感覺到快樂和安全。我不再去拜訪他的父母，他也不再來我家。母親現在對他相當冷漠，而父親只會問他一些讓他看起來相當無知的問題。「你對奧林匹克運動會有什麼看法，嗯？」父親對他說，「你不覺得那非常丟臉嗎？」他指的是在柏林舉辦的奧運，我國的女子游泳隊目前正在那裡參賽，但是阿克塞爾對奧運一無所知。對於希特勒和世界的局勢，他知道得也很少，而且，他也沒有讀過恩斯特．格雷瑟（Ernst Glaeser）[24]的《最後的平民》（*Der Letzte Zivilist*）[25]。我有，所以我知道那麼多關於對猶太人的迫害以及集中營的事實，而這些都造成了我的恐慌。和阿克塞爾在一起，之所以會那麼放鬆，正是因為他對這個時代一切會對人們造成恐慌的事，毫無所知。可這也不代表他是一個蠢人，然而父親對他的盤問，目的僅僅是為了證實這一點。他可以感受得到，便停止了到我家裡來拜訪。於是我們在一起時成了無家可歸的人，只能在餐廳或街頭見面。有一天，他到辦公室外接我，我們沉默地走到了H．C．奧雷斯塔德路（H.C. Ørstedsvej）。他顯然有些話想對我說。這一天終於來了。「我想，」他說，「我們要不要把戒指都摘了。事實上，我並沒有愛上妳。」「而我，」我說，「我也不曾愛上你。」「嗯，」他說，「我知道。」他難堪地邁著大步，我只能在他身後小步跑跟著他。「我很快就滿十八歲了。」我說，並不知道究竟和這件事有什麼關係。「是啊，」他說，「到時妳就成年了。」我們不發一語地走了一段路。「我母親也說，」他解釋，「我配不上妳。妳應該和一個有錢或飽讀詩書這一類的人結婚。」「是啊，」我說，「我也這樣覺得。」在樓梯口，他一貫溫柔地親吻我，隨著把手指上的戒指扭下來。他把戒指放入口袋，我把我的戒指也放進去。「或許，」他說，「我們會再見。」他那短短、僵硬的睫毛最後一次摩擦著我的臉頰。接著他以那雙剪刀形的雙腿，柔軟如小男孩的背脊，走到威斯頓街上。他轉身對我揮揮手。「再見。」他大喊。「再見。」我對他回喊，同時揮了揮手。然後我上樓，在把鑰匙插入門以前，我深深地吸了一口氣，因為那味道越來越濃郁了。我走向母親和蘿莎莉亞阿姨。「現在，我沒有婚約了。」我說。「那很好，」母親說，「他並不怎麼樣。」「他很好。」我說，然後不再說話。我無法向母親說明有關阿克塞爾的獨特之處。「每一個人，都有他們的獨特之處啊，阿爾芙莉達。」床上的阿姨輕聲說道。於是我們都知道，她在想念卡爾姨丈了。

14

有天早上，當我轉入街角，來到印刷店所在的菲德烈堡（Frederiksberg）的別墅街時，我看見在辦公室大樓前的小花園裡，旗子降了半截。我的第一個念頭是，或許倫格恩小姐死了，這居然讓我產生一種詭異的喜悅。這樣一來，我終於可以負責總機，也可以接電話了。只要我想，我可以隨時打電話給妮娜。我帶著些許的興奮上樓，但是當我走入門內時，我看到倫格恩小姐坐在她的老位子上，大聲地擤鼻子。她的鼻子通紅，彷彿她在猛烈的陽光下坐了很久似的。「師父死了，」她以沙啞的聲音說，「走得很突然。他和兄弟們一起在會所演講到一半，他昏倒在桌子上。心臟病，醫生也無能為力。」我坐在我的位子上，什麼也沒說。師父是一個非常沉默寡言的人，每個人都怕他，包括他的兒子們。他文字上的表達能力並不好，我經常潤飾他寫給兄弟們的信件或訃告，反正他也不記得他口述的內容。除了口述信件以外，他從未和我說過話。當我在記錄工作表時，倫格恩小姐責備似的瞪著我看。「您至少可以悼念一下吧。」她說。「悼念是什麼意思？」我問。她沒有解釋，只是繼續讀報。「您聽了愛德華（Edward）國王[26]的退位聲明了嗎？」她問，「真叫人感動啊，為了一個女人而放棄王位！而且他好帥喔。英格麗特公主始終沒有得到他啊。」「他長得像萊斯利・霍華德（Leslie Howard）[27]。」我鼓起勇氣說，現在輪到她問我他是誰。她給我看了辛普森（Simpson）夫人[28]的照片，說：「真奇怪啊，他怎麼會愛上這樣一個半老徐娘。如果是個年輕女孩，我還會覺得比較合理啊。」她用手指把她那老處女般的髮型往上梳了梳，彷彿覺得，如果那女人是她，世界會比較容易接受這件事。「他年輕的時候長得很帥，」忽然間她提起了師父，夢幻似的說，「卡爾・彥森長得像他，您不覺得嗎？我要買件黑色的套裝去參加葬禮，我至少能為他做到這一點。您要穿什麼呢？啊，您可以穿上您的套裝，畢竟是春天了。」死亡和退位讓她變得非常聒噪。她說，接下來會有極大的改變，而這些改變很有可能會導致我被革職。我之所以會被僱用，完完全全是因為師父的一時興起。這樣一個光明的前景讓我充滿喜悅和希望。還剩下半年的時間，我就滿十八歲了，也該是我搬離家裡的時候了。家裡的氛圍非常沉重，讓人難以呼吸。蘿莎莉亞阿姨時日無多了，她和母親之間那些歡快的對話也完全停止了。我的阿姨完全無法進食，全身充滿痛楚。父親像罪犯般地在屋裡躡手躡腳行動，因為只要母親和他對上眼，便會對他怒吼。艾特文和葛蕾特至今都還未來拜訪，因為處在悲痛欲絕狀態下的母親，沒有力氣再去處理任何家務。她晚上睡得很少，於是我為自己買了一個鬧鐘，並在早上醒來後為自己煮咖啡。每個晚上，我都和妮娜在一起，她經過了內心的交戰以後，和伊貢分手了，因為她寧願和「灌木叢」一起住在鄉下。幾乎每個夜裡，酒館打烊後，我都會站在樓梯口和某個年輕人擁吻，他們大多數失業，而我不會再見到他們。到後來，我根本記不得他們的樣子。但是我開始渴望和另一個人之間那種親密的聯繫，那種大家稱之為愛情的情感。我不認識愛情，卻渴望著愛情。我認為，我只要離開了家，便會找到愛情。而我即將愛上的那個人，會和其他人不一樣。我想起克羅赫先生，我甚至認為，我未來的情人不必是個年輕小夥子。他也不必長得帥。但是他必須喜歡詩，他必須知道如何給我忠告，讓我知道該如何處理我的詩。每個晚上，我和一個年輕人吻別以後，我便在日記寫一首情詩，日記取代了我童年時的詩本。那些詩，有些很不錯，有些並不怎麼樣。我學會了分別詩的好壞。但是我並沒有閱讀太多的詩，因為我總是輕易地被影響，而寫出類似風格的詩。師父的葬禮對我來說，是個可怕的考驗。卡爾・彥森在墓園為員工和家人致詞。微風把他的講辭往另一個方向吹去，我一句也沒聽到。作為最年輕和最不重要的員工，我站在最後一排，身旁站著一個大腹便便的印刷工。雨下了起來，我穿著套裝，開始覺得很冷。忽然間，我腦海閃過一個念頭，我可能懷孕了，奇怪的是我之前完全沒有想過這個問題。那個時候，阿克塞爾也沒有考慮這個問題。我要怎麼知道，我是否懷孕了？忽然之間，我覺得懷孕的徵兆無所不在，而如果真的發生了，我不知道該怎麼辦。妮娜向我透露說，她不能懷孕，要不然她很久以前早就懷上了。她說，男人從來不謹慎，他們根本不在乎。我想起母親總是說，我不能帶個小孩回家，我尤其想到，此刻的我正徘徊著朝向一個模糊的目標前進，懷孕將會阻礙這一切。我非常想要一個小孩，但不是現在。事情有先後順序。致詞結束以後，所有人將聚在一起喝杯咖啡或啤酒，我告訴倫格恩小姐，我要回家，因為我的阿姨快要死了。她看起來不相信我說的話，但是我不在乎。我匆匆趕回家，站在玄關照著鏡子。我覺得，我看起來很糟糕。我摸了摸乳房，覺得有點脹痛。我想著鮮奶油蛋糕，覺得我有點反胃。我摸著平坦的腹部，覺得它彷彿變大了。五點鐘，我站在皮萊路（Pilestræde）《貝林時報》報社外面等著妮娜。我告訴她心中的恐慌，她說我該去看醫生。

隔天，我沒去上班，我去了那位又老又邪惡的柏納森（Bonnesen）醫生那裡，吞吞吐吐地說明了來意。「您早該知道這種事會發生，」他以一種折磨人的聲音對我吼，「在您做出這種事之前。」他給我一個尿罐子，隔天我把罐子裝滿了交還到診所。接下來的幾天，倫格恩小姐問我在想什麼，因為別人跟我說話，我根本沒在聽。她的思緒依舊在師父和溫莎公爵之間來回擺動。她那探測的眼光足以讓我深切地感受到生理上的疼痛，我真心希望那看起來很有可能的解僱能夠實現。再過了幾天，我終於得知，我沒有懷孕，於是放下了心頭大石。「我是一個非常浪漫的人，」倫格恩小姐一邊翻著一本週刊，裡面滿滿都是這一對聞名世界的夫婦的照片，一邊這樣跟我表示。「所以我會為這類故事而哭泣。您不會嗎？您完全不是一個浪漫的人嗎？」這一類的問題總是包含了隱藏的責備，於是我趕快向她保證，我也是一個浪漫的人。浪漫這個詞，總是讓我想起提著短彎刀的貝都因人（Bedouins）[29]，想起在河邊那些月光皎潔的夜晚，想起星辰滿布的墨藍色夜晚。我想到寂寞，想起沒有家人和親戚的那種孤身一人，想起閣樓裡的燭台，一支劃過紙上的筆，以及一個在此刻，我還不知道姓名也不知道長相的男人。「是啊，」倫格恩小姐充滿深意地說，「我也認為您是。要不然，您也寫不出那麼美麗的歌詞。」她也說：「您何不當一個慶典歌詞寫詞人呢？您可以靠這個賺不少錢啊。」我考慮了片刻，我是否可以在家裡的窗戶掛一個告示牌寫著「為各種慶典撰寫歌詞」。下面寫上我的名字。但是母親應該不會允許在窗子掛上這樣一個告示牌。在師父葬禮不久後的一個深夜，母親把我叫醒。「來，」她說，「我想，終於還是來了。」她哭得讓我完全認不出她的臉。我的阿姨把身體彎成一把弓，頭向後仰，脖子上僵硬的筋在泛黃的皮膚下看起來像粗粗的繩子。她發出詭異的嘎嘎聲，母親輕聲說，她已經失去意識了。但是她睜著眼睛，眼珠子在眼眶裡打轉，彷彿就要掉出來了。母親說我得出門打電話給醫生。我趕快穿上衣服，到街角的餐廳裡去借電話，「砰和澎」在那裡演奏著非常吵鬧的音樂。醫生是個友善的男人，他站了很久，悲傷地看著阿姨。「要不要給她再打最後一針呢？」他幾乎在自言自語，同時拿起了針筒。「拜託了，」母親求他，「看她這樣，實在是太可怕了。」「好的好的。」他在她骨瘦如柴的腿上打了一針，過了一陣，她所有的肌肉都放鬆了下來。她的眼皮闔上，身子躺下，打著呼睡著了。「謝謝。」母親對醫生說，她把他送到門外，完全沒有想到自己那一身皺皺的睡裙。我們就這樣坐在臨終病人的床邊，沒有人想到要把父親叫醒。那是我們的蘿莎莉亞阿姨，對父親來說，她僅僅是他人生裡的一個配角。半夜，阿姨停止了鼻鼾聲，母親把耳朵靠近她的嘴邊，探測著她是否還有呼吸。「過去了，」母親說，「上帝保佑她，終於可以安息了。」她再次回到椅子上，以一種無助的眼神看著我。我替她感到非常的難過，我覺得，我應該摸摸她、親吻她，但是這些都不可能實現。她看著我的時候，我連哭也哭不出來，儘管我知道，她總有一天會說，當阿姨死的時候，我居然都沒有哭泣。她會說我是一個冷酷無情的人，從這一點就可以看出來，或許，在我不久後離家的那一天，她就會說出這樣的話。而我從來都沒有告訴她，我想離家的打算。我們靠著彼此坐著，但是我們的手之間相隔千里。「現在，」母親說，「本來該是她享受人生的時刻。」「是啊，」我說，「但是她不再受苦了。」儘管夜已深，母親還是煮了咖啡，我們坐在我的房間裡喝著。「明天，」母親說，「我會到奧妮特阿姨那裡去告訴她。在蘿莎莉亞阿姨躺在這裡的這段時間，她只來探望過三次。」當母親開始責備他人的舉止時，她便在這個片刻從深不可測的絕望裡被拯救了。她細訴著，從她們小的時候開始，奧妮特阿姨從未在任何重要時刻陪伴過她們。當時她總是說著其他兩個姐妹的是非，以及她如何比她們更優越。我讓母親說，我自己幾乎不必說什麼。對於蘿莎莉亞阿姨的死，我感到難過，但是沒有像我童年時那樣強烈的感受。那個晚上，儘管「砰和澎」吵翻天，我還是開著窗戶睡覺，我非常希望那一股腐爛、令人窒息的氣息可以從公寓裡滲出去。死亡並非如同我以為那般，溫柔入睡。死亡是殘酷、可怕，充滿惡臭。我用雙臂環抱著自己，為自己的青春和健康而感到歡欣。否則，我的青春不過是我來不及擺脫的一種匱乏和障礙。

15

「我們搬家都是為了妳，」母親沮喪地說，「為了讓妳有自己的房間可以寫詩。但是妳完全不在乎。現在妳父親又失業了。我們需要妳付給家裡的那一份錢。」父親坐起來，揉了揉眼睛。「我們不需要，」他生氣地說，「如果不靠孩子就無法生活，那也太糟糕了。你為他們犧牲了一切，可當你正要開始享受一些些他們的回報時，他們便消失了。艾特文也是這樣。」「艾特文的情況不一樣，」母親說，「他是男孩。」母親這樣說，完全只是為了反駁父親，於是我稍微可以鬆一口氣，因為現在變成了他們兩人之間的交戰。我們坐在飯廳吃晚餐。因為父親的工作時間不固定，於是我們習慣了在中午十二點吃熱食，然而現在也沒關係了。其實我也失業了。在我生日前十四天，我被辦公室解僱了。但是我已經找到了新工作，後天就要開始上班，同時，我也租了一間房間。明天我就會搬進去，我已經告訴父母了。當我把盤子端出去的時候，他們正在為這件事而爭執。「她冷酷無情，」母親哭著說，「就像我父親一樣。蘿莎莉亞死的那個晚上，她毫無表情地呆坐著，一滴眼淚也沒流。真叫人不寒而慄啊，迪特萊弗。」「才不是，」父親咆哮，「她本來就是個好孩子。是妳沒把孩子們教育好。」「那你呢？」母親大吼，「難道你就沒有教育他們？你教他們成為社會主義者，還用斯陶寧的鬍子擦乾鼻涕。不，蘿莎莉亞死後，托芙也要搬走了，再也沒有什麼值得我活下去了。你只會躺著打呼，不管你有沒有工作。真是看著都嫌無聊。」「妳呢，」父親非常生氣地說，「妳的心裡只有妳的家人和皇室。只要妳可以時刻都光顧理髮店，妳就不關心妳的丈夫在餓肚子。」幸好母親此刻是因為生氣而哭泣，而不是因為我的搬離而傷心。「男人，」她嚎哭，「這就是我的男人。你連碰都不願意碰我了，可是我還沒一百歲，世界上還有其他男人。」砰！她走進臥房，把門甩上，撲在床上繼續嚎啕大哭，大概整棟樓都聽得到她的哭泣。我把桌巾從桌上拿下摺好。自從我們搬到這個比較好的區域以後，我們不再以《社會民主報》充當桌巾，於是我可以不必再看到來自納粹德國的安東・漢森的可怕漫畫。父親用手狠狠地在臉上擦了擦，彷彿想要把他的五官都重組一遍似的，然後他疲憊地說：「妳母親目前正處在一個艱難的年紀。她神經不太好。妳應該考慮到這一點。」「嗯，」我說，有點尷尬，但我還是說：「可我想要有自己的人生啊，爸爸。我只是想做自己。」「妳有自己的房間啊，」他說，「在這裡，妳也可以做自己，寫所有妳想要寫的詩。」不知道為什麼，每當他們提起我的詩，我便會感到十分厭惡。「不僅僅是這樣，」我邊走進門簾邊說，「我想要一個讓我可以把朋友請回家的地方。」「這樣啊，」他說，再次擦了擦臉，「嗯，這妳母親並不允許。但是妳至少要好好照顧自己吧。」「我會的。」我答應他，然後終於可以回到房間。我已經把所有的東西都打包好，但是在臥房五斗櫃抽屜裡的東西，我只能等母親再次回到飯廳時才能拿走。我在奧斯特布羅租了一間房間，因為我覺得，如果繼續留在韋斯特布羅，就不算真正地搬了家。我不喜歡我的房東，但我還是把房間租下了，因為房租每個月只有四十克朗。我還需要付清我的冬天外套和牙醫費用的欠款，但是我可以負擔得起，因為我在外匯管理局的薪水是每個月一百克朗。我的房東是個巨大而粗壯的女人。她有一頭狂野的、漂過色的頭髮，以及非常戲劇化的外貌，彷彿下一刻馬上就會發生災難性的事件似的。客廳裡掛著一張希特勒的巨大照片。「看，」我向她租房的那一天，她說，「他長得真好看，不是嗎？有一天他將會統治整個世界。」她是丹麥國家社會主義工人黨（DNSAP）[30]的黨員，她問我願不願意入黨，因為他們希望可以吸收丹麥的年輕人。我拒絕了，說我對政治一點研究也沒有。至於她的為人，也全然與我無關。最主要的是，房租便宜。隔天，我就搬進去了。我提著手提箱，手上拎著放不進手提箱裡的鬧鐘，去搭電車。在兩站之間，鬧鐘響了一次，我把鬧鐘按停的時候傻傻地笑了。這是一個相當特別的鬧鐘，只有我能駕馭。它像一個老人那樣暴躁與氣喘吁吁，當它開始有點遲鈍並且吱吱作響，我就會把它摔在地上。於是它又再次柔和而親切地滴答作響。房東穿著我第一次見她時那件寬鬆的和服迎接我，而她看起來還是一樣的戲劇化。「您應該還沒訂婚吧？」她手壓著胸口問我。「沒有，」我說。「上帝保佑，」她鬆了一口氣，彷彿剛剛安全度過了一場危機。「男人！我結過一次婚，小朋友。他喝醉的時候，就會把我打得鼻青臉腫的，而我還得養他呢。這種事絕對不會發生在德國，希特勒是不會允許的。不願意工作的人，都會被丟到集中營去。這個鬧鐘的聲響很大嗎？我很難入睡，而這裡已經很吵了。」它響起來的時候，一整個教區都可以聽見，但是我堅持說只跟靜音差不多。她終於走了，我於是可以安靜地看著我的新家。房間很小。有一張有花卉椅套的沙發，一張同一風格的扶手椅，一張桌子，以及一個五斗櫃——上面的抽屜有著彎曲、鬆脫的鎖扣鐵片。其中一個抽屜插著一把鑰匙，所以我確實可以擁有一些屬於自己的東西。在其中一個角落有一條簾子，簾子後面橫掛著一根桿子。這將成為衣櫃。這裡也有一個缺了角的洗臉盆和大水壺。此外這裡和妮娜的房間一樣冰冷，而且也沒有壁爐。我把衣服掛在簾子後面，出門買了一百張打字機紙。接著我用僅存的十克朗，租了一台打字機，回到房裡後，把它放在搖搖晃晃的桌子上。我把扶手椅拉到桌子旁，但是當我坐下的時候，椅座卻壞了。我最想用我那四十克朗換來的，便是一張桌子和一張椅子，但是或許我需要付更多的錢，才能得到這些吧。我走出去，敲了敲客廳的門，房東坐在裡面聽收音機。「蘇爾（Suhr）太太，」我說，「椅子壞了。我可以借一把一般的椅子嗎？」她盯著我看，彷彿我帶來的是一個非常不幸的消息。「壞了？」她說，「那是一張很不錯的椅子。是我在婚禮上使用的啊。」她衝進房裡察看毀損情況。「您得給我五克朗當作賠償。」她這樣說，隨即把手伸出來。我說，我在下個月一號前都沒有錢。那她只好把這筆錢算到房租裡，她生氣地說。她走出去的時候，我跟著她，央求她給我一把普通的椅子。「這簡直是在剝我的皮啊，」她哀嚎地說，手再次按摩著胸口，「真不值得把房間租出去啊。您極有可能也會把男人拖進我家裡來。」她哀求似的朝希特勒望了一眼，彷彿他會親自到來把那些或許會出現的男人丟出去似的。接著她走進另一個房間，那裡挨著牆放了一排硬邦邦的直背椅。「這裡，」她氣憤地說，同時找了一把最殘破的椅子，「拿去啊。」我有禮貌地說了聲謝謝，把椅子扛回我的房間。它的高度和桌子剛剛好契合。於是我坐下，把我的詩謄打了一遍，它們彷彿因此而變得更好了。這工作讓我充滿了平靜，這些詩在將來會結集成書的夢想，比以前更加強烈、色彩鮮明。忽然間，我的房東站在門邊。「這個，」她指著打字機說，「製造了可怕的噪音。它聽起來就像機關槍似的。」「我很快就打好了，」我說，「我通常只會在晚上的時間才使用打字機。」「好吧，」她搖了搖那一頭黃髮。「但是十一點鐘以後不能使用。這聲音太吵鬧了。聽著，您今晚想不想聽希特勒演講呢。他的每一場演說我都會聽，每一場都很棒。充滿男子氣概、堅定、鏗鏘有力！」因為她激動地揮動手臂，所以她豐滿的乳房更加顯而易見。「不，」我警覺地說，「我……我今晚應該不會在家。」但是我卻在家，因為護林員來看妮娜了，於是我無處可去。我坐著挨凍，儘管我已經穿上外套了，我也無法集中精神寫作，因為希特勒演說的聲音穿透了牆，彷彿他就站在我旁邊。那是一場帶著威脅和怒吼的演說，讓我感到非常害怕。他提起奧地利，我把外套的釦子一路扣到脖子下，腳趾在鞋子裡蜷縮著。群眾吶喊的「希特勒萬歲」，有節奏地打斷他的演說，房間裡沒有一個可以讓我躲起來的角落。當演說結束後，蘇爾太太走進我房裡，眼神閃爍，臉頰通紅。「您聽到了嗎？」她眉飛色舞地大喊，「您理解他嗎？其實也根本不需要理解，他說的話就如蒸汽浴那般，直接滲透到皮膚裡去。我把每一個字都喝下了。您想要喝杯咖啡嗎？」我謝絕了她的邀請，儘管我一整天都沒吃過一口飯，也沒喝過一口水。我拒絕，是因為我不想坐在希特勒的照片下。我覺得，他彷彿會發現我，並且想方設法地把我粉碎。我所做的事，在德國算是「頹廢主義藝術」吧，我想起克羅赫先生說過的那些有關德國知識分子的事。隔天，我開始在中央銀行外匯管理局的打字室上班，而希特勒入侵了奧地利。

16

「您會跳克力歐卡舞（carioca）[31]嗎？」我從我的速記本抬頭，說，不會。我看著那個我正在為他做速記的祕書，他長得很好看，但是他並沒有認真對待他的工作。他懶洋洋地半躺在椅子上，時不時喝一口放在他身邊的啤酒。他張大嘴打呵欠，也不用手遮著嘴巴。「嗯，」他疲倦地說，「我們說到哪了？」我們坐在頂樓一間大房間裡。這裡有很多桌子和很多位祕書。當他們需要一位打字小姐時，他們便會打電話到我們打字室來，我們的主管便會派我們其中一個上來。我非常喜歡這份工作，但是這些祕書們讓我很絕望。他們只想聊天，然後工作全都堆放在藍色文件夾裡，在上面用紅筆寫著「緊急」。這些都是各式各樣的申請書，每一份申請書都附上一封讓人動容的信件，信上說明，申請若未被批准，便有可能導致自殺事件。每一個申請者都寫了非常緊急——但是其實全然個人——的理由，說明為什麼**他的**貨物應該被批准進口。我會跳克力歐卡舞，但現在是我的工作時間，而我目前的薪水是有工作以來最高的。「別皺眉，」祕書微笑著對我說，「不然皺紋會永遠留在那裡哦。」我從樓梯一路不停地往下跑回打字室，把信謄打好。那是一封拒絕信，我嘗試讓信中的語調更溫和一些，並且減少一點公務式的用語，就像當初我修改給兄弟們的信那樣，但這樣做在這裡是不被允許的。我必須把信重新打一遍，並且被要求按照速寫本的記錄打字。在打字室裡有約二十個年輕女孩，看起來就像在學校的教室那樣。桌子排成長長的三排，每一張桌子坐著一個女孩。主管就像老師那樣在最前頭面對著我們坐，如果我們太吵了，她便會嚴厲地「噓」我們。其他女孩們都非常時髦，她們穿著貼身的衣服，高跟鞋，臉上化著濃妝。她們其中一個，有一天幫我化了嘴唇、臉頰和眼睛，而其他人一致認為，我這樣看起來好看多了。她們說，我應該每天都這樣化妝，於是當我們晚上出門的時候，我開始借用妮娜的化妝品。等後來當我把寫下的詩都謄打完畢以後，我就再也無法忍受坐在冰冷的房間裡顫抖得咬牙切齒。於是我繼續和妮娜一起過夜生活，儘管那些夜晚總是一成不變，但這段時間日日夜夜飛逝，恍如在舞台即將開場前那一連串熱場的鼓聲。在I・P・彥森可怕的那些年已經過去，我十八歲了，我擺脫了我的家庭。有天晚上在海德堡，我和一個高個子的金髮年輕人跳舞，他和其他那些年輕人不太一樣，說話的方式也不一樣。他問我是否可以請我吃個三明治。我說，我跟一個朋友一起來。他說，那也沒關係，我們大家一起吃三明治好了。當他自我介紹的時候，妮娜帶著滿意及有點驚訝的態度看著他。他名叫阿爾伯特（Albert），他的穿著比一般年輕男人來得得體。說不定還是個高中畢業生[32]。我們吃著三明治喝著啤酒，我笨拙地使用刀叉，同時觀察別人怎麼使用這些餐具。在家裡，我們把餐點先用刀子切好，然後用叉子慢慢吃。阿爾伯特問我住在哪裡，以及我的工作。他詢問我的薪水，以及我是否能以此維生。這當然也沒有什麼特別，但是其他男人通常除了他們自己以外，從來沒有談過其他事情。我有一種極大的慾望，很想告訴阿爾伯特有關我自己及生活裡的一切。「或許，」我說，「我很快就可以再多賺點錢了。我會寫詩。」我不喜歡提起這件事，尤其不該在這樣一個充滿噪音、笑聲和音樂的地方說這件事。然而，我不認為自己還能忍住不說，而且，我也不知道今天過後是否還會再見到阿爾伯特。「啊，」他訝異地說，「這我倒沒想到。是好詩嗎？」他在旁邊對我微笑，彷彿是暗地裡在取笑我似的。這讓我覺得不太開心，我覺得我的臉紅了。「有一些是不錯。」我說。「妳能不能把其中一首背出來？」他邊吃邊說。「可以，」我說，「但是我不想在這裡唸出來。」「那就寫下來。」他平靜地說，接著遞給我一張餐巾紙。他從口袋裡拿出一枝鉛筆交給我。我該寫下哪一段呢？哪一首詩是最好的呢？我覺得，我寫下什麼，這一點相當重要，我把鉛筆咬了一陣子以後，寫下這幾行：

你的輕聲細語，我從未聽見
你那蒼白的唇，從未對我微笑
然而，你那雙小腳的，踢蹬
我永遠不會忘記

他全神貫注地把這段詩讀了很久，然後問，這首詩寫的是什麼。「一個小孩，」我說，「死胎。」他問我是否曾經生下死去的孩子，我說沒有。「真難以想像啊。」他說，興味盎然地看著我。妮娜跟一個年輕人跳舞去了，當他們跳著舞經過我們的時候，她給我一個挑戰的眼神。她認為我該開始行動了，而我確實在以自己的方式行動。阿爾伯特隨著我的視線望向她。「您的朋友，」他說，「非常漂亮。」「是的。」我說，我想，他大概希望自己選的是妮娜而不是我吧。然而此刻，我對這方面的事一點也不感興趣。「您知道，」我堅定地說，「我可以把這樣一首詩寄去哪裡發表嗎？」「我知道啊，」他說，彷彿我問的是一個極其尋常的問題。「您知不知道一本叫做《野麥子》（*Vild Hvede*）[33]的雜誌？」我並不知道，於是他告訴我，那是一個讓默默無名的年輕人可以發表他們的詩作或畫作的地方。雜誌的編輯是個叫維果・F・莫勒爾（Viggo F. Møller）[34]的男人，接著他把名字和地址寫在另一張餐巾紙上。「我前陣子才剛去拜訪他，」他說得如此不經意，然而非常顯而易見的是，他為此而感到相當自豪。「他人很好，而且非常能理解年輕人的藝術。」我小心翼翼地問，他是否也寫詩。而他還是非常不經意地說，他閒暇時也會寫寫詩，而大部分已經在《野麥子》上發表過了。這些訊息讓我啞口無言。我坐在一個詩人旁邊。這簡直超越了我的夢想。當妮娜回到桌旁的時候，我還是沉默不語。她挑了挑眉，以為阿爾伯特和我完全沒有任何進展。「在海德堡，在一雙眼睛的魔力下，我失去了我的心……」人人站起來唱歌，同時把盛滿了啤酒的酒杯來回遞送。阿爾伯特也站了起來，忽然間流露出不耐煩的樣子。我隨著他的眼光，看見在舞池的另一端，有一個瘦小的女孩，她獨自坐著，看起來有點嚴肅。音樂響起時，阿爾伯特買了單，有點尷尬地對我們兩人鞠了個躬，便向那女孩邀舞去了。「那是妳自己的錯，」妮娜遺憾地說，「他真英俊啊。」然而我根本不在乎。我得到了我所渴望的世界的一小撮，無論如何，我都不會放手。我把餐巾紙放入皮包裡，神祕地對著我的朋友微笑。「我要回家打字，」我說，「我只希望那巫婆不會醒來。」「妳是從灰燼裡跳到火裡去了，」妮娜認為，「她並沒有比妳母親好多少。」我努力地穿越人群走到衣帽間，穿上我的大衣。我一路走回家，雖然地上結了厚厚一層霜，我卻感到十分幸福。一個名字和一個地址——我極可能得花很多、很多年，才會走到這裡。即便這樣，或許還是不足夠。或許這個男人不要我的詩。或許他還沒收到詩前就死了。或許他根本已經死了。我應該問阿爾伯特這個維果・F・莫勒爾究竟年紀有多大。我把那名字翻來覆去地看了很多遍，心想，這個F代表的是什麼呢？福蘭特斯（Frants）？費德烈（Frederik）？菲恩（Finn）？如果我的信被郵局弄丟了呢？或許永遠就無法寄去他那裡了？萬一阿爾伯特給了我一個錯誤的名字，並且讓我相信了一個謊言？有些人覺得這種事很有趣。然而——在我內心深處，我相信這一次會成功的。時間已經是深夜兩點了，我躡手躡腳地走進我房裡。我把沙發上的毯子反覆摺疊，然後把毯子墊在打字機下以壓低打字機發出的聲音，接著我選了三首詩，附上一封簡短、正式的信，希望他不會以為這件事對我來說不重要。「維果・F・莫勒爾編輯先生，」我這樣寫，「隨函附上詩三首，希望您能將它們發表在貴刊《野麥子》上。您真誠的T. D.敬上。」我帶著信跑到最近的郵筒，看清楚郵筒上的說明以及收件時間。我想預估編輯大約何時會收到，以及可能何時回覆。回到家，我設好了鬧鐘以後，上床睡覺。我把所有的衣物都疊在棉被上，儘管如此，我還是在寒冷中躺著顫抖了好一陣子，才終於睡著。

17

每天傍晚，我匆匆地從辦公室趕回家問蘇爾太太，有沒有我的信。沒有，蘇爾太太非常好奇。她問我，是不是家裡有人生病了。她問我，是不是在等什麼人匯款給我，並且提醒我還積欠她五克朗的椅子賠償費。她偶爾也問我，肚子餓不餓，但是我從來都不覺得餓，即便我很少吃晚餐。我有的時候跟妮娜一起在《貝林時報》報社的食堂用餐。那裡的餐點非常便宜，但是只限員工。我的房東也說，我越來越瘦了，如果我是她的女兒，她一定會把我養胖。當我聞到她煮的晚餐飄散出的香味時，我便會覺得餓，但是為時已晚。我平日在回家以前，會在奧斯特布羅車站（Østerport）喝一杯咖啡，另外配一塊酥皮麵包。但那實在是太奢侈了，我其實無法負擔，因為我的預算非常緊。所有在打字室的女孩們都一樣，儘管她們之間很多還是跟父母同住。月底她們經常互相借錢，如果我手頭寬裕，她們也會跟我借的。如果被拒絕，她們也不會難過。對她們來說，貧困並不是一件抑鬱或悲傷的事，因為她們每個人都對未來有各自的期許，她們都在夢想一個更好的人生。我亦然。貧窮只是暫時的、可以忍受的。貧窮並不是一個真正的難題。妮娜可以向她的母親借錢，而且她也有「灌木叢」。妮娜的母親是一個肥胖的善良女人，任何事都不會往心裡去。她以幫人家打掃清潔維生，和一個男人同居，生下了妮娜同母異父的弟弟，他今年十二、三歲左右。你可以明顯地感覺到，妮娜並不是在這個家庭裡長大的，她只是一個訪客。在哥本哈根，她也僅僅是一個訪客，而我難以理解，她真的想要住在鄉下。在我等候著那一封信的期間，我晚上都不出門，我坐在寒冷的房間裡聆聽著玄關傳來的聲音。我知道快遞服務的時間和一般郵政服務時間不一樣。其實我沒有任何理由相信我會收到快遞，但是我還是仔細聆聽著門鈴聲。有天晚上蘇爾太太在家裡辦了政治聚會，很多穿著靴子的男人湧入客廳，沒一會兒就響起了可怕的噪音。他們在客廳裡雙腳立正併攏，對著希特勒的照片大喊：希特勒萬歲！也有不少女人來參加聚會。他們的聲音都和蘇爾太太一樣尖銳，如常地，我希望沒有人會注意到我。他們跺著腳唱著霍斯特．威塞爾（Horst Wessel）[35]的歌，牆壁因此而震動。蘇爾太太走進我房裡，雙頰泛紅，頭髮四散。她依舊穿著她的和服，看起來就像是從一間失火的屋子裡跑出來似的。「呼，」她喘著氣說，「您要不要出來和我們一起為領袖元首乾一杯呢？出來和這些尊貴的男士們打個招呼吧。和我們一起為了偉大的事業而戰鬥吧。」「不，」我害怕地說，「我必須加班完成辦公室裡的工作。」我敲打著打字機，好讓他們真的相信我在工作，同時，我帶著悲傷與不安的心情，想著世界將如何被黑暗覆蓋。可我並沒有忘記把耳朵張大，專心聆聽著玄關的聲音。快遞、電報，你永遠都不知道會發生什麼事。幾天以後，當我開門走進屋裡的時候，蘇爾太太站在玄關，手裡拿著一封信。「嗯，」她說，雙眼閃爍著極大的好奇，「這是您一直在等待的那封信。」我從她手裡搶了過來，想要走回房間，但是她擋在我面前。「打開啊，」她上氣不接下氣地說，「我也和您一樣充滿期待呢。」「不行，」我說，心跳加快，「這是非常私密的信函。我得告訴您，這是一則祕密訊息。」「啊！上帝！」她把手放在胸口上，輕聲地說：「政治相關嗎？」「是的，」我急迫說，「政治相關。您讓我過去吧。」她看著我，彷彿我是我們這個時代的瑪塔．哈里（Mata Hari）[36]那樣，接著非常佩服我似的退到一旁去。終於，我可以一個人面對我的信了。信太厚了，我感覺膝蓋發軟，非常害怕編輯把我寄去的一切都退還給我。我坐在窗戶旁，看著樓下小小的院子。暮色覆蓋了垃圾桶，對面的屋子裡也逐漸亮起了燈光。我用力把信封撕開，把信取出來閱讀：「親愛的托芙．迪特萊弗森。您的兩首詩，委婉地說，並不算好詩。但是第三首詩〈獻給我死去的孩子〉適用於本刊。維果．F．莫勒爾敬上。」我馬上把那兩首並不算好的詩撕破，然後把信重讀一遍。他將會把我的詩刊登在雜誌上。他是我此生一直在等待的那一個人。我有其中一期的《野麥子》，是和妮娜借錢去買的。裡面有一首由一個叫胡爾達．呂特肯（Hulda Lütken）[37]的女人寫的詩，我讀了許多遍，因為我無法忘記父親曾經說過，女人是無法成為詩人的。儘管我其實並不相信他，他的話還是在我心裡留下了印記。我必須和什麼人分享我的喜悅。我不想跟家裡說，而妮娜是不會理解這件事對我的意義的。唯一能夠理解的，或許只有艾特文了。他是第一個對我說我的詩很不錯的人，儘管他先取笑了它們。但是沒關係，當時我們也還只是個孩子。我搭乘電車到南港。葛蕾特開門，看到我，她給了我一個驚訝的微笑。「進來吧。」她熱情地說，接著小跑進屋裡，一屁股坐在艾特文的大腿上，這看起來是新婚的她的主要任務。我覺得，在那扶手椅深處的他，看起來是如此脆弱。「嗨，」他高興地說，「妳好嗎？」他得把葛蕾特的頭挪開才能看到我。「親愛的公公和婆婆還好嗎？」葛蕾特在和艾特文的兩個吻之間問道。母親絕對受不了這種嬌嗲的稱呼，但是，葛蕾特對於母親所散發出來的冷漠也毫無所覺。我也不喜歡她，因為我總是以為艾特文會找到一個美麗、引以為傲且非常有天分的妻子，而不是這個拱著身體笑臉迎人的小小家庭主婦。不過，這也沒關係，我的情感並沒有母親那樣強烈熾熱。我告訴艾特文發生了什麼事，並且把信交給他。他請葛蕾特去煮咖啡，然後讀了信。「哇，」他佩服地說，「妳應該得到稿費。他在信裡提也沒提。小心，別讓他給騙了。」我根本完全沒想過這一點。「他賣雜誌賺錢，」艾特文解釋，「所以他當然得付薪水給作者們。」「嗯。」我說。就連艾特文也不明白，這是一個何等的奇蹟，沒有人會明白。「妳聽著，」他說，「妳應該打電話給他，問他稿費有多少。」「好。」我說，因為我其實也想打電話給他。我想聽聽他的聲音，而這是一個相當不錯的藉口。葛蕾特把杯盤擺好，同時吱吱喳喳地說著無關緊要的事，艾特文把這件事告訴她。「啊，」她高興地說，「這樣說來，我和一名詩人有親屬關係。我要寫信告訴爸媽這件事。妳要不要吃幾片麵包。」「好的，謝謝。」然後我問，艾特文是不是還在咳嗽。醫生說，只要他繼續接觸油漆，就會持續咳嗽。他會一直咳到轉行為止。醫生也說，他咳嗽的時候聽起來很嚴重，事實上並沒有那麼糟。他不會因此而導致死亡，甚至也不會病重。只是他的肺會變黑，同時感到不舒服。喝咖啡的時候，我仔細看著我的哥哥。他看起來並不快樂，或許婚姻並不是他想像中的那樣。或許他想要的是一個除了談情說愛以及討論晚餐以外，還可以和他聊聊其他事情的妻子。或許每天晚上除了坐在彼此的腿上互相傾訴他們如何愛著對方以外，他其實也想做做其他的事情。至少我覺得，這種人生看起來是多麼無聊。「妳應該需要一件新的洋裝吧？」葛蕾特問。「除了這件A字連身裙以外，我沒看妳穿過其他的衣服。妳該去把頭髮燙了，」葛蕾特說，「就和我一樣。」葛蕾特的頭上盤著許多小捲髮，耳垂上掛著兩個大耳環，當她搖頭的時候，會發出叮叮噹噹的聲響。「妳不覺得有這樣一個英俊的哥哥有點奇怪嗎？」她說，「我覺得，對妳來說肯定有點奇怪。」艾特文對她的談話內容感到厭倦，很快地重新坐回扶手椅上去。當杯子都收掉以後，葛蕾特重新回到了艾特文的大腿上，用她的手指纏繞著他的黑色捲髮。我以為，哥哥和她結婚，是為了避免讓自己每天呆坐在有嚴苛房東的那間租來的房間裡，否則他還有什麼方法能逃離那裡？我也沒有打算在蘇爾太太屋裡住一輩子。青春是暫時的，也是脆弱和不穩定的。青春便是要熬過去，此外，沒有其他的意義。艾特文問我，有沒有把這個消息告訴家裡，我說要先等到詩刊登在雜誌上。這樣我就可以直接把雜誌給他們看，但在那之前，我什麼都不會說。艾特文讀了那首詩，他非常佩服。「但是妳依舊謊話連篇，」他說，聲音裡帶著欽佩，「妳根本沒有生過任何死去的孩子。」他告訴我，托瓦爾特和一個很醜的女孩訂了婚，而這讓我感到有點懊惱。我可以得到他的，但是我不想。即便這樣，我也不希望他和任何其他女生有聯繫。臨走前，我跟哥哥借了十厄爾打電話。我必須自己開門出去，因為葛蕾特正綿綿無止盡地在艾特文耳邊輕聲細語說著悄悄話。在英和瓦街上的一個電話亭裡，我撥了通電話到查號台，找到了維果・F・莫勒爾的電話號碼，我的心因為興奮，幾乎卡在喉嚨裡。「您好，」我說，「我是托芙・迪特萊弗森。」他帶著疑問地重複問我的名字，然後想起了我是誰。「您的詩將會在大約一個月後刊出，」他說，「那真是一首很不錯的詩。」「我會領到稿費嗎？」我尷尬地問。但是他並沒有生氣。他只是跟我解釋，沒有人得到任何獎賞，因為雜誌是虧本生意，是他自己掏錢出版的。我趕快和他確保說，這其實真的沒有關係，只是我哥哥要我問一下。然後他問我今年幾歲。「十八歲。」我說。「啊，我的天啊，才十八歲。」他說，聲音裡帶著笑意。接著他問我想不想和他見個面，我說好。他約我後天傍晚六點，在新嘉士伯美術館（Glyptotek）的咖啡廳碰面，我們可以一起吃晚餐。我不知所措地謝了他，然後他說了聲再見便掛了電話。我將會見到他。我將會和他談話。他肯定毫無疑問地會想幫助我。克羅赫先生說過，人與人之間總會互相利用的，而這並不是一件壞事。對我來說，非常明確地，我知道他可以幫助我什麼，但是，我又能為他做些什麼呢？隔天晚上，我還是回家了，把事情都跟父母說。母親一個人在家。她非常高興見到我，這讓我感到非常愧疚，因為我真的是太少回家了。自從蘿莎莉亞阿姨去世以後，母親變得非常寂寞。這是一棟「比較高級」的公寓，不會有人四處串門子，所以，母親沒有一個可以陪她一起說說話和一起大笑的朋友。她只有我們，可我們卻在法律和她允許之下，迫不及待地從她身邊搬走。我們一起喝咖啡，我可以感受到，她的想像力發揮得淋漓盡致。「妳知道嗎，」她說，「那個編輯——他肯定是想娶妳。」我大笑說，她除了想方設法想把我嫁出去以外，沒有再考慮其他的事。我笑，然而當我回到自己的房間，躺在床上時，我不禁想，不知道他是否結了婚。如果他還沒結婚，我並不排斥嫁給他。即便根本還未相見。

18

他穿著綠色的西裝，打了條綠色的領帶。他有一頭濃密的灰色捲髮，手指頻頻搓轉嘴上灰色的八字鬍尾端。他穿著過時的翼尖領襯衫，雙下巴稍稍地掛在領口上。他的眼睛是一種明亮的藍色，像孩子們的眼睛，而他的臉色也如小孩般白裡透紅。他的雙手小而精緻，關節上有小小的凹窪，舞動的手臂在空中揚起，彷彿能包容一切。他散發出一種溫暖和友善的氣息，在他的陪伴下，我很快就忘了我的羞澀感。外貌上，他不像克羅赫先生，然而他還是讓我想起他。他專心地看著菜單，過了許久才選了一個餐點，而儘管我不知道他點了什麼，我還是選了跟他一樣的餐點。他說，他對食物很感興趣，這一點從他身上絕對看得出來。我禮貌地說，並不會啊。我對他承認說，我很少留意自己吃了什麼，而他笑著說，這一點也可以從我身上看得出來。我實在是太瘦了，他說。我們喝紅酒配餐，我忍不住皺了臉，因為紅酒太酸了。他說，那是因為我太年輕。隨著年紀的增長，我會學會愛上紅酒的。他請我自我介紹，問我是如何找上他的。我很緊張，但是心情也很好，我極想把所有想說的話都一併說出來。我也提到了阿爾伯特，他聳了聳肩，彷彿他並不是太特別。「年輕人真的很難預測，」他捻著髭鬚說，「有些人你以為很有才華，實際上也只是一般。有些人你以為不怎麼樣，卻發現其實對方很不錯。」我問，他是否覺得我還可以，他說，你永遠都沒有辦法知道。他說那些拿著自己寫的詩說「我只花了十分鐘就寫好了」的年輕人，通常都是資質平庸。如果他們這樣說，他就知道，他們其實並沒有多大的能耐。「然後呢？」我問。「然後我就會勸他們去當電車車掌，或者明智地去選擇一些其他的工作。」他說，並用餐巾紙抹了抹嘴。我很慶幸我沒有告訴他，我花了多少時間寫好〈獻給我死去的孩子〉那首詩。事實上，我自己也不知道。我覺得這個編輯是一個了不起的人，我也覺得，他很好看。或許其他人並不會認為他好看，妮娜肯定會覺得他又老又胖，但是我並不在乎。他把菜單遞給我，說我應該點個甜點，我點了冰淇淋，因為其他的看起來都太複雜了。編輯點了水果配鮮奶油。「我嗜甜，」他說，「因為我不抽菸。」侍者對他非常恭敬，一直稱他為「編輯先生」。他稱呼我「年輕的小姐」。「我可以為年輕的小姐斟酒嗎？」我勇敢地喝著酸紅酒，身體變得溫暖，因此而感到非常舒服。外面夜幕漸垂，南大街上微風輕輕吹過了樹梢。樹上的花苞已經開始綻放了，蒂沃利花園也快開門了[38]。維果．F．莫勒爾告訴我，他愛城裡的春日與夏日。樹木和花都綻放了，而年輕的女孩們也如石板路縫隙間的鮮花般綻放。克羅赫先生也說過類似的話，而他未婚。結了婚的男人大抵不會有這樣的感知。我終於鼓起勇氣問他，他是否結了婚，他輕聲地笑著說，他未婚。「沒有人，」他說，帶點抱歉地揮了揮手說，「從來沒有人對我感興趣。」「我曾經訂過一次婚，」我說，「但是他跟我分手了。」「現在呢？」他問，「您現在沒有婚約嗎？」「沒有，」我說，「我在等著那一個對的人出現。」

我嘗試看著他眼睛深處，但是他並不明白我這樣做的意義。我也養成了一個壞習慣，彷彿凡事都得快速進行，我幾乎在期待著，他當下就會跟我求婚。你永遠不知道，明天某個人會在哪裡。他或許會收到另一個寫詩的年輕女孩的信，比如胡爾達・呂特肯，然後和她約會，並且完完全全地把我遺忘了。他肯定是那種可以得到任何他想要的女人的男人。帶著冒了頭的醋意，我問他胡爾達・呂特肯是怎樣的一個人，提起她，他大聲地笑了起來。「她不會喜歡您的，」他說，「她非常嫉妒其他的女詩人，尤其是那些比她更年輕的。她的脾氣喜怒無常，足以達到十分。偶爾她會打電話給我說：『莫勒爾，我是不是一個天才？』『是的是的，』我會說，『妳是的，胡爾達。』於是她便會滿足一段時期。」接著他問我願不願意參加下個月的《野麥子》聚餐。那是一個饗宴，他們會在當晚選出「最佳麥子」（Overhvede）和「最佳香料麵包」（Overkrydder），指的是在一年來為雜誌供稿最多的詩人和漫畫家。我問他，我該穿什麼衣服，他說長洋裝。當他聽我說沒有恰當的衣服，便說我可以向一名女性朋友借。我想起妮娜在星辰客棧舞會穿的那一件露背連身裙。我說，我願意出席這個盛會。我們用非常薄的杯子喝咖啡，編輯先生看了看他的手錶，彷彿在說該是時候道別了。我很想再坐一會兒。外面等著我的是辦公室的緊急任務、那些跳舞的夜生活、送我回家的年輕人以及我在納粹房東太太家裡的冰冷房間。在這個人生裡，我唯一的慰藉是那幾首詩，完全不足以結集成冊。我也不知道，要如何才能出版一本詩集。付了帳單以後，莫勒爾先生忽然把手放在我擱在彩色桌巾的手上。「您的手非常漂亮，」他說，「又修長又纖細。」他拍了我的手兩下，彷彿知道，我因為我們即將道別而感到難過，也彷彿在跟我保證，他不會立即就從我的生命裡消失。我感覺到，我就快哭了，但是我不明白自己為什麼想哭。我很想把手環繞在他的脖子上，感覺好像在走了長長的路以後，疲憊不堪的我終於找到了家。那是一種瘋狂的感受，我眨眨眼，以掩飾開始泛淚的眼睛。在外面，我們站了一會兒，看著往來的車輛。他比我矮，這讓我有點驚訝，因為當他坐下的時候，我看不出來這一點。「好吧，」他說，「我們大概不同路吧。您可以找天來拜訪我，您有我的地址。」他把他那綠色的寬邊帽在空中揚起了一個優雅的弧度，戴在頭上，快步沿著大道離去。我站著，看著他漸走漸遠，直到再也看不到他為止。我總是覺得，我得和所有的男人道別，然後站著凝視他們的背影，聽著他們在黑暗中消失的腳步聲。而他們，很少會轉身向我揮手。

19

我被調去了國家穀物局（Statens Kornkontor），就在原本辦公室同一條路的另一端，我比較喜歡新的辦公室。這裡只有我和另一個女生。我負責總機，同時替辦公室主管顏穆（Hjelm）先生寫信。他是一個高高瘦瘦的男人，有張又長又臭的臉，臉上從來沒有顯現一絲類似微笑的表情。每當進行聽打工作時，他總是在停頓的時候盯著我看，彷彿懷疑我腦子裡除了穀物以外還在想著別的事情。另外那個女生名叫凱特（Kate）。她很愛笑，也很孩子氣，當辦公室只有我們的時候，我們一起度過很多快樂的時光。我等待著我的詩被刊登在雜誌裡，而在那之前，我不會去拜訪維果・F・莫勒爾。不久我就要放暑假了，這對我來說一直是個困擾。妮娜希望我們可以加入丹麥青年旅社協會，到鄉下去徒步旅行，然後寄宿在青年旅社。但是我不喜歡一大群人的聚會，我也一點興致都沒有。如果我的詩能付諸刊印，或許我就可以在假期時去拜訪編輯。等待的時候，我還是看著外面的孩子們和戀人們，他們因為熱浪而離家到戶外活動。我也看著街上的狗和牠們的主人。有些狗被繫在短短的皮帶上，牠們停下來的時候，主人會很不耐煩地拉拉皮帶。有些狗的皮帶很長，當牠們被什麼有趣的味道吸引而停下腳步時，主人會耐心地等候牠們。我想要這樣的一個主人。我想要在這樣的一個人生裡好好生活。街上也有一些流浪狗，牠們充滿困惑地在人們的雙腿之間亂跑，似乎並不享受牠們的自由。我覺得自己就像這樣的一隻流浪狗，邋遢、困惑與孤獨。我不再像之前那樣經常在夜晚外出，妮娜說我變得非常無趣。目前的氣候不再寒冷，於是我大部分的時間都留在自己的房間裡。我把寫下的詩一而再再而三地重讀，有時我也寫新的詩。那兩首被評為「委婉地說並不算好」的詩，老早就被我從作品中刪去。我覺得它們真的是糟透了，但是如果編輯說它們是好詩，我還是會相信的。偶爾我會回家看看。父親又失業了，而他和母親之間存在著一股冷淡的氛圍。他如常地躺在沙發上睡覺或打瞌睡，母親則坐著打毛線，臉上掛著不認可的表情。她覺得我應該去拜訪編輯，因為她越來越堅信他想要娶我。「肥胖的人，」她說，「都是快樂且心地善良的。那些脾氣不好的都是瘦子。」她問我，他今年幾歲，我說，他大約是五十歲左右。她也覺得這不是一個問題，因為這個年紀，他已經玩夠了，會是一個忠實的丈夫。她說，我很快就能把工作辭了，他會好好地養我。我什麼也沒說，因為這些都必須等。「我們要舉辦婚禮。」她說，而我卻想，對於這樣一個岳母，我的編輯會有什麼想法呢。我頗為確定，他的年紀比她還大，但是她並不在意這一點。我現在通常很快就會離開，因為母親開始對我有要求了。父親說，這件事可以慢慢來，我應該自己決定想嫁給誰。「你，」母親說，「總是不在乎，但是你自己看看艾特文的情況。這就是你漠不關心的後果。」接下來他們之間的爭執就與我無關了，我可以放心地離開。有一天，我從父母家回到我的房間，我發現一封蘇爾太太給我的退租通知書。「據我所知，您參加了陰謀活動，我不再願意和您同住一屋簷下。」我想起我收到的那封「政治相關」的信件，以及我不願意參加她的納粹主義活動。於是我在阿瑪島，離編輯家裡不遠的地址，找到了另一間房間，我帶著我的行李箱和鬧鐘搬了進去。那裡住著一個家庭，孩子們都長大了。房東的女兒結了婚，我租的是她的房間。這裡比之前的房間更整潔也更寬大，而租金只多了十克朗。房間裡還有一個壁爐。我馬上撥了電話給維果・F・莫勒爾，告訴他新的地址，而他告訴我，正好，雜誌已經出版了，他剛準備要寄給我。他把這說得很日常，彷彿我已經發表過很多詩了，而這不過是其中的一首而已。他以一種友善而平淡的語氣說著這件事，好像刊登我的作品的雜誌和書籍已經在全世界廣為流通，所以如果這本刊登了一首詩的雜誌寄丟了也不過是小事一樁似的。然而他也已經習慣了和類似胡爾達・呂特肯這類的人物來往，和這些人以名字和「你」互相稱呼。每一次我想到她，我心裡便會感受到一絲被針刺痛似的醋意。不知道維果・F・莫勒爾是否會和其他人提起有關我的趣事？他會說：「托芙那天才打電話給我告訴我這個那個。哈哈。」然後捻著他的鬍鬚微笑。隔天，郵差送來了兩本《野麥子》，我的詩就刊登在裡面。我把詩反覆讀了好幾遍，有種奇怪的感覺從胃裡升起。它看起來跟打字的和手寫的版本都不一樣。我無法再把它更改了，它再也不僅僅是我的了。它刊登在上百本或上千本的雜誌裡，陌生人將會閱讀它，或許他們會覺得它是一首不錯的詩。它散布到全國各地，而我走在街上遇見的人們當中，或許就有已經讀過它的人。他們或許在懷中或袋子裡就揣著一本雜誌。如果我搭乘電車，或許我對面就坐著一個人在閱讀這本雜誌。我感到有點興奮激動，而居然沒有一個人能與我分享這種美好的感覺。我衝回家把雜誌給父母看。「我覺得很不錯，」母親說，「但是妳得有個筆名。妳這個名字不好。妳該用我的姓。托芙・文杜斯（Tove Mundus），這聽起來更好。」「名字沒問題，」父親說，「但是詩太現代了。韻腳不太對勁。妳可以從約翰納斯・約恩森（Johannes Jørgensen）[39]那裡學得更多。」對於父親的批評，我並沒有放在心上，他總是想保護我們，不讓我們過於失望。在他的經驗裡，我們應該不要對生活抱著太大的期待，這樣才不會失望。儘管如此，他還是問我是不是可以讓他保留這本雜誌，他小心翼翼地捧著雜誌，就像他小心翼翼地對待他的每一本書那樣。回家的路上，我走進一間書店，詢問是否有最新一期的《野麥子》。他們沒有，但是可以幫我訂。「我們並沒有零售這本雜誌，」他向我解釋，「多數都是長期訂閱的。」「那太遺憾了，」我說，「我聽說裡面有一首很好的詩。」他寫下了我的名字，說我可以在幾天後來領取。「那只是一本小雜誌，」他多話地向我解釋，「大概只印刷五百本左右，不知道他們如何生存。」我帶著點受辱的感覺離開了書店。然而我已經不是同一個人了。我的名字被印刷了。我不再是個無名小卒了。我很快地就會去拜訪我的編輯，儘管他並沒有在電話裡再度邀請我。他當然有更多比和年輕詩人聊天更重要的事得處理。雜誌出版後約一星期左右，我被顏穆先生叫到他的辦公室裡。他的長臉看起來比平常更生氣，而他前面的桌子上放著《野麥子》，翻開的正是印刷著我的詩作那一頁。我的腦海裡閃過他將會稱讚我的想法。「我買了這本雜誌，」他說，「因為我以為，它是關於穀物的雜誌。而我看到了——」他用他的尺拍了拍我的詩，「——顯然，您除了國家穀物局以外，還有其他的興趣。我很抱歉，但是我們無法再繼續僱用您。」他用他的魚眼盯著我看，我不知道該說些什麼。我很難過，因為我喜歡在這裡工作，但是整件事情實在太滑稽了，我知道如果我告訴凱特和妮娜，她們肯定會大笑。「好吧，」我說，「這樣我也沒辦法。」我拖著腳步走出辦公室，把我被辭退的事告訴凱特。她大笑，因為顏穆先生居然以為《野麥子》是一本農業雜誌，我也跟著笑，但是我始終還是個被辭退，並且目前不得不排除萬難再找一份工作的女孩。凱特認為我應該加入工會，讓他們來幫我找工作，我覺得這是一個不錯的建議。那個晚上我打電話給維果・F・莫勒爾，他說，他會很高興在隔天晚上見到我。於是我被趕出辦公室這件事，彷彿也就無關緊要了。或許編輯能夠找到一個比凱特的建議更好的解決辦法。因為我現在有很多開銷，我不能允許自己失業。

20

「您想不想，」維果．F．莫勒爾說，「出版一本詩集呢？」他把這件事說得彷彿一點都沒有特別之處。彷彿出版一本詩集這件事，對我來說不過是日常的一部分，彷彿這不是我有記憶以來，最夢寐以求的一件事。而我，以一種單薄、平常的聲調說，我確實想。我只是從來沒有想過。既然他提起了，我覺得那應該是件好玩的事。我不希望他察覺到，我的心是如此快樂卻也緊張地跳動著。我的心，恍如在戀愛中似的跳動，而我仔細地看著眼前這個男人，這個將我心裡的快樂召喚出來的男人。他坐在桌子的另一端，桌上鋪著深綠色的桌巾。我們用綠色的杯子喝茶。窗簾是綠色的，花瓶和罐子是綠色的，編輯和上次一樣穿著綠色西裝。書架幾乎要碰到天花板了，牆壁幾乎被油畫和漫畫掩蓋。這一切讓我想起克羅赫先生的客廳，但是維果．F．莫勒爾並不像克羅赫先生。他並沒有那麼神祕，我可以詢問他一切我想知道的事。夕陽西下，客廳裡被一股柔和的暮色籠罩，有一種親密的氛圍。我協助我的新朋友把杯子端去廚房，然後他問我，想不想喝一杯葡萄酒。我道謝說好，他把酒倒入綠色的酒杯裡，舉起酒杯說：「乾杯。」我接著問他，要如何出版一本詩集，他回答，妳可以把作品寄給一家出版社。如果他們喜歡那些詩，他們便會處理一切事宜。其實就這樣簡單。我能把所有的詩給他看，他會決定這些詩是否足夠，以及是不是好詩。我不喜歡這個葡萄酒，但是我喜歡它帶來的效應。我非常專注於編輯柔軟且圓融的手臂動作，他的銀灰色頭髮，以及他的聲音，如何舒緩且溫和地包覆著我的心。我已經喜歡上他了，但是我並不知道他對我有什麼感覺。他沒有碰觸我，也沒有企圖親吻我。或許他覺得我對他來說太年輕了。我問他為什麼還沒結婚，他嚴肅地說，沒有人要他。這有點悲傷，但是他覺得現在一切都太遲了。他說這些話的時候，眼裡帶著笑意，我皺著眉頭，因為他並沒有認真地對待我的問題。我告訴他，關於我的人生、我的父母、艾特文，以及我因為在《野麥子》發表詩而丟了工作的事。這件事讓他感到非常好笑，他還說，如果他把這件事告訴他的朋友，他們肯定也會覺得很好笑。他的朋友都是一些名流，他們當中有人問他，那個寫了一首關於她死去孩子的可憐少女是誰。所以不僅僅是我的家人會以為我所寫的一切都是事實。「哎，」他拍了拍額頭說，「我差點忘了。您讀了瓦爾德馬・柯佩爾（Valdemar Koppels）[40]前幾天在《政治報》上對雜誌的評論了嗎？他對您的那首詩非常讚賞。」他把剪報找了出來給我。上面寫著：「一首簡單的詩，〈獻給我死去的孩子〉，作者是托芙・迪特萊弗森，足以證明這本小小雜誌的存在價值。」「啊，」我受寵若驚地說，「我不知如何形容有多麼快樂。我可以保留這份剪報嗎？」他把剪報給了我，並在綠色的杯子裡斟滿了酒。然後他說：「對年輕人來說，第一次看到自己的名字被印刷出來時，會留下深刻的印記。」「我非常高興認識了您，」我說，「和您在一起的時候，彷彿就不會發生不幸的事情。當我在這裡的時候，我不認為會發生世界大戰。」維果．F．莫勒爾忽然看起來很嚴肅。「這一切都顯得十分絕望，」他說，「我基本上能為您做點什麼事情，我的朋友，但是緩解世界大戰，我無法做到。」是酒精讓我說了這類話。每一個大人，只要想起世界局勢，他們都會遠離我。比起世界局勢，我和我的詩都只是碎片，只要一陣微風就可以把它們吹走。「是不能，」我說，「但是您不會突然死去，您的屋子也不會被拆掉。」我告訴他有關編輯布羅赫曼和克羅赫先生。他認識編輯布羅赫曼，但並不認識克羅赫先生。「對，」他嚴肅地說，「這一點我確實可以向您保證。我們要不要以『你』相稱？」我們舉杯定案，他開了有著綠色燈罩的燈。「妳應該叫我維果．F，」他說，「人人都叫我維果．F或莫勒爾，除了我的家人，沒有人叫我維果。」他告訴我，他父母雙亡，但是他有一個哥哥和一個姐姐，他們不太來往。「家人，」他說，「永遠都不會理解藝術家，所以他們只能互相依賴。」他問我要不要坐到他身旁，於是我移到沙發上。我和他靠得很近，我們的腿互相碰觸，然而這彷彿並沒有給他留下深刻印象。或許我不夠漂亮，或許我年紀太小了。他告訴我，他今年五十三歲，我禮貌地說，根本看不出來。其實也真的看不出來，除了，他很胖。他白裡透紅的皮膚上沒有一點皺紋。我覺得我的父親看起來比他老很多。然而實際上我根本不在乎任何人的年齡。維果．F的父親是銀行總裁，他的哥哥也是。他自己在一家火災保險公司上班，他並不喜歡這份工作，但是他必須維持生計。他也有出過書，我感到丟臉，因為我居然沒有閱讀過他的書。我甚至不曾在圖書館裡看過他的名字。我的無知讓我感到厭煩，我告訴我的朋友，我應該上高中的，但是我不被允許。我們沒有錢。他輕柔地把手環繞著我的腰間，一股熱氣穿透了我。這是愛情嗎？我長期以來都在尋找這個人，我已經很累很累了，此刻，我鬆了一口氣，有一種想哭的衝動，我已經那麼靠近終點了啊。我是那麼地疲憊不堪，我無法回應他那溫柔且小心翼翼的撫摸，我只能被動地坐著，讓他撫摸我的頭髮，拍拍我的臉頰。「妳像個孩子似的，」他溫柔地說，「一個無法應付成人世界的孩子。」「我曾經認識一個人，」我說，「他說，世上的每一個人都互相利用。我想利用你為我出版詩集。」「嗯，」他說，繼續撫摸著我，「但是我並沒有妳想像中那樣有影響力。如果出版社不願意出版妳的詩集，我也無能為力。但是我們先看看妳的詩吧。至少，我可以給妳建議和支持。」我去上廁所的時候，看到維果・F有淋浴設備，這讓我難以抗拒。我問他，我是否可以洗個澡，他笑著說可以。我偶爾會去利爾斯科夫街上的公共澡堂洗澡，但是那是需要付費的，因此我並不經常洗澡。此刻我快樂地站在蓮蓬頭下扭轉身軀，心裡想著，如果我們真的結婚了，我每天都要沐浴。當我從浴室走出來的時候，維果・F說：「妳的腿真好看。把裙子往上拉拉，這樣我才能好好欣賞。」「不，」我面紅耳赤地說，因為我的長統襪上有個破洞。「不，我只有小腿好看。」時間想必已經是午夜十二點了，我得回到我那間貧窮的房間裡。維果・F說他要付錢叫一輛計程車送我回去，但是我拒絕了，我說我可以走一小段路回家。我接著說：「再說我也完全沒有概念要給運將多少小費。」「記得，說『司機』，不要說『運將』，那太本土了[41]。」他的批評刺傷了我，於是我對我的成長過程、我的無知、我的遣詞用字、我的缺乏教育和文化、我不知道的詞語——對這一切都感到憤怒。說再見時，他吻了我的唇，我穿越溫暖的夏夜，回想他說過的話和所有舉動。我不再孤單了。

21

我和那麼多名流在一起。我和他們見面，和他們說話，我坐在他們旁邊，我和他們一起跳舞。從我走入禮堂的那一刻開始，我就在一個有別於日常的空間裡移動。我走入耀眼的光裡，把名流們的光芒如鏡子般反射回去。我反映了他們的形象，而他們喜歡他們所看到的。他們臉上帶著讚賞的微笑，對我說了許多讚揚的話。他們甚至稱讚了我的連身裙，雖然那是妮娜的衣服，而且穿在我身上也有點太大了。但是它遮掩了我那雙殘舊到應該要換新的舊鞋子。那些名流們絡繹不絕地圍繞著維果・F綠色的身影，而他卻如在微風掠過的池塘裡的浮萍那樣，忽隱忽現。他的身影在我眼前如浪潮般飄盪，我時時刻刻都在尋找，因為他是我在這一群名流逸士之間的保護罩和安全感。他自豪地把我介紹給他們，彷彿我是他的發明。「我最年輕的作者。」他這樣對報刊攝影記者說，同時微笑捻著鬍子。我和他以及一些名人合照，照片刊登在隔天的《晚報》（*Aftenbladet*）[42]上。照片拍得並不怎麼樣，但是維果・F說，對媒體表示友善是很重要的事。我確實非常友善。一整個晚上我對所有跟我打招呼的名流逸士微笑，到最後我的臉頰因此而痠痛。我的腳也因為跳了一整個晚上的舞而疼痛，當我終於走到戶外時，我只感覺到這一切都像是夢那般不真切。我根本不記得，誰被封為「最佳麥子」和「最佳香料麵包」。但是有一個跟我跳舞的年輕人告訴我，到最後，每個人都有機會得到這兩個獎項。有朝一日，我也會成為「最佳麥子」，只要我在雜誌上發表足夠的詩，是不是好詩甚至都不太重要。那位年輕人問我願不願意陪他看場電影，我冷漠地拒絕了他。對於未來，我有完全不同的計畫。我透過工會找到了臨時代班的工作，現在我一天可以賺十克朗。我手上從來沒有像現在這樣有那麼多錢。我把牙醫的費用付清，買了一套有長外套的淺灰色套裝，因為棕色那套已經退流行了。我晚上幾乎不再和妮娜出門了，因為對於尋找一個或許願意和我結婚的男人這件事，我已經沒有興趣了。維果·F在讀過我所有的詩以後，幫我選出了其中最好的，我把它們寄到了金谷出版社（Gyldendals Forlag）[43]，此刻我只能等待回音。「如果他們不願意出版，」維果·F說，「妳就繼續寄去下一家出版社。出版社倒是不少。」可是我幾乎確定他們願意出版這些詩，因為維果·F說它們都很不錯。他認識這家出版社的社長，是一名女士，她的名字叫英娥保·安德森（Ingeborg Andersen），她經常穿著男裝。「但是這並不是由她來決定的，」維果·F說，「決定權在顧問們手上。」他們是保羅·拉庫爾（Paul la Cour）和奧絲·漢生（Aase Hansen），而我不認識他們。我不認識任何一個知名人士，因為我幾乎不閱讀報紙，而且我多半只閱讀已故作家的作品。在這之前，我並不知道自己是如此的愚蠢與無知。維果·F說，他願意在教育上給我一些幫助，於是借給我一本卡萊爾（Carlyle）[44]寫的《法國大革命》（*The French Revolution*）。我覺得非常有趣，但是我更傾向於從近代開始學習。有天晚上，當我拜訪維果·F的時候，門鈴響起，玄關傳來一個低沉的女人聲音。維果・F帶著一個嬌小豐滿、耀眼且膚色黝黑的女人進來，她握著我的手，彷彿想把我的手從我的身體撕下來似的，她說：「胡爾達・呂特肯。嗯，原來您長這樣。您最近相當引人矚目，幾乎就要到達令人無法忍受的地步了。」然後她坐下來，不斷地只對著維果・F說話，而他最後請我先回去，說他有些事想和胡爾達商量。他後來跟我解釋之前曾經給我的暗示：胡爾達・呂特肯無法忍受其他的女詩人。等待金谷出版社回覆的期間，我偶爾回家探訪父母。父親說，如果我真能出版一本詩集，那會是一件有趣的事，但是沒有人可以靠寫詩維生。「她也不必，」母親挑釁地說，「那個維果・F・莫勒爾應該養得起她。」我告訴他們，他家裡有淋浴間，於是在母親的想像裡，她也站在維果・F的蓮蓬頭下了。我告訴他們在綠色玻璃杯裡的葡萄酒，於是母親想像自己也喝著這樣的一杯酒。他們把在《晚報》的照片剪了下來，放進了水手之妻的畫框裡。「這張照片很不錯，」母親說，「人人都看得出來，妳把牙齒都矯正了。」她自豪地說：「醫生說，我有高血壓。我也有動脈硬化，肝也有問題。」她換了一個醫生，因為之前的那個醫生很不專業。無論你說哪裡不舒服，他都會跟你說他自己也有一樣的問題。新的醫生對於母親的任何疑問都給予認可，於是她非常勤快地去找他看診。自從蘿莎莉亞阿姨病逝，艾特文和我也離家以後，母親開始關注起自己的健康狀況，儘管她之前完全沒有想過這方面的事。她正處在更年期，醫生這樣說，她身邊的人應該遷就她。她是這樣告訴父親的，於是父親再也不敢躺在沙發上了，她之前也常常唸他這件事。他坐著閱讀，有時手裡拿著一本書就這樣睡著了。

我很少在家裡逗留太久，因為母親總是告訴我來自她內臟的各種危險症狀，這讓我感到厭倦。但是我很同情她，因為在這個世界上，她擁有的並不多，而那些她曾經擁有的，她卻一再地失去。有一天，當我下班回到家，我房間的桌上擱著一個黃色的大信封。我的膝蓋因為失望而變得無力，因為我知道信封裡面是什麼。我把信封拆開。他們把我的書退了回來，附上簡短的幾句道歉，寫著他們一年只出版五本詩集，而今年的額度已經滿了。我把信帶到維果・F家裡。「嗯，」他說，「這也是預期中的事。我們試試看雷澤爾（Reitzels）出版社。妳不要讓自己被這種事擊敗。相信妳自己，否則妳將無法讓他人相信妳。」我們把詩寄到雷澤爾出版社，一個月以後也被退回來了。我覺得，事情開始變得有點刺激了，因為我知道，這些都是好詩。維果・F說，幾乎所有近代的名詩人都經歷過這一切，是的，如果一切都太順利，反而才有問題。最後，這些詩到所有的出版社裡轉了一圈，這實在讓人難以振作起來。維果・F說，這是錢的問題。出版社幾乎很難從詩集賺到任何錢，因此他們都不太願意出版詩集。但是《野麥子》有一個五百克朗的基金，專門提供給和我有類似經驗的人。他願意把這筆錢交給一家出版社，合作出版我的詩集。他會和一個朋友，拉斯穆斯・納維爾（Rasmus Naver），提提這件事。納維爾先生同意由他的出版社出版這本詩集，我感到非常快樂。他到維果・F家裡去討論這件事。他是一個友善、滿頭白髮的男士，操著芬島（Fyn）口音，而我時時對他保持著親切的微笑，以確保我的存在不會讓他放棄這個想法。他說，阿爾訥・翁爾曼（Arne Ungermann）[45]應該會願意免費幫詩集畫封面，而他喜歡書名

《少女心》（*Pigesind*）。最終總算成功了，而我不知道該如何對維果・F表示我的感謝。我親吻他，撥亂了他那一頭捲髮，然而他近來顯得非常心不在焉。彷彿他確實也想從我身上獲得什麼，但是此時此刻他還有什麼更重要的事需要他操心。有天晚上，他和我說起德國集中營的事，他說整個歐洲很快就會成為一個大集中營了。他給我看一本雜誌，裡面有一篇他寫的關於反納粹的文章，他說，如果有一天德國人真的來到丹麥，對他來說將會是一件危險的事。我想起我十月即將出版的詩集，有一種奇怪的預感，覺得如果世界大戰真的開打，詩集將永遠都無法出版了。「如果他們入侵波蘭，」維果・F說，「英國人絕對不會忍受。」我說，他們已經忍受了許多。我告訴他在蘇爾太太家裡租房那段時間的事，我說，每個星期六我都能透過牆壁傳來的聲音聽見希特勒的演說，星期天他便去攻擊一個無辜的國家。維果・F說，他無法理解，我為什麼不盡早搬離那裡，而我想，他不了解窮困究竟是怎麼一回事。但是我什麼也沒有說。有天傍晚，阿爾訥・翁爾曼帶著封面圖來給我看。他畫了一個低著頭的裸女，非常美麗。那是一個羞澀的人物，沒有絲毫情色感。他和維果・F嚴肅地談論著世界局勢。現在我幾乎一直待在維果・F家裡，母親認為我倒不如直接搬到他家裡去算了。「究竟什麼時候，」她失去耐性地說，「妳才打算跟他結婚呢？」

22

艾特文離開了他的妻子。現在，他搬回家，就住在印花門簾後我的舊房間裡，而母親非常快樂，儘管他一租到任何房間就會馬上搬離。母親說，她可以理解艾特文為什麼離開葛蕾特，因為她腦子裡只有服裝和胡鬧，沒有任何一個男人可以忍受這種妻子。但是哥哥無法忍受母親如此詆毀葛蕾特。他說一切都是他的錯。他不愛她，她也沒辦法。這也是為什麼，他讓她留下公寓。他也把家具都留給了她，而艾特文會繼續把分期付款都繳清。哥哥在家的這段時間，我也喜歡回家了。我們談起我的詩集，而艾特文無法理解，為什麼我無法靠詩集賺點錢。「那是一件作品，」他說，「可是居然無法得到酬勞，這太不像話了。」我們也聊起艾特文的咳嗽，以及有關母親新發現的一切病痛。我們聊起我在殼牌大廈（Shellhuset）一家律師事務所的工作，在那裡我看盡了人與人之間的許多爭端。而我們也聊了很多關於維果．F的事，以及他為我打開的那一個世界。我得告訴我的家裡有關他公寓裡的一切，他如何擺放家具、公寓有幾房，以及書架上擺了哪一些書。我告訴父親，維果．F自己也寫書，父親說自己應該曾經讀過他其中一本書，但那不是什麼特別的作品。父親也說：「對妳來說，他不是太老了嗎？」母親抗議，說年齡從來就不是什麼問題，她也從來沒有在意過父親比她年長十歲。她說，最重要的是，他養得起我，我可以不必再工作。他們說起這些事，彷彿他已經向我求婚了似的，而當我說不知道他是否願意娶我時，他們根本不當一回事。「毫無疑問啊，」母親說，「他當然會想和妳在一起，否則他何必為妳做那麼多事？」我自己想了想，也有同樣的結論。我有特別之處，我寫詩，但是同時我也是一個極其普通的人。和所有的女人一樣，我也想結婚，想有自己的孩子和家庭。身為一名靠自己維持生計的年輕女性，一切都是如此地痛苦與脆弱。在這條路上，你根本看不到任何希望。我是如此地渴望我能主宰自己的時間，而不是一再地把時間賣掉。母親問我維果・F在火險公司的薪資多少，我回答不知道，她感到很奇怪。「他不過是個穿襯衫的工人。」父親說，完全就是為了要唱反調，他的話引起了母親和艾特文的憤怒反應。「如果我是一個穿襯衫的工人，」艾特文生氣地說，「我就永遠都不會患上這該死的咳嗽。」「他至少也不必承擔時時刻刻都會失業的風險，」母親接著說，「然後在人家正要出門工作的時候，拿一本書躺在這裡礙事。」「妳摸摸看我的脖子，」母親忽然對我說，「這裡，好像有一個腫塊。我得給醫生看看。婚禮上，我們得聘請一位廚娘——他當然習慣了最好的一切。湯品、烤肉和甜點——我記得很清楚，我以前上班的地方那些饗宴是怎樣的。妳要不要找一天帶他回家？」我不知道我為什麼不這樣做。我的家人是我的，我認識他們也習慣了他們，我不喜歡把他們展示給一個來自上層社會的人看。維果・F其實也問過我，他能不能問候我的父母。他說他希望能看看製造了像我這樣一個奇怪生物的他們。可是我覺得應該等到我們結婚以後再說。父親和艾特文也在談論著迫在眉睫的世界大戰。於是母親開始感到無聊了，而我也失去了好心情。忽然之間這一切成了事實。英國向德國宣戰，而我和上千的路人沉默地站在《政治報》報社前看著電子看板上的新聞跑馬燈。我站在哥哥和父親身邊，而我不知道，這樣一個決定性的時刻，維果．F在哪裡。在我們走回家的路上，我感到胃裡一陣劇痛，彷彿餓了很久似的。我的詩集還能出版嗎？日常生活還會繼續嗎？當整個世界燃燒起來的時候，維果．F還會和我結婚嗎？希特勒的邪惡暗影會籠罩丹麥嗎？我沒有跟他們一起回家，我搭了電車到我的朋友家。在他家裡聚集了一群名流，他看起來並沒有注意到我。他們用綠色的玻璃杯喝酒，非常嚴肅地討論當下的局勢。翁爾曼問我，對他畫的封面有什麼看法，我向他致謝。看來，書還是會出版。還沒真正和維果．F談上話，我便回家了，當晚，我惶惶不安地夢見了世界大戰和《少女心》，彷彿這兩者之間真的存在著一種致命的聯繫。然而僅僅過了一天，便證明了人生還是繼續進行下去，恍若這一切根本沒發生。在辦公室，離婚案件接二連三，產權界址的糾紛、人和人之間的爭執和打鬥案件紛至沓來。憤怒的人們在櫃檯要求和極少在辦公室裡出現的律師見面。我必須聆聽他們提交的特別且重要的案件，而沒有人對昨天爆發的世界大戰有任何反應。我的房東太太告訴我，豬肉每公斤漲了五十厄爾，而妮娜來找我，說她邂逅了一個很不錯的男人，讓她再次考慮和「灌木叢」分手。什麼事都沒有改變，而當我再次到維果．F家裡去時，他的心情又愉快了起來，在一股溫暖的浪潮間散發了平靜和安逸的狀態。「三星期內，」他說，「妳的書就會出版了。不久後妳將要進行校對工作，到時妳不要為此感到難過。校對的時候，妳永遠都會覺得，所有的作品都不夠好。這是正常的。」維果・F對一般人絲毫不感興趣。他只喜歡藝術家，也只和藝術家來往。關於我那一切極其普通的特質，我都嘗試隱瞞他，不讓他看見。我隱瞞了他，我非常喜歡那件我剛買的連身裙。我不讓他知道，我使用唇膏和腮紅，以及我喜歡照著鏡子，把脖子半轉過去，只為了看看自己的側面看起來如何。我隱瞞一切會讓他猶豫是否要娶我的事情。關於校對一事，他確實是對的。拿到初稿的時候，我再也不覺得我的詩究竟有多好，而我也找到很多可以再改得更好的用詞和句子。但是我並沒有修改太多，因為維果・F說，印刷費會因此而變得更貴。在書出版前的那些天，只要沒上班，我便待在我的房間裡。我希望書寄到的時候，人就在家裡。有天傍晚，當我回到家時，我的桌子上放著一個大包裹，而我用顫抖的雙手把它打開。我的書！我把書拿在手裡，感到欣喜若狂，這是一種我從來沒有感受過的情緒。托芙・迪特萊弗森。《少女心》。它將無法收回。它將無法撤銷。無論我未來的命運如何，這本書會一直存在。我打開其中一本書，讀了幾行。我看著這些詩的印刷版，一切對我來說，充滿一種奇異的遙遠和陌生感。我打開另一本書，因為我不相信每本書都一樣印著我的詩。但確實是。或許我的書會出現在圖書館。或許一個孩子，偷偷地喜歡詩，有一天她會找到我的書，她會讀著我的詩，並且感受到她的周遭世界不會明白的一些什麼。而這個獨特的孩子並不認識我。她無法相信，我是一個活生生的年輕女孩，我和普通人一樣工作、吃飯和睡覺。當我小時候讀著一本書的時候，也從來沒有想過這些事。我甚至很少記得作者的名字。我的書會出現在圖書館，或許也會被放在書店的櫥窗裡。我的書一共印刷了五百本，而我獲得贈閱十本。四百九十人會買我的書且閱讀它。或許他們的家人也會閱讀，或許他們會把它借閱出去，就如克羅赫先生把他的書借閱出去那樣。我要等到明天再讓維果．F看到書。今晚，我要獨自和它在一起，因為沒有人會真的明白，對我來說，這是什麼樣的一個奇蹟啊。

〖 第三部 〗

毒藥[1]

Københavnertrilogi · Ⅲ

GIFT

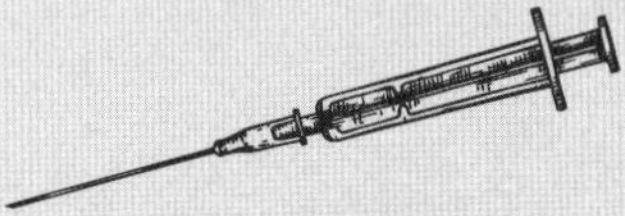

輯一

1

客廳裡的一切都是綠色的——綠色的牆、綠色的地毯、綠色的窗簾，而我總是身在其中，如畫一般地存在。每天清晨五點左右，我醒來，坐在床緣書寫，寒意讓我不禁蜷縮著腳趾；時值五月中旬，暖氣已經關了。我獨自睡在客廳，因為維果．F．莫勒爾獨居多年，一時間無法習慣身旁睡著另一個人。我理解，也覺得完全沒問題，因為這樣一來，清晨的時間就完完全全只屬於我了。我正寫著我的第一部小說，而維果．F並不知情。我有預感，如果他知道了，絕對會給我許多意見和指正，正如他對待為《野麥子》撰稿的那些年輕人一樣。如此一來，一整天在我腦海裡蠢蠢欲動的句子都會被截斷。我在廉價的黃色草稿紙上書寫，因為我如果使用他那台聒噪的打字機來打字——那台古舊，應當屬於國家博物館展覽品的打字機——絕對會吵醒他。他睡在面朝後院的臥房裡，早上八點鐘才需要叫醒他。他起床後會穿著白色繡紅邊的睡衣，擺著一張令人厭惡的臉，去洗手間。我開始泡咖啡，在四片麵包塗抹上奶油。我會在其中兩片麵包塗著厚厚一層奶油，因為他喜歡一切油膩的事物。我竭盡所能逗他歡喜，因為我始終對他充滿感激之心：他娶了我。我知道這一切都有點不對勁，然而我還是小心翼翼地不進一步去思考這件事。維果・F從來不曾用手挽過我，這讓我有些不舒服，就像鞋子裡藏著一顆石頭那樣。我感到不自在，認為問題出在自己，或許我在某種程度上，沒有達到他的期望。當我們面對面坐著喝咖啡時，他讀報，也不允許我和他說話。而我的勇氣，開始如沙漏裡的沙子一般，莫名地流瀉。我瞪著他，看著他的雙下巴如何從襯衫的衣領邊際漫溢出來，並且微微震動。我望著他纖小的雙手如何急促、焦慮地擺動；以及他那一頭厚重得宛如假髮般的灰髮——因為他那張紅潤、毫無皺紋的臉，比較像是一個禿子。當我們終於展開對話時，卻常是討論他晚餐想吃什麼或我們該如何縫補遮陽窗簾裂縫等，無關痛癢的瑣事。只有他在報紙找到一些讓人振奮的消息，我才會覺得高興，例如那天新聞報導占領軍在禁止酒精交易一星期後終於解禁、我們能再次購買酒精飲料的時候。當他張開只剩下一顆牙的嘴巴對我微笑、出門時拍拍我的手說再見的時候，我也會覺得高興。他不想裝假牙。他說，他家族裡的男人們都只能活到五十六歲，所以他大約只剩下三年的壽命，何必花這筆錢。他的小氣過於明顯，我的母親當時對他維持生計能力的高評價，完全是錯估了。他從來沒有送過我一件衣服。當我們傍晚出門拜訪一些名流時，他搭乘電車，我則騎著腳踏車以極快的速度與電車平行，好讓他想要看見我的時候，我能在車外向他揮手。他讓我負責家裡的開銷預算，當他查看時卻認為每樣東西都太貴。帳目無法平衡時，我就會寫上「綜合開銷」，這會讓他非常生氣，因此我總是小心翼翼地不忽視任何一項開銷。他也總是抱怨我請傭人來家裡幫忙，認為我反正在家也無所事事。但是我不能也不願意處理家務，這點他不得不讓步。當我看見他越過一片綠色草坪，前往停在警察局外的電車時，我也會覺得高興。我向他揮揮手，轉身背向窗子，便把他徹底遺忘了，直到他再次出現為止。我淋浴，看著鏡子裡的自己心想，我才不過二十歲，但是我們彷彿已經結了一輩子的婚。我才二十歲，而我覺得在這綠色客廳以外的人們都過著疾速奔馳的人生，就如定音鼓和筒鼓的聲響般急促；與此同時，日子卻如塵埃般不知不覺地掉落在我身上，日日重複著。

穿好衣服，我跟顏森（Jensen）太太討論晚餐，並擬了一張購物單。顏森太太沉默寡言，個性內向，她覺得有點委屈，因為她再也不能像從前一樣單獨待在這裡。「算了，」她喃喃自語，「這把年紀的男人居然娶了一個年輕女孩。」她聲量很小，我無需回她，而且我也不能被她干擾。因為我時時刻刻都在想著我的小說，我已經擬了題目，但還不知道這將會是怎樣的一部作品。我只是寫，或許這將是一部好小說，或許不是。最重要的是，書寫的時候，我感到快樂，這是我一直以來的感覺。我感到快樂，並且遺忘了周遭的一切，直到我提起褐色的斜肩包出外逛街為止。當我走在街上，就會再次陷入早晨的愁雲慘霧，因為我眼裡只看見那一對對陷入愛河中的情侶們，手牽著手，互相凝視彼此。我幾乎無法承受這樣的畫面。我明白了，原來我至今根本不曾戀愛過，除了兩年前，我從奧林比亞酒吧裡把柯特帶回家的那一天。隔天他就出發去西班牙參加內戰了。或許他已經戰亡沙場，或許他平安歸來，娶了一個女孩。或許我根本沒有必要為了達到任何成就而和維果・F結婚。或許嫁給他，僅僅是因為母親熱切的期待。我把手指插入肉裡，看看肉是否軟嫩，母親是這樣教我的。我將價錢寫在小紙條上，否則回到家，我就會忘了。當採買結束，顏森太太回家後，我敲著打字機，再次遺忘一切，此刻，不會打擾任何人。

母親經常來看我，我們在一起的時候常常會做些蠢事。婚後幾天，母親打開衣櫃，一一翻看維果・F的衣物。她叫他「維果兒」，和其他人一樣，沒辦法僅僅稱呼他「維果」。我也沒辦法，因為這名字感覺就像是一個孩子的名字，用在成年男子身上顯得有點蠢。她把他所有的綠色衣物對著光線查看，找到一套已經相當破爛的，她覺得他不會再穿了，建議拿去讓布朗（Brun）太太改成一條洋裝給她。當母親做出這種決定，我從來沒能動搖過她，於是我毫無反抗，讓她帶著衣服離開，只希望維果・F不會提起這件衣服。過了一陣子，我們去拜訪父母。我們不太常這樣做，因為我無法忍受維果・F對我父母說話的方式。他拉大嗓子，緩慢地說話，彷彿面對的是無能的小孩，他小心翼翼地製造一些他認為能引起他們興趣的話題。我們去拜訪他們時，他忽然間悄悄用手肘戳了我一下。「這太怪了，」他說，同時用大拇指和食指撚弄著鬍子，「妳有沒有發現，妳媽身上那條裙子，布料跟我掛在我們家櫃子裡的那套衣服一模一樣？」於是我和母親快速地躲到廚房裡大笑。

這段時期，我覺得我和母親非常要好。對她，我不再有深切痛苦的情感。她比她女婿年輕兩歲，他們兩人之間的話題僅限於我的童年。當母親提起她記憶中兒時的我，我完全沒有任何印象，彷彿她說的是另一個小孩。母親來的時候，我會把小說藏在維果．F書桌屬於我的抽屜裡，鎖好。我泡好咖啡，和她邊喝著咖啡邊悠閒地聊天。我們聊著父親終於在奧雷斯塔德發電廠找到穩定工作的好消息。我們說起艾特文的咳嗽，也聊到自從羅莎莉亞阿姨過世後，母親內臟開始發出的各種緊急訊號。我覺得母親還是非常漂亮與年輕的。她嬌小苗條，臉龐和維果．F一樣，幾乎沒有任何皺紋。她那一頭燙過的頭髮濃密得猶如洋娃娃。她總是端正地坐在椅子的邊緣，挺直著背，雙手放在手提包的提把上。她和羅莎莉亞阿姨一樣，總是正襟危坐，打算只逗留「片刻」，卻在幾個小時以後才離開。母親會在維果．F從任職的保險公司回家前離開，因為他總是心情很差，不希望家裡有其他人。他厭惡自己的辦公室工作，他討厭每日圍繞在他身邊的人。我覺得，除了藝術家以外，基本上，他討厭全人類。

用餐完畢，我們會審查家裡的開銷帳目，接著，他會問我《法國大革命》讀到哪裡了。他要求我打好藝術文化的知識基礎，所以我盡量每天都讀幾頁新的內容。當我把盤子都端去廚房時，他會躺在長沙發上小憩，我看了一眼警察局前那顆藍色地球儀，以耀眼的玻璃光映照著空蕩的廣場。我把窗簾拉下，坐下來閱讀卡萊爾，直到維果・F醒來跟我要咖啡。當我們喝著咖啡的時候，如果當天不必出門拜訪任何名流，便會有一股莫名的沉默在我們兩人間蔓延開來。彷彿我們已在婚前說盡了所有的話語，以光的速度用盡了接下來二十五年可以和對方說的所有詞句。我不相信他三年後就會死去。我滿腦子都是我的小說創作，所以如果不談論這個，也不知道還可以跟他說些什麼。

約一個月前，丹麥被德國占領之後，維果・F相當害怕，他認為德國人會逮捕他，因為他曾經在《社會民主報》的專欄撰寫有關集中營的文章。我們經常討論這個可能性。傍晚，他那群跟他同樣驚慌的朋友過來，他們心裡多少有點類似的擔憂。但是目前看起來他們好像忘了這回事，因為什麼事都沒發生。我每天都在擔心他會問我是否已經讀了他新小說的初稿，他打算將初稿投給金谷出版社。初稿就擱在他的書桌上，我曾試著閱讀，但是那實在是太無趣、太冗長了，句子結構都非常拗口，充滿錯誤，我覺得自己應該沒辦法讀完。這件事導致我們之間的氣氛更緊張，我不喜歡他的作品。雖然我從未大聲說出來，但是我也從來沒有給予他任何好評。我只說，我對文學懂得不多。

儘管我們的傍晚是如此悲哀單調，也勝過那些和名流們耗在一起的傍晚。和他們在一起的時候，我總是被羞澀感和尷尬所籠罩。我的嘴裡彷彿塞滿木屑，無法迅速回應他們所有歡快的話語。他們談論著彼此的畫作、展覽以及出版的書，並高聲朗誦他們新寫的詩。對我來說，寫作就像童年時做過的一些祕密的、被禁止的事，是一件充滿羞恥，必須躲到角落、在沒人看見時才做的事。他們問我近來在寫些什麼，我回答說：沒有。維果．F替我解圍。他說：「她最近在專心閱讀。一定要非常大量地閱讀，之後才能書寫散文，這會是下一步。」他談起我的模樣彷彿我的人並不在現場，而當我們終於可以離開，我才會高興起來。和名流們在一起的時候，維果．F完全是另一個人，他開朗、自信、機智，就像我們剛開始在一起的時候那樣。

一個晚上，在畫家阿爾訥．翁爾曼家裡，他們提起應該把那些在《野麥子》上發表文章的年輕人召集起來，他們散布在哥本哈根城裡的各個角落，肯定都非常寂寞。「如果能夠互相認識，一定能為他們帶來歡樂。而托芙可以當這個協會的主席。」維果．F說，然後給我一個友善的微笑。這想法讓我覺得快樂，我只有在少數年輕人帶著作品到我們家裡來的時候，才有機會接觸到同齡的人，而他們幾乎都不敢看我，因為我嫁給了這樣一個重要的男人。這樣的快樂讓我忽然間敢說些什麼，所以我說可以把這個聚會叫做「青年藝術家俱樂部」（Unge kunstneres klub）[2]。這個點子引起了大家的掌聲。

隔天，我在維果・F的筆記本上找到了所有人的地址，寫了一封非常正式的信給他們，我簡要地在信中建議大家在不久後的某個晚上來我們家聚聚。當我把信件都投入警察局旁的郵筒裡時，想像著他們會有多高興，我相信他們和不久之前的我一樣，貧窮而寂寞，並且孤獨地坐在城裡各個角落租來的寒冷公寓裡。我想，維果・F對我畢竟是相當了解的。他知道我厭倦了總是被老年人圍繞著。他知道，在他那綠色客廳裡的生活經常讓我感到窒息，而我也無法耗盡青春去閱讀《法國大革命》。

2

於是，青年藝術家俱樂部真的成立了，我的人生再次獲得色彩並且豐盛起來。我們十幾個年輕人，每週四晚上在婦女大樓（Kvindernes Bygning）[3]的一間活動中心裡，我們可以免費借用場地，條件是每個人都得花錢買一杯咖啡。一杯咖啡一克朗，不包括蛋糕，沒錢的人向有錢的人借。聚會以講座為開端，主講者是一名年紀較大且知名的藝術家「長頸鹿」[4]——他前來演講算是看在維果．F的面子上。結果講座我一個字也沒聽進去，因為講座結束後，我必須站起來感謝主講人，這個任務讓我過度緊張。我總是說一樣的致謝詞：「我要感謝這一場精彩的講座。感謝您願意撥冗前來。」我們總是在講座後邀請長頸鹿留下來喝咖啡，他通常會婉拒謝絕，這讓我們鬆了口氣。接下來我們會消磨時光，輕鬆地閒聊任何話題，但是鮮少提起彼此聚在一起的原因。最多就是，有人會不經意地跟我提起：「您知不知道，莫勒爾對我日前寄給他的兩首詩，有什麼看法嗎？」他們都叫他莫勒爾，提起他時總帶著至高的敬意。他們感恩於他，多虧了他，他們不再默默無名；幸運的話，在備受報章關注的那些關於《野麥子》的評論文章裡，不時還能看見自己的名字。俱樂部裡只有三個女生，桑雅．豪伯格（Sonja Hauberg）[5]、艾絲特．納戈爾（Ester Nagel）[6]和我。

她們兩人都長得漂亮，性格嚴謹，黑髮，黑色的眼珠，而且都來自富裕的家庭。我們都約莫二十歲左右，除了皮亞特・海恩（Piet Hein）[7]——他同時也是唯一一個對維果・F沒有多大敬意的人。他抱怨我必須在晚上十一點前回到家，而且從來沒有在聚會結束後跟他一起去匈牙利酒屋。但是我總是遵守約定準時返家，因為維果・F會一直等著我直到回家，詢問當晚的情況如何。他會喝著咖啡或葡萄酒等我，有時我會以朋友似的眼光打量他，想把進行到一半的小說讓他閱讀，然而最後總是無法下定決心這樣做。皮亞特・海恩有張鵝蛋臉，他尖銳的言辭讓我感到有點害怕。他總是會在夜裡送我回家，一起穿越月光照耀下的黑暗城市，在運河旁或在證券交易所那發亮的青銅色屋頂前，停步，把我的雙手如翻開書頁般打開，然後充滿熱情給我長長的一個吻。他問我，為什麼要嫁給這樣一個怪胎，他說我那麼漂亮，可以嫁給任何一個中意的對象。我顧左右而言他，因為我不喜歡別人把維果・F當笑話看。我想，皮亞特・海恩並不知道貧困的滋味，他不了解窮人要如何把自己所有的時間賣掉，才能換取生存的機會。我對哈夫丹・拉斯穆森（Halfdan Rasmussen）[8]有更多的同情，他身形瘦小，衣著邋遢，依靠救濟金維生。我們來自同樣的環境，說著同樣的語言。但是哈夫丹愛上的是艾絲特，莫登・尼爾森（Morten Nielsen）[9]愛著桑雅，而皮亞特・海恩愛的是我。這是不過短短幾個星期內就確定下來的事。我無法確定，我是否愛上了皮亞特・海恩。當他吻我的時候，確實喚起我內心許多感情，但是他想要跟我一起做的那些事，都讓我感到很困惑，像是結婚生子、介紹有趣的女孩給我認識——因為他覺得我需要一個閨中密友。小貓咪，當他擁抱我的時候總是這樣叫我。

某個夜裡，他帶了一個女孩來俱樂部。她名叫娜特雅（Nadja），非常明顯地愛著他。她比我高，很瘦，有些駝背，臉龐掛著脆弱的傷感，彷彿為別人活了很久，完全來不及為自己而活。我對她很有好感。她是一名園丁，父親是俄羅斯人。她的父母離婚了，她和父親住。她邀請我去她家，於是，某天，我和維果・F提了一下她這個人，就前去造訪。她的公寓又大又豪華，我們喝茶的時候，她告訴我關於皮亞特・海恩的事。她說，他喜歡同時擁有兩個女人。當她認識他的時候，他已經結了婚，然後確定她和他的妻子已經成為好朋友，他才離開了他的妻子。不過現在她們也不再是朋友了。「這真是一個狡猾的主意。」娜特雅平靜地說。她問起我的生活，並建議我和維果・F離婚。這觸動了我，我之前完全沒有想過這種可能性。我談起我們之間並不存在性生活，她說這對我而言是遺憾也是恥辱，因為這幾乎等於注定我將來不會有孩子。「問問皮亞特的意見吧，」她說。「只要他對妳有意思，他會願意為妳去做任何事。」

於是我真的這樣做了。一個晚上，我們安靜地站在運河旁，河水以一種柔軟慵懶的聲響濺在碼頭上。我問皮亞特，如何辦理離婚，他說，他會處理一切細節，我只需向維果・F開口就行了。他說，我可以住在招待所，他願意負擔費用，他會養我，而且會做得比維果・F更好。「或許，」我說，「我可以養得起自己。我正在寫一部小說。」我說得很不經意，彷彿已經出版了二十本小說，而這不過是第二十一本似的。皮亞特問，他是否可以閱讀，我說在寫完以前不會讓任何人閱讀。接著他又問，可不可以找一天邀請我去他家吃晚餐。他住在大國王街（St. Kongensgade）一間小公寓裡，離婚以後便在那裡安頓下來。我答應了，然後和維果・F說要去我父母家。這是我第一次對他說謊，而他居然相信了我，這讓我感到羞愧。他在書桌上校訂著《野麥子》。他把校正過的漫畫、小說和詩剪下，貼在一本過期的雜誌頁面上。他是如此小心而專注，低著巨大的頭，整個身影沉浸在綠色的燈下，散發著一種類似幸福的氛圍，因為他對雜誌的愛就如同人們愛著他們的家人。我輕吻著他柔軟、濕潤的唇，眼裡忽然泛淚。我們共同擁有一些什麼，不多，但是一些，而我準備要把這一切都摧毀。我感到一股哀傷，我的人生將要變得前所未有的複雜，然而，我也想起，奇怪的是，對於別人的要求，我從來沒有違抗過，幾乎沒有。「我或許會很晚才回到家，」我說：「母親最近不太好。你不必等我。」

＊　＊　＊

「如何，」皮亞特興致高昂地問：「還不錯吧？」

「嗯。」我說，同時感到快樂。自從和阿克塞爾那次以後，我一直懷疑，我在這方面是不是有什麼問題，但是明顯地不是。我們吃飽喝足，我有點醉了。我們躺在寬敞的四柱床上，那是他母親留給他的；她是眼科醫生。客廳裡到處都是奇形怪狀的燈、摩登的家具，地板上鋪著北極熊的皮。床邊的花瓶裡有一支逐漸凋零的玫瑰。那是皮亞特送給我的。他還送了我一件藍色的天鵝絨連身裙，至今一直掛在他家裡。我沒辦法把裙子帶回家。我拿起玫瑰聞了聞。「現在它再也不相信萌芽了。」我大笑著說。「這我可用得上。」皮亞特忽然說，接著立即從床上一絲不掛地站起來。他坐在書桌前，拿了紙筆疾筆書寫。寫完以後，遞給我看。那是一首「哲理詩」（Gruk）[10]，他每天都會在《政治報》上發表這樣一首尖銳詼諧的四行小詩。他寫著：

我放了一朵花在情人的床邊，
今夜，一朵玫瑰鮮紅地佇立。
先是一片花瓣落下，兩片，然後更多，
現在，它再也不相信萌芽了。

我讚美他這首詩，說我有一半的功勞。對皮亞特而言，寫作從來就不是一件羞恥或神祕的事情，而是更如同呼吸一樣自然的事。

「這對莫勒爾來說，會是一個打擊，」他滿足地說，「當你們結婚的時候，他所有的朋友都在打賭，這段婚姻究竟可以維持多久，一年以下或以上。但是沒有人相信會超過一年。所以羅伯．米克生（Robert Mikkelsen）才會提供你們婚前協議書，因為他們都覺得妳會帶著他一半的財產逃走。」

「你真惡毒，」我震驚地說，「你真是一個複雜的人。」

「不，」皮亞特說，「我只是不喜歡他。他寄生在藝術裡，自己卻無法成為藝術家。他根本無法寫作。」

「這也不是他的錯，」我不滿地說，「我不喜歡你這樣說他。」這讓我心情糟透了。我問他現在幾點，我那短暫的歡樂已逐漸褪去。屋裡充滿了一種潮濕、銀色的寂靜，彷彿有什麼命中注定的事情要發生了。我沒聽見皮亞特說什麼。我想起維果・F彎身坐在檯燈下校訂雜誌。我想起他那些朋友們的賭注，以及我要向他提出離婚的痴心妄想。「有的時候，」皮亞特溫柔地說，「妳是如此心不在焉，怎麼喚都喚不醒。妳是一個非常深不可測的女孩，我想，我愛妳。我可以寫信給妳嗎？郵差是在他出門以後才送信來嗎？」「是的，」我說，「你可以寫信給我。」隔天我就收到了他的情書：「親愛的小貓咪，」他這樣寫，「妳是唯一一個會讓我想結婚的女孩。」我被嚇到了，於是打了電話給維果・F。「妳想要什麼？」他有點不耐煩地說。「我不知道，」我說，「我只是覺得非常寂寞。」「好的，好的，」他充滿善意地說，「我今晚就會回家啊。」

於是我把小說拿出來，盡情書寫，把一切都拋在腦後。小說就快完成了，書名是《你傷害了一個孩子》（*Man gjorde et barn fortræd*）。在某種程度上，這是一個關於我的故事，儘管我不曾體會過書中人物的遭遇。

「這，」維果．F說，同時捻著鬍髭這通常表示他心情極好，「妳對我隱瞞了那麼久？」

他坐著，手上拿著我的小說初稿，用他那雙深藍色的眼睛看著我，那雙眼睛是如此清澈，彷彿剛剛被清洗乾淨似的。有關他的一切都是如此的乾淨和整潔，他身上總是帶著香皂和刮鬍膏的味道。他的氣息如孩子般清新，因為他從不抽菸。

「是，」我說，「我想給你一個驚喜。你真的覺得不錯嗎？」

「驚人的好，」他說，「連一個標點符號都無需更正。絕對會成功。」

我相信自己一定漲紅了臉，因為太快樂了。在這一刻，我對皮亞特．海恩以及離婚的計畫全都不在乎了。維果．F再次成為了我盡此一生都夢想著會遇到的那個人。他開了一瓶葡萄酒，把綠色的杯子斟滿。「乾杯，」他微笑著說，「恭喜妳。」我們同意再次先嘗試寄給金谷出版社，儘管他們之前拒絕了我的詩集。他們才剛接受了維果．F那部我一直無法讀完的小說。他只是說我太年輕，因此對他的作品無從感知，這也是沒有辦法的事。這一個夜晚，我們像婚前那樣一起度過了愉快的時光，而我想到即將要對他說出口的話，如此遙遠而不真切，就如想像著十年後的人生一樣。這是我們如此親近地倚靠著彼此的最後一個夜晚。在遮光窗簾內的綠色客廳裡，我們一起聊著未向世界展開的這些事物，聊著我的第一本小說，直到就寢時間將至，在啜飲每杯酒間打起呵欠。維果・F從不喝醉，也不喜歡別人喝醉。他曾經有好幾次把醉了的約翰尼斯・韋爾策（Johannes Weltzer）[11]轟出去，因為他喝醉之後會熱情洋溢、滿頭大汗地走來走去，不斷告訴我們有關他正在寫著的一部小說。「他會喋喋不休到死為止。」維果・F說，他認為約翰尼斯一生只寫過一個好句子：「我愛躁動不安，與漫長的旅途」。期盼一個人應該拿捏適度飲酒的分寸，就像期盼一個人要懂得拿捏在適當的時間離開一樣，難以預料。我們家常有客人。我會去阿瑪橋街（Amagerbrogade）上一家熟食店採買，因為我的廚藝跟母親一樣，只有基礎水平，根本不知如何下廚。

某天，我告訴母親離婚的計畫。包括皮亞特・海恩和他給我的禮物，以及他將如何安排我的未來——全都告訴了母親。母親眉頭一皺，想了很久。在我們的鄰里間，沒有離婚這回事。他們吵架、打架，就算意見不合、經常爭執，也還是一起生活，沒有人會提出離婚。那是上流社會才有的事，原因不詳。

「可是，他要娶你嗎？」她終於問了，並且用食指擦了擦鼻子，每當有什麼事讓她頭痛時，她總是做這個動作。「他並沒有提起，但是，我想他會吧。」我說，「我再也無法忍受和維果・F的婚姻生活，每天只要一接近他回家的時間，我的心都感到非常難受。這段婚姻對我們兩個人來說，都是一場錯誤。」「是的，」她說，「這點我非常能夠明白。當你們倆走在街上時，他比妳矮小，看起來真的很蠢。」母親缺乏設身處地替人著想的能力，也因此不會傷害我的感情——而這點對我來說，完全不是問題。

現在，每個星期四的聚會結束以後，我都會跟皮亞特．海恩回家。我告訴維果．F，座談會結束後討論時間拖得太晚，我身為主席，不應該第一個離開，這樣太不得體。我叫他不必等我。「早點睡吧。」他睡著以後，沒有任何事情能吵醒他，因此他絕對不會知道我多晚返抵家門。「但是，為什麼，」皮亞特．海恩不耐煩地說，「妳還不跟他說？」我不斷向他承諾，明天就會說，但是，到最後，我有一種混亂的感覺，我想我大概永遠都不會說出口。我害怕看到他的反應。我害怕爭吵和攤牌，我總是想起父親和哥哥每晚都在吵架的那段歲月，我們小小的客廳如何失去了安寧。「如果妳無法開口，」某天夜裡，皮亞特這樣說，「妳就直接搬走好了。反正妳除了自己的衣服和東西以外，其他的東西也無權帶走。」「我不能這樣做，這樣太過分、太殘忍、太不知恩圖報了。」皮亞特說：「我也該多照顧一下娜特雅，她非常不快樂。」因為他離開了她。我也常常去拜訪她。她坐在一張鋼椅上，伸長她那雙長腿，不耐煩地擦著臉，彷彿想把自己臉上的五官都重組一番。她說皮亞特是個危險的人，他的存在是為了讓許許多多的女人不快樂。現在他離開了她，她要重新整頓自己的人生。她要上大學進修心理學，因為，一直以來，她對別人的興趣都勝過對於自己。這也能救她一命。她難過地說：「他也會背棄妳的。他總有一天會對妳說：『我找到別人了，我非常確定，妳可以從容應對。』」從容應對，這是他最喜歡的說法。她也說，無論如何，我還是該離婚的，而皮亞特正是離婚的最佳理由。對於她所說的一切，我並沒有太放在心上，因為，說到底，她也只是一個因為被拋棄而充滿怨恨的女人。

有的時候，我對皮亞特・海恩也感到非常厭倦，像是當我躺在他懷裡，他開始為我的未來做各種規劃的時候。我厭倦他總是大肆喧嚷地要改變我的人生，彷彿我沒有一點控制自己人生的能力，而我只希望他能夠讓我安靜一下。我希望可以在他和維果・F之間來回往返，不必失去誰，也無需經歷巨大的改變。我向來都不喜歡改變，如果一切能維持現狀，能讓我有一種安全感。然而，這種情況不會永久持續下去。現在，我又能夠再次注視著街上的情人們了，但是母親和小孩之間的互動仍會讓我別過頭去。我盡量避開嬰兒車，也不去想鄰里間那些為自己等到十八歲後懷孕而感到驕傲的女孩。我把這些渴望都埋藏在心裡，因為皮亞特非常小心，不希望讓我懷孕。他說，女詩人不該有小孩，可以生小孩的女人已經足夠多了。反之，不是每個人都可以寫書的。

接近傍晚五點時，忽然之間，我的痛苦加劇了。當我站在廚房裡煮馬鈴薯，忽然感覺心臟劇烈地跳動著，煤氣灶台後的那一面白色瓷磚牆在我眼前閃動，那些瓷磚彷彿就要掉下來了。當維果・F帶著那張沉重、充滿怒意的臉孔走進門內時，我開始狂熱地說著話，彷彿為了要緩解那些可怕事件的發生，雖然我並不知道那會是什麼。我們吃晚餐的時候，我繼續說話，儘管他只是簡單回應我。我內心充滿了恐懼，我很害怕他會說或做一些他從未說過或做過的難以置信、不可悔改的事情。如果我成功地捕捉到他的注意力，心跳就會稍微慢下來，我可以稍稍喘一口氣，直到我們的對話再次停頓。我什麼都能談論，我說顏森太太在我拿了恩斯特・漢森（Ernst Hansen）[12]為我畫的畫像給她看時，問我是手繪的嗎？我說母親告訴我，她的血壓現在太高了，而之前她的血壓總是太低。我說起被金谷出版社退回來的書，他們還附加了一個奇怪的回函，表示說我讀了太多的佛洛依德（Freud）。我甚至連佛洛依德是誰都不知道。我後來把書寄給了雅典娜神廟（Athenæum），是一間新的出版社，我每天都緊張兮兮地等候回音。某個晚上，他感覺到了我的焦慮，他說，我最近很聒噪。我告訴他，我覺得自己的身體狀況不太好。我猜，可能是我的心臟有問題。「胡說，」他笑，「妳年紀輕輕，怎麼可能，應該是精神緊張方面的問題。」他擔心地看著我，問我，是不是有什麼事情正困擾著我。我向他保證說，沒事，我的日子過得如魚得水呢。「我打個電話給傑爾特・約恩森（Geert Jørgensen），」他說，「我幫妳預約時間。他是精神科的主任醫師。我幾年前找過他做諮商。他是一個非常明智的人。」

於是，就這樣，我坐在主任醫師面前。他的骨架很大，眼珠子也極大，彷彿要脫出眼眶似的。我把一切都告訴了他。我告訴他有關皮亞特・海恩的事，也告訴他自己大概永遠無法對維果・F提出離婚。傑爾特・約恩森給了我一個鼓勵的微笑，同時用手把玩著桌上的一把拆信刀。

他說：「被困在兩個截然不同的男人之間，是不是很有趣呢？」

「是的。」我驚訝地說，確實也是。

「您必須和莫勒爾斷絕關係，」他單刀直入地說，「這是一場瘋狂的婚姻關係。您或許知道，我是哈恩斯科夫療養院（Hareskov kuranstalt）的主任醫師，我會建議您的編輯讓您在那裡住一段時間。接下來的一切事宜讓我來處理。只要您一離開他的視線範圍，您的心臟問題就會解決了。」

醫師立即撥電話給維果・F，他並不反對這個提議。隔天，我把行李整理好以後，馬上就住進了哈恩斯科夫療養院。我被安置在一間面向樹林的單人房內。我和主任醫師又會晤了一次，他說，在一切還沒明朗化以前，皮亞特・海恩絕對不能來探訪我。他會打電話過去，請他遠離我。在療養院裡，只有和母親一般年紀的女人，她們都非常好看且穿著得體，對於我身上破爛的服裝，我感到非常沉重，我也想起那些皮亞特・海恩送給我，而我都還沒穿過的衣服。日子寧靜地過去，而我劇烈的心跳漸漸平靜了下來。我在保斯威特（Bagsværd）租了一台打字機，寫了一首詩：

永恆的三（De evige tre）[13]

這世上有兩個男人，他們
總是與我擦肩而過
一個是我愛的人

另一個他愛著我

其實我並不知道自己是否愛著皮亞特．海恩，就如他也不曾說過他愛我。他會送巧克力給我、寫信給我，有一天，他送來了蘭花，裝在長長的紙盒裡。我不假思索地把花插在一個瘦長的花瓶裡，擱在床頭櫃上。那一天，維果．F在跟主任醫師開會前先到房裡來看我。他還來不及問候我，就先看到了桌上的蘭花。他臉色蒼白，靠在一張椅子上。我驚恐地發現，他的下巴劇烈地顫抖著。「這個，」他指著蘭花，用顫抖的聲音說，「是誰給妳的？是不是有第三者？」「才不是，」我馬上說，「是匿名送來的。某個不具名的神祕仰慕者。」

這樣說的時候，我想起了母親，她有能夠反應神速地回答一切問題的能力，這一點，讓我在整個童年裡，非常欽佩。

4

秋天來了，我穿著一件豹紋領子的黑色套裝，在樹林裡漫步。我獨自一人走著，因為我的世界和其他女人截然不同，我只能在用餐的時間裡，和她們進行一些無關痛癢的對話。皮亞特・海恩每天都來探訪。他會帶巧克力或鮮花送給我，我們在樹林裡無止境地漫步，他告訴我已著手找尋一家好的招待所讓我住，又提到我擺脫維果・F的方式有多麼壯烈。我認為即使不再和某人見面，也不代表就此擺脫了這個人，但是我無法對皮亞特解釋這種感覺，因為他是一個務實、世俗、完全不感性的人。他在色彩繽紛的樹下，以一種帶著歡欣的占有慾吻了我，落葉紛紛，飄落在我們身上，他覺得我看起來沒有預期那樣快樂。我把維果・F的信拿給他看，他只是大笑著說，對於一個失望和帶著怨氣的男人，無法期待太多。維果・F這樣寫著：「親愛的托芙，出版社捎來訊息，說他們接受了妳的書。我把出版社附上的支票轉寄給妳。」接著是他的簽名。我把信翻來覆去，但是都找不到更多的文字。對於這樣一封信，我感到難過，雖然我也因為出版社願意出版我的作品而高興。我難過，是因為我想起我們在一起的最後一夜，想起我們之間共同擁有的一切，如今都被摧毀了。主任醫師說，維果・F不願意離婚，因為他認為我一定會後悔和皮亞特・海恩在一起。儘管他們只見過幾次面，但是皮亞特喜愛對人冷嘲熱諷的舉止，讓維果・F從未有任何好感。我也收到了艾絲特的信，說在俱樂部的他們很想念我。她問我是否介意在我缺席的這段時間，由她來當代理主席。維果・F不願意告訴她，我的去向，但是經過對面無表情的皮亞特威逼利誘以後，終於成功地取得了我的地址。我如果現在還在維果・F家裡，肯定會請他上餐廳吃一頓昂貴的晚餐，慶祝我的書被出版社錄用。我完全沒有想請皮亞特吃飯的念頭，因為我們之間有一種默契，他才是那個負責請客的人。對於我的未來，我感到非常焦慮，因為在那個綠色的客廳裡，有一種不可言喻的安全感。身為一個已婚婦人，每天負責採買和準備晚餐，讓我感到安全，而如今這一切都毀了。皮亞特從來沒有提過婚姻，對於維果・F是否願意和我離婚，他一點也不在乎。

皮亞特最終還是找到了一間合適的招待所，我搬了進去，感覺自己再次成為那一個有著脆弱、短暫且不確定人生的少女。我住在一間整潔、光亮的房間，房裡有好看的家具，有一個戴著頭巾的女傭侍候我。我用出版社的訂金買了一台打字機，用來謄寫我的詩，因為我又重新開始寫詩了。皮亞特說我應該嘗試把詩賣給那些願意發表這類文體的雜誌，但是我害怕被拒絕。當皮亞特和我夜裡躺在窄小的床上聊天時，我想起一件奇怪的事，他從來沒有告訴我關於他的絲毫事情。他的眼睛閃耀著如葡萄乾般的黯淡色彩，他微笑的時候，可以看到他所有潔白的牙齒。我還是不確定，我究竟有沒有愛上他。他對我的取悅讓我感到負擔，而我依舊如所有的少女一樣，渴望著一個家一個丈夫和幾個孩子。招待所在奧博勒瓦登（Åboulevarden），俱樂部會員經過這裡的時候，經常會順路來看我。我們會喝著我只需一個按鈕就可以買到的咖啡。我們聊起奧多・傑爾斯特德（Otto Gelsteds）[14]在俱樂部的講座。主題是關於藝術家的政治獻身，而這個討論無疾而終，因為我們當中沒有任何一個人對政治有興趣。莫登・尼爾森坐在我的沙發邊緣，雙手攤開，像搖籃那樣支撐著他那張稜角分明的大臉。「或許，」他說，「我們應該為自由而抗爭。」我覺得那是非常愚蠢的事，因為霸權實在太強大，但是我沒有反對他。或許，父親對上帝、帝皇和祖國的鄙視影響了我，對於那些在街上蹓躂的德國士兵，我沒有憎恨他們的強烈念頭。我太忙碌於自己的人生、那不確定的未來，無暇去憂國憂民。我想念維果・Ｆ，甚至忘了僅是和他共處一室就足以讓我生病。我想念讓他讀我詩作的時光，甚至嫉羨我的同伴們，因為他們可以去找他，讓他閱讀他們的作品。但是主任醫師說了，我不能打擾他。有一天，艾絲特來看我，說她答應維果・Ｆ去當他的管家。因為她常遲到而被藥房開除，所以他的邀請來得正好。她有一部小說，正進行到一半，她希望可以有更多時間去完成。自從我搬離以後，她說，維果・Ｆ也無法忍受孤獨。

我在招待所住了一個月後，某個下午，皮亞特來看我。他看起來非常興奮，也有點緊張。他沒有如往常那樣吻我，只是坐下來，用他最近買的銀色握柄手杖在地上輕輕敲打。「我有事要告訴妳。」他說，然後用他那雙葡萄乾眼睛斜視我。他把手杖掛在椅背上，摩拳擦掌，彷彿因為覺得冷，又或者在期待著什麼。他說：「我非常確定，妳可以從容應對，不是嗎？」我答應他會從容應對，但是他的神態忽然讓我感到害怕。忽然之間，他表現得如一個從未擁抱過我的陌生人。「前幾天，」他快速地繼續說：「我遇見了一個年輕女人，非常美麗，非常富有。我們幾乎是一見鍾情，現在，她邀請我到日德蘭半島，一個她家族擁有的莊園去。我明日就會出發了，妳不會難過的，對不對？」我感到一陣暈眩，我的房租怎麼辦？我的未來會怎樣？「不許哭，」他說，霸道地揮了揮手。「看在上帝的份上，從容地接受吧。沒有人被束縛，對嗎？」我無力回答他，但是我感覺牆壁彷彿往前移動，我很想把它們推回去。我的心跳就如我和維果．F在一起的時候那樣，再次劇烈地跳動。我還來不及說什麼或做出任何反應，他已經出去了，如此快速，彷彿是穿牆而去。我哭了。我倒在長沙發上，把頭埋在靠枕裡痛哭，我想起娜特雅，想起自己應該認真看待她的警告。我無法停止哭泣，或許，我多少還是愛著他？

忽然之間，有人敲門，娜特雅走了進來；她穿著一件覆蓋長褲的邋遢棉大衣。她從容地坐在沙發上，揉著我的頭髮，「皮亞特請我來看看妳，」她說，「別哭了，他不值得妳的眼淚。」我擦乾眼淚站起來。「妳說的對，」我說，「情況和妳一模一樣。」「從容應對嗎？」她笑著說，「叫妳要從容應對嗎？」我也忍不住笑了，世界彷彿再次稍稍明亮了起來。「是的，」我說，「從容應對，他也太好笑了。」「是啊，」娜特雅贊同地說，「然而，他身上還是有些什麼，會讓女人傾心，即便到最後，我們還是不知道，究竟為什麼會愛上他。然後，妳只會覺得他太滑稽了。」她坐著，帶著明顯斯拉夫人特徵的和善臉孔上，有著若有所思的表情。「他的信倒是寫得不錯，」她說。「我把信件都珍藏起來了。」「他也寫信給妳？」「是啊。」我說，然後站起來走到五斗櫃，打開抽屜，拿出一疊被我用紅色絲帶綑起來的信封。「讓我看看，」娜特雅說，「如果妳不介意。」我把信給她，她讀了最上方那一封信的幾行，隨即仰頭大笑，幾乎無法停止。「上帝啊，」她說，並且把信讀了出來：「親愛的小貓咪，妳是唯一一個讓我想結婚的女人。這太瘋狂了，」她倒抽一口氣說，「他也寫了這樣的信給我，一模一樣啊。」她繼續讀下去，並堅持說這和她家裡收著的其中一封信，內容如出一轍。她跪坐著，凌亂的頭髮散落在額頭上。「妳知道嗎，」她說，「他肯定從哪裡複製了這些信。天知道，他在全國各地究竟有多少小貓咪？當他離開莊園女人的時候，他肯定會請你去安撫她的。」我恢復了嚴肅的心情，我跟娜特雅解釋，無法繼續住在這裡，因為房租實在是太貴了，而我連一克朗都沒有。於是她和皮亞特一樣，建議我嘗試把寫的詩賣出去，因為她也覺得，如果我要重新回到辦公室去工作，也太悲哀了。「去試試看《紅色晚報》（*det røde aftenblad*）[15]，」她說：「皮亞特投給他們不少詩，都是《政治報》不願意刊登的詩。現在開始，妳必須靠一枝筆生存了，被人養這種事行不通的，這肯定是妳家裡灌輸給妳的觀念。」

隔天，我馬上帶了三首詩到編輯部去。我被帶到編輯面前，他是一個留著白色大鬍子的男人。他一邊讀著我的詩，一邊心不在焉且機械性地拍著我的臀部。「還不錯，」他終於說，「您可以到櫃檯去領取三十克朗。」從那以後，我把詩投給《政治報》出版的《雜誌》

（*Politikens Magasin*）和《家庭》（*Hjemmet*），同時在《號外雜誌》（*Ekstrabladet*）開了一個專欄，撰寫有關「青年藝術家俱樂部」的文章。因此，我可以繼續住在招待所裡。

艾絲特說，維果．F非常想念我，她每個晚上都得在他上床睡覺前陪他閒聊好幾個小時。我求她問問他，能不能見見我，但是他不願意。他甚至不准許她談起我。我對他的想念，更甚於對皮亞特的想念，而除了我在俱樂部的同伴們零星的拜訪以外，我幾乎不見任何人。

某個晚上，娜特雅來了，如常地，打扮得彷彿剛從一間著火的屋裡逃出來似的。「妳必須有個社交圈，」她說，「妳在這個世界上太孤單了。我在南港認識一些年輕人，他們非常想認識妳。他們都是鴻高中（Høng Gymnasium）的畢業生。星期六，他們將舉辦一個狂歡派對，妳願不願意參加？他們當中最迷人的那個是校長的兒子，他名叫艾博（Ebbe），長得跟萊斯利．霍華德一模一樣。他今年二十五歲，當他不喝酒的時候，他是經濟系的學生。我曾經瘋狂地愛上他，但是我完全沒有告訴他。他鍾情於詩情畫意、有一頭長長金髮的女孩，而妳就是。」「聽著，我心情很好，」我說，「妳簡直就是紅娘。」我答應她星期六會出席，因為她說得對，我確實需要和其他不是藝術家的年輕人一起交流。我興致不錯地把沙發睡床整頓好，上床睡覺，心裡隱約想念起躺在某個人懷裡的感覺。入睡前，我想著這個艾博。不曉得他長得如何？他真的會喜歡像我這樣的一個女人嗎？電車一整晚恍若穿梭在這房間似的，呼嘯而過。那裡面坐著正要出門去玩的人們，極其普通的人們，他們一大早就要出門上班，於是只能把光彩奪目好玩的事情安排在夜晚和白天之間。我寫作，但是，除此之外，我也不過是個普通人，我也夢想著一個普普通通的男孩，會鍾情於我這樣一個，有著一頭金色長髮的女孩。

5

在前往南港的路上，娜特雅告訴了我一些有關於「燈籠圈」（lygtekredsen）的事，她也不知道這個圈子的名字由來。他們是一群來自鴻高中的畢業生，來到哥本哈根準備上大學，基本上他們什麼也沒做，只是開趴狂歡喝酒或處於宿醉狀態。我們逆風騎著腳踏車。天空飄著雨，天氣很冷。我打扮得像個少女，穿了一件連身短裙，頭上綁著蝴蝶結，著及膝襪，踩一雙平底鞋。我在連身裙外套了一件羊毛衫，再穿一件和娜特雅一樣的棉大衣，脖子繫上一條紅色圍巾，讓圍巾的尾端在我身後飄揚。這些年，這種穿著被認為很醒目。娜特雅打扮成阿帕奇女孩（Apache girl）[16]，她的黑色絲綢長褲在腳踏車鐵鍊盤上啪啪作響。她告訴我，這是一個思想自由的圈子。他們都非常貧窮，家裡只給了他們極少的資助。聚會地點在莉絲（Lise）和奧勒（Ole）家裡，他們是一對夫妻，有個小嬰兒。奧勒就讀建築學系，莉絲在一間辦公室上班，她的寡婦母親就住在他們隔壁，可以幫忙照顧孩子。她說他們靠採集屋旁垃圾填埋地裡的蘑菇維生。她也說，這是一個自助式的晚餐聚會，然而女生們不必攜帶任何東西。這個圈子不會開放給其他男生，她說，「但是他們總是可以多認識一些女生的。」我們抵達時，大家都坐在桌子旁，客廳寬敞明亮，擺放著精美的舊家具。他們吃著黑麥三明治，三明治裡多數是一種叫「拉抹那」（Ramona）[17]的餡料，那是一種有著看起來像有毒色素的胡蘿蔔混合物。他們喝著普利穆特（pullimut）水果酒，因為他們只能買到這種飲料。氣氛已經相當高昂，大家都在七嘴八舌說著話。我跟莉絲打了招呼，她是一個漂亮、纖瘦的女孩，有一張純潔的少女面孔。她歡迎我，接著唱了一首自創歌曲，以讓人難以理解的歌詞介紹在場的每一個人。奧勒站起來致詞。他有一張平扁黝黑的大臉，鼻子和嘴巴之間有兩道深紋，使他看起來比實際年齡蒼老許多。他一直拉著褲頭，好像褲子太大、隨時會鬆垮下來似的，穿著與我們不太相像。他說，有一個女詩人來到家裡，他感到非常自豪，不過很遺憾的是，艾博此刻因三十九度高燒而躺在他母親家裡。他忽然得了流感。接著，大家把桌子移到角落，娜特雅和莉絲把盤子都端到廚房裡。留聲機響起，我們跳起舞來。我和奧勒跳舞，他向我彎腰俯身，手抓著褲頭，尷尬地笑說要去接艾博過來。艾博住在院子的另一邊，奧勒說他非常期待能認識我。「不過是發一點燒，」他說，「沒什麼大不了的。」於是他和另一個男生走入黑夜，去接艾博。氛圍已經開始有點不受控，大家都有點醉了。莉絲走過來問我想不想看看小孩，於是我們走入嬰兒房。那是一個半歲大的小男孩，當我看著她親餵他母奶時，我感到一陣嫉妒。她並沒有比我大多少歲，而我想，我到現在都沒有小孩，實在是虛擲光陰。小男孩後頸髮線之下，有個模糊的凹陷，在他吃奶的時候有節奏地移動著。忽然間，門被打開了。奧勒站在門口，扯著他一頭黑色的捲髮。「艾博在這裡，」他說，「妳要不要跟他打個招呼呢，托芙？」我隨著他走到客廳，吵雜聲更是響徹雲霄了。吊燈上懸掛著一個唱片套，各色彩帶散落在家具及跳著舞的人們肩上和髮上。在這一片混亂中，站著一個身穿線條睡衣的男人，他身上套著藍色浴袍，脖子纏繞著一條巨大的圍巾。「這是艾博。」奧勒傲氣地說。我握了握他因發燒而潮濕的手。他有一張毫無銳氣的溫和臉孔，五官精緻，我有種強烈的感覺，明白他就是這個圈子的中心人物。「歡迎加入燈籠圈，」他說，「我希望……」他無助地環顧四周，思路忽然中斷似的。奧勒拍了拍他的肩膀。「你要不要和托芙跳支舞呢？」他說。艾博斜眼望了我片刻。接著，他伸出手，輕輕用德語說了一句：「不應覬覦星星（die Sternen begehrt mann nicht）[18]。」「太棒了，」奧勒興奮地脫口而出，「絕對沒有人會想到要這樣說。」艾博還是和我跳了舞。他溫熱的臉頰尋找著我的，而我們的舞步開始變得有點搖擺不定。忽然之間，其他人把他圍繞起來，他們遞給他一杯水，整頓他的睡袍，關心他的健康問題。另一個年輕人和我跳舞，我的視線片刻遠離了艾博。留聲機發出震耳欲聾的聲響，奧勒坐在角落，耳朵緊貼著自製的擴音器以收聽ＢＢＣ的廣播。此刻大家都醉了，許多人都不太舒服。娜特雅把他們扶到廁所去，在他們嘔吐的時候幫他們支撐著額頭。「她喜歡這樣做。」莉絲笑著說。她打扮得像是哥倫比亞女人（Columbine），衣服的皺褶也遮不住她堅實巨大的酥胸。我想，哺乳確實可以讓人獲得姣好的乳房。接著，我又和艾博跳起舞來了，他依然渴望著星星，因為他提議我們到另一個房間去休息。我們躺在一張床上，他直接把我摟進懷裡，完全無需任何熱場動作，彷彿在這個圈子裡都是這樣的。我感到快樂幸福，彷彿是人生中第一次戀愛那樣。我撫摸著他在後頸上捲曲著的濃厚棕髮，凝視著他奇怪的斜眼，他藍色的眼珠上有著褐色的斑點。他說他的母親有雙棕色眼眸，以某種方式遺傳給他。他問我是否可以到招待所探望我，我答應了。他伸手從地上拿起帶進房間裡的那瓶酒，我們兩人分著喝了。然後我們睡著了。我在清晨醒來，弄不清楚自己身在何處。艾博還在睡夢中，短而上翹的睫毛輕輕碰觸著枕頭。我忽然看到牆的另一端，一對戀人睡在一張被拉出來的小孩床上。他們睡在彼此懷裡，而我並不記得在前一晚的派對上見過他們。地上疊著一堆五顏六色的化妝舞會服裝。我小心地起床，走進客廳，那裡看起來彷彿戰場。娜特雅已經開始在收拾了。她擦乾了角落的嘔吐物，興致高昂地說：「該死的普利穆特酒，沒有人受得了。他不是很可愛嗎，艾博？他跟皮亞特那個蠢人不一樣。」在嬰兒房裡，莉絲坐著餵奶。「妳要小心艾博喔，」她微笑地看著我說：「他會讓妳心碎。」

我穿上棉大衣，把圍巾環繞在脖子上，走進房裡跟艾博道別。「天啊，我的頭，」他呻吟著，「只要我感冒一好，我就去探望妳。妳有沒有一點愛上我呢？」「有的。」我說，他跟我道歉說無法送我到門口。我看著他因高燒而紅透的臉，說一點關係也沒有。於是我獨自騎著腳踏車回家。天還未完全亮。鳥兒如在春日裡般吱吱叫著，我快樂地想，有一個大學生愛上了我。我有種好笑的念頭，覺得這種快樂能持續一生。艾博痊癒以後，開始每個晚上都來找我，而我因為不想錯過他的來訪，放棄了俱樂部的聚會。他從來不過夜，他有點畏懼他的母親，她是高中校長的遺孀。他也有一個哥哥，儘管他已經二十八歲了，依然還是無法振作起來搬離家裡。這個冬天非常寒冷，艾博離開的時候，把長長的圍巾反覆在脖子上纏繞多次，直到圍巾幾乎遮蓋鼻子為止。當他向我吻別的時候，我的唇邊也沾上了羊毛。

我開始經常去拜訪莉絲和奧勒，也會去拜訪艾博的母親。她身體嬌小，年齡也大了，總把一切事情都說得好像是一場又一場的意外。「自從丈夫去世以後，我只剩下我的兩個兒子了。」她用她那雙明亮的黑色眼睛看著我，我非常確定她害怕我會把她其中一個兒子從她身邊搶走。艾博的哥哥名叫卡爾斯登（Karsten）。他是工程系的學生，經常猶豫著不知道該如何開口，和母親說他想搬出去住。他不敢。艾博的母親是一名格倫特維格教派（grundtvigiansk）[19]牧師的女兒，她問我是否相信上帝。當我回答不的時候，她傷心地看著我說：「艾博也不相信，希望你們都會將靈魂轉向主。」她說這些話的時候，艾博看起來很尷尬。

艾博和我上床時，從不避孕。我告訴他，想要一個孩子，我會自己負責撫養。我每個月都會在日曆上畫個紅色的叉，然而時間過去，什麼事都沒發生。然後，我的小說出版了，隔天早上，我的房東拿著一份《政治報》衝進來。「您今天上報了，」她氣喘吁吁地說，「是因為一本書，您自己看看。」我翻開報紙，無法相信自己的眼睛。在報紙最好的版位上，在「日復一日」（Dag til Dag）專刊旁，菲德烈克・施貝格（Frederik Schyberg）[20]寫了一篇跨越兩個欄位的評論，標題是〈精緻的純真〉（Raffineret Uskyld）。那是一篇非常振奮人心的評論，我高興得有點不知所措。稍後，莫登捎來了一封電報，上面寫著：「感謝施貝格和真正的天才。」當日，他親自來訪，我們喝著咖啡的時候，他告訴我，俱樂部會員都在竊竊私語。他們說我是在利用維果・F，如今自己獨立便拋棄了他。我告訴莫登，或許是吧，但我還是很痛苦，因為這並非全部的真相。隔天，一首有關我的哲理詩刊登在《政治報》上。詩是這樣寫著：

我從未把我詩人的帽子
隨便為某個托芙而揚起
然而此刻我必須和大家齊聲歡呼

這樣一個毫無異議的首次亮相
如此巨大的成功
讓我擔心將會傷害一個孩子

顯然的，他還是想念著他的小貓咪。儘管他和莊園女人結了婚，從此沒有再出現在俱樂部。

忽然之間，我把這一切都拋諸腦後，因為我的經期晚了幾天。我和莉絲討論，她勸我去診所找醫生驗尿。醫生答應我，結果一出來就會打電話給我，接下來幾天，我幾乎都沒有離開過電話旁。最後，他終於來電了，以一種非常日常的語調說：檢驗結果是陽性。我即將有個孩子了。這真叫人難以理解。在我體內單薄的一抹黏液將會擴展，日復一日地長大，直到我有一天變得肥胖而失去了體型，就如我童年時那位長髮姑娘一樣。艾博並沒有太高興。「我們不得不結婚，」他說，「我得告訴我的母親。」我問他，是不是對婚姻有任何抗拒，他說沒有。「只是我們還太年輕了，我們能住在哪裡呢？」想到這些巨大的變化，他的眼裡透露出無助的神色，我吻了他美好、脆弱的唇。我覺得，我因為我們三個而有了力量。然後，我忽然想起，我還沒正式離婚，於是寫了一封非常友善的信給維果．F，告訴他，我懷孕了，請他跟我離婚。從他的回函看得出來，他被激怒了：「我只能說，該死！去找律師解決吧，越早越好。」我把信拿給艾博看，他說：「他這個人也太離譜，妳究竟看上他哪一點？」

接下來的日子裡，艾博來看我的時候，幾乎都是醉醺醺的。他僵硬地把圍巾纏繞在脖子上，說話時含糊不清。「我沒用，」他說，「妳值得更好的男人。我到現在還沒告訴母親。」最後，他終於說了。他的母親為這場「意外」大哭，說再也沒有什麼值得她活下去了。莉絲說，艾博無法忍受他母親的眼淚和責備。她說，他是一個好人，但也是一個懦弱的人，在這個婚姻裡，我必須是當家作主的那個人。雖然我什麼也沒有做，但是也不喜歡聽這些話。除此之外，我每個早上都覺得噁心和孕吐。娜特雅來看我，她說得更加單刀直入。「艾博是個酒鬼，」她說，「他什麼也做不了。他的人確實很好，但是，我想妳以後得負責供養他了。」

6

離婚還沒完全辦妥，我們便先搬進艾博的母親家裡去了，因為我們想一直在一起。上午的時間，艾博多半都在物價局，很多大學生都會在那裡消磨時間順便賺點零用錢。他和另一個經濟系的學生坐在一起，他名叫維克多（Victor）。艾博的朋友就像天上的星星那麼多，我從來沒見過他們。每個早晨，他和維克多抵達辦公室，他們會翻看讚美詩集，吟唱當天的讚美詩，接著就開始捲菸。菸草並不容易取得，所以他們有時也以別的替代品捲進香菸。此時，我正開始創作下一本小說。我剛剛把一本詩集的完稿交出去，書名將會是《小小世界》（*Lille verden*）。是艾博取的。他對我的工作非常感興趣。他當初想選讀文學系，但是，他那兩年前過世的父親說文學不切實際也無法維生，所以他現在讀了經濟系，儘管他一點也不感興趣。但是他熱愛文學，當我們沒有在聊天的時候，他經常在閱讀小說。他會引薦一些我完全不知道的書。每天下午他下班回家後，就會想看我寫了些什麼，如果他提出批評，總是有原因的，我會根據他的意見修訂。在這段時間裡，我並沒有經常和我的家人見面。哥哥和一個離過婚的女人同居了，她有一個三歲的孩子。艾博和我曾去探望他們，但是他和艾博無話可說。艾博是來自市郊的上流社會男孩，而艾特文則是來自哥本哈根的油漆工，每天都不得不把油漆裡的纖維素吸入他已經受損的肺裡，因為他沒有其他退路。我父母的世界也和艾博的世界相隔遙遠。他和父親討論書籍，就如維果・F和母親在一起時談論著我。但是艾博對他們並沒有任何輕蔑的態度。和他母親與卡爾斯登吃完晚餐後，我們會躺在我們房間裡的床上談論未來、我們即將擁有的小孩、人生，以及我們認識彼此之前的過往生活。艾博非常喜歡有著無限可能性的話題。比如，關於黑人的膚色，以及猶太人的鷹鉤鼻，他都有自己的一套理論。有一次，他把頭枕在手肘上瞪著我的臉看，他那雙細長的眼裡有著一種強烈的道德氣息。「或許，」他嚴肅地說，「我們應該為自由而戰鬥。自從法國陷落以後，一切看起來都不太好。」我說這種事可以讓那些沒有妻小的人去操心。他轉眼好像就忘了這件事。這段時間，我過得很好。我快要結婚了，我即將有小孩，我有一個我愛的年輕丈夫，不久後，我們將擁有自己的家。我對艾博說，我永遠都不會離開他，我不喜歡複雜的生活，就如同最近那樣。他抬起我的下巴，親吻我。「確實，」他說，「如果妳很複雜，妳的人生自然也會跟著複雜。」

離婚終於辦妥了，我們在塔迪尼路（Tartinisvej），距離莉絲和奧勒及艾博母親不遠處，租了一間公寓。南港就在長長的英和瓦街的盡頭，就如指甲在手指的尾端。那一區也被稱為「音樂城」，因為每一條街都是以作曲家來命名。建築物都不會太高，幾乎每一戶前都會有一個鋪著草皮、種有樹木的小小花園。在最後兩條街和一個開放的空地間，有個垃圾掩埋場，有時候惡臭會隨著風被吹進公寓，因此我們無法打開窗戶。在莉絲和奧勒住的華格納街

（Wagnersvej）對面，有很多社區獨幢住宅，很多人常年住在那裡。其中一個屋子的女主人會負責替莉絲打掃房子，而每個星期六，莉絲則會把女主人的五個小孩帶到樓上的浴室裡，幫孩子們清洗乾淨，因此公寓裡總是充斥著他們的哭嚎聲。對莉絲而言，做這些事情從來不必多加思考，在某種程度上，她讓我想起娜特雅。娜特雅和一個水手同居了，他是一名共產黨員，所以她現在也經常發表關於共產主義的意見，然而當年和皮亞特在一起時，她卻非常支持右翼分子。這些事都是艾博告訴我的，因為我晚上已經不出門了，懷孕讓我在晚上八點左右就開始感到疲憊不堪。

我們的公寓相當於一間房間再加半套房間那麼大，雙人床幾乎就占了約半間房。床是艾博的母親送的。在另一個廳裡，放著艾博父親的書桌、一張我們買的二手餐桌、四張莉絲送給我們的椅子，以及一張挨牆靠著的長沙發。沙發上放了一張棕色的毯子，某天艾博靈光一閃，將另一張棕色毯子掛在沙發後面的牆上。莉絲給了他一張紅色的毛氈，他把它剪成一個心形，貼在牆上棕毯的中間，接著往後退一步，欣賞著他的傑作。「在我們的家，」他傲氣地說，「我們永遠都不會舉辦有酒精的派對。」為了他母親，我們在結婚前都不會搬進自己的公寓裡。否則她會覺得我們過於罪孽深重。我們在八月初結婚，手牽手一起騎腳踏車到市政廳。我們去得太早，於是先到一間弗拉斯卡蒂（Frascati）咖啡館喝咖啡。喝咖啡的時候，我坐著端詳艾博的臉，覺得他是如此柔軟無邪，如此脆弱，讓人很想保護他。忽然間，我說：「你的上唇好突出啊。」我沒有任何惡意，然而他卻以一種戰鬥的姿態看著我說：「比不上妳的上唇突出。我的才沒那麼突出。」我被激怒了，「你的才幾乎掩蓋了整張臉。」他氣得面紅耳赤。「妳少來批評我的外貌，」他說，「在高中的時候，女同學們都為我而瘋狂。莉絲會接受奧勒完全是因為我不要她。」「你別那麼自負。」我氣憤地說，心裡納悶：我們在吵架啊，可我們從來不曾吵過架。艾博沉默地付錢給侍者。他那暗黑色的西裝外套袖子太長了。這套婚禮西裝是向他哥哥借的。「燈籠圈」的他們穿著邋遢，不僅僅是因為他們窮，也是因為，衣裝楚楚對他們來說是荒唐的。艾博用食指在僵硬的領帶上來回摩擦——那領帶對他來說，是有點太大了。他大步走在我前面，我們不發一語，走到了市政廳前，他停下腳步，甩了甩頭，把頭髮也往後甩。「如果妳不停止批評我的上唇，」他威脅地說，「我絕對不會跟妳結婚。」我笑了出來。「不，」我說，「這太孩子氣了。我們真的要為了誰的上唇比較突出這件事而絕交嗎？那絕對是我的。」我把上唇拉下覆蓋在下唇，並努力把眼睛往下瞪，好讓我看得見自己的嘴巴。「幾乎有一公里那麼長呢，」我說，「走吧，我們要結婚了啊。」

我們還是結了婚。我們搬進自己的公寓，因為我開始賺很多錢了，所以也聘請了一位婦女幫我們打掃清潔。她叫漢森（Hansen）太太，當她來應徵的時候，艾博迫切地問：「您會為胡蘿蔔刨絲嗎？」她說她應該沒問題。「胡蘿蔔非常健康，」他這樣向她解釋，「尤其是現在，很多東西都買不到。」每次她想起這件事就會拿來開玩笑，因為她根本沒在我們家看見過胡蘿蔔。日子如獨奏曲前的開幕鼓聲一樣過去了。我閱讀一切有關孕期、媽媽經和幼兒護理的書籍，我無法了解為何艾博不像我這樣對這件事有任何興趣。他說，他難以相信自己將要成為父親了。他也難以相信會在報章上看到我的名字。他不知道自己怎麼會和一個名人結婚，他甚至不知道自己是否因此感到快樂。晚間，他坐著，邊用手指纏繞著頭髮，邊解各種方程式。他喜歡把各種方程式一一解開，他說他其實應該成為數學家的。我告訴他，傑爾特．約恩森曾經對我說過，沒有一個正常的男人會被我吸引。「誰是正常的呢？」他說，拍了拍口袋尋找他的錢包、菸盒或鑰匙。他非常不容易集中精神，也常常忘東忘西。他走路的時候總是把頭微微向後仰，鼻子懸在空中，彷彿這樣才能讓視線更清楚，所以他經常被街上的東西絆倒。他經常到莉絲和奧勒家去參加派對，然後半夜醉醺醺地回家把我吵醒。我會因此生氣然後把他趕走，因為這個階段我也非常需要睡眠。隔天早上他總是向我道歉。有時我會回娘家，或者母親會來看我。我會和母親聊起有關生產的事，她告訴我，艾特文和我誕生在肥皂泡泡之間，因為她企圖以吞食綠色香皂來墮胎。「我從來就不喜歡小孩。」她說。

日子一天天過去，幾個星期過去，然後幾個月過去了。我將在豪瑟廣場（Hauserplads）上的奧果德（Aagaard）私人診所生產，奧果德醫生負責我所有的產檢。他是一個友善的老人，對於我所有關於生產的焦慮，他都給予安撫。我被告知，必須在宮縮間隔五分鐘的時候去診所。然而，預產期過去了，什麼事都沒發生。我之前買了一件海豹皮草大衣，現在已經需要把釦子一顆顆解開，直到每顆釦子都懸掛在皮草邊緣。艾博得幫我綁鞋帶，我也無法彎腰了。我覺得幾乎沒見過像我這麼肥胖的孕婦。我很害怕會生下一個滿腦子都是水的巨嬰。我記得好像在哪裡讀過這樣的案例。我經常帶著莉絲的小孩金姆（Kim）去散步。他非常溫柔，也很愛笑，讓我想起尼斯・彼得森（Nis Petersen）[21]的詩句：「我蒐集孩童的笑聲。」在這段期間，卡爾・比揚霍夫（Karl Bjarnhof）[22]替《社會民主報》為我做了一個專訪。我看到標題時嚇了一跳。大寫的字母寫著：「我想要錢、權力和名譽。」我真的說過這樣的話嗎？我要權力做什麼呢？整個專訪呈現出來的印象讓人非常不舒服。我被描述成一個愛慕虛榮、野心勃勃、膚淺，以及眼裡只有自己的人。記者們對我向來都很好，我想著究竟什麼時候得罪了卡爾・比揚霍夫呢。忽然，我想起來了，他是維果・F的朋友之一，或許，他是對於我離開維果・F這件事，心存怒意。

那是一個嚴冬，街上結了霜。我不耐煩地等著宮縮的到來，為了促進宮縮，天黑以後，我和艾博手挽著手，氣喘吁吁地繞著房子跑。皮草大衣的釦子都爆開了，可是該來的卻還是不來。終於，在一個上午，我的肚子開始疼痛，我問漢森太太，有沒有可能是陣痛？她說應該是。一天下來，疼痛加劇。艾博握著我的手，直到陣痛過去。傍晚時分，我們到了診所，他以一種深遠、無助的眼神和我告別。

＊＊＊

「可是，她真的好醜。」我低頭看著他們放在我懷裡那個被包裹起來的小人兒，驚訝地說。她的臉是梨形的，太陽穴兩端有兩道深痕，那是助產的鉗子留下的痕跡。她頭上一根頭髮也沒有。主治醫生笑著說：「您這樣覺得，只是因為您不曾見過初生嬰兒。他們長得都不怎麼好看，但是母親們通常依然會覺得他們很美。我現在去請您的丈夫過來吧。」艾博手上捧著一束玫瑰花。他尷尬地捧著花，讓我忽然想起他從來沒有送過我任何東西。接著，他坐在我身邊，看著剛被放在搖籃裡的嬰兒。「她的臉很腫。」他說，而我深深地覺得被冒犯了。「你能說的只有這個？」我說，「整個生產過程耗時二十四小時，我發誓，不會再生第二胎。我痛得大哭大叫，而你能說的只是，她的臉很腫。」艾博看起來有點自責，但是卻說了一句讓情況更糟的話：「也許她長大以後，會變得好看一些。」然後他問我什麼時候可以回家，說他很想念我之類的話。我彎腰伸手到搖籃裡，握著那些小小的手指。「現在，我們是爸爸、媽媽和孩子，一個普通正常的家庭。」「為什麼，」艾博好奇地問，「妳那麼想當一個正常的普通人？事實上，妳並不是啊。」我無法回答他，但是，打從我有記憶以來，總是有著這樣的渴望。

7

可怕的事情發生了。自從生下赫樂（Helle）以後，我失去了和艾博上床的慾望，就算做了，我也毫無感覺。我跟奧果德醫生提起這個問題，他說，這並不奇怪。我要餵母乳、照顧小孩、工作，忙得不可開交，當然沒有多少精力留給艾博。但艾博為此感到非常不快樂，因為他覺得這是他的錯。他和奧勒討論，奧勒推薦他買范・德・維爾德（Van de Velde）[23]的《理想的婚姻》（*Ideal Marriage*）。他買了，面紅耳赤地閱讀，因為這本書簡直是這些年來的情色聖經。他讀了每一種姿勢，每晚都嘗試一個新的姿勢。每個早上，我們兩人都因為各種特技動作而搞得全身痠痛，結果一點幫助也沒有。我和莉絲討論這個困擾，她悄悄告訴我，她在生下金姆以前從沒有享受過這麼好的性愛。她以那雙溫柔純情的大眼睛看著我，充滿深意地說：「不然，找個情人？」她問，「有時候，第三者的出現，反而會讓兩個人的關係更親密。」她自己也有一個情人，他是律師，受僱於警察局，他們兩人每天暗渡陳倉好幾個小時，她總是告訴奧勒說要加班。奧勒彷彿知道，卻又置若罔聞。奧勒和另一個女人懷了一個孩子，在孩子誕生以前，莉絲認真考慮要領養他。小孩生下來以後才發現是個聾子，所以她很慶幸並沒有真的領養。我說，我不要什麼情人，因為如果我的人生變成如此凌亂複雜，我將無法專心工作。而我越來越了解，我唯一能做的事，那唯一能讓我充滿熱情的事，是創造句子、組合詞句或寫簡單的四行詩。要做到這點，我必須以一種特別的方式觀察身邊的人們，彷彿得把他們都收納在資料夾裡，以便日後需要時能取出來使用。為了做到這點，我也必須以一種特別的方式來閱讀，我需要以全身的毛細孔來吸收一切即便現在用不上，但日後或許會用上的元素。這就是為什麼我無法擁有太多人際關係的原因，我不能太密集地出門應酬，也不能喝酒，否則隔天無法工作。而由於我無時無刻都在腦海裡組織排列我的文字，所以艾博和我說話的時候，我經常顯得十分疏離，也讓他感到十分沮喪，再加上我還要照顧赫樂，這些都讓他覺得自己被摒棄在我的世界之外，而他曾經是我世界的一部分。他下班回家以後還是會閱讀我寫的東西，但現在他的批評都是無意義且不公平的，彷彿只是為了打擊我最在意的事。有一天，我們吵了起來，因為在《童年的街》（*Barndommens Gade*）裡有一個穆爾瓦特（Mulvad）先生。這個穆爾瓦特先生喜歡解數學方程式，艾博生氣了。「這明顯就是我，」他說，「我所有的朋友都會指認這個角色，而且拿來取笑我。」他要求我把穆爾瓦特先生這個人物全數刪除。他確實是個糟糕的角色，因為我還不太擅長描述男人，但是我不想把他刪除。「我不明白，」艾博憤怒地說，「為什麼妳無法像狄更斯那樣創造角色。妳書中的人物都是根據現實生活所描繪，這根本不是藝術。」我請他不要再讀我的作品，因為他根本什麼都不懂。他說，他已經非常厭倦和一個詩人結婚，更何況對方還是個性冷感。我倒抽一口氣，忽然間淚流滿面。自從童年那次和哥哥爭吵以後，我不曾和任何人吵過架，我也無法忍受和艾博翻臉。赫樂醒了，開始大哭，我把她抱在懷裡。「他就不能解數學方程式嗎，」我可憐地說，「我不知道這些男人在閒暇時會做什麼事啊。」艾博一把抱住我和赫樂說：「對不起，托芙，別哭了。他可以解方程式，我所說的一切都不是我的本意。我只是在氣頭上，妳懂的。」

那次吵架後不久，某天午後，他沒有在慣常的時間回到家，我才發現自己有多麼依賴他。我不安地走來走去，什麼事都做不了。艾博經常在傍晚時分出門，但是通常下班後會先回家。晚間，我先幫赫樂餵奶，替她穿好衣服，然後散步到莉絲家裡，她剛剛下班回到家。她說，奧勒也不在家，他們大概是一起出去了，肯定是遇上了其他朋友，玩得樂不思蜀。這對她來說已經是家常便飯。「妳真是一個傳統的女人，」她面帶微笑地說，「或許妳確實該找一個每週準時把薪水帶回家，而且完全不喝酒的丈夫。」我把和艾博爭執的事告訴她。「我們的婚姻關係已經大不如前了。我害怕，」我向她坦白地說：「他會另外去找一個不寫作也沒有性冷感的女人。」「或許一個晚上，」她說，「但是他絕對不會離開妳和赫樂的。他很為妳驕傲，每一次他提起妳，都會給人這樣的感覺。妳必須明白，他經常覺得自卑。妳很有名，賺很多錢，從事著自己十分喜歡的工作。艾博則只是一個窮學生，實際上，他算是被老婆養。他選擇了一個錯誤的學系，所以他只能靠喝醉去面對人生。但是，只要你們在性愛方面合得來，一切都會好轉。沒問題的，妳現在只是因為哺乳而感到疲累而已。」她把金姆抱起來，陪著他玩。「等奧勒大學畢業以後，」她說，「我要當兒童心理學家。我無法忍受辦公室的工作。」莉絲對於別人的孩子也是視如己出。她關心他人，朋友們都會和她分享一些甚至無法對最親密的人開口的事。「妳覺得他什麼時候會回家？」我問。「我不知道，」莉絲說，「有一次，奧勒整整八天都沒回來，我也開始擔心。」金姆睡著了以後，她屈膝而坐，把下巴擱在其中一個膝蓋上。她整個人散發出一種安全感和善意，我感覺好了一些。「有的時候，我覺得我無法和任何人好好相處，彷彿全世界只剩下我自己。」「胡說，」莉絲說，「妳真的很愛艾博啊。」「是的，」我說，「但不是以正確的方式。如果他忘了他的圍巾，我不會提醒他。我也懶得為他認真去做任何餐點或類似這樣的事。我想我大概只會愛上對我有興趣的人，因此我從來不會陷入不幸的愛情。」「是有這種可能，」她說，「但是艾博確實對妳有興趣啊。」我告訴她穆爾瓦特先生和數學方程式的事，她大笑。「我不知道艾博喜歡解方程式，」她說，「這真的很好笑。」「不，」我嚴肅地說，「當我寫作的時候，我誰都不關心。我做不到。」莉絲說，對藝術家而言，自我中心是必須的，要我別想太多。我穿越漆黑的街回家，星星也無法將街道點亮。我很安慰，我還有嬰兒推車可以倚靠。時間還未到晚上八點，我快步行走，因為宵禁時間快到了。大家都必須在晚上八點鐘以前到家。也就是說，無論艾博人在何處，他今晚是不會回家了。我幫赫樂換了尿布，換上睡衣，把她放上床睡覺。她已經四個月大了，張著無牙的嘴巴對我笑，同時用她那整隻小手抓著我的手指。幸好，對於她的父親沒回家這件事，她此刻根本完全不在乎。

隔天上午，艾博回家了，一付楚楚可憐的樣子。大衣的釦子都扣錯了，圍巾整個圍到眼睛上，現在都已經是春天了，而且天氣其實有點暖和。他的雙眼因酒醉而通紅，也明顯地缺乏睡眠。看到他還活著，我實在太高興了，也完全不想罵他。他搖擺不定地站著，笨拙地跳著「狒狒舞」的舞步，那是他喝酒時經常表演的獨舞，他身邊的人通常都會圍繞著他，為他鼓掌喝采。他單腳站著搖擺，但是失去了平衡，踉蹌地抓住了一把椅子。「我對妳不忠。」他含糊不清地說。「和誰？」我傷心地問。「一個美麗的女孩，」他說，「一個沒有懷孕，也不冰冷的女孩。一個奧勒在托坎藤（Tokanten）酒吧裡認識的女孩。」「你還會再見她嗎？」我問。「這個嘛——」他倒在一張椅子上，「這得看情況。如果妳讓穆爾瓦特玩單人紙牌，或許我不會再見她，否則，我就不確定了。」我走向他，把他的圍巾從嘴上解開，吻了他。「不要再見她了，」我急切地請求他，「我會讓穆爾瓦特玩單人紙牌的。」他環抱著我的腰間，把頭埋在我腿上。「我是一個怪物，」他喃喃自語，「妳為什麼要和我在一起？我是個酒鬼、窮鬼，毫無所長。妳這麼漂亮，又有名氣，妳可以得到任何想要的男人。」「但是我們有一個小孩，」我急切地說，「我誰也不要，只想和你在一起。」他站起來，抱住我。「我很累，」他說，「我把自己灌醉，也無法解決我們之間的問題。該死的范．德．維爾德，我扭到腰了。」於是我們笑了起來，我幫他把衣服脫了，然後把他弄上床。然後，我坐在打字機前，寫作的時候，我忘了我的丈夫和另一個女人上了床，我忘了一切的煩惱，直到赫樂哭著討奶吃。

隔天，我寫了一首詩，開頭是這樣的：「為何我的愛人走入雨中，不戴帽子也不穿上外套？為何我的愛人在夜裡消失，沒有人可以理解。」我把這首詩讀給艾博聽，他說詩寫得不錯，不過那晚並沒有下雨，而且他有穿外套。我大笑，告訴他當年艾特文讀了我小時候寫的詩以後，說我滿口都是謊言。艾博說，既然那會讓我如此難過，他不會再喝酒喝到不回家，「都是那個該死的普利穆特酒，」他說，「在酒館如果想要買一杯啤酒，就得先喝一杯普利穆特，就這樣把人們都變成了酒鬼。」我帶著醋意問他那個女孩長相如何，他說她根本沒有我一半漂亮。「她是那種喜歡和藝術家及大學生混在一起的女生，這種女生多到可以餵鯊魚。」他又說：「如果我們沒有赫樂，我們之間就不會有任何問題。」「我們會沒事的，」我趕緊說，「我覺得，一切都會變好的。」但是，那不是真的。我們之間曾經擁有的，最重要、最無限美好和最珍貴的一切，都被摧毀了。這對艾博來說，影響更大，因為他無法像我這樣，以寫作療癒一切的苦惱和哀傷。晚上，我們睡著以前，我望著他細長的眼睛深處，他棕色眼珠裡的斑點，因為燈光反射而呈現金色的光。「無論發生什麼事，」我說，「請答應我，你永遠都不會離開我和赫樂。」他答應了。

「我們會白頭偕老的，」他說，「妳會長滿皺紋，下巴以下的皮膚會和我母親一樣，變得鬆垮垮的，但是妳的眼睛永遠都不會變老。永遠都會和現在一樣，藍色的眼珠邊緣有一道黑色的邊。那是我當初愛上的眼睛。」我們互相親吻，如手足般把彼此擁入懷中。自從「范·德·維爾德時期」以後，他不再嘗試和我做愛，儘管我並不抗拒，也很少拒絕他。

8

五月末的某一天，艾絲特來探望我。她告訴我，俱樂部快要解散了，一部分原因是因為宵禁，另一部分是因為餐廳也不太願意再出借場地，因為我們從來沒有讓他們賺多少錢，再來就是會員們各自的複雜人生。桑雅的小說，經過莫登．尼爾森的一再修改，她也讓盧保教授（professor Rubow）閱讀了其中幾個章節，但是始終無法將小說完成。雅典娜神廟出版社願意出版哈夫丹的詩集，艾絲特的小說也會在秋天由雅典娜神廟出版。我自己則把《童年的街》的初稿交給了出版社，但是此刻沒有任何寫作計畫的我，內心深處有一種任何事物都無法填補的空洞感。我覺得，我把一切都吸收到身體裡，卻無法再創造出一些什麼。莉絲說我應該好好享受人生一段時間，畢竟都熬過了這樣艱難的時光，我值得的。但是，對我來說，人生最大的享受，便是在寫作的時候。由於極其純粹的無聊，我經常到住在舒伯特路（Schubertsvej）的阿爾納（Arne）和辛娜（Sinne）家裡找他們，一坐就是好幾個小時。他們就是我和艾博初次在一起的那晚，躺在旁邊孩童床上的那一對情侶。阿爾納和艾博一樣是經濟系的學生，家裡資助他不少費用，因此他完全不需要打工。辛娜是來自利姆海峽（limfjord）區域農場主人的女兒，身材豐潤，一頭紅髮，朝氣蓬勃。她剛剛開始在學生學術中心補修高中課程，因為她無法忍受自己這麼無知。我告訴她，我已經習慣了自己的無知，學什麼都沒有用。我也告訴她，我甚至還沒來得及讀完有關法國大革命的歷史，便和維果・F離了婚。

艾絲特從維果・F家裡搬出來了。她說維果・F不斷說起對我的想念以及我離開他所帶來的痛苦，讓她感到非常厭倦。她目前搬回家住，但是情況也不理想。她的父親是一名破產的批發商，經常把情婦們輪流帶回家。她母親則是已經習慣了。「妳知道嗎，」她說，「對於那些極端的自由主義，我已經感到反感而且厭倦透了。」「我也是啊。」我接著問她，像我們這種奇怪的人，不寫作還能做什麼呢。然後她這才告訴我來訪的真正目的。當她還在藥房工作的時候，認識了一個畫家，她的名字是伊莉莎白・納克曼（Elisabeth Neckelmann）[24]。她和另一個穿著男裝襯衫和西裝，總是使用琥珀菸嘴的女人同居，因為她只喜歡女人。「她對我有點意思。」艾絲特淡淡地說，她問我願不願意去她的夏日度假屋住一段時間。我覺得那是個不錯的主意。「但是我不能和哈夫丹一起住在那裡，這樣我們就會完全沒有任何收入。妳願不願意和我一起到那裡去小住一陣子呢？鄉下的空氣對赫樂來說，也是有益的。」在我猶豫不決的時候，艾博忽然插口說：「我覺得妳應該去，」他說，「小別勝新婚。」他又說，如果赫樂不在，他也比較能靜下心來專心唸書。他馬上就要面臨第一個階段的考試，他需要迎頭趕上。於是，我接受了艾絲特的邀請。我喜歡她，因為她總是如此冷靜、友善和理智，也因為她和我擁有一樣的人生目標。艾博承諾，他有機會就來看我們，儘管度假屋位於遠離哥本哈根的西蘭島（Sydsjælland）南部。我們約好隔天一起騎腳踏車去那裡。當天晚上，艾博再次和我上床，我們已經很長一段時間沒有親密關係了。整個過程，他都充滿怒氣，對我一點也不愛憐，彷彿因為自己竟還會被我吸引而生氣。「等我停止哺乳以後，」我愧疚地說，「一切就會不同了。」他被我的母乳噴了一頭，笑了起來。「要和乳製工業上床，也實在不是一件簡單的事啊。」他說。

＊＊＊

屋子座落在低窪地，屋後是麥田，通往大路的斜坡上長滿雜草和野生的覆盆子叢，一對彎曲的松樹遮蓋了小徑。屋裡的客廳十分寬敞，角落有舊式的灶爐，另有一個小房間，裡面放了兩張床，兩張床靠得很近，近到我在夜間醒來時都能聽見艾絲特輕緩的呼吸。我和赫樂一起睡，她小而溫暖的身體倚靠著我，讓我感到安全而幸福。白天，她躺在嬰兒車裡，睡在陽光下，她和我一樣，都不太容易被曬黑。我們的皮膚都非常白。而艾絲特卻只不過曬了幾天太陽，皮膚就曬出顏色來了。她的牙齒因而看起來更白了，棕色的肌膚也襯得她的眼白宛若濕濡的陶瓷。早晨我會第一個起床，因為艾絲特比我需要更多睡眠。我得費盡力氣才能用柴火把灶爐點起來；柴火是向附近一個農夫買的，我們也和他買了牛奶和雞蛋。灶爐生出的煙多過火，我得嘗試好幾次才能把爐火成功點燃。然後，我會泡杯茶，把麵包塗好奶油，有時還會把早餐拿到床邊讓艾絲特享用。「妳把我寵壞了。」她快樂地說，同時用手擦著她落葉般的棕色眼睛，企圖把睡意抹走，平滑黑髮就落在額頭上。我們走長長的路去散步、閒聊、陪剛剛長了第一顆牙的赫樂玩，如此消磨掉一天的時間。我從來不曾在鄉下生活，對於這樣一種從來未曾經歷過的寂靜，我感到十分奇妙。我有一種接近幸福的感覺，我想，這大概就是所謂的享受人生吧。傍晚時分，我經常獨自去散步，艾絲特幫我照顧赫樂。我能感受到，田裡和松樹林飄來的芳香，比我們抵達的那天更為強烈。農舍窗子裡透出的光如閃爍在黑暗中的黃色方框，我不禁忖思，這些人都是如何過日子的呢？男人可能坐著聽收音機，妻子從一個大編籃裡取出襪子來修補。沒一會兒，他們將會打呵欠，伸懶腰，觀察天氣，聊幾句明天的工作，然後躡手躡腳地上床睡覺，以免吵醒孩子們。那黃色的方框將會被熄滅。全世界的眼睛都閉上了，城市都睡著了，屋子也睡了，田園也入眠了。當我重新回到屋內時，艾絲特會簡單地準備晚餐，例如煎個荷包蛋之類的，我們不太為晚餐費神。然後，我們會點起煤油燈，坐著閒聊好幾個小時，中間有長長的停頓，但是那並不像我和艾博之間那種緊張而激烈的沉默。艾絲特告訴我，關於她的童年、她那異於常理的父親及她溫柔而有耐性的母親。我也告訴她，關於我的童年，我們的過去在彼此之間閃閃發亮，栩栩如生，如一堵充滿生命的牆。這些平靜的日子只有在哈夫丹或艾博來訪時會稍稍被打斷。他們偶爾會一起騎著腳踏車過來，氣喘吁吁滿頭大汗地抵達。他們來的時候，我們總也能度過愉快的時光，但我還是最喜歡只和艾絲特待在一起。她穿著洗得褪了色的襯衫和長褲，小小的嘴巴和上翹的嘴唇，讓她看起來像個男孩。

天氣炎熱的時候，我們會在早晨去田邊徹底洗淨身子。艾絲特有一付強壯的黝黑身軀和大而結實的乳房。她比我高一些，肩膀寬大。當她把冷水倒在我身上時，我不禁大聲尖叫，皮膚冷得發紫，雞皮疙瘩都立了起來。但是輪到我把水倒向艾絲特的時候，她冷靜地迎向陽光，在草地上如被釘在十字架似的，伸展著她那平滑、光亮的身體，任陽光曬乾。我覺得，我能以這種方式度過餘生。艾博和我們之間無止境的問題，對我來說，已經過於複雜了。

麥穗已變成金黃色，在風中飄揚，纍纍的麥粒讓麥子顯得沉重。清晨，我們被屋子周遭布穀鳥或遠或近的叫聲吵醒，鳥兒彷彿充滿樂趣地在捉弄我們。最後，我們當中一人會掙扎著起床，頂著昏眩的睡意，開門拍手把鳥兒們趕走。一個小時後，收割機開始沿著麥田收割，太陽在松樹林後托著金黃色的額頭升起。我躺著餵奶，同時端詳著艾絲特。我想，很快地，我們就會分開，各自回到彼此的丈夫身邊。我想起了我童年時的好友露絲，一陣不知何處傳來的溫暖感受穿越屋裡，貫穿了我。「或許，」我對剛醒來的艾絲特說，「我該讓她斷奶了？」「或許吧，」艾絲特微笑著說，「她看起來長得不錯，吃點副食品應該也沒什麼問題。不過，斷奶會讓妳美麗的乳房消失喔。」

我回到曬黑了的艾博身邊。他以最低分通過了第一階段的考試，但是至少過關了。他由衷高興地再次和我重逢，當他擁抱我的時候，我可以感覺到，我的性冷感就快結束了。

我這樣告訴他，他說，所以世界上再也沒有任何事可以將我們分開。我也認為我們不會分開。但是，後來我經常想起艾絲特那張黝黑的男孩般的臉孔和她上翹的嘴唇，某種程度上，她以一種無以名狀的方式，讓我和艾博再次親密了起來。

9

秋天，我的新書出版了，並且在各處都獲得了好評，除了在《社會民主報》上，朱利葉斯．博姆霍爾特（Julius Bomholt）[25]以橫跨兩欄的一篇文章給了極度負評，文章題目為：〈逃離工人街〉（Flugten fra Arbejdergade）。有關書的內容，他批評「沒有一絲一毫的感恩」，「同時也缺少了，」他也這樣寫，「有關我們年輕健康的社會民主青年會男孩的描寫。」我的眼淚落入了代茶飲中，我根本不認識任何丹麥社會民主青年會的人，如何能把他們寫進小說呢？艾博盡其所能安慰我，但是在寫作這方面，我完全不習慣面對這樣的負評，哭得就像是親人去世般傷心。「當我和維果．F去拜訪他的時候，他曾經對我非常友善。」我說。艾博說，他應該是和比揚霍夫一樣，對於我離開維果．F一事感到生氣，因為那篇評論實在是太充滿惡意了，顯然是私人恩怨。「格雷安．葛林（Graham Greene）[26]曾經寫過，」艾博盯著天花板看，那是他思考時的慣常姿態，「沒有經歷過失敗的人，都是有問題的。」我被他的話所安撫，動手剪下所有的評論——除了負評，反正那對我一點意義也沒有——然後把剪報都帶回家給父親。他把這些都貼進屬於我的剪貼簿裡，他已經貼滿了大半本。「妳至少可以，」他責備我，「別寫我整天以被磨得光亮的背影背對著客廳睡覺。我並沒有老是在睡覺，我的褲子也沒有被洗得光亮。」「根本沒人知道那是你，」母親說，「書裡那個母親也完全不像我。」母親告訴我說，她把書借給冰淇淋店的女老闆，對方還問她有這樣一個出名的女兒感覺如何。母親說：「在那之前，她根本從來沒正眼瞧過我一次。」

我確實有過一段幸福的時光，那段日子裡，艾博晚上不出門，也不會飲酒過量。另一方面，莉絲和奧勒之間的關係變得不太好。他們面對著極大的經濟困境，因為奧勒要償還學生貸款，而莉絲工作的那個部門薪水並不高。如果不是因為垃圾掩埋場的那些野菇，他們大概會餓死——莉絲在黃昏裡一邊採摘野菇一邊告訴我，她想跟奧勒離婚，改嫁給她的律師情人。他已婚，有兩個孩子。而阿爾納要和辛娜離婚，因為她有了一個情人，對方是個黑市批發商，一天能賺五十克朗，這是一筆鉅款。夜裡，我躺在艾博懷裡，我們對彼此承諾，永遠都不會離婚，也不會對彼此不忠。

我告訴艾博，一直以來，我都不喜歡改變。我告訴他，小的時候從黑爾布街搬到威斯頓街時，我有多麼哀傷，因為威斯頓街一直無法讓我有家的感覺。我說我很像父親。每當母親和艾特文把家具移動以後，我和父親總是會再重新歸位。艾博大笑，並輕輕撫摸我的頭髮。「妳真是一個該死的保守黨，」他說，「我也是，只不過我是激進派。」他溫柔黯沉的聲音如無盡的線軸般在我耳內盤旋，充滿了安全和永恆的感覺。他繼續發展他那些有關黑人的膚色、猶太人的鷹鉤鼻，或者天空裡究竟有多少星星等等的理論，無止境的話題，恍若單調的催眠曲，伴著我入睡。在睡夢以外，是那邪惡複雜的世界，我們無法忍受，他們亦對我們置之不理。德國人接管了警局，而艾博加入了民防義警隊（CB-betjent）[27]，算是取代了警察。他們穿著藍色的斜肩制服，而艾博的制服帽子太大了。我覺得那帽子讓他看起來很像是好兵帥克（Švejk）[28]，當初他說他應該為自由而抗爭時，我並沒有認真以對。

當赫樂九個月大的時候，她第一次在遊戲圍欄裡喘氣哼聲，用力地站起來。她搖擺不定地站著，手緊緊握著欄杆，嘴裡發出愉悅的尖叫聲。我彎腰摸摸她，誇獎她，忽然間有股液體湧入嘴裡，我衝出去嘔吐。我告訴自己，大概是吃了什麼東西導致過敏，然而，懷孕的可能性仍然讓我害怕得雙腳顫抖——如果我真的懷孕了，我和艾博之間的一切都會被摧毀。

＊＊＊

「您已經懷孕兩個月了。」我的健保醫生，赫爾堡（Dr. Herborg）醫生說，然後重新坐下，而一直隔在我和現實世界之間的簾子，忽然間如蜘蛛網似的，顯得如此灰白而軟爛。醫生光亮的白袍上少了一顆鈕釦，其中一個鼻孔裡有一條又長又黑的鼻毛。「但是，我不要這個孩子，」我迫切地說，「這是一個錯誤。一定是我把避孕隔膜放錯了位置。」他微笑著，帶著不理解的表情看著我。「老天，」他說，「您知不知道有多少小孩是在錯誤之下誕生的？母親到最後還是愛孩子的。」「我能不能把他拿掉？」我小心翼翼地問，他臉上的笑容立即如被彈開的橡皮筋一樣消失了。「我不做這種事，」他冷漠地說。「您應該知道，這是不合法的。」於是我按照莉絲的建議，問他是否可以介紹我能幫忙的醫生。「不，」他簡短地說，「這樣做也是不合法的。」於是，我回到了母親家，我知道她會理解我的。她正在廚房裡玩紙牌遊戲。「哎，」當她聽完我來訪的原因後，她說，「這還不容易嗎？妳現在去藥房買一瓶琥珀油，只要喝下去就成了。我試過兩次，所以我知道我在說什麼。」我買了琥珀油，坐在母親對面的廚房椅子上。當我把瓶塞拿掉時，一陣噁心的味道撲面而來，我馬上衝出去嘔吐。「我做不到，」我絕望地說，「我吞不下去。」母親也沒有其他辦法了，於是我只好去了莉絲工作的政府部門，靠著牆，等她下班。我望著證券交易所在暮色中隱約閃爍的青銅色屋頂，想起了俱樂部聚會結束後和皮亞特一起穿越黑暗城市的那些漫步。那時的我，沒有懷孕，如果我留在維果・F身邊，我也永遠不會懷孕。路過的行人們，並沒有留意我。那些從我身旁經過的女人們，有些推著嬰兒車，有些沒有；有些手裡牽著小孩，有些沒有。她們臉上帶著平靜內省的表情，我想她們心裡或許都沒有想要抗拒的什麼在滋長吧。「莉絲，」她還沒走近我，我便叫了出來，「他不願意幫我，上帝啊，我該怎麼辦？」我們走向電車站的時候，我告訴她關於母親和琥珀油的事。太可怕了，莉絲說她從來沒有聽過這種方法。莉絲要去她母親家裡接金姆，我和她一起上樓。她的母親是一個看上去很有威嚴的女性，穿著一件拖地長裙，頭上綁一條頭巾因為她頭上有禿斑。她一共生了十個孩子，只因為莉絲的父親希望搖籃裡永遠都能有個嬰兒，卻沒有人在乎她的心裡怎麼想。當我們回到莉絲家裡，她說我不該被恐懼打敗，我還有時間找到解決方法。她會問問辦公室裡一個年輕女生，這女生曾在約一年前非法墮過一次胎。不幸的是，最近請了病假，但是只要一復工，莉絲會馬上跟她詢問那間診所的地址。莉絲知道有個倫巴赫醫生（Dr. Leunbach），但是他現在無法幫我，他正因為非法墮胎而入獄。「或許娜特雅知道這些事，」她說，「但是我忘了她和她的水手現在住在哪裡。」「但是，」我絕望地說，「我沒辦法等下去了，我現在就必須做點什麼。我無法工作，而且已經開始對艾博和赫樂都漠不關心。」莉絲說，肯定有不少醫生和倫巴赫醫生一樣願意做這件事。既然我一定要做點什麼，那不如翻開黃頁電話簿，逐一打電話去找醫生，或許會找到一個。在這期間，那個知道診所地址的女生肯定會復工，因此我千萬不能放棄希望。她充滿深意地看著我，「妳真的覺得，如果你們再生一個孩子，會是一件那麼糟糕的事嗎？」連莉絲也不懂我。「我不想要，」我痛苦地說，「我不希望這些我不樂見的事發生在自己身上。感覺就像掉入了什麼陷阱似的。我們的婚姻絕對不能容忍再次出現產後性冷感這種事。」現在我已經不太能忍受艾博觸碰我了。當我回到家時，他告訴我，丹麥抵抗運動團體（Den danske modstandsbevægelse）[29]聯絡了他，他將接受訓練成為自由戰士（frihedskæmper）[30]，為德國投降及退離丹麥的那一天做好準備。沒有人相信那一天會和平到來，抗戰是必須的。自從史達林格勒戰役（Battle of Stalingrad）[31]之後，沒有人再相信德國會勝利。「我不在乎你是強盜還是士兵，」我不耐煩地說，「我有其他的事要操心。」艾博說，他並不支持我去墮胎，「妳可能會有生命危險。」他說，因此他絕對不會幫我找醫生。我懶得回答他，他什麼也不明白，我不知道自己究竟是看上了他哪一點。

隔天，我展開了尋找醫生之旅。我每天只能看兩三個醫生，因為他們看診的時間都一樣。我穿著棉大衣，紅色的圍巾環繞在頸部，坐在這些白袍面前。他們冷漠且不解地看著我，「究竟是誰給了您這個地址啊？親愛的女士，世界上還有比您更不幸的女人。您已經結了婚，也有了一個孩子啊。」他們其中一位說：「您不是想要我做些犯法的事吧？大門在那裡。」我羞愧又痛苦地回家。先去赫樂的祖母家把她接回來，幫她餵奶，卻無法集中精神。我把她放到床上，又把她抱起來。電話鈴聲響起，話筒傳來一個聲音：「您好，我是亞爾瑪（Hjalmar），請問艾博在家嗎？」我把電話交給他，他簡單回答了對方。接著，他穿上他父親留給他的那件背後有著滑稽皮帶的大衣，因為下雨，他也穿上了長雨靴，頭上戴著一頂他從未戴過的鴨舌帽，還把帽子拉下遮住了額頭。他手上提了一個公事包，臉上的表情看起來像是裡面裝了炸藥。他臉色蒼白。「我看起來，」他問，「形跡可疑嗎？」「不會。」我不在乎地說，儘管一個在好幾英里以外的小孩都看得出來他不太對勁。他出門以後，我繼續翻著電話簿，坐立不安。然而，要以這種方式找到一個願意幫人墮胎的醫生，根本就是大海撈針，於是，經過幾天的嘗試以後，我放棄了。漸漸地，我開始和時間賽跑，因為我知道只要孕期過了三個月，就不會有任何醫生願意執行手術。傍晚時分，也很難和莉絲單獨相處，因為她下班後總要和她的律師情人在一起，她也認為不必再去詢問奧勒，因為他對墮胎的態度和艾博一樣。我已經把男人徹底推出我的世界之外。他們是來自另一個星球的生物。他們從未對自己的身體有任何感覺。他們沒有敏感、柔軟的器官，而一抹黏液可以像腫瘤一樣鞏固地生長在裡面，完全違抗他們的意願，獨立長成一個生命。某個夜裡，我到娜特雅父親家裡，向他詢問娜特雅和她的水手的地址。他們住在奧斯特布羅一間公寓的地下樓，我馬上出發去了那裡。他們坐在桌旁吃飯，娜特雅好客地問我是否要一起吃。但是，一切食物的味道都讓我感到噁心，事實上近來幾乎也沒什麼食慾。娜特雅剪了短髮，走路的步伐搖擺不定，彷彿走在甲板上似的。水手名叫埃納爾（Einar），他一直重複著同樣的句子：「這就對了，就應該這樣做。」娜特雅也以這種方式說話。她聽了我來訪的目的後，說會幫我取得一些奎寧丸。她自己曾經用奎寧丸墮過一次胎。但是可能會需要好幾天才能完全處理乾淨，這並不容易。「我可以理解，」她說，回憶起自己的經驗。「眼看著肚子裡的生命長出了眼睛和手指腳趾，自己卻無能為力，那種感覺真讓人怨恨。看著別人的孩子也無法得到什麼寬慰。妳什麼都無法思考，只希望能徹底擁有自己的身體。」

帶著稍微放鬆的心情，我告訴莉絲，娜特雅答應會幫我取得奎寧丸，但是莉絲的反應並不那麼熱切。「我曾經聽說，」她說。「這些藥丸會導致失明和耳聾。」我坦白地告訴她，我完全不在乎，只要能將一切處理掉。

我們等候的那個女孩終於回到辦公室了，莉絲向她要了曾經幫過她的那位醫生的診所地址。當我手裡拿著紙條回到家，長久以來，第一次感到高興。醫生姓勞利甄（Lauritzen），住在韋斯特布羅街。他被稱為「流產老勞」（Abortion-Lauritz），應該相當可靠。我再次看了艾博和赫樂一眼。我把赫樂抱在腿上陪她玩，並對艾博說：「當你和亞爾瑪見面時，不要戴鴨舌帽，拿著公事包的時候也要假裝裡面裝的是教科書就好。你實在不適合做這種事。」但是他安慰我說，他並沒有參與任何破壞活動，德國人會逮捕他的機率相當低。「明天的這個時候，」我說，「我會比此生任何時候都更快樂。」

隔天，我穿上向辛娜買的那件加了厚內襯的棉亞麻混紡粗布外套，因為天氣已經漸漸涼了。辛娜用家裡給她的一些羽絨被，自己縫製了這件外套，可是當每個人開始穿上同款外套，她卻厭倦了。我在外套底下穿了件長褲，騎著腳踏車到韋斯特布羅街，廣場已經掛上用松針環和紅絲帶做成的聖誕裝飾了。我被提醒過，不要說出目的及從何處要來地址。候診室裡有很多人，大多數是女性。一個穿著皮草的女人絞著雙手踱步，她用手拍了拍一個小女孩的頭，態度看起來彷彿這是她的手不受控而做出的動作，同時持續地踱步。忽然之間，她走向一個年輕的女孩。「能不能讓我插個隊呢？」她說。「我好痛啊。」「沒問題。」女孩大方地說，而當看診室的門打開，有人高喊「下一位」時，女人便衝進去用力把門摔上。片刻後，她重新出現，彷彿變了個人似的，眼睛發亮，臉頰泛紅，嘴角掛著怪異且遙不可及的微笑。她把窗簾微微拉開，望著大街。「真是愉快啊，」她說，「看著這些聖誕裝飾，我很期待聖誕節的到來呢！」我好奇地看著她，對醫生的敬佩逐漸增加。如果他能在短短幾分鐘內改變這樣一個焦躁不安的人，難免讓人對他充滿希望。

「您有什麼問題呢？」他說，同時以他那雙疲憊但友善的眼睛看著我。他是個年紀較長、白髮蒼蒼的男人，外表看起來有種難以形容的邋遢。他的桌上放著一片香腸三明治，麵包的兩端微微向上捲。我告訴他，我懷孕了，但是我不想再要一個孩子。「這個嘛，」他說，摸了摸他的下巴，「很不幸地，我要讓您失望了。我已經不做這樣的事，因為我自己現在也是火燒屁股的狀態。」

我的失望是如此無邊無際且讓人無力，我把臉埋在雙手裡，痛哭失聲。「但是，」我抽搐著說，「您是我最後的希望了，我懷孕快三個月了。如果您不幫我，我只好自殺了。」「很多人都這樣說，」他溫和地說，忽然摘下了眼鏡，想把我看清楚。「您，」他接著說，「不是托芙．迪特萊弗森嗎？」我承認了，但是不知道這樣有什麼好處。「我讀了您最新的書，」他閒聊了起來，「我覺得那真是一本不錯的書。我自己也是老好韋斯特布羅男孩。如果您可以停止哭泣，」他緩緩地說，「或許我可以在您耳邊，小聲告訴您一個地址。」當他在紙上寫下一個名字和地址時，我幾乎感激得想擁抱他。「您跟他預約個時間吧，」他說，「他也不會多做什麼，僅僅在羊膜囊上刺一個洞。如果您開始流血，您得打電話給我，我會馬上讓您在我的診所留院治療。」「如果沒有流血呢？」我問，重新被另一種焦慮包圍，因為整件事比我想像中更複雜。「那就不太妙了，」他說，「但是，一般都會流血的。您先別杞人憂天。」

回到家以後，我跟艾博商量這件事，他急切地請我打消念頭。「不行，」我激烈地說，「我寧願死。」他焦慮地走來走去，同時望著天花板，彷彿可以在那裡找到強而有力的理由。我撥了電話給這位住在夏洛滕隆（Charlottenlund）的醫生。「明天傍晚六點，」他以一種暴躁無音調的聲音說，「直接進來吧，門不會上鎖。您必須帶三百克朗過來。」我告訴艾博，要他別那麼害怕。「如果我發生什麼事，醫生也會出事的，因此他肯定會非常小心。當這一切結束以後，」我說，「一切都會恢復正常的，艾博。」這也是我如此焦急地想解決事情的原因。

10

我搭了電車到夏洛滕隆，我不想騎腳踏車，因為不知道結束後的狀況如何。那是聖誕夜的前兩天，人人都被光鮮亮麗的聖誕禮物包裝紙所淹沒。或許這一切在聖誕夜就會結束，我們就可以再次到我父母家慶祝聖誕。那將會是我此生最好的聖誕節。我坐在一個德國士兵旁邊。一個提著包裹的胖女人非常高調地站起身，移去了對面的位置。我覺得這個士兵很可憐，他家裡應該也有妻子和孩子，如果可以，他肯定寧願和他們在一起，勝過在一個他的領導人下令占領的陌生國度裡遊蕩。艾博留在家裡，比我更害怕。他買了個手電筒給我，以便我在黑暗中能找到門牌號碼。我們翻了書想找出羊膜囊究竟是什麼。「羊膜囊被刺穿以後，羊水就會破，就會開始生產了。」書上這樣寫著，但現在卻應該流血，而不是水，我們還是什麼也沒弄懂。

醫生站在門口等著我，一個沒有燈罩的燈泡，掛在天花板的鉤子上，搖晃不定。他看起來有點緊張和躁鬱。「錢。」他簡短地說，並把手伸出來。我把錢給了他，他點頭示意我走進看診室。他年約半百，矮小、乾癟，他的嘴角下垂，彷彿從來不曾微笑過。「上去吧。」他簡短地說，並用手拍了拍內診檢查床，床上有支撐雙腳的支架。我躺下，驚恐地看著一旁的桌子，上面擺著一排閃閃發光、尖銳的工具。「會痛嗎？」我問。「一點，」他說，「但是，只是一下子。」他以一種電報式的音調說話，彷彿想避免過度使用聲帶。我閉上眼睛，一陣劇痛穿透我的身體，但我沒有發出任何聲響。「結束了，」他說，「如果妳的經期又來了，或是發燒，請撥電話給勞利甄醫生。不要去醫院。也不要透露我的名字。」

我搭電車回家，初次感到害怕。為什麼整件事如此神祕複雜？為何他不直接從我體內取出來？我內心深處猶如在教堂一樣平靜，沒有任何徵兆，一個殘忍的工具就此穿透了一片原該保護那個小小生命的薄膜，即便那是違抗我意願而活的生命。艾博在家裡餵著赫樂。他臉色蒼白，非常緊張，我把結果告訴他。「妳不該去的，」他不斷地說，「妳是在危害自己的性命，這是不對的。」我們躺了一整晚，無法入睡。沒有經血、羊水，我也沒有發燒，沒有人可以告訴我，究竟會發生什麼事。然後，空襲警報響起。我們把赫樂連人帶床扛到防空洞裡，她一路都在沉睡。那裡的人們半夢半醒地坐著。我和住在樓下的女人稍微聊了一下，她不斷地往她那昏昏欲睡、焦躁的孩子嘴裡塞餅乾。那裡有一個五官看起來軟弱且不成熟的少女，或許她也曾經拿掉過一個孩子；即便沒有，未來也或許會。或許，很多女人都經歷過我所經歷的事，但是沒有人會說出來。夏洛滕隆那位醫生的名字，我也不打算告訴艾博，這樣如果我出事了也不會連累他。他在最後關頭幫助了我，我在內心會和他站在同一陣線，儘管他是一個讓人不太舒服的男士。

我們坐在防空洞的時候，我感到寒冷，於是把棉亞麻混紡粗布外套一路扣到脖子上。我很冷，牙齒在嘴裡顫抖著。「我想我應該是發燒了。」我對艾博說。空襲警報解除，我們回到公寓裡。我量了量體溫，體溫計顯示四十度。艾博很慌張。打電話給醫生，他急切地說：「妳必須馬上入院。」高燒讓我有一種喝醉的感覺。「不是現在，」我大笑，「現在可是大半夜呢。這樣他的老婆和孩子就會知道了。」我睡著前看到的最後景象，是艾博不斷來回踱步，像個瘋子似的用手指纏繞著他的頭髮。「上帝保佑，」他絕望地喃喃自語，「上帝保佑。」那時，我只想著，那個亞爾瑪，他也一樣危害到了你的生命啊。

隔天一大早，我撥了電話給勞利甄醫生，告訴他，我的體溫現在是四十點五度，但是既沒有破水也沒有經血。「會有的，」他友善地說，「您現在立即來診所，我會打電話通知他們。但是一個字也別對護士說，知道嗎？您懷孕了，然後發燒了，就這樣。請不要害怕，一切都會沒事的。」

那是位於克里斯蒂安九世街（Christian den Niendes Gade）上一間不錯的診所。由護士長接待我，她是一位年紀較長的女士，慈祥，散發著母性氣質。「很有可能，」她說，「我們救不了小孩，但是我們一定會盡力而為。」她的話讓我非常絕望。我走進一間雙人診間，用手肘支撐著坐上床，然後仔細觀察另一張床上的女人，她大約比我年長五、六歲，穿著一件白色襯衫，有一張甜美的臉。她名叫圖蒂（Tutti），讓我驚訝的是，她是莫登・尼爾森的女朋友。原來她懷了他的孩子。她是個建築師，離了婚，有個六歲的女兒。不過是短短一小時的時間，我們彷彿已經彼此認識了一輩子。在房間的正中央立著一棵小小的聖誕樹，樹上掛著閃閃發光的玻璃掛飾，樹頂有一顆星。在這種情況下，這棵樹便顯得荒謬了。發燒讓我感覺意識模糊，我對圖蒂說，小時候，我以為星星是有六個角的。有人開了燈，一個護士拿了兩個托盤進來給我們。我還是受不了看到和聞到食物的氣味，所以我碰也沒碰。「流血了嗎？」護士問。「沒有。」我說。於是她把一個桶子和幾片衛生棉放在床邊，以免我在夜裡有不時之需。上帝啊，我焦慮地想，就給我那麼一滴血吧。當托盤被拿走的時候，艾博來了，接著莫登也出現了。「妳好，」他驚訝地說，「妳怎麼會在這啊？」接著，他坐在圖蒂床上，然後便消失在彼此的耳語與擁抱裡。艾博帶來了二十顆奎寧丸，那是娜特雅讓他帶過來的。他離開後，我告訴圖蒂，娜特雅曾經用奎寧丸墮胎，所以她覺得我應該也能試試無妨。於是我就把藥丸給吞了。晚班的護士走進來，關了天花板的燈，開了夜燈，藍色的光芒以一種虛幻、幽靈般的光線照著房間。我無法入眠，但是當我和圖蒂說話時，我忽然聽不見自己的聲音。我提高聲調，還是什麼也聽不見。「圖蒂，」我恐懼地大喊，「我聾了。」我看見圖蒂的雙唇在動，但是聽不見她的聲音。「大聲一點。」我請求她。於是她大吼：「妳不必如此大喊，我沒有聾。」是那些藥丸的副作用，我想這會過去的。

我耳邊有嗡嗡的聲響，而在嗡嗡聲後，是柔軟的無可逃離的寂靜。或許我這輩子都不會再聽見任何聲音了，而這一切終究都是徒勞，因為我還是沒有流血。圖蒂下了床，走到我耳邊，大吼說：「他們就是想看到血。我把我用過的衛生棉放在妳的桶子裡，明天早上給他們看吧。這樣醫生就會幫妳進行刮宮手術。」「大聲一點！」我絕望地嘶喊，最後終於聽見她說了什麼。到了夜裡，她把換下來的衛生棉放入我床邊的桶子裡。當她經過聖誕樹時，樹上的玻璃裝飾互相撞擊，我知道它們鏗鏘作響，但是我什麼也聽不到。我想起艾博和莫登，和他們身處在女人世界的血和噁心、發燒之中，臉上那種淒涼悲傷的表情。我也想起童年時的聖誕節，我們如何圍繞著聖誕樹唱著：「發自內心深處——」我們是不唱讚美詩的。我想起母親和她那可怕的琥珀油。她不知道我躺在這裡，我沒告訴她，因為她總是無法保守祕密。我也想著父親，他一直都有聽力障礙，那是家族遺傳。聾子們大概都生活在一個完全封閉和隔離的世界吧。或許我也將開始需要助聽器。然而，相較於圖蒂的善舉，我失去的聽力不算什麼。「他們知道發生了什麼事，」她對著我的耳朵大吼，「他們都知道怎麼處理，只是他們必須假裝不知情。」

臨近早晨，我累極了，終於睡著，直到護士進來把我們叫醒。「哎呀，您流了不少血啊，」她看了看桶子裡滿滿的收穫，以一種虛偽的擔心大聲叫嚷，「現在我擔心這個孩子大約是保不住了。我得馬上打電話給主治醫生。」我鬆了一口氣，才發現我的聽力恢復正常了。「您是不是很難過呢？」護士問。「是有一點。」我撒了謊，並試著露出傷心的表情。

下午時間，主治醫生進來了，我被推上了手術檯。「您無需過於傷心，」他鼓勵著我，「非常幸運地，您已經有一個小孩了。」接著，他們把一個面罩套在我臉上，整個世界都充滿了乙醚的氣味。

當我再次醒來，我已經躺在床上，身上穿著一件乾淨的白袍。圖蒂對著我微笑。「好了，」她說，「妳開心嗎？」「是，」我說，「沒有妳，我該怎麼辦？」她也不知道，但是，她說現在也無所謂了。她告訴我，莫登會跟她結婚。她非常愛他，也非常仰慕他寫的詩，他的詩集剛剛出版，媒體一片讚揚。「除了妳之外，」她委婉地說，「他是目前最有才華的年輕人。」我也這樣認為，但是我從來沒有和他走得太親近。艾博帶了花給我，彷彿我剛生了小孩似的，他非常高興，因為這一切終於過去了。「未來，」他說，「我們必須更小心。」我也請「流產老勞」教我如何把避孕隔膜正確放好。但是，對於這個物件，我始終非常反感，這種反感此生都會追隨著我了。我的體溫馬上就恢復了正常，噁心的感覺彷彿被魔術棒一揮就消失了，我開始感到非常飢餓。我想念赫樂小小胖胖的身體，以及她關節處和膝蓋上那些小淺窪。當艾博把她交給我的時候，我驚恐地想，如果被我們拒絕的那一個生命是赫樂呢？我把她抱到床上，陪她玩了很久。此時此刻，她是我人生中最珍貴的寶貝。

傍晚時分，主治醫生走進我們的房間，他沒有穿白袍，手上牽著兩個小孩。他們大約十到十二歲左右。「聖誕節快樂。」他真誠地說，並和我們握手。孩子們也跟我們握手，他們離開以後，圖蒂說：「他們看起來很棒，我們應該感到高興，始終還是有人敢生孩子。」

聖誕夜，我醒著，從我的皮包裡找到了鉛筆和紙，在夜燈虛弱的光芒下，寫了一首詩：

致向過於驚恐和軟弱的我
而尋求庇護的你
在黑夜和白日之間
我為你哼一首搖籃曲——

做了這件事，我並不後悔，然而，在我內心深處黑暗的迷宮裡，依舊有著淺淺的痕跡，就如孩子們在潮濕的沙面留下的足跡一般。

11

日子一天天過去，幾個星期也過去了，然後幾個月過去了。我開始創作短篇小說，介於我和現實人生間的那層布幕終於再次緊密安全了。艾博開始認真上課，所以當他和亞爾瑪出去時，我也不再擔心了。他現在不太關注我寫了什麼，我也鬆了口氣，筆下的男性角色終於也可以鬆口氣了。但是經過穆爾瓦特一事以後，我也非常小心，避免筆下的角色和艾博有過於相似之處。晚上，赫樂睡著以後，他會讀索菲斯・克勞森（Sophus Claussen）[32]或里爾克（Rilke）[33]的詩給我聽。後者給我留下深刻印象，如果不是因為艾博，我永遠也不會留意到他。在這個時期，他也非常喜歡赫魯普（Hørup）[34]。他興奮地站在我們的小公寓裡，一隻腳擱在凳子上，手放在胸口，以一種低沉的嗓音讀著赫魯普：「我的手，會一直為了對抗那些我認為是最卑鄙的政治而舉起——那些把富人聯合起來，讓上流社會欺壓那些幾乎什麼都沒有的人，並持續把他們逼到一無所有的角落。」晚間，當我們躺在彼此懷裡，他會和我分享他那與其他男子相似的童年。總是有一個花園和幾棵果樹和一個彈弓，以及一個表妹或女朋友，陪他們躺在乾草堆上，直到母親或阿姨來把一切都搞砸為止。那是個非常沉悶的故事，特別是當你已經聽了很多次之後，但是當他們述說著自己的故事時，總是會被自己深深感動。然而，無論如何，兩人間的對話是什麼其實也不太重要，最重要的是兩人能夠好好相處。

我們搬進了莉絲和奧勒住的那棟大樓底層的一間公寓。那間公寓約莫一間兩室另加半室大小，前面有個小小的院子，可以讓赫樂在那裡奔跑玩耍。她現在兩歲了，瀑布般的一頭金色捲髮忽然間取代了原本光禿禿的頭。她很好帶，莉絲說我們根本不知道養小孩究竟是怎麼一回事。上午時分，我在寫作的時候，我讓她玩積木和玩偶，她也學會了不打擾我。「媽媽在寫作，」她大聲地對她的玩偶說：「然後我們要一起去散步哦。」她已經很會說話了。我們搬進新公寓前幾天，漢森太太把我叫進廚房。

「納粹輔助警察（HIPO）[35]封鎖了街道，」她說，「妳看，他們在那裡點了篝火。」我稍稍把窗簾拉開，望著空蕩蕩的街。在街的另一頭，輔助警察們正開始把家具從一棟公寓大樓最上層的窗戶丟出來。他們把家具丟到篝火裡燒，而牆邊站著一個女人，她帶著兩個孩子，雙手伸在半空中，那些大聲吼叫指揮的男人們用衝鋒槍鎮壓了他們。「這些可憐的人們啊，」漢森太太同情地說，「幸好這該死的戰爭就快結束了。」我正要從窗前走開時，看見一個女人從角落賣力地往前奔跑，當我發現那是圖蒂時，我嚇了一跳。一名輔助警察在她身後大吼並朝空中開了一槍，她消失在樓梯口。我打開門讓她進來，她撲倒在我身上大哭：「莫登死了。」她說，一開始，我完全沒聽懂她說的話。我把她拉到屋裡，讓她坐下，才發現她穿了兩隻不同的鞋子。「他怎麼死的？」我問：「這是真的嗎？我幾天前才剛和他見面啊！」圖蒂哭著說：「是流彈，他的死毫無意義，讓人無法接受。他坐在一名軍官對面，對方要教他使用一把裝了滅音器的手槍。忽然之間擦槍走火，子彈剛好就射中了莫登的心臟。他才二十二歲，」圖蒂無助地看著我，「我真的很愛他，我不知道怎麼樣才能熬過去。」我彷彿看見了莫登稜角分明、誠懇的那張臉，想起他的詩句「我從小就知道死亡」。「這感覺真有點弔詭，」我說，「他寫了那麼多有關死亡的詩句。」「是的，」圖蒂彷彿平靜了一些，「彷彿知道，他不會活得太長久。」

過了沒有多久，艾絲特和哈夫丹也來了，他們都非常震驚。我知道哈夫丹和莫登的感情非常好。然而我最關心的是，同樣的事也可能發生在艾博身上，忽然間，他和亞爾瑪的會面，對我而言變成一件非常嚴重的事，在能重新見到他之前，我都會充滿焦慮。我們搬進了新的公寓，所以即便在宵禁時段內也能見到莉絲和奧勒了。奧勒在一次所有大學生每年都必須進行的肺結核檢查時，發現了他「胸裡長了什麼」，奧勒是這樣說的，如果沒有這個問題，奧勒說他也會去接受自由戰士的訓練。醫生要他必須到霍爾特（Holte）一間專門讓罹患肺結核病的大學生居住的宿舍暫住幾個月，對於這次的分離，莉絲並不感到難過，因為這樣一來，她就暫時不必處理離婚事宜，可以安心和她的律師情人培養感情。

接著，我們迎來了五月五日（Befrielsesdagen）[36]，歡呼的人們彷彿是從地磚裡冒出來似的，在大街小巷高聲呼喊。他們擁抱著陌生人，唱著自由之歌，在每一個自由戰士的車子經過時高聲歡呼。艾博穿著一身制服，我對於他的命運卻是憂心忡忡，因為沒有人知道德國是不是真的會就此投降。在莉絲和奧勒的公寓裡，普利穆特酒瓶被擺上桌，公寓裡聚滿許多我不認識的人。我們跳舞、歡呼和享受著這一切，然而這一個世界歷史事件並沒有真正滲透到我的意識裡，因為我總是以一種遲緩的速度體驗世界，很少在當下就能明白。我們把遮光窗簾扯下，丟在地上踩成碎片。我們表現得十分快樂，但事實上並不是。圖蒂依舊哀悼著莫登的死，莉絲與奧勒即將分手，而辛娜離開了阿爾納，他為此意志消沉，沒日沒夜地躺在床上。至於經常都在尋找男人而又總是愛上錯的人的娜特雅，嘗試追求艾博的哥哥卡爾斯登，她認為自己就如他鼻上的鼻環一樣適合他。我自己則不時想起墮胎的事，想著如果生下孩子，現在該會有多大了。我們每個人都經歷過一些不幸的事，而我覺得，我們的青春在國家被占領的時候就結束了。赫樂和金姆在房裡睡覺，當我們過於喧鬧而把孩子們吵哭了的時候，莉絲會進去唱搖籃曲給他們聽，直到他們再次入睡。屋外，春夜逐漸流逝，懸掛天空的皎月悲傷地端詳著耗盡力氣、疲憊不堪的人們，如何無力地面對告別和返家。幾天過後，艾博面色蒼白、沮喪地回到家，說他不想再繼續參與了。他告訴我，揭密者和賣國賊如何在達格瑪大樓（Dagmarhus）被對付。他脫下制服，換上平民服裝。當我用嬰兒車推著赫樂在韋斯特布羅廣場散步時，我看見一群手無寸鐵的德國士兵們，臉上帶著疲憊與絕望的神情，腳步蹣跚地走在路上。他們都相當年輕，有些也才不過十五、六歲。回到家後，我為他們寫了一首詩，開頭這樣寫：

疲憊的德國士兵啊
走在陌生的城市
額頭上映著春光
無視於彼此的存在
疲憊，猶豫，畏縮
在陌生城市的中心
他們步向失敗

一天，莉絲下樓來告訴我們，奧勒將要邀請一群女生到魯德海（Rudershøj）學生宿舍參加一個「肺結核舞會」。艾博因為自己沒有被邀請而感到有點生氣，但這是因為要出席的男生真的太多了，而對我來說，這邀請來得正是時候，因為我剛剛完成了我的短篇小說集，不寫作的時候，我也不知道該做些什麼。莉絲說，女舍監的兒子會負責讓他的母親早點就寢。

當我們抵達時，派對已經開始了。現場有一個當地的樂隊在演奏，有人跟著音樂起舞，沒有一個大學生看起來比奧勒更像肺結核患者，而奧勒看起來根本就是健康極了。一名大胸脯的女人匆匆前來歡迎我們。很顯然的，她就是女舍監本人。我在一個鋪著拼花地板、寬敞整潔的大廳裡，和許多人一起跳舞，許多高背椅沿著大廳牆面一字排開。宿舍大樓位於一個大公園裡。那個晚上，朦朧的月光在雲層後若隱若現，把被雨霧籠罩的公園映照出或綠或黑或銀色的光輝。在一處類似前廳的角落，設置了一個吧台和高腳椅，甚至還有普利穆特水果酒外的真正酒精飲料。不知道為什麼，我感到快樂與自由，並且有一種隱約的感覺，在夜晚結束以前，有什麼事將會發生。我喝著威士忌，非常快樂，興致高昂。在一張高腳椅上，辛娜坐上一個年輕男人的長腿。我坐在他們旁邊，很沒道義地說：「你騎錯馬了。她的未婚夫是一名黑市商人。」年輕人笑著把辛娜從他腿上推下去，彷彿她不過是一把塵土。「我從來沒想過，」他對我說，「女詩人也會長得那麼漂亮。」忽然間，他的臉孔從燈罩的暗影裡浮現，我的視線被捕捉了，像是專注微縮模型的畫家般凝視著他。他有一頭薄而細的紅髮，平靜的綠色眼睛及參差不齊的牙齒，乍看之下，會以為他長了前後兩排的牙。原來他就是女舍監的兒子，已經大學畢業了，是一名醫生。我很驚訝，能遇見一位真正成功畢業了的大學生。他和我跳舞，我們互相踩到彼此的腳趾，最後不得不笑著放棄。接著，我們到公園裡散步。夜晚逐漸亮了起來，空氣彷彿是一片潮濕的絲綢。他在一棵銀灰色的白樺樹下吻我，忽然間，他的母親揮動著雙臂，胸脯上的紫色絲綢波浪般地舞動，衝到我們跟前。「你們現在這些年輕人啊。」她喘著氣說。她的想法大都以一種情感豐富卻又讓人似懂非懂的方式表達出來。然後，她的兒子，卡爾（Carl），想起他答應過其他大學生要讓他母親早點就寢，喃喃對我說了聲回頭見，便和她一起消失在屋內。

接著，派對就更加狂放恣意。他們跳舞、喝酒，享受著這一切，一對接一對的男女消失在樓梯，沒有再出現。我很久沒有喝得那麼醉了，於是當卡爾提議我們去他的房間時，我覺得這真是一個不錯的主意。忘了艾博，忘了我永遠不會對他不忠的承諾。隔天早上，我帶著劇烈的頭痛醒來。我看著躺在身邊的男人，才發現他有多麼醜陋，他的牙齒糟到下顎幾乎也無法隱藏住。我把他叫醒，告訴他，我要回家。我非常生氣且無力，穿好衣服，一句話也沒有對他說。我決定從此不會再見他，當他問我要不要送我回家時，我謝絕了。我只想獨自回家。當我走到樓下那凌亂不堪的大廳，我在高腳椅上坐了一會兒。辛娜尾隨著一位非常高大的年輕人走下樓梯，年輕人的一隻手上拿著她的胸罩。她丟下他不理，走過來對我說：「老天，我們喝了什麼啊？他太可怕了，兩百公分，而且搞不好只有一個肺吧。」接著她一把抓過胸罩，打了個呵欠，便消失了。

我離開戰場，騎腳踏車回家。艾博非常憤怒，因為我徹夜未歸。「妳和某個人睡過了吧。」他說。我堅持說沒有，但在某種程度上，我覺得有點荒謬，因為這實在沒什麼。另一種形式的忠貞才是更重要的。晚上入睡前，我想起自己沒有戴上避孕隔膜。自從上次墮胎後，我一直非常小心。然後我又想，如果真的出事了，對方至少還是個醫生，應該比上一次容易處理。

12

「我的天啊，」我說，「他下顎咬合不正，別人有三十二顆牙齒，他大概有六十四顆吧。我不知道孩子究竟是他的還是艾博的。莉絲，我該怎麼辦？」

我在地板上走來走去，莉絲看著我，額頭上皺著兩道深深的紋。「妳就算走個路也會懷孕吧，」她嘆了一口氣說，「既然他是醫生，他應該可以讓妳避免再去經歷上回那些痛苦，幫妳直接處理掉吧。」「但是，那我還得再見他一面，」我絕望地說。「我覺得他很可怕，我該怎麼對艾博說？我們從未像現在這樣穩定美好。」莉絲充滿耐性地向我解釋，有必要再見他一面，要我務必打電話給他母親詢問他的住處。至於艾博，我可以隨便編派一個理由說跟娜特雅或艾絲特有約，或是要探望父母。他一點都沒有起疑。我們一起喝咖啡，莉絲告訴我說她自己也過得不太好。她的律師情人還是決定不離婚了，但是也不願意跟她分手。「這太可怕了，」她說，「這些擁有兩個女人的男人們。雙方都承受著痛苦，男人們卻無法做出任何決定。」她把褐色短髮從臉頰拂開，看起來有點迷失，對於我自己總是向她傾訴自身的煩惱，我感到內疚。「當我不寫作的時候，」我說，「我就懷孕了。」我們笑了起來，也贊同我必須做些什麼。我決定要拿到他的地址，找到他，然後請他幫我處理這一切。

隔天，卡爾打電話給我，問我是不是能再見面。「可以。」我說，然後約好了隔天傍晚去他的住處。他住在生物化學研究所，那裡也是他工作的地方。他是科學家。我對艾博說要去娜特雅家，然後騎著車，在黃昏時分沿北街（Nørre Allé）騎去，那裡的樹木恍若在畫中般靜止不動。那是夏日，我穿著向辛娜買來的白色帆布連身裙。卡爾的房間像是學生宿舍：一張床、一張桌子、兩張椅子以及幾個書架，上頭放滿了書。他買了三明治和啤酒和阿夸威特酒（snaps）[37]，我什麼都沒碰。我們在桌旁坐下，我說：「我懷孕了，但是我不要這個孩子，我不知道孩子的父親是誰。」「嗯，」他平靜地說，同時用他那雙嚴肅的灰色眼睛看著我，那是他唯一好看的地方，「我會幫妳的。明天晚上妳過來這裡，我幫妳進行刮宮流產。」他說得好像這是他的日常工作之一，他看來就像是世上沒有任何事情會干擾他的那種人。我鬆了口氣，微笑地說：「你能幫我麻醉嗎？」「我會幫妳打一針，」他說，「妳不會有任何感覺的。」「打針？」我問，「打什麼針？」「嗎啡或杜冷丁（pethidene）[38]，」他說，「後者是最好的。很多人用了嗎啡會嘔吐。」我放下心來，和他一起吃了點東西。生理期只過了八天，因此還沒開始孕吐。卡爾的手，小巧而敏捷，有一點像維果・F的手。他的聲線很美，說話用詞讓人感到舒服。他告訴我，他曾經上過赫魯夫斯霍爾姆（Herlufsholm）寄宿學校，母親在他兩歲那年離了婚，他從有記憶以來都希望母親能夠再婚。他也告訴我，他父親自從他有記憶以來都住在酗酒者之家，但是自從父親丟下他們以後，他一直沒跟父親有任何聯繫。他也說，自從我們上次見過面以後，他閱讀了我的作品，他面帶微笑說，「我們肯定能生下一個不錯的孩子。」他說，他會和我結婚。「但是我有一個不錯的丈夫，」我說，「還有一個非常可愛的女兒，所以，這事還是等等再說吧。」「是啊，」他搓了搓下巴，彷彿在檢查自己是否有鬍渣，「和我結婚也不是什麼好主意。我必須告訴妳，我其實不太正常。」他說得非常嚴肅，於是我追問他是什麼意思。但是他無法向我解釋，他說這只是他心裡的一種感覺。他的家族內有很多精神病患者，他母親的腦子也不太清楚。我大笑，沒有再多想。當我要離開的時候，他溫柔地吻了我，但是並沒有企圖把我弄上床。「我想，我愛上妳了，」他說，「但是這大概也於事無補吧。」

當我回到家，艾博正抽著菸斗讀特格．拉森（Thøger Larsen）[39]的詩，他買菸斗是因為讀到關於香菸致癌的文章。他不想太早死，丟下我和赫樂。他問我娜特雅的近況，我據實以告，說娜特雅和一名來自哥本哈根大學的學生訂了婚，並且發表了最反動的觀點，彷彿身處菲德烈克六世（Frederik VI）[40]前的時代那樣。他開玩笑地說她應該結婚生子的。「我們只會變老。」他說，並在菸灰缸上清空菸斗裡的灰。他今年二十七歲，我二十五。「當我想起我的童年，」他說，「我和特格．拉森有同樣的情懷。妳聽聽。」他讀著：

倘若你遇見一道枯萎的光，你應該慶幸
在你年少的春天夢境裡。
恩典之光。你的父親就在身邊。

而你的母親在廚房裡。

「我的母親，」我抗議，「超過五十歲了，但是我並不覺得她很老。」「我的母親六十五歲了，」他說，「我從沒見過她年輕時的模樣。這是有差別的。」每次他提起自己有多老，我都沒辦法理解他的心態，加上我對他有所隱瞞，更增加了彼此間的距離。上床睡覺時，我對他說我很累，想直接睡了。「明天，」我說，「我想去看看艾絲特和哈夫丹。」他說要跟我一起去，我反對道：「我們總不能一直讓莉絲照顧赫樂。」他的母親又不太願意幫我們照顧孩子。但是我答應他會早點回家。

隔天傍晚，我搭電車前往卡爾的住處，我告訴自己，或許我沒有懷孕，可能只是經期不順而已，許多女人都有這種經驗。我這樣想是因為不希望在赫樂身邊再突然出現陰影——一個我會常去算現在該有多大歲數的影子。我知道，有些女人去做人工流產，只是為了清除內心某個部分。當我來到卡爾的住處，我發現公寓裡多了一張高腳桌。桌子放置在房間中央，在上面鋪了白色的床單。他也把自己的枕頭放在桌上，好讓我躺得舒服一點。他穿了一件白色長袍，正在洗手，用力地刷著指甲，同時友善地請我躺上去。在桌旁的書架上，擺放了一些閃亮亮的工具。當他洗好手以後，從洗手檯上的玻璃架取下一個針筒。針筒裡面裝滿了透明的液體。他把針筒放在工具旁，接著在我上手臂用橡皮軟管打了個結。「我幫妳打一針，」他平靜地說，「可能會有些刺痛。」他輕輕拍打我的手臂內側，直到一個青色血管逐漸清晰起來。「妳的血管很不錯。」他說，然後開始注射。當針管內的液體消失在我的手臂裡，一種前所未有的喜悅，貫穿了我的全身。房間擴大成一個輝煌的大廳，我感到一股徹底的輕鬆、慵懶和快樂。我轉過身，閉上眼睛。「讓我一個人靜一靜，」我聽見自己的聲音，彷彿隔著一層層的棉絮傳來。「你什麼也不必做了。」

當我醒來時，卡爾又在洗手。我的喜悅感依然存在，我有種感覺，只要移動身體，這種喜悅感就會消失。「妳可以站起來，把衣服穿上了。」卡爾擦乾雙手說，「結束了。」我照著他的話做，沒有告訴他，自己是如此快樂。他問我要不要喝杯啤酒。我搖了搖頭。他又說我需要補充水分，給了我一瓶汽水。我強迫自己喝下。他坐在床邊小心翼翼地吻我。「難受嗎？」他問。「不會，」我說，「你幫我注射了什麼？」「杜冷丁，」他說，「那是種止痛藥。」我牽起他的手，放在我的臉頰上。「我愛上你了，」我說，「我很快會再來。」他看起來很快樂，在這一瞬間，我覺得他幾乎是俊美的。他的臉看來堅毅牢靠，彷彿一生都將如此。艾博的臉很脆弱，且傷痕累累，彷彿在他未滿四十歲前就會消耗殆盡。這個想法很奇怪，我不知如何表達。「等我下次來的時候，」我緩慢地說，「你可以再幫我打一針嗎？」他大聲地笑了起來，並擦了擦他凸出的下巴。「有何不可，」他說，「如果妳覺得很舒服。妳看起來也不像會成癮。」「我想跟你結婚，」我說，同時撫摸著他柔軟、又薄又細的頭髮。「那妳的丈夫呢？」他問。「我離開他就是了，」我說，「我會把赫樂帶走的。」

坐在回家的電車裡，藥性逐漸消散了，我覺得眼前的一切彷彿都被一抹又灰又黏的紗所籠罩。杜冷丁，我心想，這名字聽起來真像鳥鳴。這個男人帶給我如此難以置信的歡樂，我下定決心，絕對不讓他離開我。

回到家後，艾博問起艾絲特和哈夫丹的近況，我只是簡單回答了他。他問我發生了什麼事，我說我牙痛。在床上，我翻身背對著他，感覺到手臂上打針處稍稍腫了起來。我一心只想著再次獲得那種快樂，除了卡爾以外，對艾博、對所有人，我根本完全都不在乎了。

輯二

1

艾博已經過世了，而每當我試著回想他的臉，總是只能想起那天我對他說愛上別人時，他臉上的表情。我們坐在桌旁和赫樂一起用餐。他放下刀叉，把盤子推開，臉色變得蒼白無比，一邊臉頰的神經明顯地在抽動，那也是他表現出來唯一的不安狀態。他隨即站起身，走到書架旁拿起菸斗，小心翼翼地填滿菸草。然後，他來回走動、用力地敲打菸斗，同時盯著天花板，彷彿企圖在那裡找到解決的方法。「妳想離婚嗎？」他問，聲音單調而平靜。「我不知道，」我說，「或許赫樂和我可以先搬離這裡一段時間。或許我們會搬回來。」忽然間，他放下菸斗，把赫樂抱了起來，他極少這樣做。「爸爸難過。」赫樂說，並把她的臉頰貼上他的。「沒有，」他說，勉強自己微笑，「妳繼續吃吧。」他把她重新放回孩童高椅上，拿起菸斗，繼續來回踱步。然後，他說：「我不明白為什麼人們一定要結婚或同居。這樣一來，有生之年都要面對著同一個人，這也太不符合自然人情了。如果只是互相拜訪，我們之間的關係說不定會變得更好。那個男人是誰？」他說，但是卻連看也沒有看我一眼。「他是一名醫生，」我說，「我是在肺結核舞會遇見他的。」他重新坐下，我看見他額頭上都是汗水。他望著天花板，說：「妳認為，他能給妳人生的遠景嗎？」艾博沮喪的時候總是會說些蠢話。「我不知道你在說什麼，」我說，「遠景不是人們隨便就能給予的吧。」

我們躺在床上，他最後一次把我擁進懷裡，但是他感受到了我的疏離和僵硬。「是啊，」他說，「妳愛上別人了。這樣的事經常發生在別人身上，在我們的生活圈子裡也很普遍。然而，對我來說，這還是太不真實了。我被擊敗了，即便我沒有表現出來。這只是我的其中一個問題，我從來就不敢表達自己的感受。如果我讓妳知道我有多愛妳，今天就不會發生這種事了。」「艾博，」我說，伸手輕輕地摸著他的眼皮，「我們可以經常相互探望，或許你可以和卡爾見個面。說不定，我們三個人可以和諧共處。」「不行，」他忽然沉重地說，「我永遠都不想見到那個男人，我只見妳和赫樂。」我用手肘撐起身來，端詳著他柔和的臉孔。如果我告訴他真相呢？如果我告訴他，我愛上的是針筒裡透澈的液體，而不是擁有針筒的那個男人？但是我什麼也沒說，我永遠都不會把真相告訴任何人。就像我小時候那樣。甜美的祕密，總會在我告訴大人們後就被摧毀。於是我翻過身去，睡著了。隔天，我和赫樂就搬進了卡爾在夏洛滕隆幫我們找到的一間招待所裡。

＊
＊
＊

那是一間給年老的單身婦女住的招待所。房間裡堆滿了鋪著花布的籐製家具，一張椅背繫著個枕頭的搖椅、一張一八八〇年代的高腳鐵床及一張小小的梳妝檯，當我把那台厚重的打字機放上去時，桌子幾乎要解體了。赫樂小小的嬰兒床在這個脆弱易碎的環境裡都顯得堅固牢靠，她自己看起來也是如此堅強。她把倒置的搖椅當船玩，搬進來第一天，便大口吮著擱在梳妝檯後一個醜陋的真人大小的耶穌雕像。她那時候正在補鈣。她刺耳的娃娃聲總能以一種充滿挑釁的強度穿透修道院般的寧靜。某天傍晚，一位老太太出現在房間門口，請我們安靜點。我不曉得我們究竟是如何被批准住進這裡的。隔天早上，當我開始使用打字機寫作時，整間招待所的人都在抗議，另一位年長的女性，招待所所長，來到我房裡詢問，我這個噪音是否真的有其必要。「這裡所有的住戶都是從人生退場的人，」她說，「即便她們的家人都把她們當作是已逝之人。沒有人來探望，她們的親人只等著時間到的那天來看看是否有留下遺產。」我專注地聆聽著她的話，仔細端詳眼前這一位老太太，因為我想留下來。我喜歡這個地方、這個房間，以及房間外的風景，那裡有兩棵楓樹，兩棵樹間掛著一個吊床，儘管已是三月，麻繩編織的吊床上依舊鋪蓋著一層白雪。老太太的臉帶著病容且柔和，有一雙溫柔的眼睛。她小心翼翼把赫樂抱在腿上，彷彿這個堅強的孩子在最輕柔的碰觸下也會被弄傷似的。我和她約定，下午一點至三點間不會使用打字機，因為那是老太太們的午睡時間。我也答應偶爾會拜訪其他的住戶，因為她們已經被自己的親人遺忘了。我喜歡和那尚未完全失聰，或者身處這個命運終點站卻未因此怨懟而變得尖酸苛薄的女士們在一起。當我晚上和卡爾約會時，總是有人願意幫我看顧赫樂。我經常這樣做。當他在工作的時候，我會躺在他的沙發上，雙手擱在腦後，縮起膝蓋看著他。房間周遭擺著很多木架，裡面放著許多燒瓶和試管。他嚐了嚐試管裡的物品，然後用舌頭舔他的唇，接著在一本大大的筆記本上做記錄。我問他在嚐什麼。「尿液。」他平靜地說。「什麼？」我脫口而出。他微笑地說：「尿液可是世界上最乾淨的東西啊。」他有一種小心翼翼卻略顯怪異的走路方式，彷彿是為了不想吵醒正在睡覺的人，而他的髮色在檯燈的照耀下，呈現出一種銅色的閃光。我最初去找他的頭三趟，他都會幫我打針，然後讓我頹廢地躺著做夢，完全不打擾我。但當我第四次去拜訪他時，他說：「不行，我們還是先暫停吧，這畢竟不是甘草糖。」我非常失望，眼淚在眼眶裡打轉。

艾博來探望赫樂和我的時候，幾乎都是醉醺醺的，他的臉龐茫然無助，我不忍直視。我坐著凝視兩棵楓樹被陽光微風勾動的樹枝在草地畫下移動的暗影圖案，我想，我根本不是任何男人應該娶的女人。艾博陪赫樂玩，她說：「爸爸真好。」赫樂不喜歡卡爾。過了很長一段時間之後，她才願意讓卡爾摸摸她。

我把短篇小說集交到出版社去了，而此刻的我一點兒也沒有寫作的動力。我幾乎一直在想著，我該如何讓卡爾給我杜冷丁。我記得他說過，那是一種止痛劑。我該說我哪裡疼呢？因為過去有一回中耳炎未妥善治療，我的其中一個耳朵偶爾會積液，某天，我躺在他的床上，看著他在房間裡走來走去，偶爾喃喃自語，偶爾和我搭話，我抓著耳朵說：「唉，我的耳朵好痛啊。」他走過來，坐在床邊，「很痛嗎？」他關心地問。我臉孔扭曲，彷彿痛苦萬分。「是啊，真叫人難以忍受啊，我的耳朵時不時會這樣痛一陣。」他把檯燈移過來，以便檢查我的耳朵。「裡面積滿了液體啊，」他嚇了一跳，「答應我，一定要去看耳科醫生。我會幫妳找個醫生。」他拍了拍我的臉頰說，「放輕鬆點，我現在幫妳打一針。」我充滿感激地對他微笑，針筒裡的液體進入了我的血液，把我提升到一個我只想活在那裡的空間。然後他和我上床，他總是在藥性發揮到最大作用的時候這樣做。他的擁抱短暫且粗暴，沒有前戲，沒有溫柔以待，而我則一點感覺也沒有。輕盈、柔軟、無憂無慮的思緒閃入我的腦海。我想起那些幾乎不再見面的朋友們，感覺溫馨，我幻想和他們聊天。妳怎麼可能愛上他？莉絲最近問過我這個問題。我回答，人們總是無法了解他人的愛情。我躺了幾個小時，藥效逐漸消失了，而我越來越覺得難以逗留在這樣一種赤裸及清醒的狀態。所有的一切變得灰暗、黏膩、醜陋且讓人難以忍受。我說再見的時候，卡爾問我，離婚手續什麼時候才會完成。「隨時。」我承諾他，而我想，等我和他結婚以後，我會比較容易說服他幫我打針。

「妳想不想再生一個孩子？」他送我到樓下時，這樣問我。「嗯，當然。」我馬上說。因為一個孩子會把我跟他綁得更緊一點，而我只希望餘生都和他綑綁在一起。

2

離婚後，獲得了我們之前的公寓，便和赫樂、卡爾搬了回去。艾博搬回他母親家，當他打電話邀請我的時候，我會去探望他。他不再踏入我們住過的公寓，害怕會見到卡爾。莉絲和奧勒，以及辛娜和阿爾納則見過卡爾；辛娜的黑市批發商坐牢了，所以她和阿爾納復合了。我和艾博在一起的時候，對於我們之間這種隨時互相拜訪的習慣感到相當愉快，但現在卻覺得非常厭煩。卡爾也很討厭這樣的狀況，因為他非常嫉妒我的朋友們。當他們來拜訪的時候，他總是坐在一旁，嘴上掛著羞澀且含蓄的微笑，卻幾乎不參與任何我們的談話。「他是不是有點怪？」一天，莉絲小心翼翼地問我。我不耐煩地向她解釋，那是因為他勤於工作，所以傍晚時分便非常疲倦。「那妳呢？」她繼續說，「自從認識他以來，妳也變了不少。妳瘦了很多，看起來不太健康。」我生氣地對她說：「妳向來只喜歡鴻高中畢業的學生，不擅言辭交際或個性不夠外向的人，妳都覺得他們很奇怪。」我的話傷害了她，她有很長的一段時間都不再和我來往。

我和卡爾婚後不久的某個夜晚，阿爾納和辛娜邀請我們出席一場餐會。辛娜家裡從農場寄來了半隻豬，他們想舉辦一場派對，享受一番。卡爾說他不想出席，他覺得我也應該留在家裡。「當一個人的工作需要高度的專注力，」從來不曾透露真實感受的卡爾，以一種帶著歉意的語氣說，「就不適合擁有太多人際關係。」「他們是我的朋友，」我抗議，「我找不出任何拒絕餐會的原因。」「如果我幫妳打一針，」他柔和地說，「那妳願意留在家裡嗎？」「好，我願意。」我不知所措地說，第一次感到有點害怕。隔天早上，我感到糟透了，甚至無法起床為他泡咖啡。光線刺痛了我的眼睛，我幾乎無法張開自己乾燥、爆裂的嘴唇。我的皮膚也彷佛無法忍受床單和被套的觸感及重量，所有景物在我眼中都呈現出一種醜陋、堅硬且銳利的樣貌。我厭煩地把赫樂從我身上推開，她大哭了起來。「怎麼了？」卡爾問，「耳朵又痛了嗎？」「是啊……」我嗚咽，用手掩著耳朵。親愛的上帝啊，我絕望地想，請讓他再相信我這一次吧。別讓他沒幫我打針就去上班。「讓我看看。」他從衣櫃裡，把和刮宮器具放在同一個架上的檢耳鏡和一個小型電筒拿了出來，「看起來沒事啊，」他喃喃自語，「妳現在每個星期都會去找兩次耳科醫生，一切應該都在控制之內了啊。」當他檢查我的內耳時，我躺在那裡，眼也不眨一下地瞪大眼睛，好讓自己泛淚。「我真的很擔心，」他說，同時把針筒注滿，「如果再這樣下去，除了手術以外，再也沒有其他辦法了。我會和法爾伯・漢森（Falbe Hansen）討論看看。」他是卡爾替我找來的耳科醫生。「你為什麼用針刺媽媽，」赫樂問，她從未曾看過這種景象。「我在幫她接種白喉疫苗，妳也有接種疫苗啊。」「那應該是打在肩膀，」她質疑，「為什麼你打在手臂上呢？」「大人都打在手臂上。」他說，接著抽出針管。我鬆懈了下來，帶著一種疏離而又幸福的感覺，看著卡爾喝著他的咖啡，同時為赫樂盛好燕麥粥。我慵懶而快樂地和他說再見，然而在我混濁的腦海深處，憂慮和痛苦開始侵蝕我。手術！我的耳朵根本一點問題也沒有。但是我隨即又忘了這些，只是躺著並想像下一本要創作的小說。小說的書名將是《為了孩子》（*For barnets skyld*），我打著草稿。長長的、優美的、精簡的句子，浮現在我的意識裡。我躺在沙發上，望著我的打字機，卻連起身去拿的力氣也沒有。赫樂在我身上爬來爬去，最後自己把衣服穿好。我讓她去樓上找金姆，他們可以一起到花園裡去玩。當藥效消失以後，我爆哭起來，把被子拉到下巴，因為我冷得發抖，儘管已經是初夏。這太可怕了，我對著空氣說，我無法再忍受下去。這樣下去會怎樣？我費力地穿上衣服，因為我的雙手在顫抖，而每件衣服的布料都刮過我的肌膚，疼痛極了。我考慮著是否要打電話給卡爾，請他回來再幫我補打一針。每一秒對我而言都恍如一年那樣漫長，我覺得自己快撐不下去了。然後，我的肚子一陣劇痛，只好往廁所跑。是腹瀉，我幾乎每五分鐘就得上一次廁所。

幾個小時過去後，我覺得好了一些。我甚至還能坐到打字機前，開始書寫那本在腦海中糾纏我許久的小說。但是並不像從前那樣，能夠輕易流暢地書寫，我無法針對主題，集中思緒。我不斷地看著手錶，想著卡爾還有多久才會到家。

午餐時分，約翰（John）來訪。他是卡爾的朋友，研究肺結核醫學的學生，曾經在我婆婆工作的魯德海學生宿舍寄宿。我不喜歡他，因為每次他來拜訪我們的時候，總是坐在角落，不發一語，只是以他那雙X光似的大眼睛瞪著我看，彷彿我是一個天大的難題，他必須不顧一切把我解決掉。他和卡爾總是在我面前討論那些難以理解的科學問題，我從來沒有和他單獨相處過。「我有話要跟妳說，」他嚴肅地說，「妳現在有時間嗎？」我讓他進來，但是我心跳加速，心裡有一種奇怪、無名的恐懼。約翰坐在我書桌旁的椅子上，我則坐在沙發腳凳上。他坐下來後，看起來卻給人一種高個兒的錯覺，因為他有張很大的國字臉，肩膀寬闊，上身很長，微微向前傾著。但是，實際上，他的腿很短，站起來的時候一點也不高大。他和卡爾曾經是皇家學生宿舍（Regensen）[41]的室友，也曾合作完成論文。他沉默不語，安靜地坐著，一雙大手互相摩擦，彷彿很冷似的。我低頭看著地上，因為無法面對他透視的眼神。然後，他開口說話：「我很擔心卡爾，又或許，也擔心妳。」「為什麼？」我警惕地說，「我們很好啊。」他向前傾，捕捉到我眼神中的猶疑，而我毫不屈服地看著他，卻也很害怕。「卡爾是否曾經告訴過妳，」他迫切地問，「他在一年前曾經入院治療的事？」「什麼治療？」我不安地問。「在精神病院，」他說，「精神錯亂。」「你要是會說丹麥語就好了，」我厭煩地說，「精神錯亂是什麼意思？」「一種短暫的精神疾病，」他說，重新把身體靠向椅背，「他患病三個月。」我強迫自己笑出聲來，「你不是要告訴我，他是一個瘋子吧？」我說，「瘋子會被關起來，人人都怕瘋子，但是我不怕他。」他那惱人的眼神放過了我，望向外面正在玩耍的孩子們。「有點不對勁，」他說，「我有預感，他又生病了。」我問他為什麼，他告訴我，卡爾最近完全忽略了他的工作，僅僅專注在研究耳疾。在學院裡，他的桌上堆滿有關耳朵結構和疾病的醫療書籍，他一頁頁仔細閱讀，認真學習的態度好像準備成為一名耳科醫生似的。「這太不正常了，」他鄭重地說，「妳只是偶爾覺得耳朵有點疼痛。一般人會把這種事交給耳科醫生，相信醫生會盡其所能幫助病人。」「但是他關心我啊，」我說，同時可以感覺自己雙頰泛紅，「他關心我，希望我早日康復，如此而已。」接著，我取笑他葬禮承辦人似的臉孔，「你是一個不錯的朋友，」我說，「你跑到他太太面前告訴她，他是一個瘋子。」「我沒有這樣說，」他猶豫地說，「我只是想告訴妳，他的三個姑姑都在精神病院。至少，別跟他有孩子。」當他這樣說的時候，我忽然想起，經期已經晚了好幾天。「你知道嗎，」我說，「我想，你的警告或許來得太晚了。我懷疑，我已經懷孕了。」這個想法讓我感到快樂，我問約翰想不想喝杯啤酒或咖啡，因為我實在不想再聽他說話了。但他什麼都不要，他還有課。我送他到門口，他和我握手道別，我的朋友們從來都不會這樣做。「我要在奧恩斯特魯普（Avnstrup）醫院住幾天，」他說，「我的其中一個肺功能衰退了。對我這種人來說，健康不是理所當然的事。」離開前，他再次猶豫了一下。「而妳，」他的口氣很像莉絲，「妳看起來也不太健康。妳平日都有吃飽嗎？」我確定地回答說有，當他終於離開之後，我才能再次放鬆呼吸。我決定，儘管他並沒有要求我這樣做，但是我不會告訴卡爾他今天來訪的事。

卡爾回家以後，我告訴他，我應該是懷孕了。他非常高興，馬上開始計畫，說想為我們在城外建一棟房子。我問他，我們是否負擔得起，他告訴我，他正在等待一筆為數不少的研究金，這幾天應該就會發下來。我們可以住在屬於自己的大房子裡，專注在我們的工作上，不必接觸太多人，也無需外出。我覺得這聽起來太完美了，因為我也開始覺得，我們需要安靜的生活，不被其他人打擾。當他問起我的耳朵，我說疼痛停止了。約翰的來訪讓我感到害怕。接著，我說：「我懷孕的時候總是睡不好。」我不知道為什麼我會這樣說。他想了一下，伸手摸摸他的下巴。「這樣吧，」他說，「我幫妳開一些水合氯醛（chloral），那是一種傳統的安眠藥，沒有任何副作用。味道非常糟，但是妳可以混著牛奶喝。」

隔天，他帶了一大罐棕色的藥瓶回家。「我還是幫妳倒吧，」他說，「不然妳很容易不小心倒太多。」我喝下藥幾分鐘之後，感覺很愉快，不像注射杜冷丁那樣，比較像是喝了太多酒。我不斷地說起我們的房子，說起如何布置，說起我們即將擁有的孩子。說著說著，我忽然就睡著了，一直到隔天早晨才醒過來。「我可以每天晚上都服用嗎？」我問。「當然可以，」他毫不在意地說，「這對人體無害的。」忽然，他想起了什麼似的。「讓我摸摸妳的耳後，」他說，接著在我的耳骨壓了壓。「痛嗎？」他問。「痛，」我說，我覺得欺騙他已經變成一種習慣，我完全沒辦法控制自己。他若有所思地咬了咬嘴唇。「我還是，」他說，「得和法爾伯・漢森討論一下幫妳動手術的事。」我問他會不會用杜冷丁做麻醉。「不，」他說，「但是，術後，只要能幫妳止痛，妳想要什麼藥都可以。」他離開後，我走進浴室，望著鏡子裡的自己許久。是真的，我看起來不太好。我的臉變得非常消瘦，我的皮膚很乾燥，觸摸起來非常粗糙。「我想知道，」我對著鏡子裡自己的倒影說，「我們之間，究竟誰才是瘋子。」然後，我坐在打字機前，這是我在這樣一個越來越虛幻的世界裡，唯一的希望。寫作的時候，我想：只要能得到無限量的杜冷丁，那個手術不過是讓我進入天堂的先決條件，根本不算什麼。

3

可是照過X光以後，耳科醫生並不願意為我動手術。卡爾騎著他剛買的摩托車載我一起過去。他穿著他的皮革外套站在法爾伯．漢森旁邊，那外套從他背後看起來像個鴨屁股似的。他手上拿著安全帽，瞪著醫生一張張對著燈光拿起來的X光片看。「看起來完全沒有不正常。」法爾伯．漢森說。我走到卡爾身邊，耳科醫生對著卡爾說話時卻一直看著我，灰色的眼睛裡透露著一種冷漠。「如果覺得疼痛，」他緩慢地說，「一定是因為風濕病引起的，我們也沒辦法改變什麼。這類疼痛通常會自己消失。」於是卡爾談起骨骼、錘子、砧骨、鐙骨等等天知道什麼東西，而我卻感覺土地在我腳下燃燒了起來，因為眼前這個男人知道我在說謊。法爾伯．漢森顯得更為冷漠了。「您不會找到任何醫生願意動這個手術，」他說，並走到他的辦公桌前坐下，臉上掛著心不在焉的表情，「耳朵完全健康。我已經清理乾淨，您的妻子再也不需要到我這裡來了。」

「不要難過，」當我們穿越醫院往回走的時候，卡爾溫柔地說，「如果疼痛繼續，我們一定會找到願意動手術的醫生。」或許這次會晤還是對他造成了影響，因為當我們回到家時，他說：「我會開張處方，讓妳服用一種叫保泰松（butalgin）的藥片。這是一種強烈的止痛藥，這樣一來，無論我是否在家，妳都得以舒緩疼痛。」他把處方寫在我的一張打字紙上，並且把紙的四邊剪得很整齊。接著他看著自己的傑作微笑說：「這看起來有點像偽造的，如果他們懷疑妳，妳可以把我在研究院的電話號碼給他們。」「偽造？」我問。「就好像是妳自己寫在紙上似的，」他大笑，「一個真正的癮君子就會這樣做。」他經常以「真正的癮君子」這種說法來和我做比較。然後，我忽然想起來自己確實曾經見過一個真正的癮君子。我告訴他，那天在「流產老勞」的候診室裡，有個女人沉重地來回踱步並要求插隊，但是，沒有多久，當她從看診室出來以後，就像完全變了一個人似的，多話而且很有精力，眼神晶亮。「是啊，」卡爾若有所思地說，「她可能是一個真正的癮君子。」當我獨自一人的時候，我認真地看了看那張藥方，心想，真的，看起來誰都能寫出這樣一張藥方。於是我走到藥房去領藥。回到家後，我馬上吞了兩片，想看看效用如何，或許能緩和我的孕吐。那是一個星期六的午後。莉絲提早下班，來我家接金姆，他幾乎每天都在這裡陪赫樂玩。自從那天她問我卡爾是不是有點怪之後，我們之間的關係變得很冷淡，但是今天我懇請她多逗留一點時間，讓我們像從前那樣聊天。我覺得自己很開心、積極，樂於和人往來，她說很高興看到我又恢復了以往的模樣。「因為我最近在寫作，」我說，「這是我唯一覺得實在的事。」我為莉絲煮了咖啡，喝咖啡時，我問她近來過得如何，並為自己長久以來對她的忽略而感到愧疚。「不太好，」她說，「結了婚的男人都很糟糕，但是我離不開他。」奧勒因為嫉妒而得了精神官能症，他去見了一個名叫薩克斯・

雅各森（Sachs Jacobsen）的心理治療師，但莉絲覺得他不太專業。上個星期天早上，莉絲因為金姆病了而忘記去買配咖啡的圓麵包，奧勒因此大發雷霆。隔天薩克斯太太打電話去莉絲的辦公室。她是德國人。「妳的先生確實很需要那些溫熱的圓麵包喔。」她以濃濃的德國口音這樣說。我們為此笑了很久，從前存在於我們之間的那種友情的聯繫，再次慢慢地重新建立起來了。我也想和她分享我的私事，於是我告訴她卡爾對我的耳疾有多麼投入，他認為我需要動手術。「這太可怕了，」她真的被嚇著了，「千萬別答應，托芙，這種手術會讓妳變成聾子。我有一個阿姨就是這樣聾了。再說，在妳認識卡爾以前，妳的耳朵一直都沒問題啊。」「是沒問題，」我說，「但是我的耳朵現在確實不時就會疼痛。」然後我想起卡爾在幾天前收到了一封很重要的信。那是來自斯凱爾斯克爾（Skelskør）的一個女人寫給他的信，通知他說，再過一個月左右，她就將生下他的孩子，而她之前一直沒有知會他是以為肚子裡長了一顆腫瘤。因為她生長在一個非常傳統的家庭，因此這個孩子將會被送養他人。卡爾建議我們領養這個孩子，我沒有太大反應，淡淡地回說好，因為，對我來說，多一個小孩也沒有太大差別。此外，還有一個我沒有告訴莉絲的原因就是，如果我領養了他的孩子，他就不會輕易離開我。「我覺得這是個好主意，」莉絲說，她和娜特雅一樣，非常重視對他人施予援手，只要能幫助別人，減輕他人負擔，她都會去做。「當你們搬進新房子以後，你們便會有足夠的空間了。」「那就這樣吧，」我說，彷彿在討論的是去林間散步這樣的事。卡爾也答應我會再聘請一名家務助理。我無法同時兼顧寫作及看顧三個小孩。莉絲覺得這樣很合理。「這樣一來，就有人幫妳下廚了，」她說，同時若有所思地用食指敲打著她前排的牙齒，「妳很需要，妳越來越瘦了。」然後，她去院子牽起金姆，一起回家了。我走進浴室，又吞了一顆藥，然後坐下來寫作。經過這些時間，我第一次能如此順暢地疾筆書寫。就如往日那樣，我忘記了周遭的一切，也忘了浴室裡那一瓶為我帶來內心平靜的源頭。

一九四五年十月，我們去國家醫院（Rigshospitalet）領回了那個新生的女嬰。她非常嬌小，只有五磅重，頭髮是紅色的，還有著長長的金色睫毛。那天，我吞了四顆藥，因為兩顆藥已經無法達到如同以往的效果了。我覺得能再次將一個新生兒抱在懷裡，是非常幸福的事，我答應自己對待這個孩子要如同己出般疼愛。她每三個小時就要喝一瓶奶，夜裡，卡爾會起床幫她餵奶。我無法從睡眠裡清醒，因為已服了安眠藥。當我的母親來探望小嬰兒的時候，她望了嬰兒床一眼說：「嗯，這孩子說不上漂亮。」她覺得我去招惹這些孩子的事根本沒有必要，實在太瘋狂。我的婆婆也來了，她幾乎因為感動而窒息，「上帝啊，」她把手擺在胸口說，「她實在是太像卡爾了。」接著，她和我們閒聊，說她的廚娘逃走了，要再找一個廚娘有多困難。她的廚娘總是有問題。「對於我的熱潮紅（hedestigninger）[42]，我該怎麼辦？」她問。她兒子總是得喝得半醉才能忍受她的來訪，他微笑著說：「那肯定很舒服啊，這個夏天那麼涼爽。」他從未對她嚴肅以待，當她想要親吻他時，他會輕輕側身避開她的擁抱。最後一秒鐘，他才會把臉轉過去，讓她在臉頰上親一下。每當她來探望我們的時候，他總是叫我穿上長袖的連身裙以遮掩我手臂上的那些針孔。「其實也沒有什麼大不了的，」他說，「只是不太雅觀。」

亞貝（Jabbe）住進了我們的公寓，暫時睡在小孩房間裡。其實應該稱呼她雅格森（Jacobsen）小姐，她來自格林諾（Grenå），但是因為赫樂叫她亞貝，所以我們也跟著這樣叫她。她身材魁偉，很能幹，非常喜歡小孩。她的臉龐有著天真氣息，看起來很讓人信賴，凸出的雙眼總是有些濕潤，彷彿總是被什麼事情觸動似的。她每天都早起，為早晨的咖啡烤好圓麵包，再把早餐拿到床邊給我，卡爾則還在一旁沉睡。「您該吃點東西，」她堅決地說，「您太瘦了。」當餐點直接端到我面前來，多少還是讓我有了點胃口，而且，對我而言，好像一切都開始往好的方向發展。保泰松讓我能好好工作，偶爾才注射一次杜冷丁，也足以讓我滿足。艾博常在喝醉時打電話給我。他和維克多流連在各個酒吧之間，儘管我的許多朋友都認識維克多，我卻還未見過他。艾博非常希望我能和維克多見面。但是只要我告訴卡爾想去拜訪艾博，針筒就會出現，而他會以一種粗暴且冷酷的方式和我上床。「我愛順從的女人。」他說。當他不得不承認艾博有權見他的女兒時，他才與我達成協議，讓我偶爾把她送去艾博母親家裡待一會兒，在艾博和她見面後，艾博的母親再把她送回來。

我在英瓦和街上的一家診所，生下了邁克（Michael），卡爾負責接生。事後，我躺在單人房，懷裡抱著新生兒時，他幫我打了一針，然後坐在床邊，坐了很久，他注視著他的兒子，然後很快又把他放回搖籃裡。「這個孩子讓人期待，」他驕傲地說，「科學家和藝術家生下的孩子，這是一個很好的組合。」「我也很期盼快點看到我們的房子完工。」我虛弱地說，與此同時，那熟悉的甜蜜竄流到我的四肢。「我們這一輩子都會在一起，和其他人不同，維果・F、艾博，」他理所當然地說，「他們都不像我這樣了解妳。」

不久後，我們搬進了完工的房子，房子座落在根托夫特市（Gentofte）的埃瓦爾茲巴肯（Ewaldsbakken）。那是一棟由建築師設計、擁有完整建築結構的兩層磚屋。樓下有小孩房、女傭房、飯廳、衛浴和廚房。樓上，卡爾和我則各自擁有一間自己的房間。我的房間寬敞明亮，從我的書桌可以看到窗外美麗的花園，草皮上有許多果樹，每個星期天早上，卡爾都會去除草。這個夏天，我們算是快樂的。我們為生活打造了舒適的樣貌，這是我內心深處一直以來的夢想。我把所有的收入都交給卡爾，就我所見，他在財務方面的管理非常精明。然而，秋季的某一天，當我向他要一張新的保泰松藥方時，他來回走動，猶豫不決，小心翼翼地說：「我們暫停幾天吧，我擔心妳吃得太多了。」一天下來，我開始覺得非常不舒服，我過去也曾經歷過同樣的感受。我發抖、冒冷汗、腹瀉。此外也感到焦慮，而這感覺讓我的心跳越來越快。我非常清楚，我現在就需要服藥，而且我很快就找到了另一個解決的方法。忘了是為什麼，但我曾經把卡爾給我的一張處方箋收起來，我迅速地自己抄寫好，然後把處方箋交給一無所知的亞貝，請她去藥房買藥。她幫我把藥帶回來了，彷彿買的不過是一瓶阿斯匹靈似的。我吞了五、六顆——現在我必須得吃這麼多，才能擁有我剛開始服用時達到的效用——帶著一種隱隱約約的沮喪，我想起，這是我有生以來的第一次犯罪。我下定決心，下不為例。然而，我並沒有做到。我們在這間房子裡住了五年，而大部分的時間，我都是一個癮君子。

4

如果我沒有出席那一次的晚餐邀約，我不會經歷耳疾手術，或許所有的事都會不一樣了。那段時間，卡爾總是不時會幫我打一針。保泰松總能讓我情緒高昂，而我手臂上的那排針孔終於也漸漸變淡了。我對杜冷丁的渴望也不再強烈。當欲望再度浮現，我會提醒自己，在它的影響下，我根本無法寫作，而當時我需要極度專注在長篇小說的創作。在埃瓦爾茲巴肯的生活，幾乎是正常的。白天大部分的時間，我和亞貝及孩子們在一起直到傍晚時分；吃過晚餐之後，卡爾和我會回到我的房間，我喝咖啡，而卡爾讀著他有關科學研究的書，沒對我說太多話。一種奇妙的空虛在我們之間蔓延，我發現，我們其實無法對話。卡爾對文學一概不知，對他自己學科範圍以外的事也不感興趣。他總是以長得歪七扭八的牙齒咬著菸斗，坐在那裡，下顎凸出，彷彿大半張臉都是靠下巴撐托起來似的。偶爾，他會將目光從書頁中抬起，帶點羞澀的微笑對我說：「欸，托芙，妳還好嗎？」他也不像其他男人那樣，和我分享他的童年，如果我主動問起，他會給我空洞且毫無意義的答覆，彷彿他對童年一點記憶也沒有。我經常想起艾博，想起他在夜裡無止境的喃喃自語，想起他以德文朗讀里爾克的詩句以及激情地引用赫魯普說過的話。莉絲偶爾會來看我，她告訴我艾博仍然為了失去我而憂傷不已，所以常和維克多去托坎藤或其他酒吧，完全忽略了學業。

卡爾不在家的時候，艾絲特和哈夫丹偶爾也會來。他們住在馬修斯街（Matthæusgade）上的一間公寓，有一個比赫樂小一歲的女兒，而且他們非常窮困。他們問我，為什麼我和那些老朋友變得疏遠，也不再去俱樂部了？我說，我很忙碌，頻繁的社交活動對藝術家也不太好。艾絲特哀傷地微笑，說：「妳忘了我們在內克爾屋（Neckelhuset）的日子嗎？」然而，與世隔絕確實讓我感到痛苦，我渴望有人能夠陪我好好說話。我是丹麥作家協會的會員，可是每次的會議或聚會，維果．F總是會致電詢問我是否出席，如果我去，他就會避開，所以我從來沒去過。我也是國際筆會（PEN Club）[43]的主要成員，該會主席是凱．弗里斯．莫勒爾，是我所有書評朋友裡最熱情的一個。聖誕節前的某天，他撥電話給我，問我有沒有興趣和他及凱爾德．阿貝爾（Kjeld Abell）[44]、伊夫林．沃（Evelyn Waugh）[45]一起在斯科夫里德客棧（Skovriderkroen）吃頓晚餐。我想和他們三個人見面，所以當卡爾在那天晚上一如往常地問我是否需要打一針時，我第一次拒絕這個充滿誘惑的提議。他顯得有點怪異及不安。「如果太晚了，」他說，「我會來接妳。」我回答他說可以自己回家，他也可以先上床睡覺。「至少，」他溫柔地說，「把妳的手臂好好遮起來。臉上也塗一點面霜吧，」他又說，並用食指滑過我的臉，說：「妳的皮膚還是非常乾燥，只是妳自己沒有察覺。」

晚餐時，我坐在伊夫林・沃旁邊，他是位個頭矮小而活潑的年輕紳士，有著一張蒼白的臉和充滿好奇的雙眼。弗里斯・莫勒爾很有義氣地幫我克服一切的語言障礙，整體來說，他為人細心親切，很難相信他的筆鋒是如此銳利。凱爾德・阿貝爾問伊夫林・沃，英國是否有如此年輕貌美的女作家，他說沒有。當我問他為什麼會來丹麥，他說當他的孩子們從寄宿學校回家開始放假時，他就會去環遊世界，因為他無法忍受他們。我想替自己明顯的食慾不振找藉口，便說在出門前已經陪孩子們吃過飯。但我還是喝了不少，而且因為在出發前吞了一把保泰松，所以情緒非常愉快，喋喋不休地說了很多話，好幾次都讓這三位名流紳士發聲大笑。我們幾乎是餐廳裡唯一的一桌客人。外面飄著雪，一切是如此安靜，甚至可以聽到遙遠海上傳來的船隻引擎聲。當我們喝著咖啡和干邑白蘭地時，弗里斯・莫勒爾和凱爾德・阿貝爾忽然驚訝地望著出口，由於我背對著大門，什麼也看不見。「他究竟是誰啊？」弗里斯・莫勒爾說，同時用餐巾紙抹了抹嘴，看起來那人正朝我們這裡走來。我轉過頭，驚嚇地看見卡爾走過來，他穿著長皮靴，皮夾克還有落雪，手裡拿著安全帽，臉上的溫柔笑容則彷彿是被畫上去似的。「這……這是我先生。」我絕望地說，因為跟眼前這三位優雅的紳士比起來，他像是從火星來的人，而我忽然警醒到自己從來沒有真正看過他和任何人有過來往。他走到我面前，有點羞澀地說：「好了，回家的時間到了。」「容我介紹……」弗里斯・莫勒爾站起來，把椅子往後推了推。卡爾和他們三人握手卻不發一語，凱爾德・阿貝爾的嘴角則出現一抹諷刺的笑。我難受且生氣地站起身，眼中閃爍著羞愧。卡爾沉默地幫我穿上外套。當我們走出門外，我轉過身來對著他說：「你究竟在想什麼？我已經說了，你不必來接我。你這樣讓我太丟臉了。」但是和卡爾吵起來簡直是不可能的事。他抱歉地說，「我想睡了，但是在幫妳注射止痛藥前，不能睡。」他幫我打開摩托車邊車[46]的門，我在他關上門的時候坐好。回家的路上，我因為羞辱而哭泣。當他再次幫忙開門讓我下車時，他看到我的眼淚，脫口而出：「發生什麼事了？」我如往常般把手放在耳朵上，因為此刻我只想要獲得安慰。「喔……」我哭著說，「我的耳朵痛了一整晚，你想，為什麼這老毛病又復發了呢？」他看起來真的很擔心。但是當他把針管插入我手臂上尚能找到的靜脈血管時，他的眼裡也閃爍著一種奇特的勝利光芒。「我想，是法爾伯．漢森判斷錯誤了吧。」他說。他以一種比平日更粗暴的方式和我上床，事後，我軟弱無力地用手指梳過他幼細的紅髮。他躺著，雙手擱在腦後，瞪著天花板看。「這樣下去不行，」他說，「那根骨頭一定要挖出來。別擔心，我認識一個不喜歡法爾伯．漢森的耳科專家。」

隔天，他從圖書館帶回所有關於耳疾的書籍。他鑽研那些厚書，當我們喝咖啡的時候，他會喃喃自語，在書本的示意圖畫上紅線，同時伸手摸摸我的耳後以及耳朵周圍說，如果疼痛持續下去，他會去見見他之前提過的那位主治醫生，嘗試說服他幫我動手術。「現在還痛嗎？」他問。「痛，」我說，做了個表情：「難以忍受的痛。」我對杜冷丁的渴望，以一種難以抗拒的力量回歸。隔天，我寫完長篇小說最後一個章節，用一張厚紙皮把書稿包起來，上面用大寫字母寫著：《為了孩子》，長篇小說，托芙・迪特萊弗森著。然後，我把書稿放在卡爾房間裡的一個文件櫃裡，如往常那樣，我感受到一種哀傷，那種無法再專注於小說寫作的哀傷。生理上，我也感到十分不舒服，於是從書桌上鎖的抽屜裡取出藥瓶；卡爾沒有這個抽屜的鑰匙。我吞下了一把藥片，沒有細算究竟有多少。對於假造處方這件事，我非常小心。有時，我會簽卡爾的名字，偶爾簽的是約翰的名字——他在奧恩斯特魯普療養院（Avnstrup sanatorium）完成了畢業考試。亞貝和我互相交替地帶著處方箋去藥房買藥，我非常確定，這個天真的女孩對我及這屋裡的一切祕密都不曾起過疑心。注射器、小玻璃瓶和針頭，都和我的文件一起鎖在文件櫃裡，只有一次——但那是在許久許久之後——亞貝說：「這真是一筆龐大的醫藥費。」她把帳單拿進來交給我。那時，每個月都要花上幾千克朗。

主治醫生年紀很大，重聽，脾氣乖戾。診所助理如果沒有馬上把他需要的工具遞給他，他會把手上所有東西摔到地上大喊：「該死的，我怎麼和這麼沒用的人一起工作？」「所以，」他說，檢視我的內耳。「法爾伯・漢森不願意操刀？好，我們看著辦吧。先照幾張X光片，極有可能已經滲入腦膜了。」「我也這樣想，」卡爾說，「我想，她偶爾還會發燒。」「發燒？」我訝異地說。「多少度？」主治醫生問。「我們沒有量體溫，」卡爾平靜地說，「我不想嚇壞我的太太。但是她看起來像是發燒，而且心不在焉。」幾天過後，我們再回去那裡，卡爾和主治醫生非常熱衷地在研究X光片。「這裡有個暗影。」主治醫生說，沉默了一陣子。接著，他甩了甩他的光頭。「好，」他說，「我們動手術。明天一早，我可以安排您太太入院到單人病房，然後，明天上午，我就會幫她開刀。」我們回到家後，卡爾幫我打針，我想著：我就是希望這樣度過餘生，別讓我再回到現實生活。

當我從麻醉裡醒來，我的頭整個被紗布包紮著，此刻我才終於真正體會到耳朵痛是什麼感覺。我痛苦得大聲呻吟，躺在床上翻來覆去。主治醫生進來，坐在床緣。「試試看，微笑。」他說，我動了動嘴角，勉強做了類似微笑的表情。「為什麼？」我重新呻吟，來回滾動。「我們不小心碰到了顏面神經，」他解釋，「這可能會導致顏面麻痺，不過，我們幸運地避免了。」「我很痛，」我嗚咽，「能給我止痛藥嗎？」「當然，」他說，「我可以開些阿斯匹靈，這是我們這裡所能開立藥性最高的止痛藥。我們不想讓人染上毒癮。阿斯匹靈，還有些讓妳夜裡好睡的藥。」「您是否可以打電話給我先生，讓他過來？」我驚慌失措地問，「我很想和他說說話。」「他一會兒就來，」主治醫生說，「很快的，現在，您需要休息。」卡爾進來時，帶著他棕色的公事包，裡面有那根神聖的針筒。當他在我的靜脈血管注射時，我說：「你必須常來，我這輩子從沒有這麼痛苦過，他們卻只給我阿斯匹靈。」「他們還不如給妳方糖算了。」他嘀咕地說。「大聲點，」我說，「我聽不見你說什麼。」「妳的那隻耳朵聾了，」他說，「妳那隻耳朵，這輩子都聽不見了，但是也不會再痛了。」當藥效發揮作用後，似乎就沒那麼痛了，但是依舊能感受到疼。「我該怎麼辦？」我虛弱地問，「如果我又開始痛，但是你不在？」「妳得嘗試忍耐，」他急切地說，「如果我來的次數太過頻繁，他們會起疑的。」晚上，他回來幫我打針，還給我安眠藥。而那幾個小時簡直是地獄，我忽然察覺，原來我這一生根本就不知道身體承受了巨大痛苦是怎麼回事。我感覺自己被困在一個可怕的陷阱，完全不知道自己何時會觸動機制而被活活夾死。我在夜裡醒來，感覺頭彷彿被熊熊火焰燒透。「救命！」我對著房門大喊，門邊上的夜燈照射出一抹藍色的光芒。一位護士衝進來。「我馬上給您阿斯匹靈。」她說，「我很抱歉，我們無法給您提供更強的藥物。主治醫生非常嚴厲，」她抱歉地說，「他自己曾經兩個耳朵都動過手術，而他也清楚記得，當初他自己都無法忍受那種疼痛。」她離開以後，我被一種巨大的恐懼吞噬。我一秒鐘也不願意留在這裡。我站起身，穿好衣服，盡量不發出太大的聲音。喔，啊，我輕聲呻吟，我快死了，母親啊，我快死了，我無法忍受下去。穿好外套以後，我小心翼翼看著門外。在我的房間外頭，還有一扇門，希望那扇門能通往出口。我快步衝去那裡，片刻間卻發現自己站在黑夜空蕩蕩的街道，頭上還紮著紗布。我揮手招了一輛計程車，司機關心地問我是否發生車禍。當我回到家時，我跑過花園的走道，瘋狂地按著門鈴。我身上沒有鑰匙。亞貝出來開門。「發生什麼事了？」她驚恐地問，並睜大眼睛瞪著我看。「沒事，」我說，「我只是不想待在那裡了。」我跑去卡爾的房間把他搖醒。「杜冷丁，」我嗚咽，「快！我快被疼痛給搞瘋了。」

這種情況維持了十四天左右，卡爾請了假，沒去上班，只為了讓我能在要求他幫我打針的時候，為我注射。我一動不動，無力地躺在床上，感覺自己像是在溫熱的綠色水液裡搖晃著沉沉入睡。只要我能永恆地處於這樣一種幸福的狀態裡，世界上一切的事物，對我而言都不重要了。卡爾說，很多人都是聾了一隻耳朵，根本也沒什麼關係。我其實也不在乎，因為這是值得的。只要能趕走難以忍受的現實生活，任何代價都不算太高。亞貝上樓來餵我進食。我幾乎什麼都吃不下，懇請她讓我一個人待著。「絕對不行，」她堅決地說，「只要我還能做主，您就絕不會餓死。事情已經夠糟糕的了。」

某天夜裡，我醒來，發現疼痛幾乎消失了。但是，我覺得很冷，發著抖，嘴唇乾裂，好像得用雙手才能把嘴巴掰開。卡爾帶著睡意起來幫我打針。「當這個靜脈血管也堵塞，」他彷彿在對自己說話似的，「我不知道我們還能怎麼辦，或許，我們可以從妳腳上找找看。」

當我再次躺在自己床上的時候，我發現已經很久很久沒有看到孩子們了。我下樓走進孩子們的房間裡。我非常虛弱，不得不靠著牆壁，避免自己摔倒。我打開房間裡的燈，看著孩子們。赫樂躺著，嘴裡塞著大拇指，一頭捲髮看來如同光環圍繞著她的頭。邁克抱著他的小貓睡覺。他沒有小貓就無法入睡。只有特琳娜（Trine）睜著眼躺在那裡，以她那難以理解的嬰兒目光，嚴肅地看著我。我蹣跚地走向她的床，輕撫她的頭髮。她有長長的金色的睫毛，在我的撫摸下，漸漸地垂下。滿地都是玩具，在房間中央有個遊戲圍欄。我幾乎不再認識這些孩子了，也沒有參與他們的人生。宛如一名老婦回憶著她的青春那樣，我想著自己，也不過幾年前，我還是個快樂健康的女孩，對人生充滿希望，也有很多朋友。但這想法稍縱即逝，我熄了燈，輕輕把門關上。我花了很長時間，才能上樓回到床上。我讓燈亮著，躺在床上，看著我瘦小、蒼白的手，我讓手指飛舞，彷彿在打字機上打字。長久以來，頭一次，一個清晰的想法出現在我腦海裡。如果事情持續惡化，我想，我要打電話給傑爾特・約恩森，把一切告訴他。我這樣做不僅僅是為了孩子們，也是為了那些我還沒寫出來的書。

5

接著，時間消失了。一個小時可以像一年那樣長，而一年又可以像一個小時那樣短。這一切都在於，針筒裡藥的份量。有的時候，它根本沒有一點效用，我就會告訴總是在附近的卡爾說：太少了。他會摸摸下巴，眼裡帶著困擾的神情。「我們必須減量，」他說，「否則妳會生病的。」「如果藥量太少，我才會生病，」我說，「為什麼你要如此折磨我？」「好，好，」他嘀咕著，無助似的聳聳肩膀，「我再給妳多一點。」

我一直都躺在床上，只有在亞貝的扶持下才能走進廁所。當她坐著餵我吃東西時，她的大臉濕透了，彷彿被水噴了一臉似的。我用手滑過她一邊的臉頰，接著把手指放入口中嚐，鹹的。我想像著，羨慕地想著，能為他人如此感傷。我無法感受四季。窗簾總是被拉上，因為光線會刺痛我的眼睛，對我來說，日夜根本沒有分別。我睡著，我醒來，我感覺好了一些，我又病了。我的打字機離我那麼遙遠，彷彿得從望遠鏡的另一端才能看到它似的。樓下，生命實際存在的地方，孩子們的聲音彷彿穿透層層羊毛毯子才傳到我這裡。臉蛋兒出現在我身邊隨即又消失。電話鈴聲響起，卡爾接了。「不，對不起，我太太近來身體不太好。」他在我的房間裡用餐，我訝異，帶著隱約的羨慕看著他，因為他的胃口居然還不錯。

「試試看，吃一口，」他迫切地說，「這個很好吃。亞貝是特地為了妳做的。」他用叉子叉了一塊肉，放入我的口裡，我把肉吐了出來。我看著他用抹布擦了擦床單上的痕跡。他的臉靠近我的。他的皮膚光滑細緻，而他的眼皮如孩子般乾淨而濕潤。「你是那麼健康。」我脫口而出。「妳也會好起來的，」他說，「只要妳能稍微忍受偶爾的不適，只要妳能讓我把藥量稍微減低。」「我是不是已經成了真正的癮君子？」我問。「是的，」他說，臉上帶著猶疑、不確定的微笑，「妳現在已經真的成癮了。」他躡手躡腳走在地板上，把窗簾微微拉開，看著外頭的天氣。「當妳可以重新下樓、回到花園的那天，一切將會多麼美好。果樹開滿了花，妳想不想看？」他扶著腳步蹣跚的我，走到窗前。「你不再除草了嗎？」我問，只是為了再說點什麼。我們的草坪都長到鄰居家去了。看得出已經許久沒有整理，蒲公英長了一地，種子隨風飄揚。「是啊，」他說，「還有更重要的事，需要我費神。」某天，他坐在我的床邊，問我，我還好嗎？「我還好，因為那一針的劑量足夠。」「有件事，」他說，「我想跟妳商量。在研究院裡，有一名主任醫生，挪用了他所獲得的四萬克朗的研究費來買毒品。我是在非常巧合的狀況下發現的。」「我以為你沒有再去那裡了？」我驚訝地問。「有的，」他說，同時從地上撿起一些看不見的塵埃——這是他的新習慣，「妳睡著的時候，我偶爾會過去。」「嗯，」我毫無興趣地說，「你想怎麼做呢？」「我想過了，」他說，再次彎下身子撿起什麼，「我想去找個律師談談。我原本想去報警，但是，妳覺得呢？我是不是該先找個律師諮詢一下？」「是啊，」我毫不在乎地說，「那樣更好。但是請你不要離開太久，當我需要你的時候，你得在這裡。」

母親來了，坐在我的床邊。她握住我的手，拍了拍。「妳父親和我，」她說，同時用手背擦了擦眼睛，「我們覺得，是卡爾害妳生病的。我們不知道他做了什麼，但是我覺得，他不太正常。他在電話裡表現得很怪異，我們過來的時候，他也從來不在家。亞貝也說他越來越奇怪了。前幾天他叫她清洗孩子們的鞋墊，預防感染。她說很懼怕他。」「他沒有害我生病，」我平靜地說，「相反的，他嘗試讓我康復。請妳回去吧，說話讓我感到很疲倦。」然而，偶爾我也覺得，他撿灰塵的動作、他踮著腳躡手躡腳走路的習慣，以及他經常在我不需要他時就把自己鎖在房裡的舉止，都顯得有點怪。偶爾，我想——心裡毫無恐懼——我是否快死了，我是否該振作起來打通電話給傑爾特．約恩森。但是，如果我真的那麼做，就再也不能得到任何藥物注射了，這點我非常肯定。如果我這樣做，他會把我送回醫院，而那裡只讓我服用阿斯匹靈。因為這樣，我把事情就這樣耽擱拖著，同時也處在一種無法清楚思考太久的狀態當中。莉絲來看我，把她的臉靠近我，將臉頰貼在我的臉上，我把頭移走，呻吟著，因為肌膚的接觸讓我感到疼痛。我無法忍受他人的肌膚與我觸碰，我和卡爾也很久沒有上床了。「妳生了什麼病，托芙？」她嚴肅地問，「妳在隱瞞一些可怕的事。每當有人去問卡爾，他總是顧左右而言他。」「那是一種血液疾病，」我按照卡爾的指示說，「但是危機已經過去。現在漸漸好轉了。請妳離開好嗎？我很累。」「妳不再寫作了嗎？」她說，「妳記得嗎，每次只要妳開始寫書，妳有多麼快樂？」「嗯，」我說，看著我那台積滿灰塵的打字機，「我記得，我會再次寫作的。妳走吧。」之後，我想著她的話。我永遠不會再寫作了嗎？我記得那些遙遠的時刻，那時，當杜冷丁的藥效發揮以後，那些辭彙與詩句如何在我腦中跳躍，然而，這種情況不再。我再也無法體驗到過去那種滿足感，而且，我也知道，卡爾早已減低了劑量，有時，他甚至只是在針管裡注滿清水。有一次，我也弄不清楚是白天還是夜裡，他蹲在我的腳邊，把針管注射在我一隻腳上的血管，我看見他眼裡都是淚水。「你為什麼哭？」我驚訝地問。「我不知道，」他說，「我希望妳明白，如果我做錯了什麼，我會受到懲罰的。」這是他唯一懺悔的一次。「你是不是幫我注射清水？」我說，對於其他的事，我一點興趣也沒有。「接下來，會有一段時間，」他說，「妳會覺得自己病重，極度不適，但是，接下來，妳會好起來的，最後就會完全康復。但是，妳必須停止對我糾纏不清，因為我無法忍受看著妳受苦。我所做的一切，都是為了妳，為了讓妳康復，這樣妳才能重新工作，陪伴孩子們。」他的話讓我內心充滿恐懼。「我不能失去杜冷丁，」我怒吼，「我不能失去它。是你開始這一切，你一定要繼續下去。」「不，」他溫柔地說，「現在，我會逐漸停止。」

地獄就在人間。我感到很冷，我發抖，我汗流浹背，對著這個空蕩蕩的房間大哭、大聲呼喊著他的名字。亞貝進來坐在我身邊。她絕望地哭泣。「他把自己反鎖起來了，」她說，「我很怕他。我只能把食物放在他的門口，我離開後他就會把食物拿進去。您能不能打電話給另一個醫生呢？您病得很嚴重，我什麼忙也幫不上。當您的朋友們來訪，他不允許我讓他們進來。他連自己的母親也不想見。」「或許，」我說，「他快瘋了，我知道，他曾經發過一次瘋。」然後，我開始嘔吐，亞貝拿了一個碗過來，並用毛巾幫我擦臉。我請她幫我在電話本裡找到傑爾特．約恩森的電話號碼，然後抄在一張紙條上。她照做了，我把紙條放在枕頭底下。現在，連安眠藥都無法讓我入睡了。當我閉上眼睛，眼皮底下就出現可怕的影像。一個小女孩，走在黑暗的街上，忽然間，一個男人出現在她身後。他頭上戴著頂黑色的帽子，手上拎著一把長刀。他快速向前，一個跳躍，一把將刀插入小女孩的背上。我們同時尖叫起來，我再次睜開眼睛。卡爾輕手輕腳走進來。「妳又做惡夢了嗎？」他說，接著彎身撿拾地上的塵埃，「我們沒有杜冷丁了，我大概忘了去繳清最後一次的帳單，但是，我可以給妳一劑安眠藥。」他把藥倒入量杯裡，我懇求他直接給我兩劑份量。「不管了，」他說，照著我說的做，「反正這也不會對妳造成多大傷害。」我感到稍微好了一些，他拍拍我的手——我的手只有他的一半大小。「這是營養不良的問題，」他傻笑著說，「如果妳的體重能增加二十磅，一切就沒問題了。」他坐了一會兒，對著空氣發呆。接著他以假音唱著：只要我們想要，隨時都能操我們的女人。「那是我們在皇家學生宿舍的時候常唱的，」他解釋說，「當我住在那裡的時候，我還是素食者。我常把妳想像成是我的妹妹，」他喃喃自語，然後再次朝下彎身，「亂倫比人們想像中還更常見。」然後他嘗試和我上床，這是我第一次對他感到恐懼。「不，」我說，以無力的動作試著推開他，「走開，我想睡覺。」他走後，我一直醒著。「他瘋了。」我對著虛無的空氣叫出聲來，而我快死了。我嘗試抓緊著這兩個念頭，它們像我腦中兩條垂直的線，卻又彷彿是被風吹過的水裡漂浮的海藻。我不敢閉上眼睛，因為我害怕眼皮底下的景象。現在是黑夜還是白天呢？我用手肘把自己支撐起來，結果身子滑落床邊。我發現自己竟然連站起來的力氣也沒有。於是，我只好用四肢爬行，然後撐著自己爬到書桌旁的椅子上。我盡了全力，不得不把雙手擱在打字機的鍵盤上，並把頭靠著，休息一下。我的呼吸聲，在寂靜裡嘶嘶作響。我一定要在安眠藥停止發揮效用前展開行動。我的手裡緊握著抄了傑爾特．約恩森電話號碼的那張紙條。我打開檯燈，撥了電話號碼，等候著答覆。「哈囉，」一個冷靜的聲音傳出，「這是傑爾特．約恩森。」我說了自己的名字。「啊，是您，」他脫口而出，「怎麼會在這種時候吵醒我呢？發生了什麼事？」「我生病了，」我說，「他在針筒裡注滿了清水。」「什麼針筒？」「杜冷丁。」我說，已無力進一步解釋。「他幫您注射杜冷丁，」他厲聲說，「有多長時間了？」「我不知道，」我輕聲說，「有好幾年吧，但是他現在不願意了。我快要死了。幫幫我。」他問我隔天是否可以去他那裡，我說不行。於是他請我把話筒交給卡爾，我盡我所能，大聲呼喊他的名字，同時把話筒擱在桌子上。他穿著線條睡衣出現在門口。「什麼事？」他睡眼惺忪地說。「是傑爾特．約恩森，」我說，「他要和你說話。」「這樣啊，」他柔和地說，揉了揉他沒刮鬍子的下巴，「我的事業就這樣毀了。」他說這句話時並沒有任何責怪的語氣，那一刻，我也不明白他究竟是什麼意思。「哈囉。」他對著話筒說，然後是長久的沉默，因為對方在說話。在房裡也聽得見，對方非常激動和憤怒。「好的，」卡爾只是說，「是的，明天兩點鐘。我會的，是的，我明天會解釋清楚。」放下聽筒以後，他病態地對我微笑。「妳想要打一針嗎？」他溫柔地問，「這次，我會注射足夠的劑量。我們應該好好慶祝。」他把針筒拿過來，然後那種久違多時的甜蜜和幸福感，再次進入了我的血液。「你在生我的氣嗎？」我說，同時用手指纏繞著他的頭髮。「沒有，」他站起來，說，「每個人都必須照顧自己。」然後他看著周遭的一切，他看著每一件家具，彷彿想要永遠記下這個房間及所有的布置。「妳記得嗎，」他緩慢地說，「我們搬進這間房子的那天，有多麼快樂？」「嗯，」我虛弱地說，「我們可以像從前那樣的。我實在是太傻了，竟然打電話給他。」「不，」他說，「這是妳的解決方式。妳會被安排住院，一切都過去了。」「孩子們怎麼辦？」我忽然想起。「他們還有亞貝啊，」他說，「她不會丟下他們的。」「那你呢，」我問，「你的解決方式是什麼？」「我完了，」他平靜地說，「但是，妳不必擔心這個。現在，我們各自都得盡全力挽救。」

隔天，當他從傑爾特．約恩森那裡回來時，他看起來比長久以來這段時間都還要平靜。「妳得入院，」他邊說邊脫下他的摩托車外套，「進行戒毒治療。只要奧林奇醫院（Oringe）一有空床，就會馬上安排妳住院，在那之前，妳需要多少杜冷丁都有。妳不高興嗎？」「高興。」我發現，也是同樣的這句話，讓我接受了他們為我進行的耳朵手術。「你呢？」我問，「你接下來會做什麼？」「我有麻煩了，關於衛生部的事，」他故作輕鬆地說，「但是，我能處理。妳只要顧好自己就夠了。」

當我告訴亞貝入院的事，她非常高興。「您會康復的，」她說，「您所有的朋友和家人都會很高興的，他們已經擔心您很久了。」我入院的那天，她把我抱到浴室裡，幫我把全身上下都清洗乾淨。她也幫我洗了頭，洗澡水都因為汙垢而變黑了。「您並沒有比赫樂重多少。」當她將我重新抱回床上時，她這樣說。卡爾進來幫我打了一針。「這是最後一次了，」他說，「我會請他們慢慢地幫妳戒掉。我陪妳去。」我伸手環抱住救護員的脖子，他把我抱下樓。我覺得救護員看起來很擔心，於是對著他微笑。他回我一個微笑，我卻從他眼裡讀到同情。卡爾坐在擔架旁邊，眼神空洞地發呆。忽然間，他傻笑起來，恍若想起什麼調皮的事。他撿起一些灰塵，揉在手心裡。「我不確定，」他眼神空洞地說，「我們還會不會再見面。」接著，他以一種無所謂的音調，又說：「事實上，對於耳朵痛的事，我也從來沒有確定過。」這是我從他嘴裡聽見的，最後一句話。

6

我躺在床上，微微從枕上抬起頭，僵硬地望著我的手錶。我用另一隻手擦了擦眼皮上的汗水。我瞪著秒針，因為分針拒絕移動。偶爾，我把手錶靠在健康的那隻耳朵旁，因為我以為錶停止轉動了。每隔三小時，他們會幫我打一針，而最後的那個小時總是比我在世界上活著的那些年還要漫長。像這樣抬著頭讓我感到脖子痠痛，但是如果我把頭好好放在枕頭上，牆壁就會向我這裡移動，越來越近，這小房間裡的空氣就不夠了。如果我把頭靠在枕頭上，許多動物便會在被子裡竄動，那些數以千計的、細小的、噁心的、蟑螂似的小動物，會爬遍我的全身，鑽入我的鼻子、嘴巴和耳朵。如果我想閉上眼睛一會兒，同樣的事情也會發生，這些小動物會覆蓋我，而我無法阻止。我想尖叫，卻無法張開雙唇。我心裡也漸漸明白，尖叫只是徒勞。沒人會有任何反應，沒人會在預定的時間以外進來房裡。我被一條皮帶綁在床上，皮帶緊繫我的腰間，讓我幾乎無法翻身。即便是在為我更換身下滿是排泄物的床單時，他們也不會解開皮帶。「他們」或藍或白，沒有身分，在我眼裡閃爍。他們是掌權的人，儘管我叫破喉嚨呼喚卡爾的名字也是徒然，我的聲音最終只會變成聽不見的耳語。時間是兩點五十五分，三點鐘，他們就會過來幫我打針。為什麼五分鐘會像五年那麼漫長？手錶在我的耳邊隨著我狂野的心跳，滴答作響。或許我的手錶時間不準確，儘管他們從未間斷為我校正手錶的時間；或許他們已把我遺忘了；或許他們正在為其他的病人忙碌——從我門外那個未知的世界裡，總是傳來他們的尖叫與哭喊。

「嗯，」一張嘴這樣說，從我的角度看來，從左耳到右耳的這張臉，相較於他的身體來說實在有點太大，「現在，可以幫您打一針了。針會打在大腿上，需要一些時間才會發揮效用。」所謂的效用，其實只是讓我感到稍微放鬆一點。我終於能把頭放回枕頭上，我的身體也暫時停止了無止境的顫抖。偶爾，那些臉孔會從藍白相間的條紋裡清晰地出現，如修女一樣虔誠與純潔，我了解他們並不想傷害我。「跟我說說話。」我請求，她在我床邊坐下，並幫我擦乾臉上的汗水。「很快的，」她說，「就要過去了。我們會讓您康復的，但您真是在最後關頭才來到我們這裡。」「我的丈夫在哪裡？」我問。「再過一會兒，」她避開我的問題，「波爾伯（Borberg）醫生會過來和您說話。但是，首先，我們得把您整頓好。」於是我被強而有力的手臂托起來，底下的床單換成了乾淨的。我被清洗乾淨，換上了一件乾淨的白色襯衫。「最可怕的，」我說，「是那些動物。」「我把牠們都弄走，」她鼓勵似的說，「牠們來的時候，您就叫我，我會把牠們趕走。乖乖聽話，喝下我們為您準備的水。您非常需要水分，您自己無法感覺嗎？您不口渴嗎？」她把我的頭抬起來，把一個玻璃杯遞到我嘴邊。「喝下。」她急切地說。我聽話地喝下了，甚至還多要了一杯。「這樣很好，」那聲音說，「您做得真好。」

波爾伯醫生來了，他是這個充滿折磨的世界裡，唯一一個我能清楚理解的人。他很高，金髮，三十五歲左右，有一張小男孩般的圓臉蛋，以及聰明又可親的眼睛。他問我，能不能和他談談。接著，他告訴我：「您的丈夫被安排住進國家醫院，他患有嚴重的精神病。衛生部要控告他，但是，目前看起來，或許會撤銷控訴。」「可是，孩子們，」我驚惶地說，「他不在的話，亞貝沒錢。我必須馬上回家。」「您半年內都不能回家，」他堅決地說，「不過，您的女傭自然也需要錢。我和她通過電話了，過幾天，她就會來探望您。我會確保在幫您注射完畢之後，立即安排和她見面。」他離開了，藥效逐漸減弱了。我再次把頭從枕上抬起來，瞪著我的手錶看，世界上除了我和這支錶，再也沒有其他事物了。亞貝來的時候，我把我的銀行存摺交給她，卡爾在我入院時把存摺放在救護車裡，我的擔架上。我請她把我放置在卡爾房裡文件櫃那些小說原稿找出來，交給出版社。我也請求她留在孩子們身邊，直到我回家，她答應了。她以那雙濕潤、關懷的眼睛看著我，拍了拍我的手，問我有沒有進食。接著，她開始告訴我許多關於孩子們的事情，但是我已經無法集中精神了。「請離開吧，亞貝，」我說，汗水再次流遍我的身體，「請告訴孩子們，我很快就會康復，我很期待再次見到他們。」「您的丈夫，」她說，眼裡帶著恐懼，「他不會忽然回家吧？」「不會。」我向她保證，我想，他應該永遠都不會回來了。

慢慢地，我的折磨減輕了。現在我可以將頭靠在枕頭上，牆壁並沒有移向我的床，我也停止了對手錶無止境的凝視。我不再被皮帶綑綁，也能讓護士攙扶著去廁所。在我的房間外面，是一個大廳，那裡密密麻麻地擺滿了床，床與床之間只有窄窄的走道。大部分的病人都被皮帶綑綁在床上，有些人手上還戴著寬大的手套。他們以空洞、呆滯的眼睛盯著我看，我向護士挨近了一點。「您不必害怕，」她說，「這些都是生了重病的。他們不會傷害任何人的。」但是他們大喊大叫，所以你根本無法聽見自己的聲音。「我為什麼會在這裡？」我說，「我不是一個瘋子啊。」「這裡是封閉病房，」她說，「當初您進來的時候，不能被安排去別的地方。等您稍微康復以後，我相信一定能把您轉移到開放病房去。過來吧，」她善意地把我領到盥洗室，「洗洗手，看看您能否自己做到。」我抬起頭，看見鏡子裡的自己，我用手掩住嘴以免自己叫出聲來。「這不是我，」我哭了起來，「我不是這個樣子的。這不可能。」在鏡子裡，我看見一個憔悴、蒼老的陌生臉孔，皮膚灰白，長滿鱗片，滿眼通紅。我看起來根本就像個七十歲的老婦，我抱著護士嚎啕大哭，她把我的頭擱在她的肩膀上說：「好了，好了，我沒想到妳會這樣呢，但是，別哭了。當您開始服用胰島素以後，一切都會好轉的。您的身體會重新獲得脂肪，然後看起來就像位年輕的女性了。我向您保證。我們經常遇到這種情況。」回到床上以後，我躺著端詳自己火柴般瘦小的手腳，那一刻，我對卡爾產生了極大的怒意。可是，我又想到自己也有責任，於是，憤怒便消失了。

隔天早晨，他們幫我注射了一劑胰島素。我夜裡沒睡好，於是又昏睡過去，等我再次醒來，已經是早上九點半。我感覺到一種極度的飢餓，我發著抖，眼前閃爍著黑點。我全身的細胞都在渴望著食物，就如當初渴望杜冷丁的那種狀態，於是我到走廊上叫住了一名護士。她是路維生（Ludvigsen）小姐。「我很不舒服，」我說，「我可以吃點東西嗎？」她抓住我的手臂，把我領回房間裡。「實際上，您的用餐時間是十點鐘，但是我現在就去幫您把食物拿過來。就這一次，沒關係。」她把托盤拿進來，上面放著一個盤子，盤子裡裝滿鋪著起司的裸麥麵包和塗滿果醬的白麵包，她還來不及放下托盤，我便一把搶過食物往嘴裡塞，咀嚼、吞下，然後貪婪地又拿了更多，同時一種莫名的、生理上的滿足遍布全身。「啊，感覺真好！」我在喝著兩口牛奶之間的空檔脫口而出，「只要想吃，我就能一直吃是嗎？」路維生小姐大笑：「當然！」她保證，「即便您把我們吃到傾家蕩產也沒問題，看見您吃東西，真是太棒了。」她又去拿了更多食物，而我則是瘋狂大吃，同時因喜悅而笑出聲來。「我好快樂，」我說，「此刻我終於相信自己能夠康復了。你們不會停止讓我服用胰島素吧？」「在您的體重恢復正常以前，不會的，」她說，「但是這還需要一段時間。」然後，他們幫我換上醫院的袍子，讓我坐在窗邊的椅子上。窗外是一大片草坪，維護得相當好，而在兩棟不太高的建築物中間，我能看到一注藍色的水，上面有著白色的泡沫。秋天了，枯葉堆積在草坪上。幾個穿著條紋上衣的男人，毫不費力地把枯葉掃成堆。「我什麼時候可以去散步？」我問正在幫我梳頭的路維生小姐。「快了，」她保證，「我們會請人陪您去。目前您還不能單獨行動。」

有段時間，我只是盯著手錶，迫不及待地等著用餐。我很期待用餐時間，食慾簡直如同一名水泥工。我的體重也增加了，他們每隔一天就幫我量體重。我入院時只有三十公斤，但是如今很快就要四十公斤了。我無需扶持便可自己走路，我每天會到戶外走走，並且和護士們在豔陽下喋喋不休地聊天，因為我的心情非常愉悅。我發現自己彷彿回到認識卡爾之前的時光，在那個遙遠而快樂的世界裡，我一直都是個快樂的人。他們允許我每天打電話回家，我也和赫樂在電話裡聊天。她六歲了，已經開始上學。她問：「媽媽，為什麼妳不和爸爸再結一次婚？我不喜歡卡爾爸爸。」我笑著說，「或許我會，但是我不確定他是否還想和我在一起。」「他不喝酒了，」她高興地說，「他現在回去上學了。昨天他和維克多一起來了。維克多給了我們糖果和太妃糖，他的人真好。他問我是不是要和媽媽一樣，當個詩人。」

一個上午，我剛用完餐，波爾伯醫生進來了。「現在，我們得認真談談。」他說，然後坐了下來。我坐在床緣，充滿期待地看著他。「我康復了，」我說，「我很快樂。」於是，他向我解釋，我的身體差不多痊癒了，但這不是最重要的。接下來會進入穩定期，這才是最耗時的一個過程。我必須學習過著無藥物、能不受藥物影響的生活，讓任何有關杜冷丁的記憶逐漸從我的腦海中消失。他說，「在這個備受保護的醫院病房裡，您很容易會覺得自己已經康復，心情開朗，但是當您回到家，遇到逆境——我們每個人都會遇到逆境——的時候，誘惑就會重新出現了。」他說，「我不知道，您的丈夫何時康復，或是即便他康復了也是一樣，無論發生什麼事，您都不能再和他見面，我們會確保他絕對不會來找您。」他問我是否曾經找過別的醫生，我否認了。他也問我，除了杜冷丁，卡爾是否還有給我別的藥物，我提起了保泰松。「這個也一樣危險，」他說，「您同樣永遠不能再服用保泰松。」我告訴他，我今生都不會再碰這些藥物，因為我永遠都不會忘記今日曾經歷的這種痛苦。「會的，」他嚴肅地說，「您會忘記的。當您有一天再次面對同樣的誘惑，您會想，沒關係的。您會認為自己絕對可以控制份量，而在您尚未察覺時，您又上癮了。」我漫不經心地笑了，「您不相信我，對嗎？」我說。「我們看過太多癮君子的悲慘命運，」他嚴肅地說，「只有大約百分之一的人能真正康復。」接著，他微笑且友善地拍拍我的肩膀。「但是，或許，我相信您是其中一個，因為您的例子非常特別。而且，和許多人相反的是，您有值得活下去的理由。」在他離開前，他允許我能自由走動，也就是說，每天有一個小時的時間，我可以單獨去醫院的庭院裡走走。

時間一天天過去了，我在自己的病房和醫院美麗的院落間來回走動，就像在家裡一樣。偶爾，我會停下腳步和其他出去散步的病人聊聊天。我很依賴工作人員，所以拒絕了轉移到另一個較好的病房的提議。亞貝把我的打字機和衣服都帶了過來。那些衣服看起來都糟透了，因為我已經很多年沒有買新衣服了。她也確認我身上的錢是否夠用，有一天我甚至被准許獨自到沃爾丁堡（Vordingborg）去買了件冬天的大衣。長期以來，我只有一件和艾博在一起時買的殘舊且不保暖的棉大衣。我是在傍晚時分去了城裡。暮色將近，天空已經出現幾顆淡白的星星，因城裡的光芒而顯得黯淡。我的精神狀態十分平靜，也很快樂，而我的思緒總是持續圍繞著艾博。我想起赫樂的話：媽媽，為什麼妳不和爸爸再結一次婚呢？我開始寫很多信給艾博，但是每一封最後都被扔進垃圾桶。我帶給他許多不必要的悲傷，而他永遠不會明白為什麼。

買好大衣後，我立即穿上，沿著大街就往回走，途中也沒有停下來到任何店去看看。我肚子餓了，期待著晚餐。忽然間，一間開了燈的藥房窗口吸引了我的注意力。那裡散發出一種水銀容器和裝滿水晶的燒杯才有的柔和閃光。我在窗前站了很久很久，對那些唾手可得的白色小藥片的渴望，如黑色液體般從我的心裡升起。當我站在那裡的時候，我才恐懼地驚覺，原來那種欲望根植在我心彷如一棵腐敗的樹，或是自顧自生長並擁有自己生命的胚胎，儘管你一點也不想再和這些扯上任何關係。我很不情願地拖著自己，緩慢地向前走。風把我的長髮吹到臉上，我厭煩地把頭髮撂到耳邊。我想起波爾伯的話：如果您再次面對誘惑——回到房裡，我拿了一張打字紙，盯著它看。只要把紙剪好，寫下一張保泰松的處方箋，再去藥房買藥，這一切是如此簡單。然後，我又想到，他們是多麼努力地幫助我走到今天，看到我終能康復又是如何為我感到開心快樂，我覺得自己不能讓他們失望。只要我還在這裡，我就絕不能這樣做。我走到浴室，鼓起勇氣，看著鏡子裡的自己。自從那天我被自己的樣貌嚇壞以後，再也沒有照過鏡子。我快樂地對著自己微笑，摸了摸自己圓潤光滑的臉頰。我的眼睛清澈明亮，頭髮光滑。我看起來甚至沒有比實際年齡更老一天。但是，當我躺上床，喝下他們給我的安眠藥以後，我清醒著，躺了很久，藥房的窗口出現在我眼前。我想起服用保泰松的那段時間，我的工作進行得如此順利，只要小心別再過度服用就好了。偶爾服用這些藥物應該無傷大雅，只要小心別讓自己再度被藥物控制。隨即，我又想起戒毒時期那些無止境的痛苦，心想：不，絕不！隔天，我寫信給艾博，問他是否願意來探望我。幾天後，我收到了他的答覆。他寫著，如果我是在幾個月前呼喚他，他會馬上過來，但是，現在他遇到了另一個女孩，他的人生也開始逐漸變得更好了。「妳不能，」他寫著，「離開一個人整整五年，然後期待回來時，一切仍如同往昔。」

讀著他的信時，我哭了。從來沒有一個男人拒絕過我。然後，我想起我們在埃瓦爾茲巴肯的房子，那被忽略的花園和我的三個孩子，他們可能已經不再認識他們的母親，就如我也不覺得自己認識他們一般。我就要回家和他們及亞貝一起生活了，但我覺得，我做不到。在奧林奇療養院剩下來的日子，我不再去城裡，因為，我不想再看到，藥房的那一扇窗。

7

當我再次回到埃瓦爾茲巴肯的家，已經是春天了。連翹和金鏈花垂掛在狹窄碎石路的籬笆上，花香飄揚到花園裡。亞貝準備了一桌巧克力和她自己烘焙的環餅（kringle）[47]，孩子們乾乾淨淨、衣著整齊地坐在桌旁，桌面放滿了充滿喜慶氣氛的餐具及擺飾。桌子的中央放了一個花瓶，裡頭插了鮮花，上面放著一個牌子，以歪斜的大寫字母寫著：「歡迎回家，媽咪。」赫樂告訴我那個牌子是她做的。她以那雙和艾博一樣彎彎的眼睛望著我，等著我的稱讚。另外兩個小的，安靜羞澀地坐著，當我伸手想摸摸特琳娜——這隻陌生的小鳥——的頭髮時，她把我的手推開，身體靠向亞貝。「怎麼了，妳不認識自己的媽媽了嗎？」亞貝責備似的說。我想著亞貝是如何引導他們邁出人生的第一步，如何陪著他們牙牙學語、清洗他們的傷口，並在夜裡唱著歌，陪他們入睡。只有赫樂還依舊親近地和我站在一起，陪我說話，彷彿我們不曾分離過。她告訴我，她的父親和另一個和我一樣也是寫詩的女人結了婚。「但是妳比較漂亮喔。」她忠心耿耿地說，同時幫我把杯子注滿，亞貝在一旁笑著。「妳的媽媽，」她說，「也和我第一次見到她時一樣漂亮喔。」孩子們睡著以後，我坐著和亞貝聊到很晚。她買了一瓶黑醋栗白蘭地，我們分著喝，與此同時，我身體裡一種難以言說的渴望漸漸消褪了。「偶爾喝一點點這個，」亞貝說，臉上泛著紅暈，眼睛比平時更為清澈，「比您的丈夫灌入您身體的一切狗屎都好。」「那，」我說，「您是要把我變成酒鬼嗎？看起來我是從灰燼跳到火裡去了。」我們大笑了起來，也約好每週三下午以及每隔一個週末，她可以放假。這個可憐的女孩，已經好幾年沒有放過假了。她問我該為自己做些什麼打算，我建議她在報紙刊登一則徵婚啟事。我自己也會那樣做。「人們本來就不應該獨自生活。」我說。我去拿了紙和筆，我們樂趣無窮地設計了兩則啟事，把自己形容成所有男人夢寐以求的女人。我們開始胡言亂語，當我終於上樓回到自己的房間時，已經很晚了。亞貝用鮮花布置了我的房間，但是，所有往昔曾發生在我身上的一切，忽然間衝入腦海，所以我連衣服也沒有更換就直接躺在床上。我覺得自己看到一個影子，他不斷地撿起灰塵，同時含糊不清地喃喃自語。他現在在哪裡呢？我走過去，打開窗戶，把身子伸出去。天空布滿星星。獵戶座的箭頭瞄準了我，而在昏暗的小徑上，有一對情侶相擁漫步。他們在街燈下止步、互相親吻。我很快地關上了窗，感覺自己又回到了當年和維果．F結婚時的那種心情，到處都是彼此相愛的戀人。我懷著沉重的心情，脫下衣服上床睡覺。然後，我想起自己忘了飲用搭配安眠藥的牛奶。醫院有給我一瓶，波爾伯醫生說這瓶喝完後，會再把處方寄給我。他不希望我去找別的醫生。和我道別時，他說如果我遇到什麼問題都可以打電話給他，他也才好明白我的狀況。我從冰箱裡拿出牛奶，再次回到床上。我服用了三劑——平時，我只服用兩劑——當催眠作用開始散布到全身時，我想著，已經是春天了，我還如此年輕，卻沒有任何男人與我相戀。我不由自主地擁抱自己，把枕頭捲成一團，緊緊壓到懷裡，彷彿它有生命似的。

日子平穩、規律地過去，我總是和亞貝及孩子們在一起。獨自待在房間裡會讓我感到哀傷，而我也失去了書寫的欲望。孩子們漸漸習慣與我相處，如今找我的次數和找亞貝一樣頻繁。亞貝對我說，我該出去走走，見見其他人。她希望我能再次聯繫朋友和家人，但是，在某種程度上，我有點退縮，或許是從前的日子留下的恐懼感，我總害怕有人會發現這屋子裡究竟發生過什麼事。某天早晨，我醒來，心情異常低落。我聽見外面的雨聲，房間裡瀰漫著灰暗沉悶的光線。沃爾丁堡那間藥房的窗口就這樣出現在我的腦海，清晰無比，而這景象在我腦海出現已經不止一次，而是上百次。我看著書桌上的那一疊紙。就兩顆，我想，每個早上兩顆，絕不超過。兩顆會有怎麼樣的傷害呢？我下了床，很不舒服地顫抖著。我走到桌前坐下，找出一把剪刀，剪下一方白紙。我小心翼翼寫著，穿好衣服，對亞貝說，我要來個晨間散步。我簽了卡爾的名字，我非常確定，無論他在世界的哪一個角落，這件事一旦被揭發，他也會幫我掩飾的。回到家後，我吞了兩顆藥，呆立著，看著藥瓶。我幫自己配了兩百顆藥。我想起自己在戒毒時受的折磨，從心靈深處聽見了波爾伯的聲音：您會忘記的。忽然間，我對自己感到害怕，把藥瓶拿去鎖在文件櫃裡。我把鑰匙放在床褥底下，自己都不知道為什麼要這樣做。藥效發揮以後，喜悅感和一股創作動能覆蓋了我，於是我坐在打字機前，寫下了一首我很久前就想完成的詩作第一段。第一段總是輕而易舉。寫完以後，我覺得，這是一首好詩，接著我有一種想和波爾伯醫生談談的迫切渴望。我撥了電話給他，他問我過得如何。「很好，」我說，「天空很藍，草地比平日更綠。」電話那頭安靜了下來。然後，他厲聲說：「聽著，妳吃了什麼？」「沒有，」我說謊，「我只是心情很好。為什麼您這樣問？」「沒事，」他笑著說，「我只是天性多疑。」我走到樓下，去廚房裡幫亞貝一起替馬鈴薯削皮，孩子們在我們周圍跑來跑去。今天是星期天，赫樂不必上學。我們坐在餐桌旁喝咖啡，之後我把孩子們帶回孩童房裡，為他們大聲朗讀格林童話。午餐過後，我變得悲傷，心煩意亂，亞貝擔心地問我發生什麼事。「沒事，」我說，「我只想睡個午覺。」我上樓躺下，雙手疊在腦後，瞪著天花板看。兩顆，我想，不會有多大問題的，比起從前的量，這不算什麼。我走進卡爾的房間，鑰匙並不在文件櫃上。我究竟放去哪兒了？我完全想不起來，忽然間，我被恐慌淹沒。焦慮的汗水從腋下滲出，我在房間翻箱倒櫃，像個瘋子般四處搜尋，並且忽然想起，今天是星期天，所以藥房肯定沒有開門營業。我把書桌的所有抽屜拉出來，翻轉方向，拍著抽屜底部，但是仍然沒有找到鑰匙。我需要吃藥，兩顆就好，除此之外，我什麼都無法思考。我下了樓。「亞貝，」我說，「太糟了，文件櫃的鑰匙丟了，裡面有些資料，我現在一定要用到。我不能等到明天。」務實的亞貝說，我們可以找鎖匠，有一次她把自己鎖在門外，也試過找鎖匠。「他們的工作是不分晝夜的。」她翻了翻電話簿，把號碼給了我。我衝到電話前，在電話裡向一個男人解釋，我有一個櫃子的鑰匙弄丟了，櫃子裡有救命的藥物，我現在立刻就要。接著，男人來了，把鎖撬開。「好了，夫人。」他說，「妳不必再哀傷了。費用是二十五克朗。」他離開以後，我拿了四顆藥，但意識裡清晰、觀察入微的那一個我知道，我的毒癮又犯了，現在只有奇蹟出現才能停止這一切。但是，隔天早上我只吃了兩顆，就像我原先決定的那樣。當誘惑再次來臨時，似乎只要緊緊握住藥瓶，一切就足夠了。藥瓶就在這裡，並沒有消失，藥是我的，沒有人可以從我這裡把藥拿走。

幾天以後的一個晚上，我被電話鈴聲吵醒。「妳好，」一個含糊的聲音說，「我是阿爾納。辛娜現在在倫敦，她回來以後，我們就要離婚了。但這不是我打電話過來的原因。我和維克多現在正在我家小酌，想過去拜訪妳。我們覺得妳到現在還沒見過維克多，實在有點太離譜了。我們現在能過來嗎？」「不行，」我厭煩地說，「我在睡覺。」「那，明天呢，在清澈的日光下？」他不放棄，為了甩開他，我答應了。我把電話線拔掉，重新躺上床，才想起明天亞貝要休假。希望他們不會再打電話來。到了早上，我已把這一切都忘了，我吞了兩顆藥，下樓和孩子們及亞貝一起吃早餐。亞貝在中午時分離開，阿爾納再次撥電話過來，聲音聽起來比昨晚更醉。「我們在綠色酒吧（Den Grønne）小酌，半個小時以後就過去。」掛上電話後，我上樓去吞了四顆藥，好讓自己有能力面對一切。然後，我幫孩子們穿好衣服，和他們一起去街上散散步。當時是七月，我穿著亞貝陪我出去買的一件藍色夏日洋裝。在散步回家的路上，一輛計程車緩慢地行駛過來，我透過窗子看見了阿爾納喝醉的那張圓臉蛋，而在他旁邊是另一張我看不清容貌的臉孔。車子比我們先抵達門口，那兩個男人抱著滿懷的酒瓶下了車。「妳好，托芙，」阿爾納大喊，「我和維克多來了。」我和他們打招呼，而他，那個叫維克多的人，親了親我的手。他看起來沉著清醒的模樣，讓我所有的煩躁都消失了。我放開孩子們的手，他們跑進屋裡。因為面對著陽光，我看不到他的眼睛，但是他上唇的弧度，是我這輩子看過最美的愛神之弓。他整個人散發著一種狂野凌亂的魔力及生命力，讓我十分著迷。我帶著他們走進屋裡，阿爾納立即撲倒在卡爾的床上。我請赫樂幫我照顧一下弟弟妹妹，然後帶著維克多走進我在樓上的房間。他坐下，看了我很久，一句話也沒說。我坐在另一張椅子上，一顆心狂亂地跳動。我感到內心的幸福和驚慌相互交錯；驚慌一如回到童年，那時，母親大哭著說：「我會丟下一切離開。」而我和哥哥根本不知道未來會發生什麼事。維克多在我跟前跪下，輕撫我的腳踝。「我愛妳，」他說，「我愛妳的詩。這麼多年來，我一直很想認識妳。」我伸手將他的臉轉向我，說：「直到今天以前，我一直認為一見鍾情這種事是一個謊言。」我伸手捧住他的頭，親吻他美麗的唇。在他疲憊的雙眼下，有著深深的、煙燻般的暗影，兩道皺紋從他臉頰上滑落，恍若淚痕。那是一張充滿痛苦和激情的臉。「不要離開我，」我急切地說，「永遠都別再離開我。」對一個初次見面的人說這種話，實在相當怪異，然而維克多看起來並沒有對我的話感到驚訝。「不，」他說，並把我拉進懷裡，「我永遠不會離開妳。」之後，我們下樓去看孩子們，在我還在奧林奇療養院時，他們已經見過他一次。「看這裡，赫樂，」他說，「這裡有十克朗。妳去幫你們三個人買些紅色糖果吧。」用餐時，赫樂興奮地看著維克多，說：「媽媽，妳和他結婚好嗎？這樣我們家又可以有個爸爸了。」維克多大笑，「我會考慮的。」他說。

「我瘋狂地愛上你了，」當我們一起躺在我床上時，我幸福地說，「你今晚會留下來過夜嗎？」「會的，我這一生都會留在這裡。」他說，露出了耀眼的牙齒微笑著。「你的妻子怎麼辦？」我問。「我們擁有愛的權利。」他說。「這樣的權利，」我親吻他，說，「也給予了我們傷害他人的權利。」我們愛著彼此，幾乎說了一整晚的話。他和我分享他的童年，雖然和艾博的童年很相似，但我聽來仍覺得像是第一次聽到這些故事。我告訴他和卡爾在一起度過的那瘋狂的五年，以及我在奧林奇療養院的經歷。「我不知道，一個人會因為成癮而病得這麼嚴重，」他訝異地說，「我一直以為那就像是我們喝了太多酒而已。我們總得靠點什麼來熬過人生啊。」等他終於入睡以後，我躺著端詳他那精緻的鼻翼以及完美的嘴唇。我想起那次對亞貝說：「居然能對某個人，有那麼多的感受。」現在，我也可以了，這是我認識艾博以來，第一次再度擁有這種感覺。我不再孤單了，我也感受得到，他對我說此生都會留在我身邊並不是因為他喝醉才說的話。我服下安眠藥，依偎著他。他的金髮，有著孩子們頂著太陽在草坪上玩耍回到家以後，那種好聞的氣息。

8

從那時起，維克多和我幾乎一直都在一起。他只有在需要他的妻子幫他洗燙一件襯衫時才回家，我笑說，多年以後，這或許也將是我的命運。他有個四歲的小女兒，他非常疼愛她，經常提起。他每隔一天就會翹班一次，當他出現在辦公室裡的時候，我們每個小時都通電話。他和艾博一樣主修經濟學，卻對文學有更強烈的喜好，這點也和艾博一樣。他會在我房裡跑來跑去，假裝自己是托爾斯泰《戰爭與和平》（*War and Peace*）裡的安德烈公爵（Prince Andrei）或是《三劍客》（*The Three Musketeers*）裡的達太安（d'Artagnan）。他會以一把無形的劍與空氣對戰，上演各種大型戰鬥場景，自己扮演所有的角色。他瘦長的身影在房裡四處移動，嘴裡同時還會說出各種台詞，直到他累了笑倒在床上為止。「我是生不逢時，」他說，「晚了幾百年。但是，如果我生長在那個年代，我就永遠不會與妳相遇。」他把我拉進懷裡，然後我們就遺忘了世界裡所有的一切。我們的慾望往往才稍歇便能馬上被喚醒，所以孩子們又得再交給亞貝照顧。「愛情的可怕在於，」我說，「你對他人完全失去了興趣。」「是的，」他說，「然後也總是以痛苦的方式結束。」某天他興高采烈地回來，說他的妻子要求離婚。所以他只帶了衣物和書本，就搬進來和我住在一起。他對物質向來都不甚在乎。幾乎在同一個時間點，一名律師打電話給我，說卡爾委託他處理我們的離婚手續。他向我解釋，卡爾要求把房子賣了，他能獲得一半收入。「那就賣了吧，」維克多說，「我們可以再找其他的地方住。」

但是，我們的幸福時光正悄悄被陰影覆蓋，只是維克多尚未察覺。我開始服用越來越多的保泰松，害怕自己一旦停止保泰松就會生病。我失去了食慾，開始消瘦，維克多說我看起來就像隻注定要被獅子吃掉的羚羊。我任意且毫無規律地服食藥物，根本不知道自己究竟需要多少。偶爾，我會想打電話給波爾伯，把一切都告訴他。我也經常想著告訴維克多，但是出於一種害怕失去他的恐懼，我終究什麼也沒說。

一個星期天的早晨，我們騎著腳踏車去鹿園（Dyrehaven）[48]附近一間幽僻的小餐廳喝咖啡，那裡已經成了我們常去的地方。出發前，我吞了四顆保泰松，但是我忘了把藥瓶隨身帶著。我們坐在那裡，四目相對，服務員極有耐性地對著我們微笑。「天知道他在想什麼，」我說。維克多大笑說，「妳一定知道，相愛的人看起來總是如此荒謬。他只是覺得我們很有趣。」他伸出手，覆蓋著我的手。「妳看起來像個宮女。」他說，同時還得向我解釋宮女的意思。天空是無法擊碎的藍，鳥兒們的歌聲裡有一種特別的、春天的歡欣。一隻黃鵐站在紅格子桌巾上，吃著麵包屑，這一刻就此無聲無息在我的記憶定格，彷彿日後無論發生什麼事，我也隨時能將這個時刻取出重溫。我們手牽著手，在樹林裡漫步，我告訴維克多，關於那段和維果・F的婚姻所發生的事，以及那時如何無法再承受看見相愛的年輕戀人的畫面映入眼簾。時間飛逝，維克多建議我們回餐廳吃午餐。忽然間，我被一陣寒意突擊，像是有人從後面攻擊我一樣，我知道那意味著什麼。我甩開了維克多的手。「不，」我說，「我想回家了。」「不，」他驚訝地請求，「我們現在興致高昂。該回家的時候再回去吧。」我呆立著，雙手環繞著自己，彷彿這樣能給自己些許溫暖。我的嘴裡開始充滿唾液，覺得自己快要嘔吐了。忽然間，我脫口而出：「你知道嗎，家裡有些藥，我現在一定得馬上服用。我不能待在這裡了。我們現在就回家好嗎？」他憂心地問我是什麼藥，我說，即便告訴他，他也不會知道。「所以，妳的毒癮並沒有戒掉，」他不安地說，「我以為妳有了我，就足夠了。」當我們騎車回家時，我告訴他，會慢慢戒掉的，因為我不想再這樣下去。有了他，就足夠了，只是在生理上仍無法放棄藥物。我快速地踩著腳踏車，同時告訴他，我會打電話給波爾伯醫生，問他該怎麼做。「妳一到家，立刻去做。」他以一種我從未看過的威嚴語氣說道。回到家後，我吞了四顆藥，接著就打電話給波爾伯醫生。「我戀愛了，」我說，「我們同居了，他的名字是維克多。」「我希望他不是一名醫生。」波爾伯醫生說。接著，我告訴他那些偽造的處方箋，說我不想再這樣下去，但是憑己之力無法做到。他安靜了片刻。「讓我和維克多說話。」他簡短地說。我把話筒交給維克多，波爾伯醫生和他講了一小時左右。他向維克多解釋成癮是怎麼一回事，以及，如果他愛我，他將要面對的是怎麼樣的一場戰鬥。放下電話後，維克多彷彿變了一個人。他的臉上散發出一種冷漠卻堅定的意志，把手伸向我。「把藥給我。」他說。我害怕地走進房裡，把藥拿給他，他把藥全放進口袋裡。「一天兩顆，」他說，「我不會多給，也不會少給。當這些藥都吃完以後，一切就停止了。不許再假造處方箋。如果讓我發現妳再假造任何一張處方箋，我會馬上離開妳。」「你不愛我了嗎？」我哭著說。「我愛妳，」他簡短地說，「所以我必須這麼做。」

接下來的幾天裡，我非常痛苦。然而，一切還是過去了，我們又恢復了往昔的快樂。「現在，一切真的過去了，」我承諾他，「對我而言，在這個世界上，你比任何藥物都重要。」我們把房子賣了，然後和亞貝及孩子們搬進了一間位於菲德烈堡（Frederiksberg）的四室公寓裡。

秋季裡的一個夜晚，赫樂生病了。她走進我們房裡，爬上床，因發燒而顫抖著。她喉嚨痛，我幫她量了體溫，超過四十度。我問維克多該怎麼辦，他說會打電話給夜班的醫生。半小時後，醫生來了。他是一個高大友善的男人，他檢查了赫樂的喉嚨，給她開了青黴素。「小孩比大人更容易發燒，」他解釋說，「但是，安全起見，我還是幫她打一針吧。」當他打開他的手提包，我看見了針筒和小玻璃瓶，我以為那已被深深埋藏、對杜冷丁的渴望，以一種無法抗拒的力量占據了我所有的意識。維克多總是比我先入睡，而且睡得很沉。隔天夜裡，我悄悄下床，小心翼翼地拎起客廳的電話聽筒。我撥通了夜班醫生的電話號碼，屈膝坐在一張椅子上，等著。我把大門打開，這樣他就不必按門鈴了。我非常害怕被維克多發現，但是欲望戰勝了恐懼。醫生抵達時，我說我的耳朵痛得難以忍受，他檢查了我那隻動過手術的耳朵。「您對嗎啡過敏嗎？」他問。「不行，」我說，「嗎啡會讓我嘔吐。」「那我給您別的。」他說，接著灌滿了針筒。我祈求上天，希望他給我杜冷丁。果然是杜冷丁，當我再次躺在沉睡的維克多身邊時，往日那種甜蜜與幸福的感覺遍布全身。我太快樂了，毫無所覺地心想，我可以隨心所欲地這樣下去。因為被發現的機率實在是太低了。

然而，不久之後的某個夜裡，當醫生正要為我注射時，維克多忽然出現在客廳。「這裡他媽的發生了什麼事？」他生氣地對著被驚嚇的醫生大吼，「她沒有生病，請您馬上離開，永遠不許再踏進這裡一步！」醫生離開以後，他用力地抓著我的肩膀，抓痛了我。「妳這個被詛咒的小魔鬼，」他咆哮地說，「如果妳再這麼做，我會馬上離開妳。」

但是，他沒有，他一直都沒有離開我。他以永不熄滅的激情和一種讓我害怕的憤怒，抗衡著那可怕的對手。每當他快要放棄抗爭時，他就打電話給波爾伯醫生，醫生的話語會再度給他力量。我不得不放棄夜班醫生，因為維克多幾乎不敢睡覺了。但是，當他出門去上班，我就去找其他醫生，輕輕鬆鬆就能說服他們為我注射藥物。為了保護自己，我會在傍晚時對維克多坦白一切。他打了電話給許多醫生，威脅他們說會向衛生部舉報，所以我再也無法從這些醫生那裡取得藥物。但是我對杜冷丁的瘋狂飢渴，始終能讓我找到新的醫生。我幾乎停止進食，再次消瘦，亞貝非常擔心我的健康狀況。波爾伯醫生告訴維克多，如果我再這樣下去，必須強制入院，但是我懇求維克多讓我留在家裡。我懺悔、承諾自己會好起來，卻一再違反承諾。最後，波爾伯對維克多說，唯一永久的解決辦法，只有搬離哥本哈根。我們那時並沒有太多錢，但是能向哈塞爾巴赫（Hasselbalch）出版社貸款，得以在伯克羅（Birkerød）買了一間房子。鎮上只有五個醫生，而維克多立即就去一一拜訪了他們，禁止他們和我有絲毫瓜葛。於是，最後，我無法為自己取得任何藥物，漸漸地，才適應了如何去接受生活原本的樣貌。我和維克多彼此相愛，擁有彼此和孩子們，這樣便已足夠。我重新開始寫作，而當現實再次讓我惱怒的時候，我會買一瓶紅酒和維克多分享。終於，我從多年的毒癮裡被拯救了。然而，即便今天，當我必須驗血，或者經過藥房的窗子時，那陳舊的欲望，隱隱約約，還是會從我內心深處被喚醒。只要我活著，這股欲望，就永遠不會徹底消失。

一特別收錄一

寫作是唯一永恆的愛與動力

黛・普蘭貝克（Dy Plambeck）49

我認為，《毒藥》是托芙・迪特萊弗森的主要代表作品。在這本書裡，我們看到了一位優秀的作家面貌：她肆無忌憚卻又脆弱，幽默卻也殘酷，坦率且充滿了愛。在《毒藥》中，作為一個小女孩和一位堅韌的獨立女性，托芙・迪特萊弗森抵達了創作高峰。對於成癮、墮胎、不必要的耳疾手術以及對婚姻的不忠，托芙・迪特萊弗森那種坦率、輕佻的輕描淡寫，在讓人驚訝之餘，同時也讓人感到她其實傷痕累累，甚至能感受到針頭是如何刺入她的體內，刺入所有男人、女人，以及托芙・迪特萊弗森極度渴望卻又無法忍受的資產階級的人生。

有一種作家，其人生和作品是融為一體的，托芙・迪特萊弗森便是這類作家的代表。《毒藥》是回憶錄。這本書在一九七一年出版時，所引發的傳聞及媒體熱議，也連帶讓本書掀起銷售熱潮。這本回憶錄也激起了托芙・迪特萊弗森的兩位前夫——艾博・蒙克（Ebbe

Munck）及卡爾・里伯（Carl Ryberg）家人的強烈抗議。但是這類事情，托芙・迪特萊弗森已經習慣了。在她整個寫作生涯中，經常被家人或朋友責備，覺得她和他們的生活「靠得太近」。「寫作時，我絕不為他人著想」，《毒藥》裡那一個無名的主人翁這樣說，這，也是托芙・迪特萊弗森所秉持的寫作原則。

《毒藥》寫的僅僅是托芙・迪特萊弗森自己的人生嗎？或許並不完全如此。「一切都是杜撰的，包括報導文學。」托芙・迪特萊弗森曾在一次訪問中這樣說。這本回憶錄，其實也是一個普通人的故事，關於一個女人如何被男人、藥物及寫作而分裂的故事。

當我閱讀《毒藥》時，無法理解現代主義的批評，他們認為托芙・迪特萊弗森的寫作方式並不成熟，過於老派。但是在出版四十年後[50]的今天，無論是本書的主題——對於基本生存條件面臨分裂的描寫，本書的衝突——關於事業與家庭如何結合的描述，以及本書的寫作風格，都是如此當代且合乎時宜。對於讀者來說，《毒藥》不是一本七〇年代的懺悔文學，而是類似後現代主義之後盛行的表演舞台：一部帶著面具和身分、涵括真相和語言圖像的戲劇。

同時，《毒藥》也是以一種巨大的勇氣完成，我不曾在任何其他文學作品裡有過類似的體驗——從本書的第一頁開始，便以極高的說服力緊緊吸引讀者。那是文學的力量，一部好的文學作品，會讓我們忘了作品的虛構性，忘了書中的角色是出於杜撰。《毒藥》便是這樣一部作品。那些以為托芙・迪特萊弗森僅僅是為了女性而書寫關於女性課題的男人，應該都從這本書開始閱讀。當主角描寫到她的手臂再也找不到任何沒有堵塞的血管，因此只能在腳上尋找時，讀到這個段落卻不為此感到反感的人——無論男人或女人，我都想見見。這段描繪雖然讓人震驚，卻以一種獨特的方式肯定了人生。

本書的書名有三層意義。描寫了一個女人的婚姻——一段正常的婚姻關係、書中讓主角上癮的針筒裡的毒藥，及婚姻裡的寫作。這三種元素都有致命的危險。

《毒藥》描寫了一個女人同時身為母親及職業女性所面臨的分裂、她對正常人生幸福的渴望，以及對自由和自毀的欲望之間的拉鋸。這樣的分裂，托芙・迪特萊弗森早在她第一本詩集《少女心》（一九三九年）所收錄的一首詩作裡即已表現出來，那首詩名為〈認知〉（Erkendelse）。她描寫一個女人摔破了童年家裡一個美麗的花瓶，只因為無法抗拒自身那種想破壞的欲望，她在結論這樣寫著：

人們所託付於我的一切，皆從我手中殞落
因此，為了我們巨大的幸福
我的朋友，請別對我寄予關心

《毒藥》裡的主人翁，被一種毀滅的欲望驅使，這種欲望不是作為一切的結束，而是為了生命的開始。她透過達到迷幻的狀態，來完成自己想超越僅僅身為一個人類的想望，而這種迷幻的狀態是如此迷人且強烈，能為她帶來與寫作時同等的沉醉及幸福感。她那無數次的婚姻、無數次的墮胎，以及無數次的藥物注射，都是為了達到這種狀態。

對於《毒藥》的主人翁來說，寫作是她唯一永恆的愛和驅動力。作為一個讀者，我們第一次遇見她時，便能發現，在她寫作的同時，她周遭的世界正逐漸淡出。那是一個清晨，她的丈夫維果．F還在睡夢中，而她在寫小說。寫作是她一生的愛情，也是她渴望與男人們的關係裡能得到的那種愛情。她一而再、再而三地強調，只有在寫作時，她才覺得幸福。為了寫作，她在清晨五點鐘起床。因為在那個時間裡，她可以對周遭的世界毫不關心，她可以把孩子擱置一旁。也是因為想起那些尚未被寫就的著作、那些總是浮現在她腦海裡的句子，把她從床上拉起來，打電話向醫生求救，住進療養院展開戒毒的旅程。寫作讓她有了抗戰和生存下去的毅力。

在書中主人翁的現實世界裡，她渴望能找到一生的摯愛，她想成為主婦和母親，卻無法嚴肅地對待這些角色。她可以在心裡揣著一個孩子及對其深深的愛意，書寫有關孩子們的一切。她可以書寫她在童年時如何被辜負，她與母親間充滿問題的關係，卻無法好好成為孩子的母親。

《毒藥》借用了傳統成長小說（Bildungsroman）[51]的結構——以個人為中心，主人翁決定要尋找幸福，了解恐懼，走向世界，並且經歷各種事情，只為了最後再次找到歸宿。《毒藥》裡的主人翁在小說的結尾，並沒有找到她的歸宿，但是她和維克多找到了一個家的可能性，是開放的結局。維克多扮演的角色，是一個可以把主人翁從毒癮深淵拯救出來的浮板，但危機早已潛伏在他們熱情幸福的愛情之間。「我們擁有愛的權利。」小說中的維克多這樣說，有關這點，書中主人翁這樣回答：「這樣的權利，也給予了我們傷害他人的權利。」

愛情會傷人，小說主角和維克多將會互相傷害彼此，就如她和前幾任丈夫所經歷過的那樣：第一任丈夫，比她年長三十歲的編輯維果・F，她嫁給他是為了接近文壇；第二任丈夫，艾博，完成了她對普遍幸福人生夢想的渴求；第三任丈夫，醫生卡爾，和他之間那種毀滅性的關係，讓小說主角染上了毒癮。卡爾是她三任丈夫當中最憤世嫉俗的一個，因為他看穿了她。他知道如何能讓她和他建立關係，他知道他的首要任務是：他必須讓她無法寫作。而他的武器是注滿杜冷丁的針筒。

《毒藥》一書出版於七〇年代初期，也是女性運動展開的時期，然而，托芙・迪特萊弗森並不把自己視為女性運動的參與者。她將「紅襪子」（Rødstrømpe）[52]比喻為鬥牛犬，而作為當時《家庭日記》（*Familie-Journalen*）的專欄作家，她不斷鼓勵女性讀者留在不幸的婚姻裡，鼓勵她們妥協與屈服。一名有了五個孩子的女讀者，因為愛上一個有著兩個孩子的有婦之夫而想離婚，托芙・迪特萊弗森冷酷地在回信裡寫道：「七個孩子，兩個女人和兩個男人，您不顧一切追隨己心而尋求的幸福，並不值得付出這樣昂貴的代價。理智一點，留在原地吧。」

然而，在某種程度上，《毒藥》仍舊是屬於女性主義的故事。這個故事描寫了一個年輕的女人，以為她必須依靠婚姻才能獲得想要的社會地位，最終還是成為一位獨立女性，透過寫作創造了自己的人生及空間。她領悟到，她無需依靠男人維生。她自己就能做到。作為一個讀者，我們彷彿聽見吳爾芙（Virginia Woolf）在其女性主義著作《自己的房間》（*A Room of One's Own*）[53]裡的那個聲音，書裡表明，一位女性若想成為一名作家，必須擁有屬於自己的房間，每年可以賺到五百英鎊。托芙．迪特萊弗森在寫給她的朋友艾絲特．納戈爾的信裡也有類似說法：「實際上，一個女人如果不是嫁給一名百萬富翁，根本不該生育，或是應該安排五十歲後才開始生小孩。」從她的內心，以及作為她個人的守護者，我們很難不把托芙．迪特萊弗森視為女權運動者，但是她從來不是任何政治組織的成員。據說，他們讓她感到噁心。

托芙．迪特萊弗森在和她的第四任丈夫——維克多．安德烈森——的婚姻出現問題時，開始書寫《毒藥》。她搬到夏日度假屋裡撰寫回憶錄，因為維克多的情人搬進了他們的房子裡，而他們在家的時候，她無法專心寫作。她以嘲諷的筆調把這段經歷寫進一九七五年出版的《關於自己》（*Om sig selv*）這本書裡。但，即使托芙．迪特萊弗森坐在愛情這顛覆的小船上、儘管她寫下了那一句「愛情的權利，就是傷害他人的權利」的警句，她還是堅決地寫出一個帶有希望的結局。一個相信關係可以維持的希望。一個相信愛情依然存在的希望。一個可以傳遞給讀者並且讓他們繼續懷抱著的，希望。

譯註

第一部　童年

1 凡爾賽條約是第一次世界大戰後，戰勝的協約國和戰敗的同盟國簽訂的和約。協約國和同盟國於一九一八年十一月十一日宣布停火，經過巴黎和會長達七個月的談判後，於一九一九年六月二十八日在巴黎的凡爾賽宮簽署條約，象徵著第一次世界大戰正式結束。得到國際聯盟的承認後，條約於一九二〇年一月十日正式生效。

2 指本書作者。

3 丹麥錢幣單位。一百厄爾（øre）為一克朗（kroner）。

4 當年為酗酒者、妓女、乞丐等社會邊緣人士設立的感化教育機構位於此處。

5 一八八四年創刊，保持社會自由主義立場，讀者以左派思想者為多數。

6 一八七一年創刊，曾多次改名，二〇〇一年正式停刊，是丹麥的第一份社會民主主義報紙，也是世界上最早由工會出版的報紙。

7 一八七七年創刊的丹麥家庭與婦女週刊，是丹麥歷史最悠久的婦女週刊之一。

8 丹麥啤酒廠，創建於一八四七年。

9 「咖啡館」在此處譯為「酒吧」，因為在哥本哈根的許多酒吧都會以café命名，在作者的年代，對孩子們而言等同於一個充滿三教九流的地方——醉漢、妓女等都會在這裡出現。

10 丹麥文中，流產為「abortere」，截肢為「amputere」，讀音非常接近，而小孩弄不清楚這兩個字的差異。

11 一八四四年～一九二二年。丹麥作家、詩人，作品包括小說、短篇小說、散文、詩、歌詞，以及戲劇。

12 《人子狄蒂》為丹麥作家馬丁・安德森・尼克索（Martin Andersen Nexø）的一本小說。他是丹麥藝術和文學現代突破運動的作者之一。他一生都是社會主義者，二戰期間移居蘇聯，後移居東德。《人子狄蒂》敘述一名工人階級貧窮女孩狄蒂一生的悲慘故事，描繪了女性在底層社會所遭受的不公平待遇及種種厄運，狄蒂正是受害者代表。

13 索瓦爾德・斯陶寧（Thorvald Stauning），一八七三年〜一九四二年，丹麥社會民主黨第一任首相，曾兩度出任首相，並領導社會民主黨取得一九三五年全國選舉的最大勝利。

14 那個年代，靠街的房子是比較貴的（前棟樓）。院子另一端的公寓較為便宜，也就是作者指的「後棟樓」。

15 丹麥於一九一九年一月開始，經過工人階級長時間的罷工活動以後，各工會組織同意實施每日八小時工作制。

16 一八三二年九月五日在丹麥頒布了「為家務人員制定服務目標」的條例，決定所有從事家庭服務工作的人都應該有一本「就業紀錄本」，當他們搬到一個新的城鎮或教區時，當地警局或教會便會在紀錄本上簽名；離職時，雇主會記錄就業日期、薪水和工作表現。

17 馬克西姆・高爾基（Maxim Gorky），一八六八年〜一九三六年，俄羅斯作家。社會主義、現實主義文學奠基人，政治活動家。

18 在那個年代，和長輩說話時，只能使用敬語，即是以第三人稱稱呼長輩，等同於中文的「您」。

19 丹麥文的「Fælled」意思是「公共」，Fælledparken 直譯就是「公共公園」，也稱「大眾公園」，位於哥本哈根東部的奧斯特布羅區。

20 《三隻山羊嘎啦嘎啦》（*Little Billy Goat Gruff*，挪威文 *De tre bukkene Brude*），挪威民間童話。故事的主角是三隻公山羊，牠們需要智勝貪婪的巨魔，才能過橋前往覓食地。

21 青年體育協會（DUI，De Unges Idræt 的縮寫），成立於一九〇五年十一月十日，成立宗旨是為工人階級的孩子們提供參加體育與運動的機會。

22 這裡指的是一九二〇年在紐約華爾街的爆炸事件，兩名義大利移民薩科和范澤狄在逮捕並進行審判後，儘管沒有確切證據，仍被送上電椅。他們的案件被廣泛認為是不公正的。

23 《彼得與小兵》（*Peter og Ping*），是丹麥非常受歡迎的漫畫，博林時報媒體公司（Det Berkingske Hus）於一九二七年成立小兵俱樂部，吸引了許多孩童加入會員。

24 丹麥歷史最悠久的報紙之一，一九四九年創刊，保守黨所支持的報紙。

25 年幼的作者生活裡充滿許多有關「女性的次等社會地位」這類訊號，讓她覺得身為女人是「錯誤的性別」。
26 丹麥文的「儲備金」，和「箱子」都是同一個字「kasse」，作者年紀還小，因而產生誤會。
27 丹麥知名連鎖百貨公司，一九二八年國際百貨協會創始成員之一。
28 一八三五年～一九一一年，丹麥昆蟲學家，因眼疾放棄昆蟲學家的事業，全身投入寫作事業，作品包括小說與詩。
29 這裡指的是格林童話故事裡《長髮姑娘》（*Rapunzel*）懷孕生子一事。
30 一八七三年～一九五〇年。被認為是二十世紀丹麥最偉大的作家，一九四四年諾貝爾文學獎得主。作品包括詩、雜文、小說和短篇小說。
31 一八五七年～一九一二年。記者、作家、評論家。他是同性戀者，以致於他在丹麥的生活彷彿與世隔絕，也讓他成為當時道德醜聞中的受害者。
32 一八六八年～一九六二年。丹麥作家和性自由解放活躍分子。作品集中在愛情與性，正如她的生活。她與赫曼・邦亦為好友。
33 工賊（skruebrækkere），英語為strikebreaker，指在罷工活動中不參與罷工，反而還進行工作的勞工們。
34 世界蕭條的丹麥文直譯為「世界憂鬱」，年幼的作者誤會了，以為是全世界一起患上憂鬱症。
35 一八八八年～一九六〇年，丹麥詩人、評論家及翻譯，以翻譯歐洲詩歌而聞名。
36 堅信禮為基督教儀式，小孩滿十五歲在教堂進行堅信儀式，相當於成年禮。作者多次強調她的童年會在十四歲那年結束，便是以堅信禮為標準。通常在堅信禮後，參加者會在家裡舉行簡單的招待會，提供咖啡和蛋糕，接受朋友和親戚送的禮物。有時，尤其在鄉村，堅信禮還要進行週年慶祝。按照傳統，堅信禮隔天也會買件新衣穿。
37 丹麥有名的竊盜者，他常用電鑽在保險箱門鎖上劃X，因此被稱為電鑽X，於一九三一年遭警方逮捕入獄。
38 「三十年戰爭」發生在西元一六一八年至一六四八年間。是由神聖羅馬帝國的內戰演變而成的一場大規模歐洲戰爭。戰爭以波希米亞人反抗哈布斯堡家族統治為肇始，最後以哈布斯堡家族戰敗並簽訂世界首個國際公約《西發里亞和約》而告終。
39 丹麥的第一代女權運動者被稱為「藍襪子」，來源於英文Bluestocking，最初是對十八世紀舉辦文學沙龍貴族女性的稱呼。這個稱謂在女性知識分子間非常流行。
40 指星期天上教堂穿的服裝，一般較為莊重，有別於週間穿的工作服。

41 丹麥文中，快遞服務為「kurér」，治療為「kurere」，兩者拼音非常接近。
42 一八九七年～一九六一年。丹麥作曲家、鋼琴家和歌手。
43 學校的大門是紅色，因此作者在此將學校形容為「紅色的監獄」。
44 共濟會會所是哥本哈根一座洛可可式建築物，建於一七五一年～一七五五年。這座具有完善音響效果的建築物，後來成為哥本哈根文化生活中重要的聚會場所。
45 根據丹麥傳統，有在重要慶典上（如生日、婚禮、堅信禮等）為當事人寫歌的習慣，內容通常歌頌當事人的軼事，並獻上祝福。
46 原文「hurra」是丹麥人常用的歡呼語氣詞，近似於英文裡的「hurray」，丹麥人在生日或婚禮等任何正式慶祝場合中，都常會喊「hurra」。

第二部　青春

1 位於哥本哈根中央車站對面的自由紀念碑，是一座二十公尺高的方尖碑，為了紀念西元一七八八年廢除農民制的農民改革而建立。
2 一八二一年～一八六七年，法國詩人，是象徵派詩歌的先驅，也是現代派的奠基者，以及散文詩的鼻祖。
3 波特萊爾於一八五七年出版的詩集，內容以頹廢和性為主。這本詩集對象徵主義和現代主義文學發展有重大影響。
4 一九三三年二月二十七日，德國國會大廈發生縱火案，事件發生在希特勒宣誓就職的四星期後，納粹宣稱這起縱火案是共產黨人所為，也成為歷史上的關鍵事件。
5 一八九一年～一九六〇年，丹麥漫畫家、社會主義藝術家。主要作品為諷刺漫畫。
6 全名馬里納斯·范德盧貝（Marinus Van der Lubbe），一九〇九年～一九三四年，荷蘭共產黨員，在德國國會縱火案中被納粹政權逮捕審判後定罪，在德國萊比錫被處決。德國政府在二〇〇七年授予死後特赦。
7 全名恩斯特·托格勒（Ernst Torgler），一八九三年～一九六三年，德國共產黨（ＫＰＤ）最後一位主席。
8 迪米特羅夫全名格奧爾基·迪米特羅夫（Georgi Dimitrov），一八八二年～一九四九年，保加利亞共產黨中央委員總書記和部長會議主席，國際共產主義活動家。在德國國會縱火案中被納粹警察以「參與縱火」的罪名逮捕。波波夫全名布拉格伊．波波夫（Blagoi Popov），一九〇二年～一九六八年，保加利亞共產黨和共產國際勞工運動的領袖之一。因德國國會縱火案和迪米特羅夫一起接受審判，後宣判無罪。

9 一八九三年～一九四六年，全名赫爾曼．戈林（Hermann Göring），納粹德國黨政軍領袖，曾被希特勒指定為接班人。一九三三年創立了祕密警察機關「蓋世太保」。

10 Danmarks Socialdemokratiske Ungdom 簡稱 D. S. U.，是丹麥社會民主黨的全國青年支部。

11 一九一四年～一九八四年，美國演員，無聲電影時代的傑出童星。

12 「flipproletar」這個字，在丹麥文裡是帶有貶義的，一般指文職如教師、祕書、辦公室助理。他們的薪資並沒有比工人階級高太多，但是因為從事的不是勞力工作，通常會有優越感，因此被工人階級以 flipproletar 一字諷刺他們，表示他們其實也不是太高尚。

13 一八九九年～一九七二年，菲德烈克王儲於一九四七年登基，成為丹麥國王菲德烈克九世。是丹麥現任女王瑪格麗特二世的父親。

14 一九一〇年～二〇〇〇年，英格麗特是瑞典公主，於一九三五年和當時的丹麥王儲結婚，是丹麥現任女王瑪格麗特二世的母親。

15 布爾什維克在俄語中意為「多數派」，是俄國社會民主工黨中的一個派別。布爾什維克派的領袖人物是列寧。

16 一七六八年～一七九三年，是法國大革命恐怖統治時期的重要人物。她是共和派的支持者，反對激進派的獨裁專政，後來因策劃並刺殺激進派領導人馬拉（Jean-Paul Marat）而被逮捕處決。

17 一九〇五年～一九九〇年，瑞典國寶級女演員，奧斯卡終身成就獎得主。

18 創立於一八四三年八月十五日，是丹麥哥本哈根有名的主題公園，也是世上現存的第二古老主題公園。

19 聖米迦勒及聖喬治勳章是英國榮譽制度中的一種騎士勳章，於一八一八年四月二十八日由威爾斯親王喬治（即後來的喬治四世）設立。

20 海鷗「måge」、大門「låge」、烏鴉「råge」、霧「tåge」在丹麥文裡都和斯文．奧厄的名字「Svend Åge」有相同的韻腳。

21 丹麥的房子，一廳也算一房。

22 此處指貝尼托・阿米爾卡雷・安德烈亞・墨索里尼（Benito Amilcare Andrea Mussolini，一八八三年～一九四五年，義大利著名政治家，曾出任最高帝國元帥，也是法西斯主義創始人。

23 一八九七年～一九五二年，丹麥歌手和演員。

24 一九〇二年～一九六三年，德國作家。他和左派政治有聯繫，著作曾在納粹時代被公開焚燒，而後流放到瑞士。

25 《最後的平民》是恩斯特・格雷瑟的流亡小說，被譯為多種語言，亦曾被改編為影集。

26 愛德華八世，一八九四年～一九七二年，英國國王，登基數月後向已婚美籍名流華麗絲・辛普森求婚，此行為違反英國王位與英國國教繼承規定而引發憲政危機。他在位三百二十六天後退位，受封溫莎公爵，並於一九三七年和辛普森結婚。

27 一八九三年～一九四三年，英國演員，曾兩度獲得奧斯卡最佳男主角獎提名。

28 全名華麗絲・辛普森（Wallis Simpson），一八九六年～一九八六年，愛德華八世退位後受封溫莎公爵並與她結婚，她因此享有「溫莎公爵夫人」的頭銜，但無法隨丈夫享有「殿下」稱呼。

29 編註：泛指居住在沙漠地帶的阿拉伯人。

30 丹麥國家社會主義工人黨（Danmarks Nationalsocialistiske Arbejderparti, DNSAP），是丹麥二戰前及二戰期間最大的納粹黨。

31 編註：這種舞是一種集體舞，眾人會手牽手隨著音樂來回搖擺。

32 在作者的年代，許多少年讀完初中就出來工作，所以對很多家庭而言，高中畢業算是大成就。高中畢業考試稱為「student eksamen」，通過高考畢業就是正式的「student」。這個傳統延續至現今的丹麥，高中畢業那天也是值得慶祝的日子。

33 丹麥文學期刊，一九二〇年創刊時名為《麥粒》（*Hvedekorn*），後改名《丹麥年輕人文學》（*Ung dansk Litteratur*），一九三〇年在維果・F・莫勒爾擔任總編輯時期改名為《野麥子》，主要發表年輕創作者的詩和漫畫創作。

34 一八八七年～一九五五年，丹麥作家、編輯，曾擔任文學期刊《野麥子》的總編輯。

35 一九〇七年～一九三〇年，德國納粹活動家，是納粹黨歌〈旗幟高揚〉（Die Fahne Hoch）的作詞人。

36 一八七六年～一九一七年，這個名字是荷蘭人瑪格麗莎・赫特雷達・澤萊（Margaretha Geertruida Zelle）的藝名。她是二十世紀初知名交際花，在一戰期間與歐洲多國軍政要人、社會名流都有往來，最終在巴黎以德國間諜罪名被法軍槍斃。

37 一八九六年～一九四六年，丹麥知名作家和詩人。她的首部小說是根據自己的成長經歷寫成，在作品中也對自我有諸多思考，曾有如「也許我是一個擁有男人靈魂的女人？」這樣的提問。

38 編註：蒂沃利花園有規定的開放時間。冬日會關閉數月進行維修，春天再次重新開放。對哥本哈根人來說，蒂沃利花園重新開放和春天到來是同樣的意思。作者此處即指春天即將到來之意。

39 編註：一八六六年～一九五六年，丹麥作家，曾經五次獲得諾貝爾文學獎提名。

40 一八六七年～一九四九年，記者、編輯，曾任《政治報》總編輯。

41 丹麥文的司機，托芙發音成「sjaføren」，被維果・F批評過於「哥本哈根」，提醒她正確的發音應該是「sjoføren」。

42 一八八七年至一九五九年發行，一九五九年至一九六一年易名為《星期天晚報》。該報在無政治立場和傾左、激進左派間來回擺盪，一九一九年開始無政治立場。

43 一七七〇年成立，是丹麥規模最大、歷史最悠久的出版社。

44 一七九五年～一八八一年，全名托馬斯・卡萊爾（Thomas Carlyle），蘇格蘭評論家、諷刺作家、歷史學家。

45 一九〇二年～一九八一年，丹麥知名藝術家和插畫家。

第三部　毒藥

1 丹麥語的原書名為「Gift」，作為形容詞意指「已婚」，作為名詞則意指「毒藥」，作者以此為書名有雙關寓意。

2 編註：成立於一九四〇年，是純粹年輕藝術家們的聚會，也成為二十世紀幾位丹麥作家結識的地方，於一九四二年解散。

3 編註：落成於一九三六年。婦女大樓委員會早在一八九五年便開始策劃建築一棟屬於女性的建築物，概念是「在首都美麗而繁忙的廣場展出女性的作品」。

4 編註：俱樂部每週四會固定邀請一位文化界名人講座，作者在此處為保留隱私以綽號稱之。

5 一九一八年～一九四七年，丹麥作家。亦是文學雜誌《野麥子》社交圈的一員。著有《四月》等多部作品。

6 一九一八年～二〇〇五年，丹麥作家。以一篇在《野麥子》上發表的短篇小說出道成為作家。作品包括短篇小說、長篇小說、戲劇、雜文和專欄文章。

7 一九〇五年～一九九六年，丹麥科學家、發明家、數學家與詩人。

8 一九一五年～二〇〇二年，丹麥詩人，作品當中最受矚目的是內容荒誕、詼諧的兒童韻律詩。

9 一九二二年～一九四四年，丹麥詩人，因參與二戰期間丹麥抵抗德國占領行動喪命，遇害時年僅二十二歲，多部詩集皆是在他逝後十年才陸續出版。

10 哲理詩（Gruk）是皮亞特・海恩自創的一種詩的形式。詩句簡短，內容意味深長，是歡樂與悲傷、黑暗與光明的結合，通常會配上插圖。他的哲理詩聞名世界，已被翻譯成近二十種語言。

11 一九〇〇年～一九五一年，丹麥詩人。

12 一八九二年～一九六八年，丹麥畫家。

13 作者最知名的詩作之一，此處節錄的是詩作第一段。

14 一八八八年～一九六八年，丹麥作家、詩人、文學評論家和記者，在一九二九年加入丹麥共產黨。

15 編註：《晚報》於星期天發行的獨立周刊。

16 編註：阿帕奇是美洲印第安人的一族，這裡是指類似印第安民族的衣著風格。

17 丹麥於二戰期間販售的一種麵包抹醬，主要成分為胡蘿蔔。

18 這是德國詩人歌德的詩句，下一句為「應為它們的輝煌而感到歡欣」，艾博此處是將作者比喻成詩句裡的星星，巧妙表達了對作者的讚賞與仰慕。

19 受到十八世紀末最有影響力的丹麥牧師、政治家、思想家和詩人格倫特維（N.F.S. Grundtvig）思想影響的一個基督教教派，信徒以格倫特維對基督教、文化、教堂和祖國的理解為教義，其中最典型的思想代表是「人為先，教堂為後」。

20 一九〇五年～一九五〇年，丹麥作家、文學評論家與劇評家。

21 一八九七年～一九四三年，丹麥詩人、作家，也是同代最受歡迎的詩人和作家之一。

22 一八九八年～一九八〇年，丹麥作家、記者，也是丹麥學院（Det Danske Akademi）的共同創辦人。

23 一八七三年～一九三七年，全名西奧多・亨德瑞克・范・德・維爾德（Theodor Hendrik Van de Velde），荷蘭婦科醫生。那個年代的許多醫生都認為性行為會影響健康、提倡禁慾，他卻強調性滿足有益於兩性的健康。《理想的婚姻》是他最著名的作品，被視為當年最有影響力的性指南，亦被翻譯成多種語言。

24 編註：一八八四年～一九五六年，丹麥畫家，主要作品包括花卉畫、風景畫、肖像畫等，並於一九二四年～一九五四年擔任丹麥女性畫家協會的負責人。

25 一八九六年～一九六九年，丹麥社會民主黨黨員，曾任丹麥國會議員、教育部長及丹麥首任文化事務部部長。

26 一九〇四年～一九九一年，英國小說家、劇作家、評論家。一生獲獎無數，著有長篇小說《愛情的盡頭》、《沉靜的美國人》等。

27 一九四〇年～一九四五年間，丹麥被占領時期與占領之後，國家民用空軍部隊的成員，負責解決民防領域的各種任務。

28 《好兵帥克》是捷克國寶級作家雅洛斯拉夫．哈謝克（Jaroslav Hašek）一部未完成的長篇小說，被譽為反戰文學經典。小說主人翁帥克看似愚蠢，但極為機智，善於以耿直無辜的態度戳破統治官僚的謊言。

29 二戰期間，丹麥抵抗德國占領的一個地下抵抗組織。

30 參與抵抗運動的人，反對他們認知中壓迫人民的政府或非法政府。

31 一九四二年～一九四三年，二戰時期納粹德國及其盟國對爭奪蘇聯南部城市史達林格勒的戰役，是人類歷史最為血腥和規模最大的戰役之一，也是二次大戰的主要轉折點。

32 一八六五年～一九三一年，丹麥作家，以新浪漫主義派詩歌聞名於世。

33 一八七五年～一九二六年，全名萊納．瑪利亞．里爾克（Rainer Maria Rilke），是一位重要的德語詩人，除了創作德語詩歌，也撰寫小說、劇本以及雜文和法語詩歌，書信集也是里爾克文學作品的重要部分。對十九世紀末的詩歌風格及歐洲頹廢派文學有深厚影響。

34 一八四一年～一九〇二年，全名維果．赫魯普（Viggo Hørup），丹麥政治家和記者，是丹麥非社會主義左翼政治家中最有影響力的人物之一。

35 ＨＩＰＯ，德文Hilfspolizei的簡稱，意為「輔助警察」。丹麥的輔助警察部隊由德國蓋世太保於一九四四年成立，大部分的ＨＩＰＯ成員都是從丹麥納粹支持者的隊伍中招募。

36 這天是丹麥的升旗日之一，起因是為了紀念一九四五年五月五日，脫離納粹。在歐洲俗稱「歐戰勝利紀念日」，在二次大戰中勝利和曾受納粹占領襲擊的國家，會以不同方式紀念二次世界大戰歐洲戰爭的結束。

37 丹麥語亦稱 Akvavit，是生產於斯堪地那維亞地區的一種加味蒸餾酒，酒精濃度約有百分之四十。

38 編註：為白色結晶狀的粉末，能溶於水，一般製成針劑形式的止痛劑，常見於麻醉藥用途，具成癮性。

39 一八七五年～一九二八年，丹麥詩人、翻譯、畫家，尤以詩作聞名，是丹麥民族文化遺產重要的一部分。

40 菲德烈克六世，一八〇八～一八三九年間的丹麥國王，於一七八四年～一八〇八年間以其父之名攝政。

41 哥本哈根大學和丹麥技術大學的學生宿舍，位於哥本哈根圓塔（Rundetårn）旁。

42 編註：女性更年期的症狀之一，其他症狀亦包括如發熱、出汗等。

43 國際筆會是一個世界性的作家組織，宗旨在於促進各國作家間的友誼與合作，為言論自由奮鬥，並積極保護作家免受政治壓迫。

44 一九〇一年～一九六一年，丹麥劇作家和劇院畫家、設計師。

45 一九〇三年～一九六六年，英國小說家、傳記及旅行作家，也是一名記者及書評人。作品常被改編為影集及電影，被認為是二十世紀英語寫作大師之一。

46 編註：邊車是一種附有單輪的設備，加裝在機車或腳踏車的車側，在第一、二次世界大戰時常作為高機動性的軍用交通工具，現在已因實用性不高而式微。

47 一種呈環形的丹麥傳統餅乾，味道鹹甜。

48 位於哥本哈根北部郊區的一處森林，曾是昔日皇家狩獵場，風景怡人，二〇一五年被列入聯合國教科文組織世界遺產，直譯為「鹿園」，現今公園內亦以自由放養超過兩千頭鹿而聞名。

49 一九八〇年出生於哥本哈根，丹麥作家、詩人，被譽為同輩中最具原創性和才華的作家之一。

50 編註：本篇文章完成日期為二〇一二年，《毒藥》在丹麥於一九七二年出版，相距四十年。

51 成長小說，又稱教養小說或教育小說，常常描述一位主人翁對世界種種事情的經歷及領悟。所有事情大部分發生在主人翁的青少年階段，敘述時間可能長至數年甚至數十年。

52 紅襪子運動是一九七〇年展開的丹麥女權運動，一直持續到八〇年代中期。紅襪子即指參與運動的女性們。

53 英國作家吳爾芙被譽為二十世紀現代主義與女性主義的先鋒，本書為其重要作品之一。其中對於女性書寫的空間與意義有精闢的敘述，並做了一個結論：「女性若要寫作，一定要有錢和屬於自己的房間。」

文學聚落 Village 006

哥本哈根三部曲：童年，青春，毒藥

Københavnertrilogien : Barndom, Ungdom, Gift

作者	托芙・迪特萊弗森（Tove Ditlevsen）
譯者	吳岫穎
主編	楊雅惠
專案編輯	吳如惠、楊雅惠
校對	吳如惠、簡敬容、楊雅惠
美術設計	王瓊瑤
出版發行	遠足文化事業股份有限公司 潮浪文化
電子信箱	wavesbooks.service@gmail.com
粉絲團	www.facebook.com/wavesbooks
地址	23141 新北市新店區民權路 108-2 號 9 樓
電話	02-22181417
傳真	02-86672166
法律顧問	華洋法律事務所　蘇文生律師
印刷	中原造像股份有限公司
出版日期	2025 年 4 月
定價	500 元
ISBN	978-626-99136-7-1

國家圖書館出版品預行編目（CIP）資料

哥本哈根三部曲 : 童年 , 青春 , 毒藥 / 托芙 . 迪特萊弗森
(Tove Ditlevsen) 著 ; 吳岫穎譯 . -- 新北市 : 遠足文化事業
股份有限公司潮浪文化 , 2025.04
400 面 ;　公分
譯自 : Københavnertrilogien : barndom, ungdom, gift
ISBN 978-626-99136-7-1(平裝)

881.557　　114002034